范仲淹

中册

何辉 著

范希文像

道貌溫然如玉之清神氣凜然如水之澄
武庫森列詞鋒崢嶸默然不吾〔…〕

第十七章
韩琦安抚陕西力荐范仲淹

1

大宋康定元年二月，起居舍人、知制诰韩琦刚刚从蜀地回到汴京。之前，四川发生了大旱灾，饥民大增，皇帝任韩琦知制诰、知审刑院，随后又任其为益州、利州两路体量安抚使，前往蜀地安抚。韩琦到了四川后，见灾难严重，便恳请朝廷减免四川赋税，打击贪官污吏，然后将当地官府常平仓中囤积的粮食全都发放给受灾的百姓。他又令人在灾害严重之地熬粥紧急济助灾民。近两百万饥民，因韩琦使蜀，而得以熬过这场严重的旱灾。蜀地百姓因此感泣："使者之来，更生我也！"

韩琦一回汴京，赵祯便召见了他，与他谈论西北边事。韩琦对于西北边事甚为熟悉，当着赵祯的面一一道来。赵祯听了，心中甚喜。

"数日前，张士逊说禁军戍边很久了，请求朝廷加以抚慰。朕不想让三司破费，因此从内藏库中拿出缗钱十万，拟派安抚使前往陕西。卿家可有人推荐？"

韩琦听出赵祯言下之意，慨然道："若陛下不弃，微臣愿往！"

赵祯听韩琦这么说，不禁大喜："卿家真是知朕之心也！"

韩琦道："臣闻三川口之败，恨不能提兵塞上，为国雪耻！"

赵祯脸色微微一变，旋即笑道："异类猖獗，官兵不习战，故出兵无功。今为小警，乃开后福也！"

韩琦凝神注视眼前这个三十来岁的年轻皇帝，但见他神色淡然，毫无急躁之色，心中暗暗感慨："今上亲政多年，已经越来越沉稳了。这也是国家社稷之福。只是，若心中依然托大，视元昊为小贼，恐养成大患也！"

当下，韩琦道："陛下英明，安抚之任，微臣必不辱使命！"

"延州新败，边境将士军心摇动，朕甚忧。对于稳定边境，克定元昊，卿家有何建议？"

"若说当下之事，臣请陛下立刻下诏，盛葬延州战没军士，赠殉国将官以官爵，以此勉励边境将帅。"

赵祯点点头。

韩琦继续道："西北作战，不能缺少战马。延州之败，部分原因乃在于战骑缺乏。刘平将军支援延州，若麾下有足够骑兵，或能驰援成功，而不必为步兵牵累，以致受困于夏军。"

"只是，中原战马储养有限，短时间内要得到足够的战马，可真是难啊！"

"这有何难？陛下只要向天下下诏，说朝廷收买战马，有战马之市，民间自然会大力储养。"

"卿家可说得轻松，也并非各地都能养得战马的。"

"不难,陛下可从京畿、京东西、淮南、陕西路下手招买战马即可。可定下战马的标准,大力收买。"

"哦,卿家可知,什么是可用之战马?"

"马足到马背,四尺六寸至四尺一寸,皆适合做战马乘骑。"

"以何价购之为宜?"

"好马可以一匹五千钱购入,一般马匹可以二千钱购入。不论如何,都可比民间价格略高即可,如此一来可免民怨,二来也可鼓励民间储养战马。只是……"

"只是什么?"

"只是各级官员贮马多少不一,有的官员俸禄丰厚,必不急于出卖马匹。"

赵祯略一沉思,笑道:"这有何难?朕可下一诏,限宰臣、枢密使听畜马七匹,参知政事、枢密副使准许最多畜养五匹,尚书、学士至知州、阁门使以上官员最多准许养三匹。升朝官、阁门祗候以上官员养马不得超过两匹,其他低级官员准养马一匹。若平时需要马匹,但听于市场租用。"

韩琦听了,哈哈笑道:"陛下英明!臣有一请。"

"哦,你说来便是。"赵祯此时心情颇好,笑着说道。他每次与韩琦对话,都有一种轻松、随意之感。这多少是因为韩琦与他年纪相仿,且为人洒脱、直率,他不知不觉中已经将韩琦视为朋友,与之对话时并不刻意端出帝王的架子。

"陛下,陕西苛捐杂税繁重,加之三川口新败,民已不胜其困,臣请陛下免征一路科税,以安众心。"

"好,依你便是!"

"谢陛下!陛下,臣还有一言,不知当不当说。"

"有何不可说，说就是了。"

"龙图阁知学士杨偕知河中府，与夏竦提出对付元昊的战略颇为不同，不如将杨偕调任他地。"

赵祯听了韩琦这个建议，道："杨偕与夏竦之议确实不同，两人为此还进行了一番辩论。不过，朕虽然听了杨偕很多建议，却也觉得夏竦之策并非完全不可取。"

韩琦听赵祯这么说，当下一笑，道："陛下能够兼听，社稷之福也！"

赵祯再次哈哈大笑。

次日，壬辰日，赵祯皇帝下诏，命夏守赟兼缘边招讨使，命韩琦为陕西安抚使。癸巳，又命西上阁门副使符惟忠为陕西安抚副使。甲午，又诏京畿、京东西、淮南、陕西路等地括市战马，免陕西科税。丙申，又下诏改杨偕知陕州。这一系列措施，很多都是依了韩琦的建言。

这一日上朝，翰林学士丁度站出班列，奏道："陛下，古之号令，必出于一。如今，中书与枢密院分管民、兵之政，如果措置相互抵触，则天下无所适从，非国礼也。臣建议，以后军旅重务，应该统一决策。"

原来，宋朝的制度是以中书制民，枢密院主兵。中书、枢密院号称"两府"。元昊反叛朝廷后，边境奏事按照规矩只报给枢密院，而没有中书什么事。翰林学士丁度认为这种制度，无益于朝廷上下统一战略对付元昊，因此提出了这样的建议。

两府制度，赵祯自然知道。他听了丁度的建言，面无表情，视线在诸大臣脸上扫过。

过了片刻，赵祯说道："对于丁翰林的建议，诸位卿家有何看法？"

这时，知谏院富弼从班列中站了出来。他圆脸上的线条，已经不如年轻时那么柔和了，经过岁月的风霜、官场的磨砺，慢慢出现了硬朗的线条，如今的这张脸，看上去像是岩石，显得冰冷而坚硬。

只听富弼振声道："边事关系到国家安危，不该委托给枢密院而不让宰相参与。臣乞改制度如国初，由宰相兼枢密使。"

宰相张士逊听富弼这么说，嘴唇动了动，欲言又止。

赵祯沉思了一会儿，说道："两位卿家为国出谋，忠心可赞。两府制度事关大体，再作商议。"

退朝后，赵祯寻思良久，渐渐认同了富弼的看法。当下，他下诏枢密院，令自今起边事要请宰相张士逊、章得象参议，但不必由他们签检后才发命令。

诏书下后，宰相张士逊捧着诏书，连夜要求觐见。

赵祯在迩英殿召见了张士逊。

"陛下，臣斗胆请陛下收回成命。若按此诏，臣恐枢密院说臣等夺权。若如此，中书省与枢密院伤了和气，恐怕于事无补啊！"

赵祯听张士逊这么说，一时间又犹豫起来，便令张士逊先回去休息。张士逊告退后，赵祯令人立刻将富弼召到迩英殿。

"卿家，宰执担心如果中书参议军事，枢密院会以为中书夺权。你怎么看？"

富弼哈哈一笑，道："陛下，这只不过是宰相在推诿责任，而不是害怕枢密院误会中书夺权啊！"

"你何以知之？"

"陛下，您难道忘了西蕃首领吹同山乞、吹同乞沙等前来归降之事了？不久前，两人都号称元昊的将相，经由唃厮啰前来归附朝廷。陛下下诏补他们三班奉职、借职，并将他们派往湖南。微臣建议陛下厚赏他们，以劝来者。当时，陛下令臣将所言送中夺。微臣当时便对宰相说，这并非小事，宰相怎能不知道呢？在微臣一再坚持下，张相才同意发文给两位归降者厚赏。故臣知宰执这书细论。臣到中书见张相，张相推说不知道此事来龙去脉，不能定次又在推诿！"

"若果真如此，中书尸位厚禄也！"说话间，赵祯脸上露出不悦之色。

次日，赵祯下诏如旧，令枢密院自今后要事并与宰相张士逊和章得象商议。

庚子，赵祯再次下诏，以西蕃首领三班奉职吹同山乞、三班借职吹同乞沙为左千牛卫将军，各赐帛三十匹、茶三十斤，令他们返回本族所在，共同抗击元昊。这也是听了富弼的建议。

富弼又借日食之事，向赵祯进言说，关心如何回应天象，不如通达下情，恳请赵祯下诏求直言，取消对越职言事的禁令。丙午日，赵祯下诏，准许中外臣庶越职上书议论朝政得失。自从范仲淹被贬以来，朝廷禁止中外越职言事。

范仲淹在越州听闻朝廷取消对越职言事的禁令，不禁大喜。不久后，他又知下此诏乃是因富弼之言，更不觉叹道："富弼果能成大事！"

2

三川口之败后，刘平、石元孙陷没敌阵，李士彬也不知所终。

范雍派人秘密潜入元昊营地刺探情报，方知皆被俘虏，李士彬还被元昊割掉双耳囚禁了。

一日，范雍带着一队亲兵巡视尚未丢失的城北数寨，但见营寨毁败，一片狼藉，尚未修葺完好。他又想："根据间谍情报，刘平、石元孙都是被俘虏的。黄德和临阵退却，脱离刘平、石元孙先来延州，当时我拒不让他入延州，收了其残兵，令其回鄜州。可是，他与蕃落部将吕密上奏说刘平、石元孙乃兵败降贼，他乃率兵突围而出，又说我诬告他临阵脱逃，我一时间没有证据，不能为刘平、石元孙辩白，也不能自辩。该如何是好？"想到这些，不觉悲从中来。

回到延州城内，范雍怀着愤懑之情，写了一封奏书。奏云：

> 今陕西用兵之势，宜令大臣以重兵守永兴军、河中府，泾原、环庆等路有警，则以永兴兵援之，鄜延等路则以河中兵援之。今夏竦在永兴，则臣当在河中，以张诸路兵势。其延、渭、环、庆极边，并以武臣宿将守之，以备战斗。而朝廷终未以为然。臣又请选兵官及益河东兵马二十指挥至延州，亦不得报。西贼既知本路无锐兵宿将，遂悉举众而来，攻围李士彬父子寨栅，三日之内，径至州城下。是时，城中若得河东兵马，纵未能掩捕，应亦接得刘平入州。平既军马远来，为贼隔断，众寡不敌，遂致陷没。今金明一路，塞门、安远两寨，围闭经月，息耗未通，万一复来寇城，亦未免为闭门自守之计。欲乞且差赵振为副都部署，及选差钤辖、都监三两员，别济兵五万，分守要害，即一路尚可无忧。昨朝廷更询臣深讨之计。且天兵有数，而敌众无限，中国习斗战有时，而贼能饥寒，

不避暴露，善涉险阻，日以劫略为事。又沙漠辽夐，赤地千里，粮馈不继，臣未知深入之利也。太宗朝继迁犹是新集乌合之众，命李继隆等五路进兵，亦无功而还，况今倚契丹为援，吞并西土三十年，聚畜国家所赐财货，与当时固不相侔。然臣以为朝廷久以恩信接契丹，愿试遣一介之使，令其出师助我，复厚以金缯赂唃厮啰及二子，亦令举兵掎角而前，庶此贼可指期而灭。如得绥、宥、银、夏数州，即每岁更增赐契丹十万，纵未能必取，亦可以破其借助之谋也。[1]

奏书送到都城汴京的皇宫时，已是深夜。赵祯听说是范雍自延州送来的奏书，便传人速速送入寝宫。

寝宫内的羊脂蜡烛静静地燃烧。金丝楠木的书案，在烛光的照耀下闪着奇异的光芒。赵祯在书案前细阅范雍上奏后，喃喃自语道："这个范雍，说向朝廷求救兵至延州而不得报，这不是将三川口之败归责于朝廷、归责于朕吗？假借契丹之力和唃厮啰联合克制元昊，朝廷岂不知契丹、唃厮啰未能尽力耳！"

他气咻咻地将范雍的奏书摔在书案上，暗想："三川口之战，我朝将士虽有临阵逃脱之人，但是亦不缺为国赴死之士。李士彬身陷敌营，其子战死。左侍禁、西路都巡检使郭遵力战殉国；金明县令陈说固守金明，亦力战而死。除了他们，还有数千战死之将士。我朝非无忠勇之士也。便是这范雍，虽是一介书生，却也身披战甲，与民誓死同守延州七日。可是，我军为何落得如此大败呢？难道真

---

[1]《续资治通鉴长编》卷一百二十六康定元年二月己酉条。

如范雍所言，乃是朝廷之错，乃是朕为君之失吗？"他越想越郁闷，额头上也不禁冒出一层虚汗。

他又想："按范雍之奏，那刘平陷没，现在未知生死。而黄德和之前密奏说，刘平、石元孙战败，向元昊贼子投降了。此二人，不知是否真降了元昊，不如先将其在京家眷都关押起来。黄德和说范雍诬告他临阵脱逃，这谁是谁非，延州之败整个过程中究竟发生了什么，终须想法查明白才是！"刘平、石元孙之事究竟该如何处置，他心里犹豫不决，想了许久，方才将思绪重新拉回到延州。"可是，在这个节骨眼上，赵振真的如范雍所荐，能够胜任副都部署吗？"他侧头愣愣盯着书案上那支烧了一半的蜡烛。那烛光看起来仿佛静止一般，几乎一动不动，散发出一圈黄色的光。

良久，他突然想到一事："这次元昊进攻延州，而环州无事。元昊反叛前，朕令人制作了金冠佩、银饰、甲骑送给属羌。环州知州赵振私下以金帛诱换回冠佩、银鞍三千，甲骑数百。当时赵振请求用他的办法，或可以避免一旦交战，属羌盛兵数万皆投于元昊，朕并未准许。后来延州危殆，独独环州无恙，看来那赵振似乎是个帅才啊。"

这个念头在他的脑海里冒出后，他的眼睛里精光一闪，眉头也不禁舒展了。

隔了一日，赵祯下诏，以坐失刘平、石元孙之由，降振武节度使范雍为吏部侍郎，改知安州，同时任象州防御使、环庆副都部署、知环州赵振，为龙神卫四厢都指挥使、鄜延副都部署兼知延州，捧日天武四厢都指挥使、登州防御使、秦凤路副都部署刘兴，为洋州观察使、环庆副都部署兼知环州。这位年轻的皇帝，除了让赵振担任鄜延副都部署，干脆还让他同时接替了范雍知延州。

"哎，你听说了吗？范大帅被朝廷罢免了，不日就要改知安州了。"延州城头，一个军校对他的同伴说道。

"什么！真的假的？如今贼兵尚在围困塞门寨，在这个节骨眼上朝廷怎可临战换帅？没了范大帅，我延州可怎么办？"

"是啊，要不是范大帅号召延州城内军民坚守，之前延州早就被攻破了。当时，咱延州城内的驻兵一共也就千人，如何能去救他寨？那刘平、石元孙将军支援不力，被贼兵围了，也不能怨范大帅啊。如今，朝廷是将三川口之败归罪于范大帅啊！"

"你说得对，这三川口之败关范大帅何事？就说现在，那元昊的兵还围着塞门。咱延州也就这不到一千人马，如何去救塞门？安远寨不也是按兵不动，先求自保吗？朝廷不派援兵，这仗如何打得？还有那黄德和，最是狡猾，有传言说当时刘平将军抵抗元昊大军时他是后卫，却带着部下先跑了，不知躲到了哪个山沟里。后来，贼兵因大雪退去，那黄德和才带兵要进延州。难怪范大帅当时不愿接纳黄德和。我看那黄德和是三川口大败的罪魁祸首。如果当时他带兵与刘平将军等一起抵抗元昊大军，鹿死谁手，还不一定呢！"

"说这些都没用了。现在范大帅要被调去安州，可咱延州怎么办？"

"那咋办？"

"如今百姓都听范大帅的，他一走，城内人心涣散，没了范大帅，我看咱延州恐怕不保。兄弟，不如咱联合一些人，去找安抚使韩琦大人求情，请他上奏朝廷，留住范大帅。"

"行吗？我看那韩琦大人不过三十出头，太年轻了。"

"行不行也得试试，我倒是觉着那韩琦大人长着一双丹凤眼，眼内精光闪闪，一双剑眉如利剑出鞘，看着是敢作敢为的人。要不他这么年轻，如何便能当上安抚使？"

"说得也是，好！就按兄弟意思，咱们去联合一些人，到韩琦大人面前为范大帅求情去！要不咱这些守延州的将士，到时恐怕死无葬身之地啊！"

当天晚上，一群军校闹哄哄地涌到了安抚使韩琦府邸的门口。

听了门房通报，韩琦心头一惊，略一沉吟，便匆匆赶到大门口。

"尔等何事？深夜至此喧哗？"

众军校一时间纷纷叫嚷起来，哪里听得清楚哪个说了些什么？

"你们推选一个人来说！"韩琦厉声喝道。

听韩琦这么一喝，众人顿时安静了下来。不一会儿，众人推出了那个最早提议的人，请他代众人向安抚使说明来由。

那军校既被众人推举，便咬咬牙关，往前站了两步，立在韩琦府邸台阶之下，昂首说道："安抚使，范雍大人带军民死守严守延州七天七夜，不曾有一丝退缩。咱延州今日得存，全赖范雍大人！如今陛下迁范雍大人去安州，咱延州怎么办？还请安抚使上奏朝廷，请陛下明鉴，继续留范雍大人在延州！"

韩琦听这军校这么一说，暗道："原来是为了挽留范雍。只是，陛下已经有了成命，如何能因这些军校的话而改变主意？不过，这些军校说的也是实话。范雍虽然无法有效组织整个陕西的兵力击败元昊，但他鞠躬尽瘁，死守延州，也确实有功。话说回来，这个陕西边境的军事，弊端长期积累，靠范雍恐怕确实难以节制。"他略一思索，旋即对众军校说道："诸位将士，你们的诉求，韩某已经知悉。范雍大人守延州，舍生忘死，韩某闻之，为之感泣！诸位将士乞留范雍大人，情有可原，韩某必当上奏朝廷，尽力向陛下请愿留范雍大人在延州。若不然，也必力荐一位与范雍一样，能够勇担重任的大帅来延州。诸位放心，请各回岗位，休要再离开岗位、聚众喧哗，免得让贼兵找到可乘之机！"

众军校前来请愿之前，本已经抱着被军法处罚的决心，此时见安抚使韩琦与他们站在同一个立场，一时间无不欢欣鼓舞，喝彩后纷纷离去。虽然都知不一定能够留住范雍，但安抚使既然如此表态，他们也再无什么怨言。

韩琦见诸军校散去，脚下一刻也不停留，匆匆往府邸内走去。到了书房，他磨了墨，拿起笔，寻思着如何向皇帝进言，想着想着，不觉心潮澎湃，提笔写下奏书。奏书中有句云：

雍二府旧臣，尽瘁边事，边人德之，且乞留雍以安众心。赵振奋勇，俾为部署可矣。若谓雍节制无状，势当必易，则宜召越州范仲淹委任之，方陛下焦劳之际，臣岂敢避形迹不言？若涉朋比，误国家事，当族。[1]

韩琦这样写奏书，先请留范雍继续守延州，若实在不能留，则请起用范仲淹。

当时，范仲淹依然背着"朋党"的罪名，韩琦这样做，是下了巨大决心的。他冒着被牵连成为范仲淹朋党的风险，用自己的身家性命来担保，请皇帝起用范仲淹。

"可是，陛下会听我的谏言吗？"

韩琦放下笔后，抬头望着窗外黑黢黢的夜空，一时间发起愣来……

---

[1] 《续资治通鉴长编》卷一百二十六康定元年二月条。

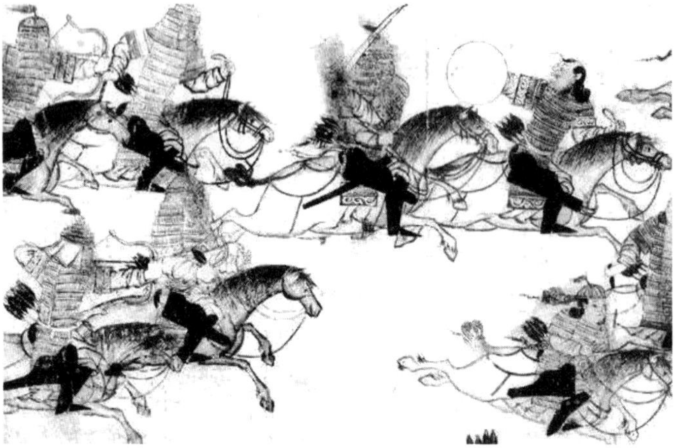

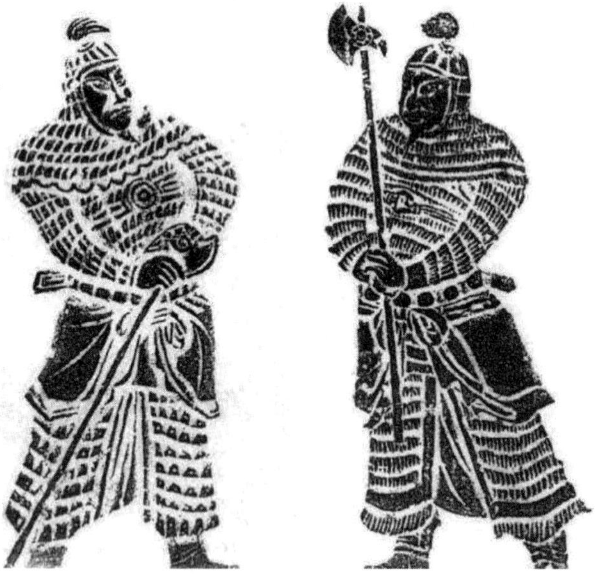

第十八章
三川口喋血之谜

1

春寒料峭。

赵祯穿着便服,骑一匹赤色大马,行走在开封的马行街上。他的左侧还有一骑,马背上的人长着一张圆脸,满脸透出一股冷峻之色;一双眼睛显得很平静,如同冬天里结冰的湖面,蒙着一层朦胧的光。两人身后,稍稍隔了一段距离,跟着几骑。马背上的骑士,穿着看上去像是大户人家的家丁。这几个人神色警惕,不时拿眼睛瞟着大街的两侧。

"当初赵山遇来降,我听了郭劝、李渭等人之见,令将山遇送还给元昊,致山遇全族被屠,而元昊终究还是反了。现在想来,甚是后悔!富弼,你说,这元昊会收手吗?"赵祯扭头看骑马行在其左侧的富弼。

"臣以为,元昊狼子野心,没那么容易收手。"

赵祯点点头，却不说话，过了一会儿，又扭头问道："前几日，我手诏辅臣，令献上攻守方略。诸份上奏中，我最看重陈执中的。那份上奏，我也已令人抄了一份与你，你怎么看？"

"以渐兴功，毋致伤农。臣以为，陈大人所言，切中要害。"

听了富弼的回答，赵祯似乎很满意，微微点点头，旋即脸上又露出犹豫之色。骑着马又沉默着行了一段路，赵祯方才扭头对富弼说："刘平、石元孙之事，你可有所耳闻？"

富弼愣了一愣，说道："臣听闻刘平、石元孙将军陷没敌阵，其余不知。"

"范雍奏云，两将力战后陷落敌营。黄德和则奏云，两将兵败，他突围而出，范雍诬告他临阵逃脱。此公案若不弄个水落石出，恐怕边疆军心不稳啊。你有何好计策？"

富弼略一沉吟，在马上微微倾身，压低声音说道："臣以为，陛下不如派御史中丞往河中府置狱，专门查办此案，一来可查个究竟，一来也可借此警示诸军，宣示朝廷威严。说到这，臣突然想到一事，想乞陛下再行斟酌。"

"说来便是。"

"陛下，莱州团练使葛怀敏有干才，因王德用责知滁州，有些可惜了。当此用人之际，臣请陛下复用葛怀敏，为国效力啊！"

赵祯脸色微变，沉吟了片刻，说道："朕何尝不知葛怀敏之才。"

富弼听赵祯这么说，正色道："陛下，延州新败，正是朝廷复用人才之契机！"

赵祯一愣，旋即明白，富弼的意思是，既然朝廷之前决策不妥，如今不正可借延州新败之际找个理由来改变之前的决策失误吗？想到这层，赵祯顿感脸上发热，却尽量装作没事的样子，淡然地点点头。

过了片刻，赵祯瞥了富弼一眼，仿佛在喃喃自语："有你在朕之侧，朕之幸也！"

三月癸亥，赵祯下诏以莱州团练使葛怀敏为泾原路副都部署，兼泾原秦凤路经略安抚副使。当日，又下诏陕西各城池，委都转运使张存与安抚使韩琦、殿中侍御史陈泊共同整治边境要害之处，以渐兴功，毋致伤农。

葛怀敏被先行召回京城。赵祯召见葛怀敏，将曹玮穿过的甲胄赐给他，令他到西北后务必督促鄜延、环庆两路将所废的寨栅修好备敌。葛怀敏又荐尹洙，请以尹洙随同办事。于是，赵祯数日后下诏，以太子中允长水县尹洙权签书泾原路、秦凤路经略安抚司判官事。

这一日，正值朝廷大宴。忽然，君臣闻大殿外风声骤起，呼呼之声大作，如同要将殿顶掀掉一般。众臣或转身，或扭头，都往殿门外那方天空看去，但见转眼之间，天空乌云密布，却又不下雨。天色不一刻便暗了下来。大殿之内，更是漆黑如夜。

赵祯对这异常的大风感到暗暗吃惊，强自稳定心神，吩咐将大殿内的羊脂蜡烛全部点燃。

殿外，大风如怪兽般疯狂奔突，呜呜直响。

殿内，君臣皆被大风所惊，瞠目结舌，鸦雀无声。

过了大约一盏茶工夫，大风渐渐停歇，外面的天空也渐渐亮了起来。

赵祯感到大为扫兴，心下忐忑不安，于是下令罢宴，令诸臣各自回府，查看家中事物、人丁可有被大风所伤。

诸臣谢了恩，都匆匆退去。

虽然罢了大宴，赵祯退回后殿，依然心神不定。"天地间突起大风，白昼如夜，莫不是朕为政有过错？"他左思右想，旋即下诏要求中外上书指出朝廷政策的缺漏。

到了晚上，赵祯在迩英殿听天章阁侍讲贾昌朝讲《易经》，忽闻窗外又是风声大作。他心下惊疑，便令在一旁陪护的内侍去殿外看看。

片刻后，内侍惊魂不定地跑了回来。

"如何这般惊慌？"赵祯问道。

"陛下，东南方……东南方……"那内侍紧张得有些结巴了。

"东南方怎么了？"

"东南方出了一股大风，那大风固定着，便如一个巨大的漏斗生了脚，四处移动。"

听内侍这么说，赵祯按捺不住，起身匆匆往殿门外奔去。

贾昌朝也慌忙立起身，跟着往外走。

君臣二人到了殿外，往东南方向看去，只见城市上方一圈微红的光芒中，有一个漏斗形的巨大的黑影，那黑影的细脚仿佛生在地上，高处却直入云霄，也不知究竟高达多少丈。它旋转着、扭动着，所到之处，从下面微红的光亮中卷起了无数碎片。那些碎片，远远看去并不知究竟是些什么东西。

"那是什么？"赵祯惊骇地问身侧的贾昌朝。

"陛下请勿惊慌，那不过是大风而已。大风不过因天地之气而成。"

"为何成这怪异之状？"

赵祯问这句话时，那巨大的黑影正在慢慢变小。

贾昌朝眼睛直勾勾地盯着远处的巨大漏斗形黑影,从屋檐下摇晃的灯笼中发出的光照入他的眼中,反射出一点不断颤动的光。他盯着那怪风生出的黑影,只见那黑影慢慢变小,慢慢变淡,最终消失在夜色中,只留下清澈的夜空。

这时,他方才扭过头看着赵祯,眼神已经平静多了:"陛下,如今灾变频仍。一开始的时候,微臣心里也是充满恐惧,可是现在微臣已经心底泰然了。微臣私下思量,灾异的出现,一定有原因。愿陛下修饰五事,以当天心。此前陛下虽然罢了大宴,但是尚不足以消除灾变啊!"

赵祯听贾昌朝这么说,默不作声,微微低下头,皱起了眉头。

"延州被围,三川口大败,如今天下舆论沸腾,枢密院难辞其咎。看来,陈执中等已经不合适继续任知枢密院事了。只是,又有哪几个可以接替陈执中等人呢?"赵祯寻思再三,只觉头疼欲裂。突然,一个人的样子从他脑海中浮现出来。晏殊!"对了,晏殊似乎是个合适的人选。他在三司时上书请罢内臣监兵,不要再以阵图授诸将,还请求募弓箭手进行训练,以备战斗。延州局势紧张时,他又请以宫中的经费资助边费,凡是他司之领财利者,他都要求暂时罢去退回三司。这些都是很好的对策。"他这般寻思着,心里渐渐打定主意,准备起用晏殊知枢密院事。他接着想到的人选是宋绶。之前,他下诏要求在朝廷外任职的大臣上书提出应对元昊的攻守之略,当时宋绶从河南上书提出了十条策略,让他印象深刻。此时,经过一番考虑,他认为宋绶也是知枢密院事的合适人选。

过了几日,赵祯下诏贬工部侍郎、知枢密院事王鬷知河南府;贬右谏议大夫、知枢密院事陈执中知青州;贬给事中、同知枢密院事张观知相州。同时,赵祯令三司使、刑部尚书晏殊,资政殿大学士、礼部尚书、知河南府宋绶并知枢密院事；保安节度使、检校太傅、驸马都尉王贻永同知枢密院事。如此一来，枢密院的主要官员都发生了变动。

除了换枢密院的主要官员，赵祯还下诏宣布了一系列的人事变动。他下诏，令龙图阁直学士、起居舍人郑戬权三司使事，龙图阁学士、刑部侍郎、知永兴军杜衍权知开封府。同时，他想起了之前韩琦的举荐，下诏重新任命吏部员外郎、知越州的范仲淹为天章阁待制，令其知永兴军。

2

殿中侍御史文彦博到河中府已经有几日了。这次他与入内供奉官梁致诚受命赴河中府设狱，调查三川口战役中黄德和、范雍互告之案，以及延州钤辖和临邛通判互告之案。原来，在黄德和和范雍互告之际，延州钤辖卢守懃和临邛通判计用章也分别上奏朝廷，互相告状。卢守懃状告计用章在延州被围时提出退保鄜州，扰乱军心。而计用章则状告卢守懃在延州被围之初劝范雍投敌。

到了河中府后，文彦博打算先办理范、黄互告一案。他已经从鄜延路、环庆路召来多位将官、士兵谈过话，可是众说纷纭，案件依然迷雾重重。

黄德和和范雍各执一词。根据黄德和的说法，他在三川口与夏军大战，是突围而出的。范雍却说，黄德和在三川口率兵先却，弃刘平诸军不顾。可是文彦博想不通，为什么蕃将吕密以及十数名军士都指证刘平、石元孙降敌，而刘平亲随部将王信的证词，也说刘平曾亲自去元昊阵营说和呢？黄德和诉王信临阵脱逃抛弃主帅不顾，而王信同时又告黄德和诬告刘平降敌，还要收买他作伪证。究竟是谁在说谎呢？除了吕密，那些被召来谈话的人，都称没有亲眼见到刘平和石元孙陷落，因此，虽然可以证明刘平确实率部支援延州，但是刘平被夏兵包围后，究竟发生了什么，至今尚无确凿的证据来说明。至于王信的证词说刘平入贼营约和，明显有利于黄德和，而不利于刘平、石元孙，难道王信说了假话？可王信又否认刘平是降敌的。这令他百思不得其解。来河中府之前，赵祯亲自给他的关于三川口之战和延州之围的各种奏章、战报，他已经反反复复地看过很多次了，但其中就是缺了关键的两环——刘平、石元孙被围后发生的事情，以及黄德和究竟是突围而出还是原为诸军殿后却临阵先撤。黄德和及其麾下诸将一口咬定是力战后突围而出，至于普通士卒，主将说是突围，自然便认为是突围，更不会自愿说是临阵脱逃，因为临阵脱逃，按照军法是当斩的。

仆人冲好的茶已经凉了，文彦博一口也没有喝。他手中拿着皇帝给他的黄德和的奏章抄本，陷入沉思已经许久了，对于如何判定黄德和、刘平、石元孙等在三川口战役中的行为，心里依然拿不准。

"黄德和在奏章中自称尽忠于国，是范雍诬告他临阵脱逃，随后又在给卢守懃和薛文仲的书札里说，如果有中使前来，应为他辩护。这次陛下派我与梁致诚来河中府置狱，也正是因为卢守懃将黄德和的请求转呈给陛下。这样想来，如果黄德和确实临阵先却，他怎敢主动要求陛下派中使调查呢？"文彦博想到这里，缓缓站起身来，从书房中走出，往院子里踱去。

此刻，夕阳西下，西边的天空有几个巨大的云团卷曲着，似乎一动不动。夕阳在云团下面映出一片血红，血红色上面却是如浓墨渲染一般，到了云团的顶部，却又变成了青灰色，仿佛是高空的天光，使劲将云团中升腾起来的黑色压了下去。文彦博盯着那些云团，出神地看了一会儿。不知为何，云团的形状、颜色，让他联想到了黄德和一案的诡谲之处。

忽然，一个仆人匆匆来报："大人，天章阁待制庞籍大人到了。"

"哦，在哪里？"

"已经到前堂了。"

文彦博听了，转身带着仆人匆匆离了后院，赶往前堂。

"庞待制，下官有失远迎啊！大人如何突然来河中府了？"

"宽夫兄弟，不必客气。这不，陛下一直没有等到你的上奏，有些着急，便差我来一同查黄德和、范雍互告一案啊。"

文彦博闻言，心头一震，扶庞籍在前堂的一张折背玫瑰椅上坐下，又吩咐仆人上了茶点，这才问道："陛下为何这般着急？莫非又出了什么事情？"

庞籍脸上的肌肉抽动了一下，眯起眼睛看着文彦博说道："可是被你说中了。"

文彦博见庞籍两鬓已经斑白，此刻眯着眼睛说话，眼角旁边的皱纹愈加明显。庞籍今年五十出头，比他要长十八岁。

"庞待制，究竟出了什么事，让陛下如此着急？"

"你与梁致诚离京后，可发生了不少事情。自从三川口大败后，从延州送来的告状那可真是一封接着一封。陛下迫于压力，令禁兵包围了刘平等人的宅地准备将他们的家眷全部收押起来。"

"啊！真相尚未查明，陛下下手也太急了一些啊。这可如何是好？"

"是啊。幸好贾侍讲在关键时刻进谏说，汉朝杀李陵母妻，李陵终于不能回归，而汉朝廷也终于后悔了；先帝厚抚王继忠家，王继中终于能为朝廷所用。又说刘平的事情，真相未查明，其生死未卜，先关押他的家眷，如果刘平还活着，恐怕也不会回归了。还有，龙图阁直学士任布也站出来说，刘平不是会投降贼子的那种人。这时，又有从延州来的老百姓给朝廷上状书，有的说刘平战死了，绝没有投降元昊，不能冤枉刘平。这个说法又与之前王信说刘平去元昊营中约和不太相符。刘平是死是活，是不是去找元昊约和，是投降了元昊，还是被俘虏了，陛下也被各种状书和谏言弄糊涂了。过了几日，事情突然发生了转机，富弼私下密奏——这是后来陛下告诉我的——刘平当时带兵驰援延州，夜以继日，结果却因为奸臣不救而落败，刘平已经在贼营中绝食而死。朝廷应该抚慰他的家人。这富弼也真是有能耐，竟然能够得到非常重要的证据。据他说，刘平殉国之事，是从延州寄出的一封密信告知的。密信没有写明寄信人是谁，但是所提供的事实，细节翔实，而且还有一张刘平将军亲笔写的血书，不可能是假的。陛下旋即请富弼呈上密信与血书，令有司鉴定，果然是刘平亲笔。只是那血书写得甚是匆忙，只写了'平必以死明志。元昊贼子，不集重兵非可以克之。平绝笔'一句。由此见之，刘平既写了绝笔血书，目下幸存可能性几无。可是，究竟是谁从元昊大营中送出刘平亲笔血书，密信又是谁写的，却是不知。刘平绝笔之际，尚不忘军事，以死谏言，真乃忠臣也。因为有贾昌朝、任布的谏言，更因为有富弼提供的证据，陛下才收回成命，下令立即撤去了对刘平等人宅院的包围，各赐刘平及元孙家绢五百匹、铜钱五百贯、布匹五百端。那黄德和说刘平降贼，看来定是诬告，只是要治他临阵脱逃之罪，目前尚未有确凿证据。所以，陛下着急差我来，就是令我与你和梁致诚一起，查证黄德和罪状,揪出诬告刘平的一伙人。"

"这么说来,黄德和、吕密及黄德和的部下十数人,都有串通诬告刘平、石元孙的嫌疑。"

"不错,目前在朝廷内部,有很多人为黄德和说情。所以陛下下决心一定要查实黄德和临阵脱逃的证据,才治其罪,就是要让朝内为他们说情的人心服口服。"

"只是,当时刘平、石元孙将军被围,亲兵们不是战死,就是一同被俘虏,根本没有有效的证人能够指证黄德和。即便刘平果真已经殉国了,黄德和也可能诡辩是自己妄自推测冤枉了刘平,要坐实他临阵脱逃,那真是不容易。范雍大人当时在延州城内,他已经诉黄德和临阵脱逃,但也没有明确的证据。陛下现在一定要实证,庞待制有何好办法吗?"

"来河中府的路上,我也一直在琢磨其中的关键所在,倒是想到了一个可能的线索。"

"哦?还请庞待制明示。"

庞籍这时又眯起眼睛,说道:"富弼不是收到一封密信嘛,那送密信之人,既然能见到刘平将军,带来他写的血书,便一定是进入了元昊贼子的营地。此人很可能是元昊阵营中的人,或者,是刘平将军麾下幸存的亲兵,如果能够找出此人,指证黄德和自然不在话下。只是,此人给富弼寄送密信,说明有苦衷不愿意露面。不管怎样,这是一个线索。"

"不错,这是一个重要线索。刘平兵败,部下怕被朝廷治罪,匿名江湖也情有可原。不瞒大人,在大人到来之前,河东都转运使王沿曾提供了一个情报,说访查到延州出现过两个来自金明寨的败兵,是从元昊营中逃脱的。这两人在延州时曾经对人说,刘平、石元孙等将都被元昊俘虏了,刘平在被押往贼营的路上绝食不进,还骂贼云'狗贼,何不速斩我!缚我去何也?'我听到这个情报,曾经下牒文要延州求访二卒,遗憾的是,至今没有任何消息。"

"莫非,就是那从贼营中逃出的二卒带出了刘平将军的血书,又用密信寄给了富弼?"

"可是为何不直接寄给知延州的范雍大人,或者直接寄给枢密院,偏偏寄给富弼大人呢?"

"富弼知谏院,数次力谏,陛下言听计从,因此天下闻名。金明寨败卒将密信寄给富弼,寄希望他向陛下进言,还刘平、石元孙等清白,也不奇怪。"

"嗯,不是没有这种可能,只是我等又如何能够找到这两人呢?还有,这两人又是如何从元昊大营中逃脱的呢?"文彦博说着,微微皱起眉头,心底总觉得其中还有蹊跷之处,却一时间理不出头绪。

"宽夫老弟,咱现下先不管那两个金明寨败卒。既然有了刘平的血书,我等不如对黄德和、吕密、王信等一一刑讯,从他们口中要得口供,同样可以定案。至于卢守懃、计用章互诉之案,倒是要好办一些,可以缓一步。"

"庞大人,黄德和也是封疆之臣,麾下死士不少,如果刑讯的话,万一部下骚动,恐怕生出事来!"

"宽夫老弟,不必多虑,对付这些人,庞某自有办法。"庞籍眯起眼,淡淡地笑了笑。

3

"堂下何人?"庞籍黑着脸,厉声喝问道。他心中自然知道提审的人是内附朝廷的蕃将吕密，可是照旧一丝不苟，按照刑讯规则喝问。

跪在堂下的吕密抬起头来，只见大堂正中坐着一位黑脸官员，看上去五十多岁，神色极为严厉，不禁暗暗心惊。坐在这位黑脸官员右边的是文彦博，左边的是梁致诚，这两位官员，他之前就已经见过。

"天章阁待制、钦差庞籍大人问你呢！快说！"这时，坐在庞籍左首的梁致诚喝道。

吕密一听"庞籍"这名字，脸色顿时大变，额头上冒出冷汗来。原来，他早就听说过庞籍这个名字，知道庞籍早些年便因执法严格有"天子御史"之名。庞籍早年任开封府判官时，宫内尚美人派遣内侍以教旨之名，令免除某人市租，庞籍说："大宋建国以来，还未曾有美人宫中下达教旨给州府的，应当杖责内侍。"当时因为庞籍的谏言，皇帝不得不下诏，以后从后宫中传出的旨令，一律不得接受。后来，庞籍多次弹劾范讽犯罪。范讽与李迪交好，李迪袒护范讽，都未将庞籍弹劾之文上报朝廷，反而说庞籍上奏宫禁之事不实，庞籍被罢免为广东南路转运使，后又因范讽案被贬为太常博士、知临江军。不久后，庞籍官复原职，调任福建转运使。景祐三年，庞籍任侍御史，改任刑部员外郎、知杂事，判大理寺，封天章阁待制。判大理寺期间，庞籍执法严明，对罪犯刑讯毫不留情，因此当时触犯刑法之人，闻庞籍之名无不色变。吕密听说过庞籍的名头，一想到他的手段，内心便已经犯了怵。此时，吕密被梁致诚一喝，回过神来，说道："庞待制，微臣能说的，都已经说过了。刘平降敌后，贼人以红旗开道，西行而去，这是我亲眼所见。"

庞籍冷冷一笑，喝道："来人哪，上杖刑！"

堂下吕密一听，顿时面色煞白，但依然闭口不言。

几个衙役上了堂，将吕密摁倒在地。又有两名衙役，各执大杖，左一下，又一下，往吕密屁股上打去。

只打了五六下，那吕密已经皮开肉绽，惨呼不已。

待打到第十下，吕密大呼："勿要再打了，我交代便是！"

庞籍听吕密求饶，便冲衙役们挥挥手，令他们退下。

"吕密，本官问你，你可是亲眼见到刘平降敌？"

"大人，微臣并未亲眼见到刘平降敌。"

"好，那你在三川口之败当日究竟看到了什么，细细说来！"

"微臣说过了。当时，刘平、石元孙将军先是被元昊兵四面围住，后来又被分割包围。我带残兵突围而出时在一山头上回望，远远见刘平将军等被俘了。"

"刘平将军被俘，并不等于降敌，为何之前你要说刘平将军投降了贼子？"

"我随后见贼以红旗开道，带刘平等西去。"

"虽有红旗开道，难道就能说明刘平等降敌了？你方才说，是突围后在一山头上远远回望，见刘平将军等被俘。红旗开道时，刘平等是否被绑缚，你可看得清楚？即便是未被绑缚，也不奇怪，贼兵已然拿住刘平等，或故意不以绳索绑缚，故意让可能藏于暗处的我方间谍看见，以行反间之计，亦未可知。你说说，当时刘平等是否被捆缚着？"

"这……我之前也说了，刘平等是否被绑缚，我没有看清，以红旗开道，引刘平等西去，却是我亲见！"

"好。没有看清楚，是吧？那为何断言刘平降敌了？为何与黄德和联名告刘平等降敌？"

"这……"吕密冷汗直冒,一时间结巴,说不出话来。

"快说,究竟怎么回事?"

吕密浑身颤抖,旋即几乎瘫倒在地。他用两只手扒着地面,如同狗一般卧着,抬起头向庞籍投去哀求的目光。呆了片刻,他方才开口说道:"有败卒从三川口逃回,告诉我,黄德和将军说刘平降敌了,这正与我看到的情景相印证,故我说刘平等已经降敌。"

庞籍、文彦博听了吕密这句话,彼此对望了一眼,心中均想:"黄德和诬告刘平,又多了一条重要的证词。"

"来人!将吕密带下去,先关押着。"庞籍厉声喝道。

吕密被押下去后,王信被带上了堂。之前鄜延路已经拘押了王信,文彦博到河中府后,就将王信提到河中府的大狱中。此前文彦博已经审问过王信几次,王信只是一口咬定说自己是在被夏军俘获后半路逃出来的。

王信被押上了大堂。他项上戴着木枷锁,呆呆站着,先是满眼困惑地看着庞籍,接着又看了看文彦博和梁致诚。

"王信,钦差庞籍大人要问你话……"文彦博说道。

文彦博的话音未落,王信已然扑通跪倒在地,口中呼道:"冤枉啊!请钦差为小人做主!"

庞籍面无表情,冷然说道:"你且将实情说来。就从刘平将军出援土门说起吧。"

"我之前都说过了。"

"本官没有听到,让你重说你就重说,不要废话!"

王信低下头,过了一会儿方才慢慢抬起头。这时,他的一双眸子仿佛蒙上了一层薄薄的雾。

"是!那日刘平将军接到延州范雍大人檄文后,便立刻带着近三千精锐步骑兵，日夜兼程赶往土门。我是刘将军的亲随，一直跟在他身边。我记得，我军到达保安军时与石元孙将军部会合了。随后，刘、石两将军便率军继续往东北方向的土门赶去。可是，快到平戎寨时刘将军便又接到了范大人发来的檄文。这份新的檄文说，土门已经陷落，贼军顺势急进，已经南下攻破了金明寨，包围了延州。范大人要求刘平等将军率部回救延州。刘将军便派出斥候去打听情报。根据情报，贼兵自土木南下后，确实已经攻陷金明寨，而且自北向南驻扎了重兵，以保卫撤退之路。刘将军、石将军便决定按照范大人的计划，赶回保安，去与黄德和、郭遵、万俟政等几位将军会合，然后从保安东进去救援延州。于是，我跟随刘、石两将军又回军保安。我部到达了保安军栲栳寨，在那里得知了黄德和、郭遵、万俟政等诸位将军都已经赶到保安军附近。

"刘将军知延州被围，危在旦夕，便急着带兵东进。他决定亲率骑兵先行，然后由石将军率步军后进。我记得，那天天色阴沉沉的。刘将军带了一千精锐骑兵，先行往三川口方向前进。我当然还是跟在他身边。那日，好冷啊。我披着铁甲，骑在马背上，觉得冻僵了一般。眼见天色黑了下来，刘将军便下令骑兵就地驻扎。根据斥候的情报，我们驻扎的地方距离三川口也就十五里左右。老天仿佛是要故意与我们为难，晚上便下起了大雪。那大雪从黑色的天上飘下来，被火炬一照，就像一张大网。刘将军见下起大雪，便改变了扎营的决定，令用布裹了马脚，率骑兵继续往三川口方向前进。刘将军此举，应该是担心骑兵被大雪困住。夜里道路不明，又下大雪，我军骑兵往三川口方向艰难前进，到次日清晨也就行了七八里。刘将军见步兵还未赶到，延州城又被重兵围着，一千骑兵如果贸然进攻，恐怕会全军覆没，不得已便又带着一千骑兵按原路返回去与步兵会合。这样，我军便在三川口西边十里左右的地方与石将军率领的步兵会合了。此时，黄德和、万俟政、郭遵各将军各部人马也赶到了。他们是从保安军赶来的。这样一来，刘将军麾下加上石元孙、黄德和等四位将军的部下，步骑加起来有一万余人。刘将军在诸军中军衔最高，便以他为主将。他旋即下令，诸军结阵东行，往三川口方向进发。雪一直在下，我军到三川口附近时，雪都没过脚踝了。

"雪真是很大啊。刘将军说，延州危急，我军不能再等了，要诸军连夜进攻，他自己决定来打头阵。根据部署，黄德和率部殿后。我方才说了，我军人马总共一万，可是敌人有多少人呢？当时我们不知道确切的敌兵数目。根据斥候刺探的情报，在延州西边驻扎的贼兵，少说也得数万。可是，刘将军依然决定要进攻，打算在延州城西边打出一道口子，救出延州城内的军民。我随他进军到三川口，摆出了偃月阵。阵地前面便是一道河。当时贼兵也从延州出发赶到了河对面。天寒地冻啊，雪还在下着，前面的河水似乎已经结冰了。刘将军原打算过江主动打击贼兵，但担心江面的冰无法承受住步骑兵的重量，于是才决定在河水西岸摆出偃月阵，从正面抵挡夏军进攻。刘将军的策略，是用偃月阵正面拖住从延州来的贼兵，然后令黄德和率兵从后侧迂回，绕过阵地，绕到贼兵阵地后夹击敌军。如他所料，贼兵骑兵步兵果然强行渡河进攻，那河面的冰果然很多地方裂开了，贼兵溺亡者不少。可是那贼兵也是勇猛，仗着人多，也不顾溺亡者，纷纷涌向河水西岸，杀向我军。贼兵人数众多，先渡过河的拼死挡住我军的冲杀，过了许久，贼兵渡河的越来越多，最后竟然背着河水也摆出了偃月阵与我军对杀。这个时候，郭遵将军和鄜延巡检王信将军从后面前来支援——这是刘将军之前定下的策略，两位将军分别在偃月阵两翼向贼兵阵地猛攻。我还是跟在刘将军身边，郭将军和王将军那边——王将军与我同名同姓——他们那边的具体情况，我也不知，当时只见两边阵地杀声震天，两边贼兵都稍稍退却了。

"可是，不幸的事情发生了。刘将军左耳右胫皆被流矢击中。我吓坏了，以为他马上就要死了。当时刘将军浑身是血，口中只是狂呼：'不用管本将，进攻！进攻！'诸位将士见主将如此，便又振作起来，红着眼，不顾性命，狂呼着往贼兵杀去，一时间阵地上血光四溅，残肢乱飞。我当时也完全蒙了，只知道挥刀往前乱砍，只要是贼兵，便一阵砍杀。诸位大人，你们可知，我也是拼了命的，连刀刃都卷了。

"这样子乱杀一阵，贼兵竟然被杀退了。到了这天太阳下山时，我军战士打扫战场，斩了贼兵的首级，牵着敌人丢下的战马，去找刘将军请功。他说：'大战未结束，贼兵必然卷土重来。诸位的功劳先都记了，来日再按功论赏。'刘将军说这话时，贼兵又从河对面杀过来了。这次，贼兵纠集了更多的兵马。黑压压的全是人。我们在阵地前沿只有数千人。不过，我军是寸土不让的。杀啊杀啊，阵地前，杀得完全胶着了。刘将军大声呼喝，叫诸位将士顶住。因为事先的战略，就是我们正面顶住贼兵，然后由黄德和从殿后位置迂回到敌军背后夹击，所以，大伙儿还是有信心的。这样一番昏天黑地的大战后，竟然又把敌军杀退了。可令人气愤的是，黄将军的部队一直在后面观战，并未作任何迂回。后来，听说黄德和干脆带着部下往南撤离了。刘将军大怒，令儿子刘宜孙去追黄德和，可是也没有结果。黄德和撤离的消息，一下子在军内传开了，阵地上开始出现了很多逃兵。刘将军只得以刀剑斩杀逃兵，后来好歹集合起三千余人抵抗贼兵的进攻。贼兵被我军一阵冲杀，又退回河对面去了。后来，刘将军带着我军往延州城西南转移，在那里临时筑起七座营寨，抵抗贼兵。那时，郭将军亲自带着几个亲兵去追黄德和，希望他带兵回援。过了几日，有一天夜里，贼兵到几个寨前喊话，想要从我们口中套出主将在哪个营寨。按照刘将军的命令，各寨都对贼兵不作任何回应。又过了几天，又有戍卒打扮的人请求入寨，说是有延州来的紧急文牒。此时，延州已经被团团围住，我军的营寨前也都被贼兵围得死死的，怎么可能再有文牒送出？刘将军知道这是贼兵的诡计，便下令从寨楼上射杀了元昊派来的奸细。

"再后来，元昊那边派了一个叫李金明的来讲和。刘将军见贼兵围住营寨久不退却，营中军粮将竭，便派李康前去元昊那边询问情况。李康回来后说，元昊想要和刘将军面谈。为了保住麾下最后一批战士，刘将军毅然骑马前往敌营。之后，刘将军便被元昊扣押了。贼兵不讲信义，扣押了刘将军后即大举进攻，攻破我军营寨。我便是在最后的战斗中被俘的。被俘后，贼兵抢了我的衣甲，只留一身单衣与我。我在被押往延州的路上，从敌营中跑出来，逃往鄜州。

"接下去的事情，我也详细对文大人说了。好吧，我继续说。我到了鄜州，见到鄜州知州张宗诲大人和黄德和——黄德和当时已经在鄜州了。他们问我，刘平将军在哪里。我便如实说了。后来，张知州令人将我扣留在东庑。黄德和一个人来见我。他问我：'人人都说刘平降贼了，而就你一个人说他是去元昊营中约和，这是为何？'我说刘将军入贼营后的事情，我确实不知。次日，黄德和又找我说：'我已经上奏朝廷，报告了刘平降敌之事。你若还说刘平是去约和，朝廷必然置狱查办，到时你能够吃得住枷禁之苦吗？我不想多事，只求此事早了。你是个聪明人，我给你一锭银子，你不要再出现了。'我当时又惊又怕，知道黄德和是为了掩盖自己临阵脱逃的罪行，想要封我之口。我听出了他口气中的威胁之意，为了活命，只能假装答应。可是，鄜州看守得很严，我根本没有出逃的机会。黄德和可能也没真正想给机会让我逃走。我估摸着黄德和想要杀我灭口。我恨黄德和之前见死不救后又想诬陷刘将军降敌，便给刘将军在京的儿子写了一封信，告诉他刘将军是入贼营约和，不是降敌。这封信，我用黄德和给我的银子买通了一个看守，让他找机会偷偷托人带了出去。我自己便准备以死明志。"

王信说到这里，眼中落下泪来。

庞籍听到此处，沉着脸叹了口气，从怀中缓缓掏出一物。

"将这个给他看看！"庞籍对一名衙役说道。

那衙役伸双手接过那物，递到了王信跟前。

王信迟疑了一下，只见衙役手中托着一块折叠起来的棉布，上面血迹斑斑。他心中一震，双手哆嗦着从衙役手中接过那块棉布，慢慢展开，看了起来。

过了片刻，王信的脸慢慢涨红，眼睛也瞪大了。忽然，他将手中的那块棉布高高托起，泪如雨下，撕心裂肺大呼道："刘将军，是小人对不住你啊！"

王信手中的那块棉布，正是从战袍上撕下的一大块衣襟。

"庞大人，这血书，是从哪里得来的？刘将军已经殉国了吗？"王信瞪着一双血红的眼睛，问庞籍。

"刘将军应该已经不在了！至于这血书是从哪来的，你不必知道。关于刘将军的事，你究竟隐瞒了些什么，现在可以说了吧？"

王信跪在地上，低头看着血书，良久，方才开口道："几位大人，我说。之前，我同张宗海知州和黄德和说刘平将军入敌营约和，是我乱说的。但是，我本意并非想诬陷刘将军。我是刘将军的亲随，我心里面真的非常敬重刘将军。可是，可是……我还是从刘将军对贼兵最后那次战斗说起吧。那天，眼见敌人再次攻了上来，刘将军、石将军便带着残余的将士作最后的抵抗。当时，我就在刘将军的身边。在我们的背后，已经没有后备人马，黄德和的人马早就撤了。郭遵、万俟政将军分别在两翼带着残部抵抗。郭将军好像是刚刚回到营里，但是根本没有搬来救兵。当时听说没有救兵来，我军士气大挫。那天，雪下得很大，我们看着贼兵在雪花中不断从前面冲过来，每人都疯了一般。四处都是刀光，周围都是狂呼和惨叫声。雪地里，到处都是黏糊糊的，鲜血、脑浆、雪水、泥浆全都混在了一起，到处都是残肢断臂。很快，我们的人马便被贼兵分割成了几块。我跟在刘将军身边，可是我们已经看不到石将军了。至于郭遵、万俟政将军，他们本来就在两翼，我们更是不知他们的生死。眼看刘将军身边的亲兵越来越少，我那个时候已经知道可能要战死，便将生死置之度外了。刘将军不断挥刀格杀近旁的贼兵，可是贼兵多于我军数倍，我们砍杀得越多，贼兵拥上来得越多。后来，我们的刀刃都砍卷了，便从脚下捡起刀剑来用。后来，刘将军身边只剩下十来个亲随，我也在其中。我以为自己活不成了，可奇怪的是，贼兵似乎不想再杀死我们，而是不断尝试打落我们手中的刀剑。那个时候，我们实在是没有力气了，手中的刀剑渐渐都被贼兵打落。后来，刘平将军本想挥刀自刎，可是手中的刀也被贼兵打落。于是，贼兵一拥而上，将将军和我们十来个亲兵摁在地上，剥了我们的铁甲、战袍，只留下单衣，然后给绑得扎扎实实，说是要带到元昊那里去领赏。后来，来了个贼兵长官，让人替将军和我们这十来个亲兵松了绑，还将将军的战袍还给了他。我们那个时候才知道，原来是元昊贼子亲自下了命令，要活捉刘将军。

"我们和刘将军被贼兵俘虏后，他们便派兵将我们往金明寨方向押送，还派了红旗队在前面开道。当晚，雪下得很大，于是贼兵在路上扎营。因为打了大胜仗，又抓住了刘将军和石将军，所以他们就兴奋地喝酒狂欢庆祝。石将军被俘，这是我被抓后才知道的。因为石将军也被贼兵押了过来，与刘将军囚禁在一起。看守我的贼兵那天晚上都喝醉了。我便抓住机会，偷偷从贼兵营中逃了出来。我穿着单衣，冒着雪往延州方向跑，未到延州城，便发现延州被贼兵重兵包围着，我便只好往南，往鄜州城跑。后来，我终于到了鄜州城，便向鄜州城下的军校说明身份想要进城。但是，那时三川口大败的消息已经传到了鄜州，鄜州城门的守军害怕我是贼兵奸细，便要我说来龙去脉。我当时本想告知实情，但是一想到刘将军战败被俘，甚觉羞愧，也担心因战败被治罪，便假说刘将军入贼营约和，但被贼兵背信弃义扣押，贼兵还偷袭我军营，我是突围逃出来的。没想到，鄜州城门的守卫便将我带到知州张宗诲跟前，而且黄德和刚刚从三川口逃离，恰好与张知州在一起。我只好将与守卫说的话又说了一遍。没有想到，黄德和听了，便想让我指证刘平将军是投降贼兵。我无意诬告刘将军投敌，说他是被贼兵骗入营中去约和，原想这样可以维护将军的尊严，所以我拒绝了黄德和的要求。"

"王信，那你之前为何不向文大人、梁大人说明，刘将军入贼营约和之说乃是你的妄言？为何不指证黄德和诬告刘将军？"庞籍厉声问道。

王信一哆嗦，说道："庞大人，小人糊涂，小人罪该万死。黄德和是朝中大官，我怕指证他，会被他灭口。我也不敢肯定，文大人、梁大人是否与黄德和是一伙的,因此不敢在他们面前说出实情。如今,见刘将军写下绝命血书,以死殉国,我王信不是忘恩负义之人,将军既然已经不在了,我亦无意偷生。请庞大人治罪!"

庞籍听王信这么说,脸色稍稍缓和,微微叹了口气,说道:"日后审黄德和,你可愿意作为证人?"

"小人愿意!"

庞籍的眼光落在王信的脸上,眼神中闪出一丝怜悯,说道:"妄言主将与贼兵约和,论军法,是砍头的罪。念你尚存忠义之心,本官会向朝廷求情,赏你一个全尸。"

王信听了,号啕大哭,口中呼道:"谢庞大人!"

"先带下去吧。"庞籍沉着脸,冲衙役说道。

两个衙役走了上来,扶起王信,将他带了下去。

梁致诚开口说道:"庞大人,现在有了王信这个证人,就能将黄德和诬告刘平将军的罪坐实了。"

庞籍神色冷峻,扭头看了梁致诚一眼,微微摇摇头,说道:"还不够啊!黄德和甚是狡猾,根据吕密、王信的说法,黄德和确实是告刘平投敌,但是当时战局混乱,刘平、石元孙将军又都被贼兵俘虏了。他们身边的将士,不是战死,便也身陷贼营。黄德和完全可以狡辩说,他没有刻意诬告刘平、石元孙,而只是因为消息不通,出现误判。"

梁致诚急道:"那难道就没有办法治他的罪了?若不治他的罪,岂不令边疆战士寒心,令忠臣蒙冤!"

文彦博沉吟道:"庞大人,你的意思是,对付黄德和的关键,是重在判定他临阵脱逃?"

庞籍听文彦博这么说,微微一笑,说道:"正是,坐实他临阵脱逃、见死不救是关键。正是因为临阵脱逃、见死不救，他才起诬告刘平投敌之意。他这样做的目的，就是通过诬告刘将军投敌，来掩盖他临阵逃脱导致我军大败于三川口。"

"范雍之前已经在奏书中告了黄德和临阵脱逃。现在又有吕密、王信的证词，难道还不够告倒黄德和吗？"梁致诚说道。

"不够。刘将军的儿子宜孙曾去向黄德和求救，可是后来战死了。按照王信的说法，郭遵将军也曾向黄德和求救，可是后来郭将军也战死了。曾经向黄德和求救的关键证人都战死了，不论是王信，还是其他活着回来的士兵，都无法成为有力的证人。黄德和一定会狡辩，当时他确实是力战突围，甚至会狡辩当时刘平已陷落敌阵，出兵已无意义。所以，现在我们缺乏关键的证人。"庞籍皱着眉头，沉重地说。心头的压力，使他看上去年龄比实际更大了许多。

文彦博说道："难道我们就没办法了？"

庞籍嘴唇颤动着，却是不说话。

文彦博说道："黄德和告刘平投降的状书中，还列了十来个军校的签名。这些人，我与梁大人之前已然审问过，都是一口咬定刘平战败投降，他们是突围而出的。不如将这些军校再次一一刑讯？"

庞籍道："恐怕没有用，按我大宋军法，临阵脱逃乃是死罪。承认必定死，不承认或许还能活。这些人一定不会承认的，更别提去指证主帅临阵脱逃。"

文彦博和梁致诚听庞籍这么说，一时间都面面相觑。

4

庞籍喝了一口茶，愣了一会儿，将茶杯放下，眯着眼睛冲对面的文彦博问道："宽夫兄弟，最近几日，那黄德和可有动静？"

距再次提审吕密、王信已经过了几日了。按照庞籍的策略，没有马上再次提审黄德和，而只是派狱卒往黄德和那边放风说吕、王二人皆已定罪。庞籍希望通过这种办法，让黄德和自己在猜疑中慢慢崩溃。文彦博这几天也是几次令人带来狱卒询问，可是从狱卒的汇报来看，似乎吕密、王信二人认罪的事实，并没有对黄德和造成明显的冲击。所以，当庞籍这么问时，文彦博只好无奈地摇了摇头。

突然，梁致诚带着一个人匆匆走入大堂。

"庞大人，文大人，我给你们带来一个人！他是陕西安抚使韩琦派来的，说有要事报告。方才我正要出官署，正好他找上门来，我便赶紧将他带了过来。"梁致诚说道。

庞籍扭头看了一眼梁致诚，目光打量了一下梁致诚身后的那个人。只见那人身材高大，身披一件灰黑色的披风，头上戴着一顶斗笠，斗笠压得低低的，从斗笠下面露出半张脸，脸很瘦削，留着络腮胡须，左脸颊上还有一道刀疤，两只眼睛正从斗笠下面冷冷地望向前面。

"这位是？"庞籍疑惑地问道。

那人微微抬起头，向庞籍和文彦博施了礼，说道："诸位大人，在下要向诸位大人指证黄德和在三川口战役中临阵脱逃、见死不救！"

庞籍等三人一听，都大吃一惊。

"你究竟是什么人？又怎生说是韩大人派你来的？"庞籍问道。

"在下本是李士彬麾下军校，诨名赤豆。我是先去找陕西安抚使韩琦大人控告黄德和，韩大人说，河中府正在提审黄德和、王信等人，故令我从速赶来。"

赤豆这么一说，庞籍、文彦博和梁致诚三人又是吃了一惊。

文彦博惊问道："你在李士彬将军麾下，为何要告黄德和？你可有证据？"

赤豆坚定地点点头，眼眸中精光忽闪了一下，说道："说起来，事情也比较凑巧。这事要从李士彬将军说起。当时，元昊派大军偷袭金明寨，李将军心知金明寨必将陷落，便下了以死报国的决心。但是，他放心不下自己的老母亲和夫人，便拿出一副朱玉带交给我，让我带着这件信物去见他的老母亲和夫人，带着她们尽快逃往延州。我本打算留在将军身边，与将军一同以死报国，无奈将军之托付我无可推卸，便只能遵照将军之命，带了十来个兵卒，护送将军的老母亲和夫人到了延州。但是，在延州城内刚刚安顿下来不久，就有消息传来，说金明寨已经被贼兵攻破了，贼兵正在迅速进军延州。我一想，贼兵来势汹汹，说不定延州也可能被攻破，如果继续待在延州，到时恐怕也难逃一劫。我倒不是害怕贼兵，恨不得回到战场，与李将军一同作战。但是，我既受李将军之托护其家眷周全，便决定即刻带她们南下，前往鄜州，以避兵灾。于是，我便又雇了马车，带人护送着李将军家眷往南而去。将近甘泉时，从西边赶上来几骑，马蹄声甚急。我担心是贼兵追至，便令几个兵卒护着李将军家眷先行，自带着几个兵卒停下来，挡住来路。眼见从西北边路上急速奔来几骑人马，当先一人戴兜鍪，兜鍪上高高飘着红缨，身披左衽绿色战袍，战袍里面披挂着铁甲，马鞍一侧挂着一杆铁枪，看上去乌黑发亮，至少有三四十斤重。远远看到来人是我大宋将官的打扮，我心神稍定。那几骑人马跑到我们跟前，当先那位将官模样的人勒令马队停下，问我是何人，隶属哪支队伍，为何会在此地。我与手下当时也都是军校打扮,因此那个将官这样问也不奇怪。我看那将官装束,绝非一般军校,便不隐瞒,告诉他我等乃都监李士彬将军手下,正护卫将军家眷前往鄜州。那将官听了,迟疑了一下,问我既然是护送李都监家眷,怎么不见家眷。我便告知,家眷在前面,我等担心尔等是夏兵,便在此拦截。我反问那将官是何人、欲往何处。那将官说他是左侍禁、西路都巡检使郭遵,目前隶属鄜延路副都部署刘平麾下。我一听,吓了一跳,没有想到来人竟然是西路都巡检使。这时我才看到,他的背上还背着一根乌黑发亮的铁杵。郭将军告诉我等,刘太尉正率军在三川口与贼兵激战,但是黄德和将军率部先撤了,听说黄德和已经在甘泉驻军,他便带人去追黄德和请求回军支援。郭将军这么一说,我便知道延州已经被围,我军在三川口形势危急了。于是,我带着郭将军,追上李将军的家眷,一同往甘泉赶去。我们到了甘泉,但见遍地狼藉,很多地方的屋子已经被烧得只剩下断壁残垣,不少百姓流落街头。一问,方知黄德和麾下部队刚刚经过甘泉往鄜州去了。无奈之下,我们只能往鄜州方向追去。黄德和的部队大营暂时驻扎在鄜州城外,郭将军带人去求见黄德和,我则将李将军家眷送入鄜州城中。安顿好李将军家眷后,我留下三个兵卒,托付他们保护李将军家眷,便和李老夫人说,我先去找郭将军,一起搬了救兵,就去三川口,之后我再择机潜回金明寨,打听李将军下落。老夫人哭着要我帮她打听到李将军下落,我也只好满口答应,心里却知道,既然金明寨已经陷落,现在谁也不敢保证李将军一定还活着。与李将军老母和夫人辞别后,我带着几个兵卒在黄德和大营外找到了郭将军。原来,无论郭将军和手下如何在营寨外大喊求救,黄德和就是令手下坚壁不出,不作任何答复。最后,郭将军知道搬救兵已经无望,便决定尽快返回三川口，以同刘平将军一起对抗贼兵。那时候，我也下了决心，带着手下几个人与郭遵将军一同回三川口。郭将军知道此去三川口凶多吉少，但也很清楚，现在每多一个救兵，三川口就多一分希望，于是便同意我等一起回去。这样，我等一起回到三川口。回营后没过一个时辰，贼兵便向我军营寨发起了总攻。眼见贼兵要攻破营寨，郭将军组织了人马，杀出寨门，在寨门前列出阵势。当时我军士气低落，郭将军便大呼一声，挺起铁枪，纵马杀入敌营。我当时被郭将军的气势鼓舞，也怀着必死之心，跟在郭将军身后纵马杀入敌阵。我看那郭将军挥一杆铁枪左冲右突，转眼间杀伤十数人。贼兵被郭将军的神勇吓得纷纷后退。郭将军又带着我等一阵冲杀，顿时又有数十贼兵上了黄泉路。于是贼军派出一员大将来挡郭遵将军，那人自称名叫杨言。因为大将对战，敌我两军都各自拉出一条阵线，中间空出一段距离让大将走马单挑。那个时候，郭将军威风凛凛持枪立在马上，绿色的战袍早已经被鲜血浸透，看上去像一位战神。杨言骑着马举着狼牙棒往郭将军冲去，郭将军也纵马挺枪向杨言冲去。只听得'咣当'一声巨响，郭将军的铁枪和杨言的狼牙棒撞在一起，铁枪竟然被狼牙棒给荡开了，想来是那杨言臂力非同一般。而郭将军力战许久，手上已经有些脱力了。一回合之后，郭将军与杨言纵马跑开，旋即又冲向对方。这次，郭将军在马背上俯下身子，一枪往杨言颈下挑去。那杨言虽然力大，但动作不够灵活，勉强挥狼牙棒荡开了铁枪，可是郭将军这次反应极快，一瞬间单手持枪，另一只手已经从背上抽出铁杵往杨言后脑打去，一下子便将杨言打得脑浆崩裂。这一下，敌我两边都是齐声惊呼。我军这边惊呼中带着狂喜，贼兵那边惊呼中带着恐惧。郭将军既杀了杨言，在马上大呼一声，号令麾下往前冲杀。他自己又一马当先，一时间所向披靡。但是，贼兵越来越多，我军被杀得一步一步后退。郭将军也被贼兵挡住，前进不得。我奋力杀了几个贼兵，赶到郭将军身旁。郭将军见我杀到近旁，对我说，如有救兵，我军必不至于败。他恨黄德和引兵先退，又不肯回军救援。他让我务必突围而出留得性命，他日向朝廷道明三川口、延州之败的真相。他最后说的话，我此生都不会忘记。他与我说了几句话后，便又奋起单骑杀向敌阵。那时，贼兵已经占据了高处。郭将军似乎想要夺回高地，便纵马挺枪往高处杀去。贼兵知道光靠几个士兵无法抵挡郭将军，便在高处拉起大长绳。郭将军拔出佩刀斩断了长绳，继续往高处冲杀。贼兵大为恐惧，一时间往后退了不少。这一退，我军残余人马得以稍稍撤出杀阵。郭将军这时在马背上扭过头狂呼了一句："尔等留得性命，不必战了，快退！本将为尔等殿后！"不等诸人答应，郭将军已经再次纵马杀向敌阵。我等见事已至此，只得哭红了眼，往后退去。郭将军冒死在敌人阵前纵马来回搏杀一阵。我最后回头看时，他已经被敌人围住了，众贼兵正在纷纷向她攒射。

"三川口大战后，我军所剩无几，残兵逃的逃，散的散。我脱下军装，待贼兵退去，回到了战场。在郭将军陷没的地方，我发现了他的铁枪。铁枪静静横在雪地里。雪还没有化，铁枪只在雪里面露出一个枪头，乌黑发亮。雪地里，四处都是暗红的血，鲜血和冰雪都冻在一起了。在那铁枪十步之外，我又发现了郭将军用的铁杵——那根打破杨言脑袋的铁杵，也静静地躺在雪地里。在阵地附近有一处尸骨坑，里面尽是烧焦的尸骨。我没能够寻到郭将军的尸体，郭将军的尸体可能也被贼兵埋了或烧了。于是我挖了一个坑，将郭将军的铁枪、铁杵都埋在坑里，就当埋了郭将军。我在铁枪冢旁边摆了一块大石头，来不及为郭将军立墓碑了，我急着潜回金明寨，去打听李将军的下落。可是，等我到了金明寨，才知道李士彬将军已经被俘虏了，而且已经被元昊割去了双耳，囚禁起来。"

"等等，你说潜回金明寨，打听到了刘平将军的消息。你可在元昊营中见过李将军？"庞籍突然想到了刘平的血书，便插口问道。

赤豆听庞籍这么问，愣了一愣，满脸困惑地摇了摇头，说道："我只打听到李士彬将军被囚禁的消息，却没有丝毫机会潜入元昊营地。我知救李将军无望，想着要尽快完成郭将军托付的事情，便重新南下。刚好，知道朝廷派了陕西安抚使韩琦大人来边，我几经周折，终于见到了韩大人，向他禀报了郭遵将军的事迹，又痛诉黄德和临阵脱逃、见死不救。韩琦大人听了我的禀报，便说，朝廷正派了庞待制前往河中府审讯黄德和一案，故令我从速赶来。"

庞籍、文彦博和梁致诚三人沉浸在赤豆所说的三川口、延州战役的气氛中。虽然未曾亲身经历战争，但是赤豆所描述的战争场面，已经令他们感到无比震撼了。郭遵的事迹，更令他们心潮汹涌、热泪盈眶。

"这么说，带回刘平血书的另有其人！不管怎样，有了赤豆的证词，再找到郭遵将军的铁枪和铁杵，就可以坐实黄德和的罪状了啊！"庞籍心中暗想。他凝神注视赤豆许久，说道："我们一定会为刘将军、郭将军讨回公道。明天提审黄德和，你可愿意当面做证？"

赤豆微微抬起头，冰冷的双眼中仿佛燃烧起火焰，他坚定地点了点头。

"还有，要告诉你一个不幸的消息。刘平将军可能也已经在元昊营中以身殉国了。"庞籍迟疑了一下，终于狠下心淡淡说道，说着令人取来了刘平的血书，将它递给赤豆。

赤豆一见血书，愣了一愣，旋即仰天恸哭。

5

枷锁上到了他的脖子上，黄德和感到很震惊。此前他虽然被囚禁了，却没有上枷锁。自戴上枷锁的那一刻，他便仿佛蔫了一般，但求生的本能很快又将他带入一种新的精神状态。虽然意识到朝廷可能已经掌握了他的罪证，但是他心底依然抱着一丝幻想，只要拒不承认临阵脱逃，就可以免于一死。他很快被再次提审了。

当吕密、王信顺次站出来如实交代了他们各自的经历后，当事实的拼图一块一块拼起来的时候，黄德和的狡辩显得愈加无力了。

当庞籍将刘平的血书亮出来的时候，黄德和整个人瘫倒在地上。这一刻，黄德和的内心已经开始崩溃了。

当赤豆最后站出来，当面指证黄德和临阵脱逃、见死不救的时候，黄德和知道一切都完了。

"来人，上刑！"庞籍盯着瘫倒在地的黄德和，厉声喝道。

"慢着！庞大人，我交代，什么都交代。"黄德和终于放弃了狡辩。

众人只听得黄德和说道："黄某率部离开三川口之后，便往南面撤去。到甘泉歇了数日，随后便到了鄜州。刚到鄜州第二天，也就是郭遵将军前来求援的第二日，有几个败卒逃到鄜州。我让人将败卒扣押了，问他们刘平、石元孙将军现在何处。那几个败卒说，三川口一开战，我军便处于不利境地，他们几个在乱军中被打散了，估摸着我军被打败了便不敢回去。至于刘平、石元孙将军现在何处，他们并不知道。他们又说，刘平、石元孙将军也可能因为吃了败仗，投降贼军了。我听了他们的说法，想到自己之前带兵先撤了，如今三川口损兵折将，朝廷一定会问罪。想到这个，我心生恐惧，转念一想，不如顺着败卒的意思，向朝廷奏报刘平、石元孙战败，我部是突围而出的，这样或能免罪。我便对几个败卒说，照你们几个的说法，刘平肯定已经投降贼军了。我会向朝廷上奏，就说你们是随着我一起转战突围而出的。如此一来，不但可以避免战败被治罪，或许还可以得到功劳。败卒出去后，我便往外放风说刘平降敌了。几位大人啊，我是一时糊涂啊！"

庞籍怒道："你是蓄意诬告忠臣，为自己脱罪！继续说。"

黄德和被庞籍一喝，浑身一哆嗦，愣了许久，嘴唇哆嗦着继续说道："正巧，数日后，蕃将吕密也来到鄜州，吕密说亲眼看到贼兵俘虏了刘平和石元孙。吕密与我说，贼兵以红旗开路，导引着刘平等西去。当时，我真是喜出望外，以为刘平真的降敌了。为了将刘平降贼的事情坐实，我命令亲信撰写了告发刘平等降敌的状书，凡是愿意在状书上署名的，都给予奖赏。吕密和那几个败卒都署了名，后来我的亲信为了帮人讨赏金，又在状书上私自增加了几个军士的名字。于是，这便有了我后来的奏书。之后王信从延州来，说刘平是入元昊营约和去了。这个说法，与我的上奏不合，我担心朝廷因此置狱查办，便想要说服王信改变他的说法。"

黄德和说到此处，已经和吕密、王信和赤豆等人诉说的事实都一一对应上了。黄德和随后又交代，为了在朝中争取支持自己的力量，他又给卢守懃、薛文仲写请托信，假装希望朝廷派中使来查，以此来证明自己的说法可信。

文彦博、梁致诚听黄德和这么说，才知道赵祯皇帝派他们来调查三川口战役的内情，原来也是因为黄德和的这封请托信。

庞籍知道黄德和这次所说的是事实，等黄德和说完，便令人将他带了下去。

黄德和案查清楚之后，卢守懃和计用章互诉案也很快水落石出了。原来，当初延州被围后，范雍召集将官们商议对策。卢守懃第一个站出来，对着范雍号哭，请求范雍派遣李康伯去见元昊，谋偷生之计。通判计用章则认为，延州急迫，不如趁着围困刚开始，突围退守鄜州。李康伯因此说："宁愿死难，也不出城见贼。"七日后，因天降大雪，元昊担心大军被雪困住，而宋廷援军随后可能赶到，便舍了延州，撤兵而去。卢守懃担心金明寨陷落、刘平和石元孙二将陷没，朝廷会归罪于边将，又想起自己当初在围城时说的话，便担心被人举报，招来不测之祸。于是，他翻覆前议，移过于人，来了个恶人先告状，上奏说计用章劝主帅弃城，又捎带上告了李康伯，说他不听主帅调遣，贪生怕死。这类似于黄德和诬告刘平，都是想要通过诬告他人，来脱免自己的罪过。卢守懃上奏告状后，计用章也上奏，诉卢守懃在围城的时候欲劝主帅投降偷生。

庞籍、文彦博和梁致诚查清卢守懃一案后，未及将此案情与黄德和案情一并上奏，朝中便传来消息，说皇帝已决定将卢守懃贬为陕西钤辖，将计用章流放岭南。文彦博听到消息大急，找来庞籍、梁致诚商议。

"陛下派我等查核卢守懃与计用章相互弹劾的内情，我等尚未将案情上奏，朝廷便作出决断，重治计用章，而轻责卢守懃，照案情来看，这样的处置甚为不公，不知朝廷究竟何意？"文彦博叹道。

梁致诚道："估摸着陛下是迫于朝廷内外舆论，又特恨劝主帅弃城者。"

"兵家攻守进退，亦属自然。"文彦博道。

梁致诚道："说得也是。"

庞籍摇摇头，说道："以老夫之见，恐怕是朝内有人为卢守懃游说。卢守懃本为中官，内侍用事者，欲结交中人，必然借机在陛下跟前为卢守懃开脱。"

"庞大人，那你说现在我等当如何给陛下写奏书？"

"宽夫老弟，我看啊，这奏书还得如实写。不过，上奏的同时老夫建议，由你给知制诰叶清臣与知谏院富弼写封信。你不是与他们关系甚好嘛。你把调查的实情告知他们，请他们帮忙在陛下面前启奏，说明卢守懃的罪状，以求朝廷公正判决此案。这样，多方用力，或能使陛下收回成命。"

文彦博沉默了一阵，点点头，说道："庞大人思虑周全，彦博必按大人的建议为之。庞大人，延州被围，卢守懃、计用章等皆无坚决抵抗之心，而范知州无法以知州之权处置他们，这也是朝廷制度的弊端啊。如果边帅没有处置部下的权力，一切都归之于朝廷，以彦博之陋见，恐怕这是无法统率将士克敌制胜的。彦博也欲同时上奏，向陛下进言指出此中之弊。"

庞籍眼睛一亮，说道："老弟果然高见啊，只是……老弟要为边臣争权，恐怕陛下与两府都会怪罪老弟啊！"

文彦博呆了一呆，牙关咬了两下，说道："若欲克敌，边帅不能没有权，此点若不向朝廷讲清楚，彦博之心岂能安？"

庞籍不再说什么，抬起手在文彦博肩头拍了两下。

当天晚上，文彦博便奋笔疾书，写完给叶清臣和富弼的书札后，又开始撰写奏书。在奏书中，文彦博专门向朝廷呈报了黄德和案和卢守懃案的调查细节。写完奏报案件的专奏，他又就西北用

479

兵之弊撰写上奏，奏中有云：

> 比者用兵西鄙，有临阵先退、望敌不进之人，及置狱邻郡，而推劾之际，枝蔓淹延，启幸生之路，稽慢令之诛，将何以励众心而趋大敌乎？且将权不可不专，军法不可不峻。兵法曰："畏我者不畏敌，畏敌者不畏我。"使之畏我，非严刑何以济乎？故对敌而伍中不进者，伍长斩之，伍长不进，什长斩之。以什伍之长，尚得专杀，统帅之重，乃不能诛一小校，则军中之令，可谓隳矣。议者以今寇非大敌，师未深入，将校有犯，宜从中覆。夫寇非大敌，兵未深入，尚临阵先退，傥遇大敌，则孰肯奋邪？穰苴之戮庄贾，非大敌也，止于会而后期尔。孙武之斩美人，非深入也，止于习战而非笑尔。终于齐师胜晋、吴人入郢，委任专而法素行也。国朝着令，禁军将校之有过而从中覆，当施之于平居无事之时。今防边用兵逾数十万，将不专权，军不峻法，何以御之哉？[1]

在这份奏书中，文彦博将之前与庞籍说的想法付诸文字，写得言辞激烈、酣畅淋漓。将奏书派人送往京城后，文彦博脱了官服，只等着使者带来朝廷的贬黜之诏。

不过令他大感意外的是，不久后从朝廷传来消息，赵祯皇帝认为他关于西北用兵的建议，甚是有理。

另外，叶清臣和富弼向朝廷上疏要求严惩卢守懃的消息，也传

---

[1] 《续资治通鉴长编》卷一百二十六康定元年三月条。

到了河中府。

原来，叶清臣一收到文彦博的书札，便向皇帝写了上疏。疏云：

> 臣闻众议，延州之围，卢守懃首对范雍号泣，谋遣李康伯见昊贼，为偷生之计。计用章以为事急，不若退保鄜州。李康伯遂有"宁死难，不可出城见贼"之语。自昊贼退，守懃惧金明之失、二将之没，朝廷归罪边将。又思仓卒之言，一旦为人所发，则祸在不测。遂反覆前议，移过于人，先为奏陈，冀望取信。止如黄德和诬奏刘平，欲免退走之罪。寻闻计用章亦疏斥守懃事状，诏文彦博置劾，未分曲直是非，而遽欲罪用章、康伯，特赦守懃。此必有议者结附中人，荧惑圣听，以为方当用师边陲，不可轻起大狱。臣观前史，魏尚、陈汤虽有功，尚不免削爵罚作，案验吏士。何况拥兵自固，观望不出，恣纵羌贼，破一县，擒二将，大罪未戮，又自蔽其过，矫诬上奏。此而不按，何罪不容！设用章有退保之言，止坐畏懦，而守懃谋见贼之行，乃是归款，二者之责，孰为重轻，望诏彦博鞫正其狱。苟用章之状果虚，守懃之罪果白，用章寘重科，物论亦允，无容偏听一辞，以亏王道无党之义。[1]

知谏院富弼则上疏说，卢守懃、黄德和都是中官，仗着自己的势力诬告他人，由此希望自免脱罪，应该治以重罪。叶清臣和富

---

[1] 《续资治通鉴长编》卷一百二十六康定元年三月条。

弼上疏后，枢密院却上奏说，如今西北刚刚开始用兵，不宜轻举大狱。富弼又上疏说，大臣附下罔上，不能不加以治罪。当时，卢守懃的儿子昭序刚刚领勾当御药院，富弼也上奏要求将他罢免。

赵祯觉得叶清臣、富弼所言甚是有道理，但是又觉得枢密院的看法不是完全没有道理，故一时间举棋未定，将如何处置黄德和、卢守懃等人之事暂时搁置下来。

知枢密院事晏殊认为参知政事应参与同议边事，赵祯觉得有理，采纳了晏殊的建议。宋朝廷二府共议边事的机制进一步形成。

康定元年三月末，陕西安抚使韩琦向朝廷进了一份长长的奏书。在这份奏书中，韩琦向赵祯皇帝详细说明自己对西北所用将帅的看法。这份奏书是这样写的：

> 臣素昧兵机，不经边任，昨以寇犯延塞，陕右惊骚，陛下不以臣不才，俾用安集。受命引道，径趋西陲，昼则奔走长途，夜则评遣局事。凡至边郡，率须宴犒，故经度廉采，不能纤悉究知。然前语以谓口说不如亲逢，耳闻不如目见，今既周历疆鄙，管穴所得，粗有一二。思欲归觐之日，面陈旒扆之前，又虑后于事机，先合敷奏。
>
> 臣窃以昊贼包藏逆志，积有岁年，朝廷待之不疑，养成凶愿。今甲马雄盛，金帛富饶，诱纳亡命之徒，助成狡计，与贼迁跳梁之日，事势其实百倍，故敢驱胁丑类，直扰延安，破寨逼城，号三十万。且朝廷命刘平统兵三路，盖极一时之选，石元孙委任次焉，已并为之禽矣。偏裨之勇鸷者，如郭遵、万俟政、孟方、张异者，又为俘馘矣。藩篱熟户李士彬、米知顺、李思之族，亦为之

降且虏矣。戍卒陷没者，盖不啻万人。诸路闻风，惕然丧气。彼贼气焰，从而可知。范雍缘此降移，已有赵振为代。

今延州之民兵虽益，而未补于旧，若范雍之策虑弹压，刘平之谋勇有望，裨将郭遵之强悍敢斗，后来者未闻过之。所存熟户，既难以自保，不无去就之意。而又鄜州去延安止二小程，其城周围二十里，跨二土山，在其中，正当狗道岭贼马来路，川原坦阔。昨来张宗诲应卒缮完，未甚周备，制度低小，木植细弱。其垂钟板，尽以人户独扇门为之，至今无材料修换。到任后，再行计度，人工材木万数甚多，转运司又无可应副。近知张亢交替，便有物力营葺，亦须冬末了毕。况在城所屯兵马，不满三千之数，万一贼计不测，直攻延州，但恐即日备御，未能固守。鄜州不能守，则延州城寨，非朝廷之有也。况鄜延路一带，系昊贼纳款之时出入道路，山川险易，尽曾涉历，而复咫尺银、夏，便于巢穴。臣虑出其不意，再来奔突，故御捍之备，宜以鄜延为先。鄜延若有重兵，必无深入之患。其次，则环州最逼贼境，新用刘兴知州。庆州久阙部署，高继隆、张崇俊虽有心力，不经行阵，未可全然倚任。驻泊都监之内，亦无得力之人。夏竦节制泾原等路，复用葛怀敏副之，若取其谋智，则怀敏非夏竦之比；若藉其勇战，则怀敏生平未识偏伍，亦与一书生无异。鄜延、泾原本设经略使二员，分护诸将，自范雍得罪之后，更不选人，经略一司已明无用，是徒使夏竦惧而求免，岂能成功！唯秦凤一路，去贼甚远，比之别路，未足多虞。同州、河中府与鄜延不遥，宿兵策应。未尝出离京阙，便使领众御戎，昨来暂至延州，皆已破胆。加以诸路城寨军屯势分，大抵一州之兵，半守诸寨，边臣因旧重改，不达时变，谋及废置，率皆异同。殊不知承平之时，边臣无事，竞务增置寨栅，以邀赏恩，止为熟户防家，于国实有何益？至今孤囚军旅，蓄聚资粮，敌众猝来，举以遗寇。所在将帅，例复失和，妒能害功，动至矛盾。东兵骄而好走，内臣战则失利。此方今之大弊也，臣深为朝廷忧之。兼逐处主兵臣僚，多为不益，得兵马无不恐怯，朝廷又举昔年之数，止绝陈乞。臣窃料剧贼果复倾竭种落，并侵一路，彼众我寡，战必败亡。所至婴城，避其锋锐，因而长驱关辅，人户惊逃，大邑富居，任其屠掠，都辇之下，岂不动摇？陛下宜访帷幄之嘉谋，审攻守之良算，早图平殄，以安生灵，盖非臣浅虑所及也。

臣今为陛下计者，莫若差锐兵三五千，或于同州、河中府等处分减，进屯鄜州。选才望大臣一员，复本路经略之任，兼知鄜州，处置边事。令张亢就充本路钤辖，于鄜州驻扎。用朱观知环州，就差葛怀敏充环庆部署。如朝廷必以经略一司更不合置，即乞专于鄜州益兵，使葛怀敏知泾州，充替夏竦。自然事均一，不挠边臣之心。早赐选差才勇帅臣，充环庆部署，令秦州曹琮兼管勾泾原路兵马公事。准备分擘秦凤闲兵，互相策应。其沿边堡寨，除自来系大寨广屯兵马之处外，其余孤小寨栅，断自朝廷，委经略部署司，须得移那兵马，分食旧积粮草，无使余羡。然后并兵入城，只留人员兵士三二十人，以为斥候。量事更差弓箭手防护。所有沿边路分都监、都巡检等阙额，即于诸班新换右职臣僚内选差催发，其河中府、同州部署钤辖，别差稍知边事臣僚充替魏昭昞、王克基。所有沿边州军招置蕃落、保捷等指挥，多是本土勇悍之人，只为拘定等杖，失人甚多，亦乞速降指挥催促招收，但以其人材壮勇堪任披带者充，今后更不拘等杖。愚短所见，愿早裁择。[1]

---

[1] 《续资治通鉴长编》卷一百二十六康定元年三月条。

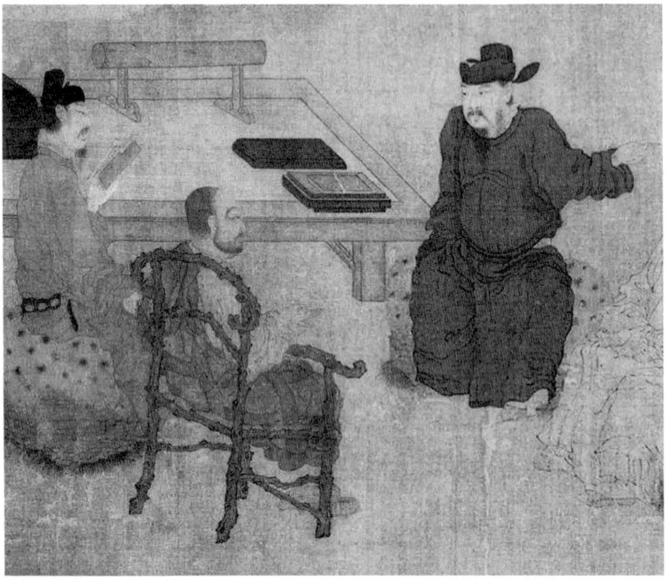

第十九章
范仲淹至陕

1

延州城门口，聚着一大群人。众人仰着头，面上带着惊惧之色，朝着城楼上悬着的一颗人头指指点点。

"可知道那城头上挂的是谁的人头吗？不知道？榜刚刚贴出来了。是鄜延路都监黄德和的人头啊！"

"鄜延路都监，那可是大官啊！"

"可不是吗？黄德和不仅是都监，还是东染院副使呢。他是皇宫中的官。"

"张出来的榜上说，这黄德和因为三川口之战时先带兵逃跑了，害得刘平、石元孙两位将军陷没了。更加令人痛恨的是，这黄德和后来还诬告刘平将军投敌。要不是朝廷派了几位钦差查办，刘平将军都要被他冤枉了。"

"真是该死！"

"听说是腰斩之后,又被枭首悬挂于城楼的。"

"虽然惨,也是活该。"

"这回朝廷可是动真格了。听说,还有个叫王信的,是刘太尉的亲随,因为诬告主将与元昊约和,也被处死了。按军法,当斩首,后来朝廷念他尚有忠义之举,且其诬告主将约和,原出于羞于说主将败绩,故捏造谎言,朝廷开恩,赏了他全尸,判了杖杀。"

"哎,怪可怜的。"

"听说,查办黄德和的是钦差庞籍,还有文彦博、梁致诚。要是没这几位钦差,刘将军、石将军可就冤死了!"

"是啊,听说在朝内,叶清臣、富弼等大臣也上疏力奏严查严办黄德和等人。这些大臣,真是我大宋的栋梁啊!"

众人聚在城门口,你一言我一语地议论着。

人群中,有一个须发皆白的老道士和一个年轻人,只是听着众人议论,都没有说话。过了一会儿,老道士将年轻人拉出人群,两人走出十几步,在城墙脚下停住了。

"道长,咱进不进延州城?"年轻人问道。

"不,不进城。"

"那咱去何处?"

"先去兴庆府。之前,你我潜入元昊军留驻在金明寨北面的营地,好不容易带出刘平将军的血书,又按照范大人之意,如有发现,则密信告知富弼大人。如此看来,寄给富弼大人的密信起了作用。黄德和终于伏法,罪有应得了。只可惜,刘将军那时已经奄奄一息,我们未能有机会救出他。如今,既然黄德和被处置了,你我也算对得起刘平将军了。现在进延州城不是时机,朝廷几次下诏,悬赏捉拿元昊派入中原的奸细。你生在党项,边城中如有人认出你，一下子有口难辩。这也是范大人为什么要叮嘱我俩，以密信将情报寄给富弼大人。他是担心节外生枝。况且，如今还有比进延州城更重要的事情。当时，你我匆匆潜出元昊营地，乃是为将血书及早送往京城，而李士彬将军的下落还未打听清楚。此前去元昊营，为何人人只知刘平、石元孙被囚禁之地，而李将军的囚禁之地，却没有人知道呢？圭南，你不觉得奇怪吗？这说明一点，元昊贼子特别看重李将军。如今，元昊既然已经返回兴庆府，他不可能将李士彬留在那边，极有可能是将李将军秘密带回兴州府以图后用。好了，别一听李士彬就绷着脸了。李士彬身为朝廷边将，当初未纳你父子，也是因为服从朝廷的命令。你也不必怨他。当初，老夫与李士彬有一面之缘，虽然他没将老夫的话听进去，但老夫知道那个时候他也是身不由己。"

在城楼下悄悄说话的一老一少，正是周德宝道长和赵圭南。赵圭南听周德宝提起李士彬，回想起其父与亲人的惨死，不禁面色铁青，眼中露出愤懑之色。

"怎么，还记恨李将军？"周德宝观赵圭南的神色，知他心里还有疙瘩，抬起手轻轻拍了拍他的肩膀，继续说道，"李将军虽然是你们党项人，本是党项酋长，但毕竟早就归顺了朝廷，为朝廷效力，是他的本分。救出李士彬将军，打破元昊的计划，才是找准了报仇的目标。你的仇人，不是李士彬，是元昊啊！"

赵圭南本是内心聪慧、性子耿直的人，知道周德宝所言不错，心里既然想通了，也就放下了对李士彬的恨意，说道："道长说得是，圭南听你的。咱去那边，想法子找到李将军，救出他。"

"好！"周德宝重重拍了一下圭南的肩膀，笑逐颜开。

一时间，两人站在延州城下，都仰起头往城楼上望，但见灰突突的城墙往上延伸，灰白色的天空下，几团巨大的白云仿佛凝滞在天顶与城楼之间。大风吹过，城楼上的几面红旗猎猎飘动。黄德和散着乱发的人头还在城头挂着，几只秃鹫在附近的天空中来回盘旋着。

"走吧！"周德宝轻轻说了一声。

赵圭南点点头，默默跟在周德宝身后。一老一少别了延州城，朝西北兴庆府方向行去。

河水的轰鸣声从远处传来，犹如万马奔腾。

"得找个水缓之处过河。咱还得再绕几里路才行。"赵圭南说。

"哈，这地方你熟悉，听你的。"周德宝道长哈哈一笑。

奔波多日后，两人已经来到了黄河岸边。过了黄河，再往西北方向去便是兴庆府。不过，数日之前的一场雨，使得黄河之水大涨。赵圭南原先熟悉的浅水河段也变得波涛汹涌了。他们不得不往前再行几里，以寻找浅水河段。

大夏国皇帝元昊自己爱穿白窄衫，戴外黑里红的毡帽。不过，为了区分贵贱，元昊规定庶民百姓只准穿青色和绿色的衣服。自从出了延州边界进入元昊地界，两人便从当地百姓那里买了绿色衣裳换上，尽量打扮得像当地人的模样。

早在八年前，元昊向境内党项部族下了秃发令，因此大夏国境内党项族人基本上都已经秃发，剃光了头顶，并按照规定穿耳戴重环饰。元昊为了扩大势力，也发布了命令，要求边界州县劝诱各蕃部及汉人归附大夏国。因此，实际上元昊称帝后的大夏国内，是党项人、汉人等多民族杂居，党项族之外的百姓大多维持着原有的发式和装束。周德宝是道长，虽然没有髡发，也不会被人怀疑。不过，因为赵圭南曾秃过发，且穿了耳孔，虽然之前将耳环摘了，但是，耳孔却暴露了他是党项族人。周德宝劝赵圭南再次秃发，以便行动，赵圭南因心底痛恨元昊，执意不从。为了遮挡耳孔，周德宝只好让赵圭南戴了一顶两边垂下护耳的薄毡帽。西北多风沙，戴着这种毡帽，倒也并不让人起疑心。

他们沿着河岸边的山脚往上游方向行去，行了一两里，赵圭南停下脚步，往西边方向一指，说道："瞧，那边可以过河。"

周德宝抬眼望去，只见远处河边蹲着一个身穿灰布汉式短褐上衣、腰扎灰色布腰带、头裹白布巾的老汉，老汉身边，系着一只由多个羊皮囊捆扎成的渡河筏子，那筏子正随着黄色的波涛一起一伏。

"真是天无绝人之路啊！走！"周德宝抬手拍了拍自己的脑门，哈哈笑道，说着跟在赵圭南身后往河岸边走去。

两人很快来到了河边，那老汉察觉到有人来，缓缓立起身来。

"老伯，我们想过河，多少钱使得？"赵圭南问道。

老汉扫了一眼赵圭南肩头背着的包袱，又瞥了一眼周德宝腰间悬着的宝剑，略微呆了一呆，说道："若是皇宋通宝，每人十钱便可。"

老汉口中所说的"皇宋通宝"，乃是大宋于宝元二年三月开始铸造发行的。按照惯例，大宋的铜钱印文都称为"元宝"，年号改为"宝元"后，本应叫"宝元元宝"，赵祯皇帝觉得这个名称有些拗口，便下诏让学士院商议重新定名。学士院经过一番商议，建议改叫"丰济元宝"。赵祯仍觉不佳，最后自己作了个决定，将铜钱定名为"皇宋通宝"。因为大宋缘边设置了榷场，因此在辽国和元昊称帝的大夏国境内，都有大宋的铜钱流通。

周德宝听老汉这么说，心念一动，问道："新近兴庆府反了朝廷，陕西边界的榷场都停了，老伯要那皇宋通宝何用？"

"这位老哥，打仗归打仗，那都是王侯将相的事情，俺们老百姓不过讨口饭吃。兴庆府要与朝廷打仗，俺们老百姓也不能不吃饭吧。如今，尽管榷场停了，但这民间啊，还是皇宋通宝好使。依老汉我看，朝廷对兴庆府不薄，那元昊放着好好的日子不过，就是野心勃勃要称帝，反正是苦了俺们百姓啊！元昊这样的人，也一定不会有好下场。"

"老伯，你这样说，不怕被官府的人听见抓了你吗？"赵圭南道。

"不瞒两位，我老汉眼尖，一看便知这位老哥是那边来的人，至于小兄弟你，说话带着兴庆府那边的口音，老汉倒是眼拙，看不出来你究竟是汉人还是党项人。可能有些人会怕那元昊，老汉我可不怕。"那老汉说着冲赵圭南咧嘴一笑。

赵圭南听老汉这么说，心下一惊，怕暴露自己的身份，慌忙笑了笑，说道："老伯，我自小在兴庆府、灵州一带生长，可能后来去过中原两次，所以你一下看不出来了。这不，这回正是偷偷去兴庆府探望亲人呢。"

老汉听赵圭南这么说，笑了笑，也不追问。

这时，周德宝从怀中摸出一块碎银子，递给老汉，说道："出门在外，铜钱携带不便，这块碎银，定不止二十文钱，就当过河费吧。"

老汉憨憨一笑，接了碎银，在手心里略一掂，道："银子更好。"

突然，三人只听一个声音大喊道："且慢，等等！"

三人往声音传来的方向看去，但见远远奔过来一个披着灰白色披风、头戴斗笠的人。那人微微低着头，斗笠盖住了前额，一双眼睛藏在阴影中。

周德宝心中一惊，下意识地将手按在悬于腰间的宝剑上。

那人转眼跑到三人跟前，立定后一抱拳，眼睛在斗笠下扫视了一下三人，旋即朝那老汉一抱拳，说道："在下也想渡河，还望老伯载一程。"

周德宝留心看那人的脸，脸形瘦削，看上去不过二十出头，一双眼睛却是精光闪烁。

"好说！也是十文过河费。"老汉憨憨答道。

那人点点头，伸手从怀中掏出一块碎银子递给老汉，说道："老伯，你看这够不够？"

那老汉笑道："敢情小老儿今日遇到财主了。"说完，便从那人手中接过碎银。

"走，三位客官都上筏子吧。很好，好了，别站着，都坐下，抓住绳子。好嘞，俺这就解开筏子了！"

羊皮筏子离了岸，被河水一冲，便往下游漂去。

老汉用一根竹篙不时在河水中一撑，每撑一次，那羊皮囊筏子便往对岸斜斜漂近一些。

到了大河中间，老汉忽然大喝一声："三位客官，坐好了，前头有漩涡，水流有些急。"他话音未落，羊皮囊筏子已经剧烈颠簸起来。

披着灰白披风的汉子两只手紧紧抓住了捆扎羊皮囊筏子的绳索。

周德宝吹胡子瞪眼地大呼起来："哎哟，这浪头，这是想要咱的性命吗！"

赵圭南倒是不怕，笑着道："别担心，这种羊皮囊筏子可稳着哩！"

忽然，披着灰白披风的汉子身子一动，上身往羊皮囊筏子边缘倾斜过去，旋即趴在筏子边上，冲着河里哇哇大吐起来。这时，一个浪头打来，羊皮囊筏子猛然一颠，汉子身子一歪，已然滚落河中。转眼间，那汉子戴的斗笠已经被河水卷走，消失得无影无踪。

"啊！"赵圭南眼疾手快，身子往边上一扑，探手从河面上拉住那汉子的后背，隔着披风触到一硬物，似乎是柄短剑。他来不及多想，一把抓住那硬物。那硬物似乎被什么紧紧绑在汉子的背上，故赵圭南抓住了硬物，那汉子才未被黄河激流卷走。

"别松手，坚持住！"撑羊皮筏子的老汉急吼道。

这时，又一个浪头打来，赵圭南身子一晃，险些从羊皮囊筏子边上滚下去，危急之际，他的手依然死死拽住那汉子不放。

周德宝此时也反应过来，将两脚伸到筏子绳索之下固定住，然后小心翼翼挪动身体，探出身子抓住赵圭南的腰带，使劲将赵圭南往筏子中心拉拽。不一会儿，他们将那个汉子从河水中拉了上来。

那汉子连连咳出几口水，使劲喘了几口气，过了一会儿，方才惊魂稍定。他微微抬起头，一双眼睛盯着赵圭南，口中道："多谢了！"

"不必客气！"赵圭南道。

那汉子却已翻过身子，趴在羊皮筏子上又使劲咳了一阵，才翻身坐起来。这回，他深深低下头，不再说话。

赵圭南朝周德宝看了看，周德宝微微摇了摇头，示意他不要再管那汉子。

这时撑羊皮囊筏子的老汉道："好了好了，过了方才那片激流区，就不用担心了。"

果然如老汉所说，羊皮囊筏子渐渐往黄河对岸靠近，颠簸得越来越轻微了。

过了片刻，羊皮囊筏子靠了岸，赵圭南、周德宝和那披着披风的汉子陆续上了岸。老汉也旋即下了筏子，扯着筏子一头的绳子将筏子拉到岸边，在一块大石头上系好。

那披着披风的汉子冲赵圭南一抱拳，说道："方才多谢这位仁兄出手相救！"说罢，他从怀中一探，掏出一小锭金子，双手递给赵圭南，继续说道："在下漂泊江湖，无以为报，这点小意思，还请兄台收下。"

赵圭南慌忙连连摆手推辞，说道："这如何使得，举手之劳而已。"

那汉子便想将金子往赵圭南手里塞，赵圭南只是一味推让，坚决不收。

那汉子见赵圭南执意不收，呆了片刻，右手往后背一探，用力一抽，取出一物。他手中多了一柄短剑。

"这柄短剑陪伴在下多年，在下就以此相赠，以谢救命之恩。仁兄请勿推辞。江湖漂泊，今日一别，或不能再见，仁兄须得收下，就当成全在下的一个心愿。"那汉子双手托剑，诚恳地说道。

赵圭南听那汉子如此说，知道再不便推辞，呆了呆伸手接过短剑，口中道："既然如此，在下就收下了。"

那汉子听赵圭南这么说淡淡一笑，又冲周德宝一抱拳，道："在下告辞了，两位多多珍重！"说完，转身便沿着岸边往西行去。

赵圭南望着那汉子渐渐走远的背影，片刻后才低头看了看手中那柄短剑。他心念一动，抬手将短剑轻轻拔出，但觉眼前寒光一闪，有股森冷之气扑面而来。

"真是柄好剑啊！"周德宝在一旁禁不住赞叹了一声。

那撑筏子的老汉也在一边咋舌，口中连连称赞。

赵圭南扭头说道："这柄剑，简直是无价之宝啊！"

周德宝点点头，说道："你好好收着吧，正好防身用。"

赵圭南即刻将短剑收到怀中。两人告别撑筏子的老汉，离了黄河岸边，往西北方向行去。

2

自康定元年三月接到朝廷调任知永兴军的命令后，范仲淹便带着家眷自越州启程，一路奔永兴军而去。离开越州前，范仲淹想起周德宝、赵圭南奉己命前往西北延州，近期也没有来信，便专门嘱咐了越州官署的吏员，一旦延州有信寄来，务必通过驿站，尽快将信件寄往永兴军治所京兆府。一路上，范仲淹考虑带着两个未成年的孩子赴边，颇为不便，也担心两个孩子日后的安全，便决定等到了商州后，就让管家李贵、厨娘张嫂、阿芷和棠儿一起带着纯仁、纯礼去京城投奔妻兄李纮。

转眼快近五月了。这一日，范仲淹一行到了商州。在驿馆住下后，李贵忽然来报，有中使带诏令前来，请范仲淹接旨。范仲淹心里一惊，暗想，如何我一到商州，朝廷的诏令便到了？虽然说我已经将行程提前报知了朝廷，可是我尚未到永兴军，朝廷为何半路给我下诏呢？一定是发生什么事了。莫非边境又发生了战事？他这么一想，不禁暗暗着急起来。

待中使宣读了诏令，范仲淹才舒了口气。原来，此诏令并非因为西北战事重起而下，而是改变了之前令他知永兴军的任命，调他任陕西都转运使，令他先往河中府就任。

中使宣读完诏令后，将范仲淹拉到一边，偷偷说道："陛下同时下诏刑部员外郎高若讷为天章阁待制、知永兴军。范大人，你可要小心啊。不过，范大人，听说陛下令高若讷知永兴军后，谏官梁适便向皇上进言说，范大人之前左迁饶州时，高若讷为谏官，曾经诋毁大人谋事疏阔，如果任命高大人为天章阁待制、知永兴军，而范大人为陕西都转运使，难免要一起共事，一定会发生一些龃龉，于事不利。梁大人向陛下进谏，不宜用高若讷知永兴军。下官离京前，富弼大人拉住我，悄悄同我说，陛下可能改变对范大人和高若讷的任命呢。富弼大人让我转告范大人，不必着急前往河中府，暂时在此逗留一段时间，以防有变，来回奔波。"

范仲淹想起之前高若讷曾经弹劾自己，听说他要知永兴军，不禁微微一愣，旋即说道："既然是朝廷任命，范某自然会与高大人好好共事。况且，从商州去京兆府和河中府，路途相近，谈不上来回奔波。"

那中使听范仲淹这么说，也不再多话，微微一笑，向范仲淹施了礼，便告辞而去。

既然接了诏令，范仲淹便不愿听中使私下带来的富弼的劝告，连夜给李纮写了封信，托他帮着抚养两个孩子，又请他收留管家李贵、厨娘张嫂、阿芷和张棠儿。次日一早，范仲淹将信交给李贵，叮嘱了一番，便令他带上张嫂、阿芷和张棠儿，护送着纯仁、纯礼去京城找妻兄李纮。张棠儿听说范仲淹遣她去李纮家便哭了。她先没了家，跟着又没了娘，如今又要离开收留她的恩人，心中如何不伤心？李贵可怜张棠儿，便建议范仲淹将张棠儿留在身边。"毕竟，自她没了娘,大人就是她最亲的人了。更何况,自夫人去世后,她也一直服侍大人。大人身边有个婢女服侍,也省心一些。棠儿也实在是苦命人啊。"李贵这么一说,范仲淹也觉得将张棠儿就此遣开颇为不妥,当下便同意让她跟随自己去陕西。于是,他也不再更改书信,只是再托付李贵将事情向李纮交代清楚。张棠儿听说范仲淹同意她继续跟随在身边,自然喜出望外,欢喜得不得了。于是,范仲淹便与诸人一一惜别,只带了纯祐和张棠儿,按照诏令要求,继续朝东北方向赶往陕西河中府上任。李贵自带着张嫂、阿芷,护送纯仁、纯礼去投李纮。

在范仲淹担任陕西都转运使之前,是工部郎中、天章阁待制张存担任这一职务。为了给范仲淹挪出位子,赵祯皇帝作出了相应的决定。五月甲寅朔,赵祯以陕西都转运使、工部郎中、天章阁待制张存为龙图阁直学士、知延州。张存担任陕西都转运使一职尽职尽责,正干得风生水起,听说自己被调任知延州,颇为不快,待在河中府,迟迟不想去延州赴任。

这个时候,朝廷久久不知李士彬的生死,便认定其已经牺牲殉国。于是赵祯赠李士彬为宿州观察使。李士彬有个从兄叫李士绍,因为李士彬被升任西京作坊使、金明寨都监,兼新寨、谢家河、卢关巡检。金明寨都监,就是李士彬原来所担任的职务。李士彬的儿子李怀宝,也被赠为右千牛卫大将军。李士彬的其他两个儿子怀义、怀矩为左侍禁。

宰相张士逊年岁已高,身体也不好,在宰相职位上作为越来越少。韩琦上言:"政事府岂养病坊耶?"其他几个谏官弹劾宰相无所作为,张士逊心里不安,便接连七次上疏,数次向赵祯皇帝面陈,请求致仕。赵祯挽留再三，最后还是同意了，于是拜张士逊为太傅，进封邓国公致仕，并特请他朔望、大朝会之日，缀中书门下班，此外，月给他宰臣俸禄的三分之一。

张士逊致仕后，赵祯起用镇安节度使、同平章事、判天雄军吕夷简为右仆射兼中书门下侍郎、平章事。这个任命，即是以吕夷简为宰相。吕夷简再次入相，天雄军知军就空缺了。赵祯想起元昊反叛之初，资政殿大学士、户部尚书李迪曾经请求守边，当时他没有准许，这时想到李迪，便任命他为彰信节度使、知天雄军。

紧跟着张士逊致仕后，淮康节度使、同平章事、判陈州陈尧佐以太子太师致仕。

大宋朝廷核心权力场又一次发生了重大变化。

西北边境五月初又再次出现险情。元昊派兵攻陷了塞门寨，俘虏了寨主、内殿承制高延德。监押、左侍禁王继元在抵抗战中殉国。五月十九日，都官员外郎何白上疏进言说："请求在群臣中挑选知理道、明抚绥、能制奸吏、善抚军旅者百余员，用他们代替陕西、河北、河东三路知州军不能胜任的官吏。若能一郡得一良吏，则万事皆可成功。"赵祯皇帝听了谏言，下诏诸路转运司考察部下知州军，有年老昏昧、贪浊违规及懈怠不勤的，都要写清楚上报朝廷。

为了对付元昊的不断挑衅，宋朝廷决定加强边境州县的守备。五月癸酉，赵祯下诏，令夏守赟、王守忠率大军从河中进屯鄜州。夏守赟接到诏令，以兵卒训练不足为由，迟迟不向鄜州进军。

范仲淹到了河中府，其时，夏守赟依然未发兵前往鄜州。已经被任命为延州知州的张存也还待在河中府。

范仲淹既知张存尚在河中府，往治所报到就任后，便抽了一日，去拜访张存。"张待制任陕西都转运使时，颇获陛下肯定，我正好可以向他取取经，也好当面做些事务的交接。当年陛下亲政，他上奏请求恢复百官转对之制，这也是大利于我朝政治的，如今有幸能够见到张待制，我倒可以向他好好讨教治国之道啊。"

张存身材颇高，一张方脸，蓄着胡须，虽然比范仲淹大五岁，须发也白了，不过一双眼睛闪闪发亮，使他看上去倒是颇为年轻。

"希文兄，没有想到陛下千里迢迢将你调到此处来了。看样子陛下是要大用你啊。"张存见了范仲淹，一番寒暄后，便拉着他坐下说话。

"这也要多亏韩琦大人力荐啊！仲淹敢不尽力？"

"说实话，希文兄啊，我还舍不得离开河中府呢！不知为何，陛下竟然让我去知延州。这真是赶鸭子上架啊。"

"张待制为何这般说？"

"唉，不是我张存怕死，实在是自知没有军事之能，怕到了延州，耽误陛下大事，误了一方百姓啊！我一介书生，让我管管账计计财，倒是可以的，可是我从来没有带过兵打过仗，这要到了延州，那不是丈二和尚摸不着头脑嘛！你看范雍，他怕死吗？他不怕死，那贼兵十来万围着延州七天，范雍自己全副披挂，连夜里也睡在城头，可是，他也没有办法战胜贼兵啊！为什么？因为他心有余、力不足啊。他能够治民政，却不一定擅长军事。我张存，是有自知之明的。我不怕死，要是怕死，之前黄德和等人诬告刘平，我就不会站出来为刘平辩诬了。可是，如今陛下任命我去知延州，那不是将我置于与范雍类似的境地嘛！唉，真是叫我头疼啊！"张存说着，无奈地摇了摇头。

"张待制，你可是过谦了。况且，兄为知州，军事方面自然有将帅用力，只要能够节制部署，何愁不能克敌？"

"话是这么说，可是若是不知兵，光能节制部下又有何用？这好比是棋子都能拿在手中，但是连下臭棋，那是照样要输的。"

范仲淹听了张存的话，心中一震，暗想："张待制的话真是一针见血啊！若是不知兵，那就好比即便拿了棋子，也不知如何下好棋啊。若让我范仲淹主兵事，我真能行吗？"神色在一瞬间变得冷峻了。这个问题，如同一把尖锐的冰刀，刺痛了他的神经。

张存见范仲淹发起愣来，便问道："希文兄，怎么了？"

"没事没事，只是方才诚之兄一番话，让我心中大为震动。真是说得太对了，要带兵，须得知兵事。不瞒诚之兄，弟在心里，实有一些军事方面的想法，想为朝廷效力。经诚之兄这么一说，弟知要带兵克敌，绝非想象得那么容易啊！我方才想，既到了陕西，便该好好考察地理山川、军事要害，切不可轻易言兵啊。否则，恐步马谡失街亭之后尘啊。"

"哦，原来你还有带兵打仗的想法，那可不要因为我几句丧气话而打消了念头啊。当此用人之际，若真有带兵克敌之才而能被用，那是我大宋子民的幸事啊。若希文兄真有此意，待我到了延州，便向陛下辞任。那时，若希文兄有信心，便可以上奏自荐。"张存哈哈大笑。

"哎呀！诚之兄，弟失言了，弟实在不是想谋兄长的位子呀。"范仲淹不觉有点尴尬。

张存爽朗地一笑，振声道："你我以赤子之心相交，不必有什么世俗的顾忌。我辈为王事者，虽身沾功名利禄，但更追求为生民立命之道。若能安民治事，不论政治还是兵事，但求尽用天生之材，有何愧焉！"说罢，冲虚空中一抱拳。

说话间，张存两只眸子晶莹发亮，仿佛蒙上了一层光华。

范仲淹为张存的言语所感，说道："诚之兄所言甚是，希文当以兄之言为勉，效忠朝廷，为民立命。他日若能带兵，必在所不辞！"

"甚好！可惜这会儿没酒，否则当浮三大白方才痛快！"

"对了，据弟所知，陛下已经下诏令夏帅带兵进驻鄜州，怎的还不见动静啊？"范仲淹提起了另一个话题。

张存叹了口气，说道："唉，这个夏守赟，也不是擅长带兵之人啊。说实话，他真是不想遭遇贼兵。虽说他年事已高，但是带兵之将畏惧不前，实在也是不妥。大军已然在河中府屯扎三个月，为了大军的粮草，我也是费尽心思啊。可是，如今我自己迟迟不去延州，也不好意思去他和王守忠那边催促他们从速进军鄜州啊。"说着，他眼中的光一下子暗淡下来，脸上也露出了苦闷之色。

"目前粮草可够？"范仲淹问道，声音有些发涩。

"希文兄这倒不用担心。粮草方面，我都安排定当了，饿不着夏帅麾下的将士。只是，如果继续屯兵不进，河中府的压力会大增。仁兄接下去的事情，办起来就更加难咯！"

范仲淹听了，若有所思地点点头。

"不久前，塞门寨落入贼军之手，寨主高延德被俘，监押、左侍禁战死。这样屡屡失败的局面，不知道要到何时才能扭转啊。"

"诚之兄拟何时去延州赴任？"

"既然希文兄到了，我再拖延，也就讲不过去了。我打算过两日就赴延州，到了延州再作打算，或许如方才所言，会很快向陛下请求调任他处，另派知兵者任知州。希文兄若真有打算，当早做准备。对了，我那女婿司马光，原来在华州做判官，宝元二年其父调往杭州任职，他便辞掉华州判官，改任苏州判官，有一次来信还称道希文兄在饶、润、越等地的政绩，甚是钦佩。他对希文兄的文章，也是佩服得五体投地。还请希文兄他日多多点拨小婿啊。"

"原来七岁能背诵《左传》，后来又砸缸救人、名动京洛的司马光，被子诚兄招为女婿了啊，恭喜恭喜！"

"宝元元年，君实中了进士甲科。那时其父司马池知同州，君实被任命为华州判官，华州离河中府不远，我既看好君实这个年轻人，便抓住机会，将小女嫁与他。哈哈，这样的人才，岂能错过！"

"说得是，你真是有眼光啊！"范仲淹说罢，也不禁哈哈大笑起来。

张存在范仲淹到访两日后果然收拾行装，带着家眷往延州就任去了。范仲淹陪着河中府知府夏随，亲自出城送张存。夏随就是夏元亨，自元昊反叛，他便将自己的名字改为一个"随"字。元昊反叛后，夏随从鄜延路副总管迁任环庆路，旋即又被派回鄜州，后又知河中府。

按照范仲淹的打算，他准备过些日子就去延州作些考察，以便了解边境各寨、堡的状况。

陕西都部署夏守赟、都钤辖王守忠此时驻扎在城外，正准备率军进屯鄜州，但尚未开拔，因此也前来为张存送行。

"夏帅啊，你还是要尽早率王师进屯鄜州啊！我在延州，可指望你为后盾呢。"张存拉着夏守赟的手说道。

夏守赟刚从马上下来，头尚有点晕。走马承直张德明、黎用信一左一右跟在他的身后。黎用信手中托着一柄剑，乃是赵祯皇帝所赐。夏随见了父亲，施了礼，便立在父亲身旁。

"你脸色甚是不好啊。"夏守赟对夏随说。

"前些日子回京城时得了场病，近来总是复发。"

"那可得好好休养才是啊！"

"让父亲大人担心了。父亲大人过几日便开拔鄜州了，也请多多保重啊。"

夏守赟上了年纪，一想到又要与儿子别离，心底便一阵激动，侧过头去偷偷抹了把眼泪。

范仲淹在夏随身旁听见夏守赟父子的对话，想起自幼随养父奔走宦途四处漂泊，而后养父、母亲相继仙逝，自己也为王事而奔走天涯，如今，儿子纯祐又跟着自己四处奔走，三代人的命运仿佛便是轮回。这么一想，他亦不觉心生伤感。

夏随见老父亲伤心垂泪，也不再多说，默默等着他回过神来，便扶着他往张存那边走去。

夏守赟见到张存，牢牢握住张存的手，用颤巍巍的声音说道："张存老弟啊，你放心吧，我一定率兵到鄜州。只是三川口之败后，士气低落，我不敢轻易进军啊。"

都钤辖王守忠在一旁扯着嗓门，高声说道："张大人，你到了延州，可得帮着我等先打好前站！"

张存冲王守忠点点头，没有直接回答，而是将目光再次转向夏守赟，看着眼前这个白发苍苍的老人，心想："真是岁月不饶人啊。他自幼长在襄王府，襄王成为太子，又即位当了皇帝，他也算近水楼台先得月了。先帝去世后，他又被今上重用，可毕竟年事已高，生性又不刚强，瞧这王钤辖的神色，也似不把他当一回事。看这样子，他这兵不好带啊。"

于是，张存说道："夏帅，如今范大人来陕，想来更可助你一臂之力。"

夏守赟微微转头看了看范仲淹，又冲张存说道："仲淹名闻天下，我陕西都部署能得仲淹，乃是大幸啊！"

范仲淹听夏守赟这么说，冲着夏守赟深深鞠了一躬，口中道："不敢不敢！"

随后，众人一番话别，张存自告辞往延州去了。

3

过了些日子，范仲淹安排好河中府的转运事务，便决定前往延州一带考察防备情况。这次前往延州一带，他带上了长子纯祐。

纯祐此时年十九，范仲淹认为应该带着他历练历练。父亲的决定，让纯祐大为兴奋。一想到自己要随着父亲前往延州附近巡防，纯祐便激动不已。读了多年的圣贤书，又受到父亲的耳濡目染，这个少年的心中早就立下了要建功立业的志向。

范仲淹带着纯祐和几个亲随，开始了北行考察之旅。他们没有直接前往延州，过了鄜州，便沿着洛水往西北方向行去。

其时，元昊已经攻占了延州以北的塞门寨。在延州东西一两百里之内，不时有元昊派出的探子出没。因此，范仲淹不敢掉以轻心。从河中府出来时，夏随就专门抽调了十名武艺高强的军校，一路与范仲淹父子随行。范仲淹以为如此出行，到了边界地带，目标太大，如果遇到元昊的探子，反而更不安全，便执意留下六名军校，只要了四名军校作为护卫。四名护卫一个叫张彦召，年方十九，是延州当地人，另外三个护卫一个叫慕容胜，一个叫韩稚虎，还有一个叫李金辂，都是鄜州人，三人比张彦召稍长，都是二十出头。出行时，范仲淹自己装扮成员外的模样，纯祐则穿上华丽的锦袍，俨然一位翩翩公子。按照范仲淹的命令，四名护卫都换了便装，只是每人带着腰刀，装成员外的家丁。因为人多了，行李多了，夏随为四个护卫每人配了一匹马，又额外加了一匹骡子用来驮行李。

这一日，范仲淹一行过了德靖寨，继续往西北方向行去。进了一座大山，路上行人渐少。眼见山路愈加崎岖，他们便都下了马，牵着马儿往前赶路。

前面那片山梁挺拔峻峭，山崖底部，裸露着红色砂岩，悬崖峭壁上，长满了狼牙刺、沙棘等灌木。灰褐色的岩壁和灰绿色的植物之间，点缀着一些紫色、红色的野花。

"这是到什么地方了？"范仲淹扭头问张彦召。

张彦召立刻答道："这片地方可真没有一个正式的地名，只知道当地人有的把这里叫'鬼见愁'，有的把这里叫'老虎嘴'。"

"为何有这样的称呼？"范仲淹奇道。

"大人，你瞧，咱们的左边是洛水，右边是悬崖峭壁，悬崖峭壁那边，再往东一百多里，就是保安城。从北南下，如想去保安城，必须经过洛水边这条窄窄的山道，然后从南面的大山缺口绕过，方能往东边去，想要直接翻过东边的悬崖峭壁，那是不可能的。"张彦召说道。

范仲淹听他这么说，扭头看看左手边不远处的滚滚洛水，又扭头往右手边不远处的大山峭壁望去。

"若是在此处建一座山寨，或者建一座城，那岂不是可以扼守从西、从北来的党项人！若是能够有这样一座山寨或山城，防守起来那可真是固若金汤啊。"范仲淹沉思了一会儿，抬起手往东边的山梁指去。

"父亲，若是能够在洛水对面山梁上再建几个烽火台，那就可以和东岸的山寨或山城遥相呼应，更早得到敌情报告。"纯祐说道。

"说得好！咱得择机在此建山寨或山城！"范仲淹听纯祐这么说，微微有点吃惊，心中暗想，"纯祐这孩儿倒是个懂军事的人才啊！"

"走！前方岸边有块大岩石，咱去那边稍歇。"范仲淹二话不说，便牵着马儿往前方行去。

纯祐等人也只好跟在后头去往那边。

那块大岩石横卧在河滩边，顶面光滑锃亮，足有一张八仙桌那么大，而且相当平坦。

"真是天做一张好书桌啊！稚虎，你把笔墨纸砚和笔洗都取出来。"范仲淹笑着说道。

众人这才知道范仲淹为何要到这块大岩石边歇息。敢情是想写点什么！

韩稚虎从骡子上搬下一只藤箱，从里面取出了笔墨纸砚和笔洗。为了出行方便使用，范仲淹专门挑了一只铜铸的笔洗，用布包着，放在藤箱中。如今，这个笔洗也要派上用场了。

范仲淹令韩稚虎将笔墨纸砚都摆在那块大岩石上，又从自己马鞍一侧挂着的皮水囊中往砚台里倒了一点水。纯祐见了，抢上去为父亲磨起墨来。韩稚虎拿着铜笔洗跑到洛水边打了些河水回来。

待纯祐磨好了墨，范仲淹将在笔洗中泡开的毛笔饱蘸墨汁，盯着铺开在大岩石上的宣纸略一沉思，旋即挥毫在纸上画了起来。纯祐、韩稚虎等仔细看去，不一会儿，纸上赫然出现了许多山川、关隘，其中一处还用小字标着"鬼见愁"三字。

"好一幅山川地形图啊！"慕容胜赞了一句。

"别忘了咱们这次出行的目的啊。这些山川地形，不仅要画在纸上，还要记在心里。"范仲淹语重心长地说道。

"看那边！"张彦召突然轻声说道。

"什么？"范仲淹扭头看了一眼张彦召。

张彦召抬起手，往北边指了指。范仲淹顺着张彦召手指的方向看去，但见大约三百步外，有几块大岩石，岩石缝隙间，似乎站了一个黑衣人。

"彦召，你何时发现那里有人的？"

"就在方才。我不经意往那边瞧了一眼，才瞧见他。"

张彦召说话间，远处那个黑影一晃，便在大岩石后消失了。

范仲淹心中一紧，道："那人鬼鬼祟祟，莫非是元昊派来的探子？彦召，慕容胜，你俩快去那边看看。跟上那人查一查，看看究竟是何来头。"

张彦召和慕容胜对视一眼，脚下却不动。

范仲淹一愣，旋即知道他俩是不放心，便道："没事，快去，这边还有金辂和稚虎。放心吧，我不会有事。对了，若是那人发现你们追他，又跑跑停停，千万不要穷追，切记！切记！"

张彦召和慕容胜听了，这才各自应喏一声，一起拔腿往黑衣人那边奔去。

二人离开后，范仲淹将所画地图卷起，令纯祐收好，又从容地在铜笔洗中涮净了笔，洗了砚台。韩稚虎去河边将笔洗冲洗干净，又连同笔墨一起收入藤箱中。李金辂则一声不响地在巨石旁四处张望，一刻没有放松警戒。

"父亲,你让张彦召和慕容胜不要穷追,是怕前面有埋伏吗?"

"是啊。若是那黑衣人发现有人跟踪,却不一路猛逃,那八成是有人接应。这就好比打仗,追击敌人的时候尤其要小心。"

"方才那黑衣人我也瞧见了,莫非元昊又有所行动,派出了间谍?"

"不是没有可能。纯祐,咱一路北上,你有没有发现沿路军寨城堡的问题?"

纯祐眉头微微一皱,说道:"父亲,恕孩儿直言,我们的各处营寨虽然均有驻兵,但是人数都不多,而且在鄜州、德靖寨等地,将士们似乎对元昊的威胁并不感到紧张,在他们看来,更靠边界的地方才是第一线。这就使得我们内部的防守实际上是空虚的。再说缘边,虽然我们有许多军寨,可是,各军寨之间距离近则三五十里,远则一百二百多里。若是元昊以奇兵突进,任何一个军寨都是很难单独防守的。元昊的奇兵还可以避免与我军交战,深入内地,劫掠后再迅速撤离。"

"说得很好,那么,若让你来对付元昊,你有什么办法吗?"

"这……父亲,我以为,可以先让各军寨、堡、城加强防卫,元昊进攻时不要轻易出战,避免造成伤亡损失,若其敢深入,则联合附近军寨,聚集兵马后封堵其后路,再图围剿。"

范仲淹听纯祐说了这些话,沉吟良久,嘴唇动了动,却未说话,呆了片刻,方才说道:"纯祐,为父看你倒是适合军事啊。国朝用人之际,若是为父能为国守疆,你可敢上战场?"

纯祐一愣,旋即将胸脯一挺,慨然道:"能为国效力,乃是孩儿的荣光。世上谁人不死,孩儿不怕上战场。"

范仲淹点点头,想要说几句勉励的话,喉头一酸,却是说不出话来。

正在这时，只见张彦召、慕容胜两人押着一个黑衣人从远处走了过来。待到跟前，张彦召冲那黑衣人喝道："跪下！"

那黑衣人三十多岁，发髻已经半散，脸庞精瘦，脸色黑黄，神色颇为惊恐。被张彦召一喝，他便冲范仲淹跪下了。

"问过了吗？都说了什么？"范仲淹问张彦召。

"一抓住他，他便交代了，说是夏军派他来刺探地理的。说了这个，便说要见长官才说。"

"哦。"范仲淹听张彦召这么说，略感意外。"这个黑衣人若是元昊的探子，如此轻易便交代了，元昊也太不会挑人了。真是有些蹊跷！"他心中暗想。

"你叫什么名字？"范仲淹沉声问那黑衣人。

"大人，小人名叫王忠。"

"你不是党项人吧？"

"对，大人，小人本是中原人氏，本是李士彬将军府中的仆人。"

范仲淹听了不禁大吃一惊。周德宝和赵圭南之前受他委派前往西北设法打听并营救李士彬、刘平，如今却杳无音信，这时他乍一听"李士彬"这个名字，不免又担心起周德宝和赵圭南。

"你是李士彬将军的仆人？"

"是的，大人。"

"李将军还活着吗？"

"小人最后一次见李将军，是在盐州。"

"盐州？"

"李将军在金明寨战败被俘时，小人与他一起被元昊军收押了。

贼军将李将军关在囚车里，经过土门，往西北方向而行。小人和一些被俘的将士都被用绳索、牛皮筋绑了，一路押送向西北而行。到了盐州，遇到一队人马，应该是元昊新派往前线的。押送我等的贼军军校便问我等有没有愿意归降、为夏国做探子的人。当时小人心想，若是被贼军押到西北不毛之地，生死难料。俺这样的小人物，在大宋也好，在夏国也好，谁也不会在乎生死的。与其被押往西北不毛之地，不如暂且投降了，然后借做探子之机，再寻机会逃脱夏人的控制。小人假装投降后，便被松了绑，然后便被那支迎面遇到的部队接收了。跟着这支夏军，小人经过土门寨，又到了金明寨。"

"那方才为何见了我等想要逃跑？"

"大人，不瞒你说，投降做探子的人还真不少。是真投降假投降，谁也不知道。贼军派我等出来做探子前，说是只要刺探到军情、地理，回去视功论赏。贼军不仅用我等这些归降的人做探子，还派出一些更加高级的长官刺探军情。方才我远远见大人执笔在大岩石上写写画画，以为大人是夏军长官伪装后南下刺探地理的探子。"

在王忠说话之时，范仲淹一直仔细观察他的神色，只见他神色稍安，心里暗暗想："看情形，这个王忠倒不像是说谎。且待我再问问他。"

于是，范仲淹又问道："王忠，你说你投降了夏国，只是权宜之计。可是，你又如何证明你的清白呢？"

王忠一愣，眼中如同有团火焰闪了一下，说道："大人，小人愿意献上贼军的情报。"

"说吧，什么情报？"

"启禀大人，贼军派小人从金明寨出来之前的那一晚，在寨内烧起篝火，烧烤牛羊犒劳士兵。有两个军校喝醉了，小人从他们几个口中听到，夏军很快会偷袭安远寨。"

"你是何时从金明寨出来的？"

"大约半个月前。"

范仲淹不置可否，扭头往东边看了看，暗想："安远寨在德靖寨的东北方，金明寨之北。若是安远寨失守，延州、鄜州的门户便被打开了一半。消息若是真的，王忠倒是为我大宋立了一大功啊。"

他这么想着便道："得赶紧将消息带往安远寨。若消息是真的，安远寨应该已经危在旦夕。王忠，若消息为真，便放了你，到时你不要回夏军那边了，往南边走，找块地养活自己。"

"大人，王忠斗胆有一请求。"

"说。"

"大人，小人家里已经没有亲人，如蒙大人不弃，愿在大人麾下为国效力。"

"这……且等验证了你的消息再说。"

"是，大人，小人明白。"

"彦召，把行李挪腾一下，让出骡子，让王忠骑。咱们马上去安远寨。"

张彦召得令不敢耽搁，从骡子上面搬下一部分行李，分与诸人，又让王忠骑上骡子。于是诸人一起往南行去。他们打算从南边绕过大山，然后朝东北方向前往安远寨。范仲淹骑在马背上，脸上慢慢笼起了一层寒霜。安远寨和延州的命运、李士彬的生死、周德宝和赵圭南的下落，如同一块块巨石，垒叠在他的心上。

4

"快快打开寨门！我乃夏随将军麾下军校张彦召，奉命护送陕西都转运使范仲淹大人缘边巡察。"张彦召冲着安远寨寨门大喊。

寨门的望楼上，有几个士兵将脑袋探了出来。

"有何凭据可以证明你们的身份？"有个士兵喊道。

"我等带着文牒，你们派人出来取去查验便是！"张彦召喊道。

正在这时，望楼上忽然又有一个士兵惊惶地呼道："等等！不要开寨门。北边山路上有敌情！"

"看，看那边！"一个嗓音粗糙的士兵跟着惊呼。

"贼兵前来偷袭了！不要开寨门，说不定他们是元昊派来的奸细！"先前那个士兵呼道。

范仲淹等人听到呼叫声，均是变了脸色。

"有杂沓的马蹄声，恐怕真是元昊的人马前来偷袭了。父亲！怎么办？"纯祐说道。

范仲淹没有回答纯祐，看了王忠一眼。

王忠神色有些紧张，说道："大人，应该是贼兵前来攻打安远寨了。"

范仲淹点点头，眼光扫过诸人，神色凝重地说道："此时寨内断不敢开门接纳我等。我们分头行动，我带着纯祐、李金辂和王忠去延州搬救兵，彦召、慕容胜、韩稚虎前往鄜州求援。"

"范大人，我等受夏大人之命负责保护大人，怎敢离开大人回去？大人，你看这样行吗？我同大人一起去延州，由慕容胜、稚虎两位兄长前往鄜州求援。"张彦召说道。

"也好！事不宜迟，咱们分两拨各自行动。慕容胜、稚虎，鄜州那边，就拜托你们了！"范仲淹说道。

"遵命！"慕容胜、韩稚虎异口同声答道。

范仲淹即刻带着诸人离了安远寨，沿着山道往南行去。未行多时，只听得背后传来牛号角的声音，原来元昊军队已经抵达安远寨下，开始发动进攻了。

安远寨倚山而建。寨门冲着西北边，大寨背靠东南走向的山体。寨墙外有一段东南走向的山道。山道不宽，若是从北方来，经过这座山寨往东南行数里，在南去山路的东侧，有一隘口可前往东南边的延州。安远寨所在之处，可谓南下和东行的要害之处。在那个隘口，慕容胜、稚虎二人纵马往南而行，朝着鄜州方向去了，范仲淹则带着纯祐、李金辂、王忠、张彦召，从隘口绕过大山，朝东南的延州方向而去。

安远寨危在旦夕。范仲淹等人不敢停留，长途奔进，行了一日一夜后，赶到了延州。此时，原先接替范雍知延州的鄜延副都部署赵振已经被降为象州防御使，张存已经接替赵振当了延州知州。

延州知州张存接到范仲淹一行，听说元昊军偷袭安远寨，慌忙派出一支人马前往救援安远寨。范仲淹令纯祐、李金辂和张彦召随军而行，以备参谋。可是，四天后，这支救援的部队从延州无功而返，只带回一些从安远寨逃出来的残兵。原来，安远寨在坚守一日之后，已经被元昊兵马占领。而慕容胜、韩稚虎从鄜州搬来的救兵，更是远水救不了近火，得知安远寨失守，也只好退回鄜州防守去了。

张存向朝廷呈送了战报，告知安远寨失守，同时再次上奏请求调任。

范仲淹知安远寨失守，心下郁闷，奏书向朝廷献策。奏云：

兵家之用，先观虚实之势，实则避之，虚则攻之。今缘边城寨有五七分之备，而关中之备无二三分。若昊贼知我虚实，必先胁边城。不出战，则深入乘关中之虚，小城可破，大城可围，或东沮潼关，隔两川贡赋，缘边懦将，不能坚守，则朝廷不得高枕矣。为今之计，莫若且严边城，使持久可守；实关内，使无虚可乘。西则邠州、凤翔为环、庆、仪、渭之声援，北则同州、河中府扼鄜、延之要害，东则陕府、华州据黄河、潼关之险，中则永兴为都会之府，各须屯兵三二万人。若寇至，使边城清野，不与大战，关中稍实，岂敢深入？复命五路修攻取之备，张其军声，分彼贼势，使弓马之劲无所施，牛羊之贷无所售。二三年间，彼自困弱。待其众心离叛，自有间隙，则行天讨。此朝廷之上策也。又闻边臣多请五路入讨，臣窃计之，恐未可以轻举也。太宗朝以宿将精兵，北伐西讨，艰难岁月，终未收复。缘大军之行，粮车甲乘，动弥百里，敌骑轻捷，邀击前后，乘风扬沙，一日数战，进不可前，退不可息，水泉不得饮，沙漠无所获，此所以无功而有患也。况今承平岁久，中原无宿将、精兵，一旦兴深入之谋，系难制之敌，臣以为国之安危，未可知也。然则汉、唐之时，能拓疆万里者，盖当时授任与今不同，既委之以兵，又与之税赋，而不求速效。故养猛士，延谋士，日练月计，以待其隙，进不俟朝廷之命，退不关有司之责，观变乘胜，如李牧之守边，可谓善破敌矣。惟陛下深计而缓图之。[1]

赵祯皇帝接到张存的战报和奏书，又接到范仲淹的奏书，闻知安远寨失守，不禁大怒。没几日，赵祯便下诏罢陕西都部署、经略安抚使兼缘边招讨使夏守赟，同时罢免了都钤辖王守忠，都大管勾、走马承受黎用信、张德明，并令他们都回京待命。夏守赟本来就性格庸怯，而且也没有什么谋略，自被任命后也没有受到士兵们的拥戴。如今，他接到皇帝的诏令，虽然丢了官，却也并不因此而感沮丧。一接到罢官诏令，他便和王守忠急急回京待命去了。

夏守赟被罢陕西都部署等职后，赵祯又徙知泾州、忠武节度使、泾原秦凤路缘边经略安抚使夏竦为陕西都部署，兼经略安抚使、缘边招讨使，知永兴军，又迁龙神卫四厢都指挥使、泾原副都部署兼泾原秦凤两路经略安抚副使、眉州防御使葛怀敏知泾州，兼管勾秦凤路军马事。夏竦任职后便立刻上书，举荐范仲淹为副使。

五月己卯，赵祯以起居舍人、知制诰韩琦为枢密直学士，陕西都转运使、吏部员外郎、天章阁待制范仲淹为龙图阁直学士，并同时任命两人为陕西经略安抚副使，同管勾都部署司事。经略安抚副使有管理军事之权，官品随本官官品。韩琦升为枢密直学士，乃侍从官，掌机密文件，备皇帝顾问，正三品；范仲淹升为龙图阁直学士，亦是侍从官，乃从三品。韩琦、范仲淹从此成为宋朝边境的儒帅，承担调度兵马、保卫边疆之责。

范仲淹得知自己获任陕西经略安抚副使乃夏竦举荐，便给其写了一封信。在信中，范仲淹向夏竦表达了自己的感恩之情和为国效

---

1 《续资治通鉴长编》卷一百二十七康定元年五月甲戌条。

力的决心。

信中云：

> 某蒙恩授前件官者。金石之言，方形于清举；丝纶之命，遽被于鸿私。深惟山野之材，曷副英豪之荐？斯盖某官栋梁王室，簧鼓天声。痛幺麽之戎夷，敢虔刘于封鄙。是求参赞，将赐殄夷……[1]

虽然升了官，范仲淹却高兴不起来。陕西边境的状况，让他变得更加忧心忡忡。缘边诸地，寨堡不少，间隔却远。每个寨堡，按照禁军编制来算，多的设置六七指挥，少的只有一二指挥。平均一指挥有士卒五百人。有六七个指挥的寨堡，士卒人数多则三千余人。元昊每次入侵，往往纠集士卒十万至二十万，分为几路进攻。散布边境地区的寨堡，如果救援不及，必然被攻破或被围困。这种状况，任何一个寨堡单独应对元昊的进攻，即便将帅勇猛，也都处于绝对弱势。而且，禁军调防边疆，皆按守边需要，在驻地重新分编，以都部署、部署、钤辖、都监、缘边巡检等阶级，由正任武官、武选官等兵官统领，部队内部矛盾重重。如此状况，如何能够打胜仗呢？经过一番为期不长的考察，范仲淹对于陕西边防的问题与隐患，已经有了新的认识。扭转败局的肯綮，究竟在哪里呢？他接到调令，装着一肚子的想法，匆匆前往永兴军向夏竦报到。

在夏竦府邸的后院中，范仲淹见到了泾原秦凤两路经略安抚副使葛怀敏和同他一起新任陕西经略安抚副使的韩琦。

---

[1] 《范仲淹全集》之《范文正公文集卷第四·谢夏太尉启》。

夏竦于六月三十日到永兴赴任，葛怀敏则接替了他知泾州。

范仲淹在一张藤椅上坐定。韩琦坐在他的右边，葛怀敏坐在他的左边。夏竦坐在对面的一张靠背椅上。

一只黑猫从夏竦跟前缓缓走过。那黑猫扭头朝范仲淹看过来，棕灰色的瞳孔几乎眯成一条竖立的缝，闪着冷冷的光。

黑猫似乎并未引起韩琦的注意，他大声说道："不能被动挨打，咱们得择机主动出击！"语气异常坚定。这是一个明朗的晴天，阳光照在他的脸上，他的眼睛闪烁着奇异的光泽。这是心中的激情与自信在一个人眼中的反映。

"韩副使所言甚是，我军须得抓住机会痛击元昊贼子，我等胸中这口鸟气，也憋得太久了！"红脸膛的葛怀敏大声道。

范仲淹没有说话，他正注视着韩琦，他被韩琦的神采和言语深深感染了。眼前这位比他年轻了许多的儒帅，让他打心底里喜欢。但是，他没有像葛怀敏那样作出肯定的回应，只是朝夏竦看了看，沉默不语。

夏竦，字子乔，是江州德安县人，比范仲淹长了四岁，生着一张圆脸，一对小眼睛，嘴唇很薄。他的须发几乎都白了，但是圆脸上皱纹不多，气色看上去倒是不错。说起夏竦的履历，可谓辉煌。宋真宗景德元年，夏竦因父亲夏承皓在与契丹作战时战没殉国，被朝廷录官丹阳主簿。大中祥符三年，夏竦被朝廷选为国史编修官，与王旦等同修起居注，又参与编写了《册府元龟》。天禧年间，夏竦先后出知黄、邓、襄等州。当时，大宋多处遭遇灾害，出现大饥荒，他劝令大姓出粟，得二万斛，救活贫者四十五万人。天圣元年至天圣四年间，他历知寿、安、洪等州。他曾勒令巫觋一千九百余家还农，毁其淫祠，政绩颇佳。天圣五年，拜枢密副使。刘太后薨后，夏竦被罢枢密副使……范仲淹对于夏竦的履历，是甚为清楚的。对于夏竦，范仲淹内心怀着敬畏，既仰慕其少年时期便展露才华，又敬仰其为政期间所干出的政绩。可是，自从与夏竦共事后，范仲淹开始渐渐感觉到，眼前这个夏竦，似乎还有不为他所知的一面。那是什么呢？范仲淹一时间捉摸不透。

"反击是一定要反击的。一定要反击！不过，不可操之过急。"夏竦眯眼说道，声音又轻又缓。

范仲淹听夏竦这么说，道："夏公之言甚是。"

"要对付元昊，我军不可过于分散，各寨各堡之间若不能相互救援，一旦元昊军前来攻略，我军必然被动。夏公，西贼入边劫掠，已经得手多次，正是心骄兵躁之时，若我军集结大军，趁其轻入之机，断其后路，必可一战而歼之。"韩琦说道。

"韩副使，希文刚到任交割管勾，鞍马劳顿，对付元昊，无须如此急。今日且不谈进军之事。"

"夏公！……"韩琦有点着急了。

这时，范仲淹注意到夏竦的眼瞳突然睁大了一下。不知为何，他突然想到了方才看到的那只黑猫的瞳孔，心头一跳。于是，他不等韩琦继续说，插口说道："韩副使聚兵之说，甚是有理，不过，下官赞同夏公的主张，目下不可轻易出击。不能让将士们白白去牺牲。"

夏竦听范仲淹这么说，微微一笑，对韩琦说道："韩副使，你瞧，希文都这么说了，你先别急。"

"这……"韩琦一时语塞，看了范仲淹一眼，说道，"范副使，你也知道，我军需要一场胜利，若是一直拖下去，我朝之民力，必为之疲也！况且，又怎能将主动进攻说成是让将士们白白去牺牲呢？范副使，我知道，在泰州修捍海堤时突遇大雨雪，你眼睁睁地看着数百民夫被海浪卷走。你一直反对主动进攻，恐怕是因为这件事影响了你的判断吧？"

范仲淹的心被狠狠地揪了一下，深深垂下头，旋即又慢慢抬起头，神色凝重地说："我确实从没有忘记那件事，我也知道打仗不可能没有牺牲。但是，那件事并未影响我的判断，我只是根据诸般情况分析，现在确实没有到主动进攻的时候。"

看着黯然神伤的范仲淹，韩琦沉默了一下，说道："范公，方才我那样说太过分了，是我不对。你别往心里去。"

范仲淹淡淡笑了一下，说道："稚圭兄，我倒要感谢你提醒，确实不能让那件事影响判断。"

这时，夏竦打个哈哈，笑道："我倒是觉得，有陛下对边防的重视，形势会越来越好。如今，有了韩副使、范副使助我，我肩上这担子是轻了不少啊。另外，有陕西都转运使庞待制在同州，近日，陛下又下诏以定国留后、秦凤路副都部署、知秦州曹琮兼管勾泾原路军马事，任耀州观察使夏随为陕西副都部署兼缘边招讨副使。这夏随，之前因为名字与元昊有一字同，已经将名字改为'随'，如今，陛下正式以'随'赐给他，可见陛下对他也是甚为看重啊。如此一数，沿边四路，边帅倒是不太缺了。可是，缺的是良将啊！"

"夏公，你提起良将，我倒是想起一人，之前，我在邸报中关注到一人，从邸报之文看，此人战功卓越，起自行伍，累次转迁，夏公或可留意。"

"你说的是哪一个？"

"此人名叫狄青。"范仲淹说到这里，想起之前已经暗中委托周德宝道长和赵圭南到西北后设法联系狄青，心有顾虑，迟疑一下，方才继续说道,"只是不知如今此人归哪位管辖。"

夏竦点点头,说道:"夏某没有看错人啊,范副使心系国家,原来早就有心西北边防了。说到这狄青,夏某也曾留意。此人原先为禁军散直,武功了得。宝元二年,朝廷选卫士从边,他以散直为延州指使。那年冬天,他带兵击退攻击保安军之贼军,朝廷赏赐,超四资授其为右班殿直,在军中甚得士卒之心。如今,他正在庞籍麾下用命。他可是庞籍的宝贝,范副使莫不是想要夺人所爱?"说着,夏竦哈哈大笑起来。

"岂敢岂敢!我是寻将心切啊。原来夏公早就知晓狄青了。"

"而且,这狄青,还有一人早于你在我面前提起哦。"夏竦眼睛眨了眨,面露狡黠之色。

"哦?"

"范副使知道是谁也注意到狄青了吗?"

"谁?"

"他就在你对面坐着呢!"夏竦朝韩琦指了指。

范仲淹向韩琦看去,只见韩琦正微笑着看他。

一时间,范仲淹与韩琦相视而笑。

5

夜空很黑,似乎密布着云团,只有平日最亮的几颗星,在重重云团留出的间隙中若隐若现。

夜色中,有两个人骑着驿马,进了城门后径直往夏竦府邸疾驰而去。

"父亲!父亲!"

范仲淹猛地惊醒。梦中，他仿佛听到了纯祐呼喊他的声音。他猛地坐起来，让思想迅速回到了现实。

不是梦。门外果然传来纯祐的呼喊声。

他披衣下床，打开了房门。

"天还未亮，何事如此着急？"

"父亲，方才夏太尉派人来报，陛下下诏，令鄜延路接诏后立刻派兵出击金明寨，务必击退昊贼，夺回金明寨。"

"陛下突然亲自下诏出击金明寨、塞门寨，这是怎么了？"

"具体情况还不清楚，夏太尉请父亲速到其府中商议。"

"好！你也收拾一下，随我一同前去。"

纯祐答应了一声，匆匆退下，前去准备了。

范仲淹由纯祐和李金辂跟随着，骑马赶往夏竦府邸。到了夏府时，天刚蒙蒙亮。夏竦早就安排了人在门口等范仲淹，他们一到，便被匆匆引入府中。

"夏公，这回陛下如何这般着急，竟然亲自下诏要攻打金明、塞门寨？"范仲淹在夏竦府邸前厅一落座，便开口问道。

"希文，从诏书来看，应该是同元昊用的那个国相张元有关。此人科举落第后，为一官员所辱，叛逃至西夏，为元昊所器重，且此人恃才傲物，经常写些诗文讽刺我大宋。估计是宫中有人将张元写的文字在皇上耳边唠叨了，皇上才会动怒，下诏要尽快夺回两寨。"

"如今塞门寨、金明寨依然被贼兵占据，对我鄜延路构成严重威胁，我军迟早该夺回该寨。但目前准备尚不充分，如果匆忙用兵，恐怕徒劳无功啊。"

"仲淹，这次官家不仅说要拿下塞门寨、金明寨，而且明令要鄜延路派兵出击。诏令中还特意点了张亢、王达等几个将官的名字，令为先锋，又点赵振重兵继之。皇命难违啊！"

"陛下常常亲自选任殿直，有些禁军将官自然熟悉。陛下点名的这几人，夏公以为如何？"

"若说此次官家亲自下诏所点之将，钤辖张亢有勇有谋，确实是可用之将。都监王达为人沉稳干练，也是一时之选。陛下记得他们，可谓有心。不过，这次官家点将点到赵振，恐怕另有原因。赵振现为鄜延副都部署。元昊将反时，他预察元昊之心，以金帛诱属羌，使得环庆无虞，可谓有谋之士，因此也得到了官家的信任。只是，他不太赞同主动出击，而主张固守。范雍大人因三川口之败被贬安州后，赵振接替他知延州。正月里贼兵攻打塞门寨时，城中有兵七千八百人，可是他按兵不动。塞门寨当时守军不足千人，屡次向延州求救，赵振一直不发兵。赵振还对人说，贼乘着新胜，必然会继续进军，若是延州不轻易出动，贼兵便不知道延州底细。如今塞门虽危，我怎能用大的延州去换小的塞门寨呢？他还给塞门寨寨主高延德去信说，可守则守，不可守，宜拔兵以归。延德坚守塞门数月，他就是不救，一直到五月初，才派了一百人前去支援。塞门寨终于陷落，高延德被俘，庞籍因此上奏弹劾赵振。所以，这次皇上点将点到赵振，那是怒其不争，或是给他戴罪立功的机会，或是以此警告他。"

范仲淹听了夏竦这番话，方才明白赵祯为何在此时亲自下诏要求主动出击夺回两寨。沉吟片刻后，他说道："若是如此，不如按照官家所定之策，先派钤辖张亢、都监王达为先锋，往金明、塞门寨击贼，令赵振以重兵继之。夏公也可遣韩琦从泾原路那边出兵策应。我也令纯祐跟着张亢，好让他上战场历练一下。"

夏竦看了一眼范仲淹，不答。他低下头，捋了捋下巴上花白的胡须，沉思了片刻，方缓缓抬起头说道："既然希文也赞同出击，那这次便依陛下之诏，明日进攻金明、塞门寨。若是不出击，我等岂不有抗旨之罪？只是……"说罢微微摇了摇头，叹了口气。

"夏公，希文知道你心中所想。皇上远在京城，指挥一线作战，若长期如此，必不利于边疆见机行事。不过，方才听夏公所言，张亢有勇有谋，那么我军的主动出击也非全无胜算。我突然想到，我在洛水边还收了一人，名叫王忠，原是蕃将李士彬部下，此人甚知缘边地理，或可向他问计。"

夏竦眼睛一亮，歪头看看纯祐，扭头又对范仲淹说道："希文送子上阵，令夏某感佩，只是这偷袭金明、塞门之战，非同一般，并无胜算，我看还是让贤侄先等一等再说，上战场的机会有的是。对付元昊，绝不是一天两天的事情。"

"夏太尉，请准许我随张亢将军前往金明寨，我大宋无论禁军、厢军、土丁，万千士卒都在为国效命，我既随父亲来了边疆，若眼睁睁看着别人在阵前冲杀，而独自留于后方，愧对天地！"

"这……贤侄既然这么说，那你到时便跟着张亢将军吧。"

"是！"纯祐沉稳地答道。

从夏竦府邸出来，东方已经露出了朝霞。

范仲淹骑在马上，一言不发。骑行在父亲左侧的纯祐扭头看了一眼父亲，但见父亲的眼中浮着一层柔和的光，眼神坚定，正注视着虚空中的某个东西。他心中一颤，心想，父亲心里一定藏着什么话没有说出来。他回想起在夏竦府邸中父亲说的一些话，定然还是与此次进攻金明、塞门两寨有关！他觉得自己必须得开口问问。

"父亲！"纯祐轻轻呼了一声。

范仲淹在马上微微一震，仿佛从沉思中突然回过神来。

"嗯？"他扭头看了纯祐一眼。

"现在不是最好的出击时机，是吗？父亲，你本是反对当下主动出击的，为何这次不向皇上和夏经略提出反对的意见？"

范仲淹嘴角抽动了两下，说道："现在确实不是出击的最好时机。我军还未准备好呢。只是……只是目前我方需要一次主动进攻，来改变战略方面的被动。三川口之败后，朝内舆情汹汹，想来皇上也甚是为难。因此，这次主动下诏让鄜延路出击，力图拿回金明和塞门两寨，与其说是发动一场战役，不如说是谋划了一次攻心之战，更多的是为了鼓舞我大宋的士气，安抚天下的舆论。至于点将让赵振为主力，估计陛下是出于人事方面的筹谋。若是此次出击成功，朝内弹劾赵振的声音就可能减弱，皇上就可能继续让赵振担任戍边要职；若是此次出击失利，为父猜测，陛下恐怕要继续左迁赵振了。"

纯祐听了，若有所悟，呆了一呆，说道："那若是如此，此次主动出击岂非一场没有胜算的冒险？"

"纯祐，你记住，敌我攻防，风险随时都有。为父这次为何没有提出反对意见，心里也是经过了一番艰难权衡的。我军太需要一次主动出击了！大败之后，士气低落，一次主动出击，于提升士气大有好处。在为父看来，这次出击，不求全功，只要能够打击贼军气焰，即便暂时无法收复两寨，也是一种成功。纯祐，你知道为父为何让你随张亢将军为先锋吗？"

纯祐道："父亲不是说了，希望孩儿上沙场历练一番。"

"历练是历练，可为何为父希望你随先锋行动呢？你明白为父的苦心吗？"

"我想，父亲是希望孩儿能够身先士卒，拔得头功。"

"纯祐，战场是残酷的。为父虽然希望你立功，但这次让你随先锋行动，却不奢望你能立功，最主要的是让你真正见识一下残酷的战场，真正知道'兵者，国之大事，死生之地，不可不察'这句话的意思。纯祐啊，你千万不要有丝毫轻敌之意。与元昊的斗争，绝不可能短时间内结束，你心里要有准备。"

"父亲，为何您如此肯定，我军无法在短期内打败元昊呢？"

"咱们已经在洛水到延州一带看了一圈，你难道没有注意到缘边的地理吗？与西夏接壤之地太长了，而且山川纵横、沟壑交错，元昊可以进袭中原的口子太多了，他可以迂回、隐藏、撤退的路线也太多了！我军在进攻的同时，也得随时提防贼军迂回拦截、背后偷袭啊。虽然我军在缘边驻兵号称数十万，但是，你想想吧，即便是数十万人，在这群山万壑间这里一处、那里一处，难道不是像几群蚂蚁，在荒原上这里一窝、那里一窝吗？纯祐啊，别说是军队，即便是天下黎民，散布在这莽莽群山、茫茫大地上，也如细沙入大海啊！人啊，多么渺小啊！正是因为渺小，在这纵横的山川、交错的沟壑间，如果没有据点，敌我双方仅仅是要找到对方，都不是一件容易的事情哦！若还想包围对方、打败对方，那更是难上加难！这也就是城池、堡寨会成为敌我双方争夺的原因吧。城池、堡寨本应成为苍生黎民建立和加强联系的纽带，而今却成了争夺的焦点，成了一决生死的杀戮之地，可悲可叹啊！"

说了这么一段话，范仲淹紧紧抿着嘴，扭头往东边的天空看去。

父亲的这番话，重重震撼了纯祐的心。

是啊，人在这大地上，显得多么渺小啊！

"正是因为渺小，在这山川沟壑间，如果没有据点，敌我双方要找到对方、包围对方、打败对方，对双方来说，都不是一件容易的事情哦……这也就是城池、堡寨会成为敌我双方争夺焦点的原因吧。城市、堡寨本应成为苍生黎民建立和加强联系的纽带，而今却成了争夺的焦点，成了一决生死的杀戮之地……"纯祐思考着父亲说话的重点，也跟着父亲将目光投向东方。

这时，朝阳已经从黛青色的远山背后升起，红彤彤的，如同一个巨大的圆盘，射出强烈的光芒，湮没了群山和原野的细节，所有的生灵，仿佛都融入了无比宽广的大地，融化在灿烂夺目的光芒之中。

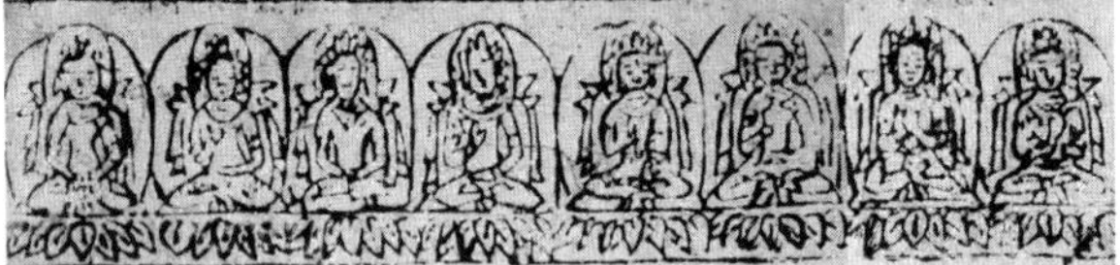

[illegible]

第二十章
贺兰山下

1

"咱何时行动啊？"赵圭南侧身闪过旁边的一个行人后，低声问周德宝道长。

"急什么，咱们首先得摸清楚元昊关押俘虏的地方。我瞧这兴庆府虽远不如汴京规模宏大，但也颇具规模。元昊这贼子，不可小觑啊！"周德宝也是尽可能压低声音说话。

"咱已经在这街上闲逛两日了啊！"

"《孙子兵法》听说过没有？"

"什么兵法？"

"孙子兵法。"

"孙子？为什么叫孙子兵法，而不是爹爹兵法、祖宗兵法？你们汉人不是很尊崇祖宗家法吗？"

"这都哪是哪啊！哎哎哎，不同你扯了。这《孙子兵法》啊，乃是春秋时期——春秋时期知道吧——乃是春秋时期一个叫孙武的人写的兵法，世人尊称其为孙子，便如孔子、老子——孔子、老子知道吧？啥，也不知道。好吧好吧，不说那么多了。总之呢，孙武写了一部兵书，叫《孙子兵法》。这部兵书中，有一句非常有名的话，是这么说的——知己知彼，百战不殆。就是说，打仗如果能够充分掌握敌我的状况，打一百次仗，也不会失败。咱这次行动啊，便如与元昊打仗一样，先得摸清楚咱们对手元昊的底细，别的不说，至少也得弄清楚李士彬将军到底是否关在兴庆府某地才能行动吧。不摸清楚各种情况，又怎能打探来李将军的下落呢？这急不来啊！"

"那怎么才能弄清楚李士彬将军到底是否关在兴庆府某地呢？不是也得采取行动吗？"

"这……哎，我说，圭南呀，你怎么这么憨呢？咱在这大街上转，不就是正在行动吗？难道非得扯个旗子往元昊的皇宫冲才叫行动吗？"

赵圭南歪头一想，说道："那倒是，只是……只是……咱难道就这么逛着？"

"得，我瞧啊，也快到晌午了，我老儿肚子也开始咕咕叫了。兴庆府有什么好吃的，这个你知道吧？"

"清蒸羊羔肉！可是，师父，你现在是——"赵圭南指了指周德宝的光头。原来，在来兴庆府的路上，周德宝听说元昊崇佛，且喜欢研究佛经，为了多一分掩护，便从一个寺庙中买了一套和尚服饰，还专门剃了发，在头顶烫了香，扮成了一个大和尚。

这时，周德宝抬手扯了一下胡须，又皱起眉毛，说道："这我倒是一时间忘了……我本是道士嘛，这样吧，待会儿就说我马上要还俗了。走，这就去吃清蒸羊羔肉！"

"是！师父。"赵圭南不禁乐了，呵呵地笑起来。

"哪里有清蒸羊羔肉吃，你带路啊！"

"走，前头那家店就有。"

赵圭南说着便往前方一指。周德宝往赵圭南所指方向看去，只见三四十步开外，临街有个不大的店面，店头上挂着一面幌子。幌子是匹白布，其上绣着几个绿色的大字，笔画繁复，结构看着像是汉字，却认不出究竟是何字。

"那幌子上写的是什么？"

"写的就是'清蒸羊肉'四个字啊。这种文字，是元昊称帝前令大臣野利仁荣创制的，据说花了三年时间造了五六千来字。当时，元昊便先在兴庆府推行这种文字，随后作为'国字'在各地推行。夏国的官署文书、官员牌符、律例条令、审案记录、买卖文契、书籍文章、碑刻、印章、钱币、佛经等都被下令用这种文字书写。说实话，除了那些常用的字，很多字我到现下也不认识。"

"这个元昊，真是野心不小啊，不仅想自己当皇帝，还想从根子上摆脱朝廷。"

"其实啊，老百姓都嫌麻烦呢。汉字用得好好的，如今元昊要推行的文字真不好用，看起来很像，极易搞错，看着和写出来都不如汉字漂亮。民间百姓很多私下里都说，这简直是在开倒车，为难我们啊。"

"说得是啊。一个人光从自己的野心出发，是会干出意想不到的蠢事来的。不过，这倒是确实印证了元昊的野心不小啊，而且，看样子，他还有很多法子，有一整套规划。朝廷要对付这样的人，不容易啊。"

两人一边走一边低声交谈着，转眼便到了那家羊肉店门口。

一进店门，就有个年轻小伙计上前来招呼。周德宝细看那伙计的相貌和装束，猜到他是一个回鹘人。

年轻小伙计一开口，说的却是带着西北口音的官话。

"两位客官，这边坐！"小伙计热情地引导周德宝和赵圭南在靠墙的一张桌子边坐下。

店不大，店堂里只有六张桌子。周德宝和赵圭南坐下后，只剩下挨近门口的一张桌子还空着。羊肉店的柜台靠里头，柜台后面，显然是后厨。

"两位客官，吃点啥？"

"来两碗羊肉泡馍，再切一斤清蒸羊羔肉。"赵圭南操着党项人的口音说道。

小伙计吃惊地看了周德宝一眼。

赵圭南马上察觉到了小伙计的心思，笑道："大和尚马上要还俗了。"

"原来如此。嗯呐！"年轻小伙计热情地答应一声，便去柜台报菜下单了。

不一会儿，小伙计便用托盘端上了一盆清蒸羊羔肉和两碗羊肉泡馍。

"真香！没有一点儿膻味，而且肥而不腻，入口绵软。这清蒸羊羔肉，不得了！"周德宝眯着眼睛，细细嚼完一块羊羔肉后赞不绝口。

"是吧，师父，再喝一口羊肉泡馍汤，那就更美了！"

周德宝舀了一勺羊肉泡馍汤，慢慢喝下，不禁连连点头称妙。于是两人放开架势大吃起来。

突然，只听得店外大街上传来几声呼喊："青天子来了！青天子来了！"

周德宝一惊，放下汤勺，扭头往店门外望去。赵圭南也抬头引颈，望向店门外。

门外大街两旁已经站满了人。有几个人堵在店门口，将店内人往外看的视线给挡住了。羊肉泡馍店内的客人们，纷纷站了起来往店门口走。

"发生什么事情了？"

"今日皇帝要去贺兰山脚下的牧场。那里不是要举办射箭大赛嘛。"

"对啊，要不咱吃完了也去看看？"

"哎，诸位客官，可别忘了付账后再走啊！"

周德宝和赵圭南听着店里几位客人的对话，对望了一眼。

"走，咱也瞧瞧去。"周德宝道，说着从怀中摸出一小块碎银放在桌上，便起身往外走去。

赵圭南点点头，站了起来，随着周德宝出了店门，挤到了路边的人群当中。

大街上，远远行来一队人马。队伍前头，有两名旗手，各举着一面白底金边大旗开道。这两名旗手后边，一匹白色的高头大马上端坐着一人。此人着白色长袖衣，戴着红内里的黑色毡帽，一张黝黑的圆脸，两道浓密的剑眉之下，是两只目光森然的眼睛。这张脸上，那只高高耸起的鹰钩鼻也显得异常醒目。此人身后，是一个骑在马上的侍卫，举着一顶青色伞盖。在青罗伞之后，三骑并辔而行。当中一骑，是个穿着红衣，看上去只有三十多岁的文官。这位文官的两边，各有一个穿着铁甲、戴着铜头盔的武将。这三骑之后，跟着十来骑，个个身佩弓矢，腰悬弯刀，一看便知是武艺高强

533

的卫士。这十来骑后面，跟着百来骑骑兵。这个队伍中的每个人，看起来都精神饱满，威风凛凛。

"青罗伞下的，便是元昊吧？"周德宝轻声问赵圭南。

赵圭南阴沉着脸点点头。

"他后面那个文官，还有那两个武将是什么人？"

"那个穿红衣的文官，我不认识。不过，那两个武将，是重臣野利旺荣、野利遇乞。"

这时，只听人群中有人说道："青天子好威风啊！他身后的张元宰相，看起来也是气度不凡啊！"

"他就是那个张元，从中原投奔过来的张元？听说他在大宋参加科举落榜了，一气之下投奔了青天子。没有想到，他竟然一下子得到重用，现在是咱大夏国的国相啦。简直是一步登天啊！"

周德宝听了，轻声对赵圭南说道："原来那人叫张元。这骑射大会，庶民百姓可以去看吗？"

"当然，骑射大会是从部帐中选拔勇士的盛会，已经举办多年，允许百姓们在旁观看。待会儿等大队过去了，自然会有些百姓跟过去看。"

"既然如此，咱也一起去瞧瞧。"周德宝说着，向赵圭南眨了一下眼。

"好的，师父！"赵圭南说着，瞪着眼睛朝元昊那边望了一眼，旋即阴沉着脸，微微垂下了头。

2

周德宝和赵圭南跟着一大群去看骑射大赛的人，行了大约半个时辰,来到兴庆府城外的骑射场。举办大赛的骑射场本是一块牧场,西北面便是延绵的贺兰山。

看热闹的人群被维护赛场秩序的士兵拦在一个区域之外。混在人群中,周德宝往西北方向远远望去,只见大约在五百步外,草场上搭着一个巨大的台子,台子西南、东北、东南三面都有木梯,西北一面插着一排各色的旗子。台子冲东南方向,坐着几个人,当中一人穿着白衣,背后立了一人撑着一顶青色罗伞,伞下的正是大夏国皇帝元昊。他的左右各坐着几个人。周德宝能辨别出,其中就有张元、野利旺荣和野利遇乞。在台子的东南方向,密密麻麻列着十队骑兵、十队步兵,每队之前都举着一面旗帜,旗帜的颜色有白黑褐赤橙黄绿青蓝紫十色,色彩缤纷,鲜艳夺目,看上去颇有气势。

周德宝扭头看了一眼赵圭南,只见他瞪着眼睛死死盯着台子的方向。

"沉住气。"周德宝拍了拍赵圭南的肩膀,轻轻说了一声。

赵圭南默然点点头,眼睛还是死死盯着那个方向。

这时,周德宝注意到元昊从台子中间的凳子上站起来,高高举起双手,似乎说了些什么。因为距离甚远,周德宝听不清元昊的声音。他正自发愣,只听得号角声呜呜吹响。东南边阵列中,一支百余骑的骑兵队冲了出来,当先是一匹白色大马,马背上的人穿着白色锦袍,一手控着马缰绳,一手擎着白色金边大旗,口中发出啸声,带着身后众骑兵朝东北方向疾驰而去。这队骑兵转眼间奔出数百步远,突然,前头的那骑方向一转,往西北方向奔去,随后又猛然转向西南朝台子方向疾驰,其后的百人骑兵队也随之急速变向,纵马疾驰。整个过程快如闪电,动如雷霆,看热闹的人群不禁哄然喝彩。喝彩声尚未落,那支百骑骑兵队已经整整齐齐,冲着台子方向列成了纵队。紧跟着，第二支骑兵队也跟着奔了出去。这支骑兵队沿着第一支骑兵队奔驰的路线，也迅疾地奔驰到台子前方列队。如此，又有八支骑兵队依次奔出，不一会儿便在台子前排列得整整齐齐。骑兵队列队完成后，从东南阵列中鱼贯出发的是十支步兵队，每队步兵也是百余人。

每一队人马经过，在外围看热闹的百姓都会先爆发出雷鸣般的喝彩声，然后便是交头接耳，彼此交流看法。有的说汉话，有的说当地的土话，有的说吐蕃语，也有的说回鹘语。

"按照惯例，随后就是正式的骑射比赛了。"赵圭南说。

"究竟怎么比？"

"一会儿，会有人在场地上立起一排草靶子。一开始靶子会比较大，然后从每支骑兵队中选出十名勇士，依次骑马从百步外疾驰而过。每个队伍都有一个靶子，骑手得在疾驰中弯弓搭箭射击靶子。一轮下来，依照射中的箭数来排名。随后，会换上更小的靶子，依照上面的办法，由第一轮进入前五名的骑兵队继续比赛。这时，每个骑兵队可以换人出赛，也可以不换人。这轮比完后，会准许进入前三名的骑兵队继续进入下一轮。如此反复，便选出最强的骑兵队。骑兵队比完后，会进行步兵射击比赛，办法类似。只不过，步兵的箭靶子要摆得更远一些。"

"这倒是激励队伍的好办法。"

"在最强骑兵队和步兵弓箭队决出后，就开始了最激烈的比赛。"

"还有更激烈的？"

"是。最激烈的是角逐最佳射手。"

"这又是怎么个比法？"

"通常，会换上活动的靶子，比如一头牦牛，一匹马，或一只羊。这是真正的战士的比赛。最佳射手在最强骑兵队和步兵弓箭队中选出，两支队伍将混合参加比赛。"

两人说话间，在草场正对着台子的方向，已经用杆子支起了十个圆形的草蒲团子当箭靶子。每支骑兵队也已经各选出十位射手，准备开始第一轮骑射比赛。令骑手将手中的小红旗一挥，第一队十名骑兵在呼喝声中，鱼贯而出，纵马沿着指定的马道向箭靶子方向奔驰而去。这条马道从元昊所在的台子前经过，马道距离箭靶子有一百步远。骑兵经过台子时，需要在马上侧身弯弓搭箭完成对指定箭靶子的射击。第一名骑手眼看马奔到台子前，便翻手从背上的箭壶中抽出一支箭，麻利地往弓上一搭，在拉弓的同时已经完成了瞄准，等那弓一拉满，箭便脱弦射出，直奔箭靶子而去。只听"扑哧"一声，那支箭已然射中了草蒲团子。

元昊在台子上见第一名射中箭靶子，开了个好头，心中甚喜，却未喝彩，只是微微点头，以示肯定。

看热闹的人群，虽然距离箭靶子有些距离，又不在正面，看不真切，但都知道那名骑手射箭中的，便大声喝彩。喝彩声未落，该队的第二名射手已经纵马经过台前，又是一箭射中了草蒲团子。转眼第一队十名骑手都完成了对指定箭靶子的射击，周德宝留心观看，知道有八名骑兵射中了排在最北头的那个草蒲团子。

接着，余下九队骑兵也依次出赛。待骑射完成，有十名军校骑马奔到草蒲团子前面下了马，依次拔下草蒲团子上的箭，并给每个骑兵队计数。不一会儿，十名军校又纵马奔到台子下，各自举起手中的箭，大声向元昊报了所计之数。因为距离远，周德宝听不清那些军校的声音，正觉得有些遗憾，只见那十名军校又上了马，分成

537

两队，奔向在两边围观的人群。其中五名军校奔到周德宝、赵圭南所处的人群近前，口中大声呼喊，发出一连串的音节，周德宝却一个字也听不明白。

"他们喊的是啥？"周德宝问赵圭南。

"他们喊的是，骑兵白、褐、赤、青、紫五队此轮胜出。"

赵圭南刚说完，只听得那五个军校又继续喊道："骑兵白、褐、赤、青、紫五队此轮胜出！"这次倒是汉话，与赵圭南说的正合。

"莫非之前喊话，使用的便是野利旺荣创的大夏文？"

"正是。"

"那为何还用汉话喊一遍？"

"野利旺荣创的大夏文，是参照汉字用笔画拼起来的。有的能在原先羌语土话中找到对应的发音，有的却是新字新音，当地羌族、回鹘等部落的人以及汉人听不懂，故在很多场合，依然还是允许说汉话的。"

"原来如此，这么说来，元昊还是有开明的一面的。"

"这也是迫不得已的事情，也不是元昊贼子一人能够左右的。"

第二轮骑射快开始了。草场上的箭靶子也换了，新的箭靶子直径不过两尺，依然摆在距离马道一百步之外。这一轮比赛，决出了前三名，分别是白、赤、青三支骑兵队，不过，白队与赤队均是十箭射中，青队中了九箭。到了第三轮比赛，箭靶子已经变成直径仅仅一尺的新靶子。白、赤、青三队各自换了几名射手进行这轮比赛，结果，三支骑兵队的射手全部中的。

元昊听了军校的报告，满意地点点头，沉吟片刻，从凳子上立起来走到台前，冲台下大声说话。元昊这番话，是用大夏语说的，声音异常洪亮。

周德宝和赵圭南此时能够听到元昊的声音。因为就在方才的比赛过程中，他俩已经渐渐在人群中向台子方向挪动，一直挪动到了台子的西南角。从这里，既可以看到台上的元昊等人，也可以斜斜看到草场上的箭靶子的正面。

元昊的话音未落，赵圭南的脸上已经现出愤怒和紧张之色。

"怎么了？"周德宝问道。

"他要用三个俘虏来当活靶子，决出骑兵队第一名。据说那俘虏是个党项族的叛徒。"

"什么？"周德宝一惊，声音有些颤抖。

人群突然喧嚣起来，其中有人叫好，有人发出低低的哀叹声。

片刻后，两名军校将三个头发凌乱的人押上了草场，往台子前插靶子的地方走去。三个俘虏中间那个，身穿战袍，身材显得颇为魁梧，行走间昂着脖子，几次用肩膀甩开军校的推搡。他身上的战袍，因为沾满了血，已经看不出是什么颜色了。

三个俘虏被押到草场中间，转过身来，冲着台子方向站定。

周德宝盯着那三人看，眼光落到中间那个人身上时，几乎惊呼出声。他认出了中间那个人。那个人，是李士彬——正是在延州之战中被元昊军俘虏的蕃将李士彬。赵圭南察觉到了周德宝的震惊，但是他没有说话。他的注意力，还是集中在元昊的身上。仇恨牵引着他的注意力，尽管他依然对周遭的情况保持着敏感，但是对元昊的关注，超越了他对其他事物的兴趣。

元昊又在台上说话了。赵圭南的肩膀似乎突然微微抽动了一下，他扭头看了周德宝一眼。

"怎么了，他又在说什么？"周德宝轻声问道。

赵圭南警惕地看了看前后，发现看热闹的人有的正盯着草场上的俘虏，有的在听元昊讲话，并没有特别的人注意到他与周德宝。"他说，中间那个俘虏，是背叛了党项族的李士彬。今日，就要用他当活靶子，用来警告那些想当叛徒的族人。"赵圭南压低声音同周德宝说道。

"方才我已经认出了李士彬。元昊真是心狠手辣啊。"

"师父，我们该怎么办？"

"得设法救他。"

"这怎么可能？"

周德宝沉默了。此时，元昊还在台上用大夏语大声说着话。

过了片刻，周德宝轻声对赵圭南说道："我要出去劝阻元昊的杀戮。"

"这……他会把师父你一起杀掉的。"

"别忘了，我现在可是和尚，佛家慈悲为怀，怎可见死不救？况且，范大人也有嘱咐，若找到李士彬，要设法营救啊！"

"师父，你不过是假和尚，你是道士啊！"赵圭南伸出一只手，紧紧抓住周德宝的手臂。

周德宝淡淡一笑，轻声道："无论儒释道，都有一颗慈悲心。你不用过于担心，元昊不是信佛吗？我现在是和尚，他不一定会杀我。"

"师父……"赵圭南的声音有些哽咽了。

"万一有不测……你不要站出来，他们当中有人认识你。你要设法回去，将这里的情况转告范大人。切记，切记！"

"师父，真的没有其他办法了吗？"

周德宝微微摇摇头，用手使劲地掰开了抓着自己小臂的赵圭南的手指。

"切记，无论发生什么，你一定要回去！"说着周德宝伸手拨开前面的人，往草场中间挤去。

一个军校发现周德宝从看热闹的人群中挤了出来，慌忙跑上前将他一把拦住。

"这位大师，你不能往前去了！"那军校见周德宝是个和尚，知道皇帝元昊敬佛，也不敢过于造次。

"阿弥陀佛，贫僧有要事向陛下禀报，还请军爷前去通报。"周德宝向那军校合十说道。

那军校面露难色，犹豫道："这……大师……"

"拜托军爷了！"

"好吧，大师稍等，我这便去禀报。"

那军校说完，匆匆往台下奔去，向一个全身披挂的高级将领模样的人作了禀报。那人听了禀报，却站着不动，待元昊说完话，向台上的元昊施了礼，得到准许后才沿着木阶上了台，跪在元昊跟前报告了情况。

元昊朝着周德宝的方向看了看，冲那跪着的将军说道："让那位大师到台下说话！"

那将军得了令，跑下台阶，令方才那位军校将周德宝带到了台子的木阶前。

周德宝立在木阶下才注意到，木阶中间铺着织有图案的羊毛地毯。羊毛地毯一直往上延伸，延伸到台子上。元昊正站在台子上，眼睛微微向下俯视着周德宝。

"这位高僧，请报上法号。"元昊看出周德宝是汉人，便用汉话问道。

"贫僧了玄。"周德宝从容合十道。"了玄"这一法号，是披上袈裟那一刻就已经想好的。

"高僧从哪里来？"

"贫僧自灵州来。"

元昊盯着周德宝上下看了看，说道："高僧有何要事，一定要在此刻前来禀报？"

"不瞒陛下，贫僧本是想一睹骑射大赛的盛况，想见识一下陛下的威容，也想借机劝陛下取消惯例以牛、羊为活靶子的骑射环节。可是，未曾想到，佛家的慈悲未及牛羊，陛下却要将好端端的一个盛事，变为杀人的屠戮场。佛家以慈悲为怀，既然遇到，又怎能见死不救呢？"

元昊听周德宝这么说，脸色微微变化，沉默了一下，说道："原来，了玄大师本是为劝我取消以牛、羊为活靶子的惯例而来。我自然知道佛家有好生之德，然我党项儿女，自古生活在草原之上，闯荡于沙漠之中，放牧牛羊，扑杀牛羊，本是我族历代生存繁衍之必需，牛羊乃是我们的食物，我们宰杀牛羊，也是顺应自然之道。以牛、羊为活靶子，乃是为了训练我们生存的本领，想来亦不违背上天之意。我不怪罪了玄大师的劝谏，但亦不能改变我族千万代生存的法则。至于草场上那三个人，今日我必杀之，此亦为我族生存壮大之必需。我决不容族人叛我。叛我之人，必杀之！"

周德宝道："陛下所行，乃是霸道，何不用王道？以残酷手段杀人，只能令人心生恐惧，却无法令人诚心归服。贫僧劝陛下收回成命，以德服人，以善收心。"

元昊听了，哈哈大笑，厉声说道："以德服人？战场上讲的是实力。德虽然宝贵，却不能靠德打败对手。况且，那三人本是党项族人，却投靠大宋，如此叛徒，岂能不杀？"

"陛下此言差矣！陛下先祖，本是中原王朝的属官节度使，陛下之父，本也是受中原王朝封赐的王爷。连陛下的姓，也是朝廷赐的，若说背叛，乃是陛下叛宋也！"

听周德宝这么说，元昊脸色顿时变得铁青，两道眉毛仿佛自一对眼珠子上立了起来。

"大胆！"元昊大声喝了一句。

周德宝继续说道："陛下，恕贫僧多言，贫僧请陛下三思，何不借此机会放了李士彬，让他作为大夏与朝廷中间的桥梁？通过释放李士彬传达和解之善意，如此，两地百姓可以免遭兵殃之苦，可以享受安居之乐。"

"了玄大师，若你不是和尚，我今日便杀了你。念你乃佛家之人，我不怪罪。不过，今日草场上这三人，我必杀之！高僧休要再多言了，你退下吧！"元昊强忍心里的怒火，瞪大了眼睛，冲台下的周德宝摆了摆手，示意他退下。

周德宝见元昊如此，心下一痛，呆了呆，便合十说道："阿弥陀佛，既然如此，贫僧恳请陛下许我近前与李施主说几句话，也算是为他超度了。"

元昊微微愣了一愣，旋即点点头，说道："好。高僧也替我转告李士彬，我杀他，非出自我对他之恨，乃是为了我大夏国，才必杀他！"

周德宝默默合十，向元昊鞠了一躬。他不再说话，转过身缓缓向李士彬走去。

待来到李士彬跟前，周德宝轻声唤了一声："李将军！"

李士彬心知必死，已然闭着眼睛，心如死灰，此时听到有人叫他，缓缓睁开了眼睛。他盯着周德宝看了许久，方才喘着粗气，压低声音问道:"你……你是周德宝道长?"

周德宝默默点点头。

"你怎么变成了和尚?"

"李将军,这次我本是为了打探你的消息而来,装成和尚,不过是为了掩人耳目。只是……我……我,恐怕没有办法救出将军了。"

李士彬惨然一笑,道:"道长能来,我已然感激不尽。"

"你为何不向元昊屈服?你本是党项人,若是投降他,或可免一死。"周德宝深深地叹了一口气。周德宝心知让李士彬投降元昊,绝非他自己愿意接受的事情,但是因为心里可怜李士彬,出于怜悯,不觉说出了这样的话。

"他之前杀了我诸多族人,我如何能投降于他?道长,我虽非中原人士,但心里看重一个'义'字。死便死,死得其所,无憾也!"

周德宝微微垂下头,想了想,说道:"李将军,你可有什么话需要我带给朝廷?实不相瞒,这次我是奉天章阁待制范仲淹大人之命,前来探寻将军消息的。"

"那个敢于向皇上冒死进谏的范希文?"

"正是。"

"他被派来戍边了?"

"或许吧。"

"你这么一说,我倒是想起一事。数日前,野利旺荣带着一个军校曾经到大牢里提我问话。我什么都不说。野利旺荣为了威胁我,说漏了嘴。根据他的说法,元昊贼子打算明年年初发兵再次攻宋。"

"可说了从哪来进攻？"

"这倒是没有透露。他说了那句话后，或许也意识到涉及重要秘密，便马上就转了话题。"

"这么说，进攻的计划极可能是真的。"

李士彬喘了口气，微微点头。

这时，方才那个为周德宝传消息的军校跑过来喝道："高僧，陛下说时间到了！请高僧赶紧离开！"

周德宝无奈，冲李士彬合十，口中连连念道："阿弥陀佛！阿弥陀佛！阿弥陀佛！"

李士彬听了从容一笑，冲周德宝点点头，算是最后的告别。

这时周德宝抬眼往西北方向的天空看去，只见贺兰山东南山麓上方灰蓝色的天空中布满一团团青色的云，云下垂着一片青白色的闪亮的雨帘，正缓缓往草场这边飘过来。

"一会儿会有大雨。"周德宝自己也不清楚为何突然向李士彬说了这样一句话。

李士彬听周德宝这么说，也扭头往西北方向看去。他也看到了那些云，看到了云下的雨帘。

"甚好！"李士彬说。

周德宝看了李士彬一眼，微微点头，终于还是转过身，眼中噙着泪，缓步朝着赵圭南的方向走去。这时，他听到身侧的马蹄声响起，一队骑兵已经从队列中奔驰而出。"噗，噗，噗！"他听到了箭头射入皮肉的声音。惨叫声从他身后传来，看热闹的人群爆发出一阵喝彩声。过了一会儿，惨叫声便停了，看热闹的人群也沉默了。他知道，排在李士彬前头的那个俘虏，已经被射杀了。他没有回头去看，继续缓缓向赵圭南那边走去。又一阵马蹄声响起，他感到自己的心被什么东西紧紧挤压着，嗓子发堵，几乎要窒息了。他又再次听到了利箭射入皮肉的声音，但是，这次没有惨叫声从身后传来，人群也没有喝彩。之前那人的惨死，似乎让看热闹的人心情发生了变化。突然，他前面的人群爆发出一阵惊呼。他注意到人群中几乎所有人都朝元昊所在的台子方向望去。

"有刺客，有刺客！"

周德宝一惊，转头往台子方向看去，只见从那十人骑兵队中疾速冲出一骑。马背上的骑士正弯弓搭箭，冲元昊射出一箭。这是此人向元昊射出的第二箭，他射出的第一箭，周德宝没有看到。

台子上，元昊被第一箭射中前胸，却没有倒下。原来，他在白色锦袍内穿了一层铁甲。那名刺客射出的第二箭却被元昊闪身躲过了。

刺客骑着马往东北方向疾驰，同时在马背上扭头转身射出了第三箭。这支箭，却是射向了身后追来的一个骑兵。那名骑兵被他射中，从马背上掉了下来。方才刺客藏在这支队伍中射出第一箭时，谁都没有反应过来，待众人反应过来时，刺客已经骑马加速往东北方向跑出十来丈了。

周德宝远远看到刺客的侧影，微微一惊，只觉得那背影有些眼熟，却一时想不起在哪里见过。

青色的云团已经飘过来，云团下垂着闪亮的雨帘。

那名刺客纵马在雨帘下疾驰，一队骑兵在雨帘中向那名刺客追去。

周德宝转过身，往李士彬那边看了看。只见李士彬昂首靠在背后的木桩上，胸前插着一簇羽箭。射中的羽箭，一共有九支。

闪亮的雨帘飘过这片草场。雨水落在死去的李士彬的头上、身上，血水从他的身体中涌出，同雨水混合在一起，流向了脚下的草原。

"咱们得赶紧离开兴庆府，元昊很快会怀疑到我。"周德宝快步走到赵圭南身边，轻声对他说道。

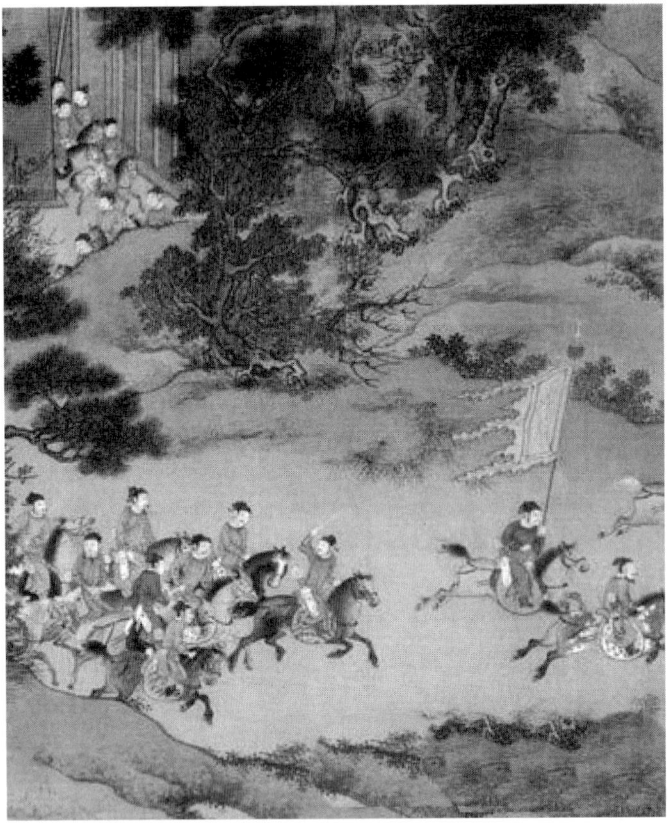

第二十一章
巧夺金明寨

1

山路一侧的山坡上，长着一些狼牙刺。山坡上的很多地方没有植被，露出黄土。一阵山风吹过，一团黄沙顺着山坡往山谷内翻卷而来。

范纯祐只觉粗糙的沙粒扑面而来，眼睛不由自主地眯了起来，嘴里又干又涩，尽管使劲抿着嘴，但依然有种满嘴是沙的感觉。他朝右前侧的鄜州钤辖张亢看了一眼，只见张亢一只手抓着马缰，一只手攥着铁枪，微微低着头，也正催马逆风而行。

张亢身上披挂的是一副精钢光明甲，战甲的表面，已经蒙了一层灰土。灰土盖住了光明甲原本闪亮耀目的光泽。张亢的右侧，是都监王达。王达背上斜背着一柄宝剑，头戴铁兜鍪，身披一件绿色的战袍，内里也披着铁甲。

李金辂和王忠骑着马，跟在范纯祐身后。

"张钤辖，这样的风沙，太不利于作战了。万一前面有伏兵，我军就身陷险境了。是不是该令队伍停下，等风沙停了再前行？"范纯祐问张亢。

张亢扭头，咧嘴冲范纯祐说道："这西北的风沙，可见识了吧？你须得习惯才行。若是一遇风沙就停止行军，仗就没法打了。战场上，什么情况都可能出现。"

"可是，万一前面有埋伏怎么办？"

"纯祐，我看你倒是一个将才。能有这个想法很好！放心吧，我已令斥候先探路了。"

"原来钤辖早有安排了。"

"这打仗可不是儿戏啊。你父亲嘱咐我多教教你，其实啊，最好的老师，便是亲身打一仗。纯祐，行军打仗，这斥候，一定要用好。尤其是打先锋，若没有得力的斥候，就无法提前预料战场情况。"

"是，钤辖，纯祐记住了。"

"对了，纯祐，你父亲怎么会被派到延州来的？"

"这……父亲被贬到越州，后来是韩侍郎举荐父亲来西北的，至于当经略安抚副使，那主要是受了夏经略的举荐。"

"听说朝内吕相不想让你父亲入朝，才在陛下跟前力挺你父亲来西北。你须得提醒你父亲多加小心啊。"

"我听父亲说，吕相已经与他尽释前嫌了。"

张亢听纯祐这么说，哈哈一笑道："嗯，但愿如此。不过，官场险恶，还是提醒你父亲多提防。我钦佩你父亲的气节，可不希望他被小人给害了。"

"谢谢钤辖的提醒，纯祐一定转告父亲。钤辖，这里距离金明寨还有多远？"范纯祐不想继续这个话题，便将话题引开了。

"还有二十多里便是金明寨了。再行十里，咱们就得做好战斗准备了。"

"钤辖，你说，咱们能打赢这一仗吗？"

张亢听了，沉默不语。

"我军与元昊作战，几乎都是败绩，张钤辖，你以为我军屡败的症结在哪里呢？"

"哎，你这小伙子问题倒是挺多。这屡战屡败之因，岂止一两点啊！要我说，朝廷往缘边派任将官就有问题。太祖时代，边疆诸路部署、钤辖、都监不过两三个，可是，再看看现在，每路部署、钤辖、都监多的有十四五个，少的也有十来个。这打仗啊，可不像是筵席，人多热闹。这指挥的将官一多，各行各的权，各有各的主意，调度起来，指挥起来，哪那么容易啊？之前延州之败，虽然有刘平、郭遵等将军死战，但各路兵马无法协调作战，恐怕是失败最主要的原因吧。范雍大人也算尽力了，但终是未能节制部属，以致战场落败。再有啊，我军的部署也相当分散，以泾原一路为例，自部署、钤辖、都巡检及城寨近六十余处，多者不过五七指挥，少者一二指挥，也就是说，最少的城寨驻兵也就五百人。兵者既分，难当大敌也！"

"张钤辖，你为何不将所思所想写下来，向朝廷上奏呢？"

"上奏？像我这样的缘边钤辖，说的话哪里能入圣听啊！你父亲上奏，皇上尚且不听，我等人微言轻，写了也是白写！"

"实不相瞒，张钤辖，你方才所说的，倒是与我父亲的看法不谋而合。我父亲也已经上奏皇上为边防建言。父亲说，皇上是否听建议，臣子左右不了，但是发现问题、看到问题，臣子却是有尽言之责的。因为臣子进言，非仅仅为了给皇上听，乃是为了社稷安康而进言。"

张亢听了若有所思，沉默了一会儿，说道："嗯，你父亲说得很对！无奈我久在沙场，疏于文辞了。"

"上奏言事，岂是重在文辞？"

张亢眼睛一亮，道："纯祐，要不这样，待我写了上奏，你帮我看看，提提意见？"

范纯祐笑道："好，纯祐愿意效劳。"

张亢听纯祐爽快答应了，不禁仰头哈哈一笑。

突然，前面一阵骚乱，队伍停了下来。

范纯祐听到几个士兵交谈的声音。

"出了什么事？"

"前面怎么了？"

"哎呀，不会是遇到贼兵了吧？"

"别瞎说。若是遇到贼兵，那还不开打？"

"那是怎么了？"

范纯祐听了士兵们的交谈，心里有些忐忑。他朝张亢看了一眼，只见张亢身子在马背上挺直了，正伸着脖子往前张望。

张亢扭头对王达说道："都监，我去前面看一眼究竟出了什么事情。"

范纯祐心念一动，说道："张钤辖，我随你去。"

"少将军，我也一起去。"李金辂说道。自从范仲淹当了经略副使，李金辂便以"少将军"称呼范纯祐。

"我也去。"王忠催马行到了范纯祐的左侧。王忠自大夏逃回，本做好了被惩罚的准备，不料得到范仲淹的信任，心中充满感激，因此决心为范仲淹效命。这次既然得了范仲淹的命令随纯祐出行，便打定主意，即便舍了性命，也要护纯祐周全。

张亢见范纯祐、李金辂和王忠三人奋勇争先，心下高兴，一笑道："不用着急，定然不是遇到贼兵，若真遇到贼兵，就不是这个样子了。不过也好，你们三个随我一起去看看，可以熟悉一下行军打仗可能遇到的各种事情。随我来吧！"

说着，张亢一抖缰绳，沿着队伍的一侧往前疾驰而去。范纯祐、李金辂和王忠旋即纵马跟随其后。

四人纵马疾驰，绕着山崖转过一个弯，只见前面山路中间堆着一大堆乱石。队伍已经被这堆乱石阻断，一大群士兵正忙着将乱石一块块往路边搬。有三个头破血流的士兵坐在路边呻吟。

"怎么回事？"张亢下了马，奔到乱石堆前问道。

"山头上滚落下来的，估摸着是山体滑坡了。"一个军校答道。

"上去探过了吗？确定上面没有伏兵？"

"钤辖，你瞧，这堆乱石是集中从一处下来的，所以在这里堆成一堆，若是上面有伏兵，咱现在还哪有命在？"

"说得也是，若有伏兵，万箭齐下，再弄些滚木檑石，我军可就损失惨重了。那赶紧搬走！行军不可耽搁。"

张亢与军校说话间，范纯祐瞧瞧那堆乱石，又瞧瞧一侧的山头，开口道："张钤辖，恐怕这不完全是由自然滑坡造成的。你看，山坡低处只有乱石滚过的痕迹，山坡中段也看不出明显的坍塌痕迹。当然，这些石头也可能是从山顶坍塌的。只是在这里还看不清，还得上去察看才行。"

"纯祐，你的意思是，山顶很可能有敌人？"

"不一定是伏兵,但可能是贼兵在山顶留下的哨兵,发现我军前来,便先用乱石阻住我军,然后借我军被阻的这段时间,赶回去报信。"

"果若如此,那为何不直接在此设下伏兵呢?那样岂不是可以重创我军?"

"张钤辖问得好。以纯祐之见,这里未设伏兵,是元昊军不确定我军何时会进攻。如果要设伏,必须有确切的情报事先知道我军的行动。否则,派一大队人马驻扎在山上,吃喝拉撒都是难题,伏兵不可能长久驻扎在山顶,那不太现实。不过,现在这里确实滚下了一堆乱石,所以我判断,很有可能是元昊军在山顶设了哨兵,预先垒好了石堆,用来为他们守寨争取准备时间。"

张亢愣了愣,眉头一皱,说道:"嗯,我上去看看!"

"张钤辖,我与你同去。"

"这……好吧,小心一点!金辂,王忠,你们一起来吧,保护好少将军。"

李金辂和王忠都答应了一声,抢先往山坡上爬去。

"等等!从那边上山,免得又有乱石滚下。"范纯祐喊住了李金辂和王忠,抬手往远离乱石堆的山坡指了指。

张亢见范纯祐心思缜密,不禁内心暗暗称赞。

于是,四人从远离乱石堆的地段,小心翼翼地爬上了陡峭的山坡,然后又行了一段,来到滚落乱石的那段山顶处。

四人仔细查看山顶的地面。靠近坡处,确实有石头滚落的痕迹。但是,整个山顶确实看不出有坍塌的痕迹。显然,正如范纯祐所料,滚落的乱石并非山体自然崩塌,而是从别处搬到此处的。

"钤辖,少将军,快看,这边有脚印。"李金辂指着一处地面喊道。

张亢和范纯祐走过去仔细一看，果然见地面上有不少脚印，虽然不太清晰，但看得出，是人的脚印无疑。

"应该至少有三四个人，他们往那边去了。"王忠蹲在地上，抬手往北指了指。

"我们得赶紧进攻，否则贼兵就有准备了。"张亢道。

"张钤辖，我倒有个想法，不知妥否？"

"纯祐，你看，你又露出读书人的坏毛病了，这个时候还客气啥？赶紧说来便是！"

"钤辖，等我军搬开乱石堆再继续行军前往金明寨，元昊军必然早就有准备了。他们以逸待劳，又是防守，于我军极为不利。不如等搬开乱石，就移兵入山，暂且歇息两晚，待第三日再进军。一来让我军有个休息时间，二来让元昊军白熬两个晚上，消耗他们的战斗力，三来让他们错以为之前的情报有误。等敌军疲惫困惑时，我军再对金明寨发动进攻。而且，这次进攻应该是佯攻。"

"这是为何？"

"我军屡败，元昊军又是有备而守，即便之前已经消耗了他们的精力，但我军要攻入金明寨也实在不容易，若再久攻不下，军心必然再次被重挫。不如先佯攻，然后假装败退，将贼兵引出寨门，并将他们引到这里。在这里，我军再给予贼兵真正的打击。"

"纯祐，你的意思，我军在此处先设下伏兵？"

"正是！贼兵必想不到我军会在此设伏。我们可以事先借这两日在山顶多置滚木檑石，等着他们入瓮。"

张亢想了片刻，笑道："好！就按照你的计划行事。走，咱们下山，通知王达和赵振将军！纯祐，下山后你跟着我，咱一起筹备佯攻。"

"好，纯祐唯张钤辖马首是瞻！"范纯祐沉稳地答道。

"又来了，文绉绉的！"张亢笑道。

2

按照原定计划，不论进攻金明寨是否成功，也应该有战报回来了。可是，已经过两日了，为何至今没有消息呢？

范仲淹在书房里呆坐着，心里颠来倒去地推算着各种可能出现的情况。早已经过午时了，他没有出去吃午餐。张棠儿见范仲淹久久不出来，便盛了饭菜，用托盘端到书房中。范仲淹让张棠儿将饭菜放在桌子上，说一会儿便吃。可是，张棠儿离开已经很久了，桌上的饭菜还是没有动。范仲淹靠着椅背坐着，眼睛有时望向虚空中的某一点，有时看看桌上的饭菜，但是桌上的饭菜对他来说，似乎变成了一种陌生的事物。过了很久，他拿起筷子正准备夹菜，手却突然停在空中，似乎一下子忘了接下去要干什么。过了一会儿，他又将筷子放回餐盘，片刻后从椅子上站起来走出书房，却又不知要去哪里，只在那里默默地站着。

"我为什么要让纯祐跟着张亢去前线呢？刀枪不长眼啊！我也许不该作出那个决定，纯祐这孩子，还不知道打仗是怎么一回事，我便让他跟着张亢打前锋……瞧瞧我都做了什么啊！纯祐这孩子，为什么那么傻，还自己提出来要去呢？莫非，他就是为了让我这个爹爹满意吗？不，可是我又有什么理由让他躲在后方呢？很多百姓不也是将孩子送上了疆场吗？也许，我这个做爹的太着急了，不应该一开始便让他上前线。在后方多一些磨炼不是更好吗……但愿纯祐不要出事。要是有个三长两短，我如何对得起纯祐这孩子，我如何对得起夫人？也许，现在想这些太晚了，但愿是我多虑了！战争，该死的战争，为何要有战争呢？元昊，你为何要为了你的野心，让百姓饱受兵殇之苦啊。可怜无定河边骨，犹是春闺梦里人。纯祐啊，你还没有娶妻生子，可千万不要有事啊！张亢是个有勇有谋的人，在战场上应该不会犯错吧，可是谁又能保证呢？战场上的形势瞬息万变啊……"很多想法在范仲淹的脑海里不断涌现，他想让自己的思绪停下来，却发现根本无法阻止一个又一个想法在脑海里来回萦绕。这些想法，同时也打破了他一直以来对自己的认知。当他意识到自己有可能就此失去纯祐的时候，真真切切有了心碎的感觉。

突然，一个声音传来。范仲淹感到声音仿佛很遥远，有些缥缈，但他确实听到了这个声音。

"大人，大人！金明寨拿下了！"

范仲淹扭过头，呆滞地看向声音传来的方向。他看到身旁站了两个人，其中一个是年轻女子。她穿着鹅黄色的对襟短衫，发髻上斜插着竹钗子。女子长着一张椭圆脸，肤色微黑，微笑着，露出浅浅的酒窝。他认出来了，这女子是张棠儿。另一个人，他却一时间想不起是谁。他看到那人额头上缠着一块白麻布，布上有暗红的血渍。那人的手中还捏着一封信札，那信札正在微微颤抖。

猛然间，范仲淹回过神来，他认出来了，那个头上包扎着白麻布的人，正是李金辂。

"拿下来了？"

"对，我军夺回了金明寨！"

"好！好！好！金辂，你头上的伤，没事了吧？纯……纯祐他还好吗？怎么现在才来报信？"

"我这点小伤，不打紧。少将军嘛，好着呢！大人放心便是。少将军派属下速速回来给大人报喜呢。这是少将军给大人写的信。"

范仲淹听了这句话，心里紧绷的那根弦顿时松了下来，因为心中激动，猛然间身子微微晃了晃。他颤抖着从李金辂手中接过那封信，用手紧紧捏着，却没有马上打开。他稍稍稳定心神，问道："怎么回事？怎么不早回来报讯？"

"之前没有往延州报信说明攻打金明寨的计划，是少将军的主意。少将军担心，延州一带有元昊间谍，万一信被间谍截了，便可能令攻打金明寨的计划落空，甚至可能使我军陷入绝地。所以直到拿下金明寨，少将军才让小人前来报捷。"

"攻金明寨是整整打了两天吗？"

"也不是，情况发生了一些变化。"

"快，同我讲讲。"

于是李金辂将攻打金明寨的过程细细叙述了一番。

原来，在去金明寨的路上设下伏兵后，张亢、范纯祐所部便按计划在附近山内扎营休息了两日。第三日清晨，张亢、范纯祐便率领一部人马，不紧不慢地接近金明寨。到了金明寨外，他们便发动了佯攻，先是用床子弩朝着寨门和望楼上猛射一通，然后便派人在寨门大骂，激怒了寨内的将领率兵出战。

对阵之后，张亢派出两名裨将出阵，先后同元昊军两位将领交手。张亢按计划命令两将只准败，不准胜。两将败下后，退入阵中。张亢便按计划鸣金后撤，沿着来路猛退。张亢、范纯祐等数位将官亲自殿后，一边撤退，一边令士兵们用箭阻击追兵。

元昊军见宋军退却，哪里肯放过，于是便一路追来。待到了伏兵之处，宋军人马一过埋伏地带，山谷两边的山头上，早就埋伏好的宋兵便万箭齐发，将山谷中的元昊军射得人仰马翻。元昊军中了埋伏，顿时慌了神，急急便往来路退却。张亢见敌人损失惨重，而己方士气高涨，觉得这是一鼓作气夺回金明寨的好机会，于是便同范纯祐、李金辂、王忠一起调转马头，带着兵马一路追着元昊军杀回金明寨。元昊军逃回金明寨，可是不及关寨门，便被张亢的先锋军追上。宋军将士久未打胜仗，眼见能够夺回金明寨，当然不肯就此放手，于是一路杀入金明寨。监军王达随后也带着人马杀到。元昊军见宋军来势凶猛，便纷纷从金明寨后门逃窜而出，往北奔塞门寨去了。

"张亢、王达将军本打算继续追杀，一举夺回塞门寨。但是，在先锋军夺回金明寨时，赵振将军的重兵还未抵达。张亢、王达将军也怕孤军北追，万一再遇到埋伏，很可能被元昊军反杀，再失金明，于是放弃了追击。直到这时，少将军才写了信札，让小人前来报喜。大人，这次胜利少不了少将军的功劳啊。诱敌而出，设伏打击贼军，正是少将军提出的计策。张钤辖大夸少将军是大将之才呢。"

范仲淹听完李金辂的叙述，长长舒了一口气，说道："未曾想到，进攻金明竟然还发生了这么多波折。唉，没事就好。那元昊可不是一两日就能战胜的，来日方长，还得做好长期战斗的准备啊。金辂，你快去歇息吧！"

范仲淹说话的声音有些颤抖。他的一只手，还捏着纯祐写来的信札。那信札也随着他的手微微颤动着。

张棠儿此时脸上的笑容已经没有了，范仲淹那副失魂落魄的样子把她吓着了。此刻她只是愣愣地盯着范仲淹。

颤抖的声音，颤动的信札，李金辂都察觉到了。"大人心里，这是既在担心少将军，也在担心战局啊！"李金辂暗想，于是道，"大人休要太担心，少将军沉稳勇毅，能够照顾好自己，也不会辜负大人的。"

"是啊，大人，你可千万别再担心了！少将军长大了。"张棠儿在一边怯怯地说了一句。

"嗯，长大了，长大了。好啊！好啊！"范仲淹说着说着声音有些哽咽，不觉眼里泛起了热泪。

李金辂和张棠儿退下后，范仲淹双手颤抖着，慢慢打开了纯祐派李金辂送来的信札。

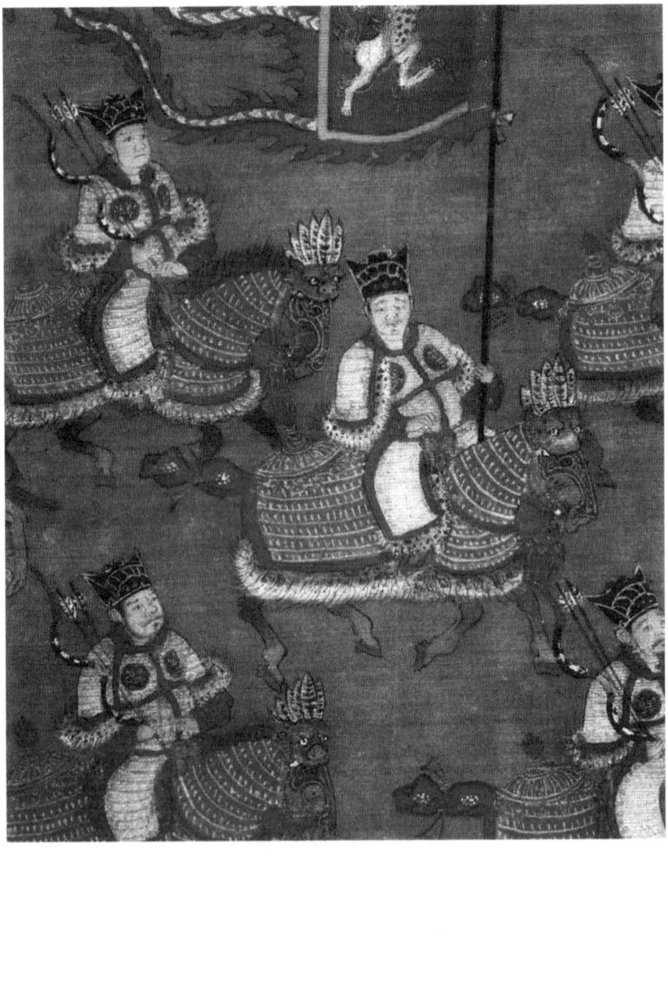

第二十二章
儒帅初治军

1

转眼到了六月中旬。太子中允、权签泾原秦凤经略安抚判官尹洙多次上奏论西北兵事，其建议在朝廷大臣之中引发了激烈的争议。

尹洙请求皇帝在延和殿召集两府大臣共同商议兵事。之前，凡是兵事，主要由枢密院论处，宰执尽管知晓，但很少参与决策。尹洙这番建议，因为可以进一步加强宰执的权力，自然得到了吕夷简的支持。范仲淹虽然与宰相吕夷简有过节，但在这一问题上非常赞同尹洙的主张。他认为，由宰相与枢密院同商兵事，有利于调动各种资源去争取战争上的胜利。尹洙还提出建议：减少缘边的栅垒，招募土军，减少骑兵，增加步卒，并建议通过卖爵位来为士兵修葺营房及各种兵费筹款。按照尹洙提出的鬻爵之法，凡是贡献粟五百斛赐给上爵，允许其女眷以金珠作为饰物，并可以同当地的七品官平起平坐，如果犯了轻微的罪行，允许用钱赎罪。除此之外，按照出钱多少，都有不同的待遇。尹洙认为通过这样的办法，可以不增加田赋，不必重敛于富人，按照他的办法计算了一番，鬻爵之地，除了陕西、河东、川峡、广南，可以得到不少于五百万斛粮食。赵祯皇帝收到尹洙的上奏后，令三司使郑戬与翰林学士丁度、知制诰叶清臣参议。郑戬等三人商议后，皆认为尹洙提出的鬻法不可行。他们上奏说："为国者礼仪不可不立，法度不可不行，风俗不可不纯。今洙所言，是弃三者之益而困生民之本也。"因为郑戬等人的上奏，赵祯将尹洙的建议搁置不用。

夏守赟回到京城后，赵祯念他是老臣，不忍就此弃用，便令他同知枢密院事。侍御史赵及、右正言梁适皆认为夏守赟经略西北边事无功，不可复处枢密院。赵祯不置可否，等到夏守赟年过七十，才正式罢去他的同知枢密院事之职。

鄜延副都部署、忻州团练使任福上奏说，庆州去蕃族不远，自己愿意率兵前往边境，修缮亭堡，部署侦察，守备山川要害之地以备攻守。赵祯赞其忠勇，遂命任福为环庆副都部署，兼知庆州。

为了充实西北的各都部署司，赵祯又下诏禁军军班中通过武艺比赛而选拔出来的人，不得为寨主，一并到都部署司担任指挥。来了一批武艺高强的人担任军中指挥，西北各都部署司的长官自然欣喜不已。但是，韩琦认为，朝廷仅仅是调派禁军中的精锐到西北军中，这还是不够的，如果没有严格的奖惩，就无法保证军队的战斗力和士气。他上奏说，庆州驻泊的神卫军，之前会合刘平之军去救延州，战没的只有十分之一二，本军右厢都指挥使刘兴率所部早早逃回，后来还被分屯邠州、宁州。他指出，正是因为这些禁军不能力战，才导致主将刘平等陷没，如果朝廷不问罪，则难以激励众心。他请求赵祯罢免刘兴等将，并令枢密院给予处罚。赵祯知韩琦所言有理，听从了他的建议。

文彦博、庞籍就近期西北边事，都向赵祯上奏进言。赵祯也都基本采纳了。

自金明寨被宋军夺回后，元昊为了报复，再次派兵围攻承平寨。陕西副都部署许怀德、兵马都监张建侯率重兵前往救援。元昊军见这次救援来势甚猛，便焚毁了承平寨，匆忙退去。退军时，元昊军袭击了南安、长宁两寨，对两寨也造成了巨大的破坏。鉴于承平、南安、长宁三寨地理位置不佳，不利于防守，且损毁严重，宋军不得不废弃三寨。

最近与元昊军的几番小规模攻守，使范仲淹对于西北边境的局面有了一些新的认识：要在战场上赢得优势，远比之前想象的要艰难。元昊军可以从鄜延、泾原、秦凤、永兴军等多个途径入侵中原。这些地区地形复杂，有些地方沟壑纵横，入侵之军的动向往往难以捉摸。所以，很多寨堡，只有等到元昊军即将兵临城下才意识到敌人已经迫近。山岭之间设置的寨堡虽然不少，但是彼此间至少相隔数十里。寨堡虽然多，却也造成了驻兵分散。每个寨堡由于驻兵少，往往很难抵抗元昊军集中兵力展开的围攻。可是，若要不断增加驻兵，就需要不断增加后勤的保障，国力便有可能因此殚竭。增加寨堡、增加驻兵，还是减少寨堡、集中兵力，必须在这两者之间作出选择，并做到平衡。

"这些问题，绝非仅我范仲淹一人看到了，正如夏帅、张亢、纯祐所说，他们都意识到了，韩琦也不止一次提起。可是，究竟该怎么办呢？皇上已经接受尹洙的建议，合并了一些寨堡，如今，剩下的寨堡大多在大路沿途。这样确实节省了大量经费，可是，在一些山川险要之处，却留下了许多隐患，必须防范元昊军从险僻之处侵入。要在缘边组织起有效的防御，加强、充实缘边寨堡内侧城池的防备，应当可以有效阻挡元昊军的深入。这就需要充分发挥熟悉当地地形的土兵的作用。各缘边寨堡还须派驻强将精兵，彼此间唯有加强策应，才能及时救援。这就需要鄜延、泾原、秦凤、永兴军各都部署司调度迅速，各处将领密切配合。这样看来，还需解决人的问题。没有强将，难以协调，就无法抵御元昊的入侵，更谈不上战胜他。要调动强将，赢得战役胜利，少不得智谋之士。看样子，我得找夏帅谈谈，得先向朝廷举荐一些干才，让他们充实都部署司。"范仲淹打定这样的主意，又琢磨了一番，心里有了想要举荐之人的名单，便去拜见夏竦。

"范副使啊，关于土兵的想法，你倒是与我想到一处了。此前，我曾向皇上上奏，为西北兵事建言。其中有请增益土兵之策，未料龙图阁直学士杨偕反对，陛下因此将我的建议搁置。至于将才、谋士，正如你所言，乃是解决问题的重中之重。你有何推荐之人，说来便是。不瞒你说，夏某也有想要举荐之人，不如一起向陛下举荐。"夏竦听完范仲淹关于缘边形势的分析后说。

"我想先推荐六个人。"

"哦，一下子推荐六个？好啊！好啊！"

"先说第一个，我想举荐他做夏公的掌书记。"

"哪一个？"

"欧阳修。"

"欧阳修？好啊，我早就听过他的文名，读过他的文章，倒是个人才。好！范副使，这个欧阳修，就交给你了，如果能够将他请过来，也是夏某人一大收获啊！这第二个呢？"

"第二个叫胡瑗，夏公可听说过？"

"倒是有些耳闻，若夏某未记错，范副使曾经请他去苏州讲学，后来还推荐他入朝当官。范副使如此器重他，三番两次举荐，想来他确实有过人之处。范副使，你再说说这第三个人是谁。"

"滕元发。"

"这名字我倒是没有听说过。"

"他是我的远房表弟，不过自小胸有大志，爱好兵法，往往有惊人之语，有为将之潜力。"范仲淹略一犹豫，便将滕元发的身世细细向夏竦介绍了一番。

夏竦听范仲淹说完，摸着胡须说道："范副使举贤不避亲啊。只是，这元发年纪尚小，又无功名，不便直接向朝廷举荐啊。不如，范副使先将他收到麾下任用，待时机成熟，再行举荐，赋予重任。"

"如此甚好！得夏公之允，仲淹感激不尽。"范仲淹听夏竦这么说，颇感欣喜。

"这第四个人又是谁呢？"

"田况。"

"田况？哈哈哈——"

"怎么了？夏公何以大笑？"

"范副使啊，这田况，可是我心中早就想要举荐之人啊！"

范仲淹一愣，旋即笑道："夏公，没想到，我又与夏公想到一处了。"

"这第五个又是谁？"

"明镐。"

"明镐？嗯，此人确是将才。"

"那么第六个又是谁呢？"

"段少连。"

"哦？"

"倒不是因为他在我遭贬时为我说过话，我是觉得，段少连不仅不畏权贵，而且通敏有才，决事如流，才堪将帅。我打算向陛下推荐他，让他到陕北来任职，充经略掌书记。"

"你是如何看出段少连有将才的？"

"夏公，你可听说过段少连的故事？"

"你说来听听。"

"要说这故事，我也是听来的。段少连不是知广州去了嘛，据说有一年上元灯节，有人来报，蕃市着火了。当时，段少连正在宴请宾客看戏，聚观者以万计。段少连的幕僚建议他立刻停止宴席，前去救火。你猜段少连怎么说的？他说，此时众人聚集，如果突然说因为火灾宣布停止宴会，不明就里的人们便会大为恐慌，这么多人，一旦恐慌，势必造成混乱。再说，蕃市的火灾，自然有专门负责救火的官兵前去处理，因此无须惊慌。能够在那样的时候保持镇静，说明他能够临大事而不慌。而且，他对救火官兵的信赖，说明平日里便对官兵们严加训练，所以临事他才敢于相信他们能够应对。果然，如段少连所料，火灾很快被扑灭了，百姓几乎没有遭到损失。夏公，你说，他难道不是有将才吗？"

夏竦听了哈哈大笑，然后点点头，眯起眼睛想了想，捻着胡须道："我看这样吧：田况由我向朝廷推荐，你向朝廷推荐欧阳修、胡瑗、段少连和明镐。我建议分两拨举荐，先荐胡瑗和欧阳修。欧阳修如今权滑州节度判官，我观其人，志不在文书，他是否愿意就此到边疆担任掌书记尚未可知。不过，若欧阳修真能来陕西，那自然是好。"

"夏公说得是。我且先写举荐状，但愿咱这儿能招来凤凰。"范仲淹笑着道。

夏竦、范仲淹按照商议，分别先向朝廷上状书举荐了田况、胡瑗和欧阳修。

范仲淹在给朝廷写的《举欧阳修充经略掌书记状》中写道：

> 而或奏议上闻，军书丛委，情须可达，辞贵得宜，当藉俊僚，以济机事。臣访于士大夫，皆言非欧阳修不可，文学才识为众所伏。
>
> ……
>
> 其人见权滑华州节度判官，伏望圣慈特差充经略安抚司掌书记，随逐巡按所典书奏。并国家之事，非臣下之私。若不如举状，臣甘欺罔之罪。[1]

未料，过了一段时间后，范仲淹收到欧阳修的一封来信。信中说，家里有老人需要照顾，无法到陕西担任掌书记，并且说：

> 今世所谓四六者，非修所好，兼此末事，有不待修而能者。[2]

---

1 《范仲淹全集》之《范文正公文集卷第十九·举欧阳修充经略掌书记状》。
2 《续资治通鉴长编》卷一百二十七康定元年六月条。

又说：

> 古人所与成事者，必有国士共之。非惟在上者以知人为难，士虽贫贱，以身许人，固亦未易。欲其尽死，必深相知，知之不尽，士不为用。今奇怪豪俊之士，往往已蒙收择，顾用之如何尔。然尚虑山林草莽有挺特知义、慷慨自重之士未得出门下也，宜少思焉。[1]

范仲淹读了欧阳修的信，心知他无意做夏竦的手下，不觉颇为遗憾。范仲淹心底也暗暗敬佩夏竦知人，不过他转念又想："或许，欧阳修拒绝我的举荐，是因为之前他为我辩护过，心里觉得如果接受举荐，有出于私心之嫌。'然尚虑山林草莽有挺特知义、慷慨自重之士未得出门下也，宜少思焉'这话也是话中有话，难道他是在提醒我，在山林草莽中还有我认识的杰出之士被埋没了？"范仲淹这样一想，觉得欧阳修的拒绝也有些道理。过了几日，范仲淹突然想到，欧阳修向他推荐过梅尧臣，难道欧阳修所说的慷慨自重之士，指的是梅尧臣？他一想到梅尧臣，心底便犹豫起来："梅尧臣之前同我为友，可是见其灵乌之赋，始知其终非同道之人，若是举荐他，只恐日后坏事也。"因为有这种想法，范仲淹将推荐梅尧臣的想法搁置在一边。夏竦问起欧阳修的事情，范仲淹也只好委婉相告。夏竦听了，口中连道可惜。

---

[1] 《续资治通鉴长编》卷一百二十七康定元年六月条。

2

已经秋七月，但还是有些闷热。整个下午，张亢都在自己的大帐内待着。他手中捉着毛笔，攒着眉头，伏案而书。不时，他又停下笔，抓耳挠腮，仰头思索片刻，然后再次低头疾书。直到傍晚时分，他才停了笔，盯着自己所写的东西，口中喃喃自语。

"钤辖，该用晚膳了。"亲兵在一旁提醒。

"不吃，没胃口。没见我正在写重要的奏书吗？"张亢嘟囔一句，盯着自己写的奏书，心下不太满意。

"钤辖，用完晚膳再写也不迟。"

"少啰唆。对了，你去将纯祐少帅请来。"

"现在？"

"对，就现在。你去他帐内将他请来。"

"遵命！"那亲兵应喏，施了礼匆匆跑出大帐。

过了一盏茶工夫，亲兵掀开大帐的门帘，领着范纯祐走了进来。

"哎呀，纯祐啊，来来来！过来，到这边来。去，把那把椅子拿过来。"张亢见到范纯祐，笑呵呵地从椅子上站起来招呼，又吩咐那个亲兵将一把交椅搬到自己的书案前。

"钤辖好！"范纯祐向张亢施了礼问好。

张亢口中答应，手已经伸出，一把拽住范纯祐，按着他的肩膀让他在交椅上坐了下来。

"我本已上奏，请朝廷准许我乘驿入对，便是担心写奏书写不清楚。可是，皇上诏令我奏上，不得已也只好写奏书了。来，帮你老兄看看这奏书，我是怎么写也不顺当啊。"说着，张亢便从书案上抓起自己写的奏书文稿，塞到范纯祐手中。

"原来钤辖已经写好了啊！好，纯祐拜读一下。"

"别跟我客气，帮老哥我好好润色润色。"

范纯祐笑了笑，低头开始细读张亢所写的奏书。范纯祐看奏书的时候，张亢便坐回自己的座位上，一会儿往范纯祐这边押着脖子瞧瞧，一会儿又合起手掌搓搓，神色看上去似乎比上战场还要忐忑不安。亲兵在一旁将张亢的神色瞧在眼里，不觉暗自偷笑。

过了片刻，范纯祐微笑着抬起头。

"怎样？"张亢紧张地问道。

"钤辖所写奏书，文字质朴，选统帅，择将领，用令旗，所建议的各项举措，无不说得明明白白。纯祐以为，此奏书甚好。"

"当真？你不是恭维我吧？"张亢听范纯祐这么评价自己所写的奏书，心中甚喜，但还是不放心，又道，"不管怎样，还请你帮我再改改。"

"若一定要修改，纯祐所能做的，也就是若干文字润色而已。"

"好，那也改改！"

范纯祐见张亢诚心诚意让他帮忙修改，便不再推辞，从书案上拿起笔，在原稿上勾勾画画，转眼便对几处文字作了润色。

不一会儿，范纯祐改完，张亢读了读，赞道："纯祐兄果然大才，这样一改，这奏书读起来就是不一般，流畅多了。好！我且誊一遍，你坐着啊。对了，你吃了没？没有啊，好，那别急，等我誊完了咱一起吃。"

说罢，张亢便开始誊写奏书。

誊写完毕，张亢将奏书从书案上举起，自己从头到尾默读了一遍，又递给范纯祐，说道："你看现在如何？"

范纯祐接过那份文稿，又细读了一遍。

那奏书云：

旧制，诸路部署、钤辖、都监不过三两员，余官虽高，止为一州部署、钤辖，不预本路事。今每路多至十四五员，少亦不减十员，皆兼路分事，权均势敌，不相统制，凡有议论，互执不同。按唐总管、统军、都统，处置、制置使，各有副贰，国朝亦有经略使、排阵使，请约故事，别创使名，每路军马事，止三两员领之。其已系路分部署、钤辖、都监者，且仍旧职，并属新置使处分，所贵事出于一。

又泾原一路，自部署、钤辖、都巡检及城寨所部近六十余处，多者五七指挥，少者一二指挥，兵势既分，不足以当大敌。若贼以二万人为二十溜而来，多张声势，以缀我军，然后以三五万人大入奔冲，则何以枝梧。

又比来主将与军伍移易不定，人马强弱，品配未均。今泾原正兵五万，弓箭手二万，鄜延正兵不减六七万，若能预为团结，明定节制，迭为应援，以逸待劳，则乌合饥馁之众，岂能窥我深浅乎？请下韩琦、范仲淹分按逐路，以马步军八千以上至万人，择才位兼高者为总领。其下分为三将，一为前锋，一为策前锋，一为后阵。每将以使臣、忠佐两三人分屯要害之地，若贼小入则一将出，大入则大将出。

又量贼数多少，使邻路出兵而应接之，此所谓常山蛇势也。今万人以上为一大将，一路又有主帅。延州领三大将，鄜州一大将，保安军及西路巡检、德靖寨共为一大将，则鄜延路兵五万人矣。原渭州、镇戎军各一将，渭州山外及瓦亭各一将，则泾原路五万人矣。弓箭手、熟户不在焉。昨延州之败，盖由诸将自守，不相为援。请令边臣预定其法，贼寇某处，则某将为先锋，某将出某处为奇兵，某将出某处为声援，某城寨相近出敢死士某处设伏，都同巡检则各扼其要害。

又令邻路将取某路救应，仍须暗以旗帜为号。昨刘平救延州，前锋军马陷贼寨者四指挥，平犹不知。又赵瑜领军马闲道先进，而赵振与王达等趋塞门，至高头平，踏白马报贼张青盖驻山东，振麾兵掩袭，乃其子瑜也。臣在山外策应，未尝用本指挥旗号，自以五行支干别为引旗。若甲子日本军相遇，则先者张青旗，后者以绯旗应之，此是干相生也，其干相克支相生、支干相生克亦如之。盖兵马出入，昼则百步之外，不能相认，若不预为之号，必误军期。

又国家承平日久，失于训练，今每指挥艺精者不过百余人，其余皆疲弱不可用。且官军所恃者，步人、弩手尔。臣知渭州日，见广勇指挥弩手三百五十人，其弩力及一石二斗者才九十余枝，其余止及七八斗，止欲阅习时易为力尔。臣以跳镫弩试之，皆不能张，阅习十余日，仅得百余人。又教以小坐法，亦十余日，又教以带甲小坐法，五十余日，始能服熟。若安前弊而应新敌，其有必胜之理乎？

又兵官务要张皇边事，刘平之败，正繇贪功轻进。镇戎军最近贼境，每探马至，不问贼之多少，部署、钤辖、知军、都监皆出，至边壕则贼已去矣。盖权均势坪，不肯相下，若其不出，则恐得怯懦之罪。又诸路骑兵不能驰险要，计其刍粟，一马之费，可养步军五人。马高不及四尺三寸者，宜悉还坊监，自今止留十之二，余以西川、荆湖等路步人代之。又比来诸班、诸军有授诸司使副至侍禁、殿直者，亦有白身试武艺而得官者；诸路弓箭手生长边陲，父祖效命，累世捍贼，乃无进擢之路，何以激劝边民？

且用兵以来，屡出无功，若一旦更议五路深入，臣窃以为未可。且山界诸州城寨，距边止三四百里，西夏之兵虽器甲精利，其如战斗不及山界。今使敌人不得耕牧，畏首畏尾，周顾不暇，可令步人负十日粮，又日给米一升为汤饮，马军给新粟四升、草五分，贼界草地，亦可半资放牧，新粟兼减挽运之半。王师既行，使唃厮啰及九姓回纥分制其后，此荡覆巢穴必矣。

……

陕西民差配之苦，数倍常岁，止如鄜州买骆驼、驴骡、牛羊、红花紫草、桥瓦、鞦辔、箭翎、白毡三事、子羊皮裘、牛皮筋角弓胎之类，宜一切权罢，仍令安抚司与逐州长吏减省他役，颛应边上科率。及乞遣殿侍、军将各三十人，驼、骡各二百，留其半河中，以运鄜延、保安军军须物，其半留干州或永兴军，以运环庆泾原、镇戎军军须物，分转运使一员专董其事。又鄜州四路半当冲要，尝以闲慢路分递铺兵卒之半，贴冲要二路。每驿得百人，每三人挽车，载物二百五十斤至三百斤，若团并般运，边计亦未至失备，而民力可以宽矣。[1]

范纯祐默默看完，说道："如此甚好！但愿皇上能够采纳钤辖的建议。"

张亢心中高兴，哈哈大笑，旋即从范纯祐手中接过奏书，小心地卷好，装入长条状的奏书匣子封好，之后令亲兵传来信使，令其乘驿速速递往汴京。

见钤辖已经处理好奏书事宜，那亲兵便令厨子将饭菜送入帐内。张亢和范纯祐刚刚举箸用膳，忽然那名亲兵入帐来禀报："钤辖，下面在边境处抓了两个人，那两人说要见范副使。盘问这两人有何事见范副使，两人就是不说，只说见了范副使才能说。他们怀疑是奸细，便先押送到这儿来了。"

"两人点名要见范副使？"张亢问那亲兵，旋即看了范纯祐一眼。

"是的，他们坚持要见范副使。"

"那便将他们押进来，我先见见。"

"钤辖，要不等你与范少帅先用完膳再说？"

"哪那么磨磨叽叽？现在便带进来，别误了事！"

那亲兵慌忙应喏，出帐去了。过了片刻，他掀开大帐的门帘子，身后有两个军校押着两个人进来了。

那被押进来的两个人，其中一个是白须和尚，另一个是头戴一顶灰色长耳毡帽的年轻人。

"纯祐兄！"那年轻人突然惊喜地喊了一声。

---

[1] 《续资治通鉴长编》卷一百二十八康定元年秋七月癸亥条。

那老和尚也惊喜地喊道："纯祐！"

范纯祐微微一愣，定睛一看，原来那戴着毡帽的年轻人正是赵圭南，而那白须老和尚自然便是周德宝。

"圭南兄，还有德宝道长！道长，你怎么出家当和尚了？"范纯祐又惊又喜地问道。

张亢听了三人的对话，一时间如丈二和尚摸不着头脑，一脸蒙。

"纯祐，你认识他们？这究竟是怎么回事？"

范纯祐笑道："这位德宝道长……德宝大师，是我爹爹的老朋友。这位是……圭南兄。一会儿我再向钤辖细说。德宝道长，你为何由道入佛了？你们到西北后，究竟发生了什么？"

"纯祐啊，这说来话长！"周德宝苦着脸，瞧了瞧身上的绳索，又看了看押送自己的军校。

"快，给他们松绑！"张亢喝道。

两名军校正吃惊地看着眼前发生的一切，听钤辖这么一喝，慌忙给周德宝和赵圭南松了绑。

张亢见两名军校和自己的亲兵还站着不动，便道："你们三个都退下吧，我与纯祐少帅与他俩谈谈。"

亲兵和两个军校听到钤辖下令，这才猛然醒悟过来，赶紧退出了大帐。

待亲兵和两个军校退出大帐，周德宝才开口问道："纯祐，这位是？"

"这是鄜延路张亢钤辖。"

周德宝和赵圭南听了，忙行了个礼。

"究竟出什么事了？"范纯祐着急地问。

"纯祐，我俩在兴庆府打听到一个重要军情啊。"

"啊？"

"李士彬将军在兴庆府被元昊杀害了。临死前他告诉我，他无意中听到消息，元昊打算明年初发动一次新的大规模进攻。"周德宝随后便将如何受范仲淹之托到了西北，如何见到刘平，带出血书寄给富弼，如何又远赴兴庆府见到李士彬，以及目睹元昊遇刺的整个过程细细说了一遍。其间为了掩盖身份，假装剃度扮成和尚等事，周德宝也都穿插着作了解释。对于元昊遇刺一事，周德宝也将自己所见的细节都说了。

张亢、范纯祐听了周德宝的一番叙述，知道了刘平、李士彬先后殉国的事迹，都不禁唏嘘不已。对于那个神秘刺客的所作所为，众人也都是钦佩不已。

几人沉默片刻，张亢沉声说道："这是个极为重要的情报，咱不仅得赶紧报告给范副使和夏公，还得赶紧由都部署司上报朝廷。元昊既然已经在秘密准备，恐怕一场大战随时可能来临啊！"

3

经略安抚使的议事堂中，气氛有些紧张。夏竦微微垂着头，眯着眼睛，右手抬起，捻着下巴上稀疏的胡须。韩琦靠在扶手椅上，背挺得直直的。他瞪着眼睛，紧紧抿着嘴，神色冷峻。范仲淹从椅子上站起来，踱步到议事堂的窗棂前。

范纯祐、周德宝、赵圭南三人立在堂下。此时周德宝已经换上了一件黑色的道袍，光头上也戴了道冠，样子看上去有些怪异。赵圭南摘掉了长耳毡帽，戴上了一顶黑色的扎巾，身穿一件褐色窄袖长袍，显得甚是英俊。

此前，范纯祐已经将周德宝、赵圭南向夏竦、韩琦作了介绍。周、赵二人也将兴庆府的经历都细细同夏竦、韩琦讲了一遍。

"前些日子，侍御史张奎上疏说，元昊于河东路砍伐林木，将要乘筏进攻边郡。皇上下诏设置了岚州、石州沿河都巡检使。如此看来，张奎所言非虚，元昊果然又计划入侵中原。只是缘边逾千里，如果不清楚元昊军从哪里入侵，我军很难防守。"范仲淹转过身来，走到夏竦跟前说道。

已经是秋七月了，但是众人觉得还是很闷热。窗户开着，却没有风吹进来。

"这鬼天气，真是热！"夏竦抱怨了一句，没有回应范仲淹的话。

范仲淹继续说道："李士彬虽然无意中听到了情报，却不知道元昊下次大举进攻中原的具体时间和进攻路线。如要及早防备，我方只能先加固城池，充实各城池的驻兵。另外，缘边诸寨堡也需要增加驻兵，并加强巡检。对于一些险要关隘，更是要加倍留意，如此方能在元昊进攻之初便探得其军动静，以便我方尽快集结力量进行攻防。夏公，当务之急，是迅速指派强将对所率部队进行训练。若还是照着之前的路子，等元昊进军了我方才委派将领带兵出战，则必然还是将不知兵、兵不知将，那如何能够取胜？！"

"夏公，范副使所言甚有道理。不过，依韩琦之见，若我方依然坚持采用防守战略，则被动挨打的局面很难改变。以我之见，不若尽早集结兵马，分路主动出击，深入元昊势力范围，以攻为守，寻找其主力，有机会的话，一战而摧毁其主力，以绝后患。"韩琦斩钉截铁地说着，说到"一战而摧毁其主力"时，他挥手往虚空中重重一砍。

夏竦听了韩琦的建言，沉默不语，过了片刻，说道："韩副使，以攻为守，寻其主力决战，这想法好是好，可是在莽莽群山、茫茫大漠中寻找其主力，谈何容易！我方若组织十万大军进入敌境，解决大军的粮草就不是一件容易的事情。况且，元昊军骑兵凶猛，来去如风，加之对地理较我方更加熟悉，我军主动出击，恐怕不仅没有胜算，还可能随时落入敌人圈套，成为被围猎的对象啊！方才，周德宝和赵圭南也说了亲眼看党项人骑射大会的经历，不得不承认，元昊军的骑兵实力远在我方之上啊。"

"夏公，你这可有点妄自菲薄了。我大宋兵马，只要得干将，勤加训练，绝不会没有战斗力。想大汉时，霍去病十七岁便率八百骑兵深入大漠，穿插奔袭，迂回纵深，两次功冠全军；十九岁时升任骠骑将军，两次指挥河西之战，灭匈奴十万，锋芒所向，所向披靡。韩琦不才，愿圣上能选拔不世将才，千里取元昊，不无可能！"

韩琦这番话掷地有声，赵圭南听了，直觉热血沸腾，想到可以借此为亲人报仇，不禁鼓掌叫好。

夏竦朝赵圭南看了看，冲他点点头表示鼓励，却没有说出赞同韩琦的话。他又转头瞧向范仲淹，说道："范副使以为如何？"

范仲淹不语，沉吟半晌，说道："范某觉得韩副使所言，大胆、精彩之至也。然而，如今我大宋非彼时之大汉。自太祖太宗以来，我朝力主防御，长期以来将士无开疆拓土之心，澶渊之盟后，我朝更以休养生息为主。到如今，国家承平日久，大多数百姓安居乐业，不知兵事。所谓的不世将才，很难在如此土壤中产生。然我大宋人口繁盛，假以时日，精心挑选，勤加训练，亦不是不可能产生良将干才。现在麻烦的是，如果情报不假，元昊随时可能再发动一次进攻。最有可能的时间，是秋后至明年春天之前。如此短的时间内，我方要选出能够主动出击、决胜千里的干将，要练好能够长途奔袭、迂回纵深的精兵，几乎不可能。故，我同意夏公方才的说法，对付元昊，短时间内我军不宜主动进攻，而应采取步步为营，逐步向敌人推进的战略。"

韩琦急道："希文兄，不世之将才，也只有打，才能打出来啊。若不主动出击，我朝必受元昊不断侵扰，加之北方辽国亦藏虎狼之心，如此下去，韩琦恐我大宋国力日竭啊！"

范仲淹走到韩琦跟前，拉住韩琦的胳膊，说道："稚圭兄，我从心底里也恨不得主动出击，于千里之外痛击元昊，然而，目下时机实在是不成熟。若轻易出击，恐反而被元昊所害啊！孙子云，兵者，死生之地，不可不察。以不成熟的将帅，提万千大军，深入敌境，那是拿千万士卒的性命冒险啊。稚圭兄，是你赌上了身家性命，力荐我从越州来陕西的，对此我感激不尽。可是，在如何对付元昊这件事上，我怎能违心让稚圭兄走这步险棋呢？！"

"希文兄，你怎么扯上那事了？咱现在是在商量如何打击元昊啊！"韩琦也是紧紧握住范仲淹的手臂。

夏竦在一旁说道："好了好了，两位副使，周德宝道长和赵圭南带回了重要情报，对于我们防范元昊大有助益。韩副使的担忧，不是没有道理。最近，皇上已经派遣刑部员外郎、集贤殿同修起居注郭稹，供备库副使夏防出使契丹。这正是皇上为了避免契丹暗中勾结元昊而作的决定。听说，那契丹主表面上待我使者甚厚，却变着法子探我大宋实力。郭稹这次可给咱大宋长脸了。契丹主专门安排了一次射猎，请郭稹来骑射，那郭稹弯弓搭箭，一箭射中一只奔逃中的兔子，立马将契丹人给镇住了。夏防也跟着沾光，连他老子夏守赟也拿着这次出使引以为傲啊。这说明什么？说明咱大宋是有人才的。只要朝廷能用人，就可以发现人才。如果情报不假——照周德宝道长的说法，这情报十有八九是真的。李士彬将军以死报国，不可能临死给一个假情报。据我看，元昊要大举进攻，最有可能是明春，如果真是这样，现在距离元昊行动约莫还有半年光景，尚有准备的时间。咱们再商量商量，然后再决定吧。不论怎样，当下提拔选用将才、加强军队训练是必需的。两位副使，我看这样，咱一起拉出份几路的各级将领的名单，按照各位将领的才干与特点，仔细谋划一下如何调兵遣将。至于是否主动出击，再作决定。"

范仲淹与韩琦听夏竦这么说，也只能暂时不再争论。

七月底的一天午后，范仲淹在经略副使的官署用完午膳，颇觉疲惫，便闭眼小憩。忽然，李金辂来报，说慕容胜、韩稚虎两人从鄜州过来了。

"范大人，夏随大人病卒了！"慕容胜一见到范仲淹，便禀报了噩耗。

"之前离开鄜州时，夏副都部署便身体有恙，没有想到这么短时间，人便没了……"范仲淹想起夏随待自己甚厚，不觉心中悲伤，声音也哽咽了。他让心情略略平静了一下，方继续说道："夏帅接受任命时，皇上曾对他说，朝廷以边事托付于他，让他不要因其父在枢密院任职为嫌，那时夏帅已经有疾在身，听说他当时回答皇上，边事方急，怎么会推辞呢？没有想到啊，没有想到啊，上天不假时日，不给夏帅以立下大功的时日啊！"

"是啊！夏帅向来行事庄重谨慎，虽然到现在未有大的战功，却很少出错，有数次探得贼军动静，及早派兵巡检，未让贼军寻得入侵的机会。"慕容胜道。

"大象无形，大胜无功啊。夏帅临终前，可有什么遗言？"范仲淹道。

慕容胜哽咽说道："夏帅临终前，不论家事，谈的都是国事兵事。这不，我两人正是遵夏帅之命，前来追随范大人的。"

范仲淹心知这两人与张彦召都是夏随最为信任的亲随，张彦召之前没有回去，经夏随允许，已经在陕西经略府帐下办事，而夏随临终前不忘将这两人托付给自己，一定对这两人寄予厚望，或者，甚至可以说，是对他范仲淹寄予了厚望。他心生感激，呆了一呆，方才问道："关于国事兵事，夏帅都与你们交代了什么？他有什么话要转告我吗？"

"范大人，您猜得不错。夏帅确实对我俩有所交代。夏帅心忧边事，说安抚副使韩琦大人锐意进取，确实难得，但是目下我军并不具备长途奔袭的作战能力，与元昊军交战，一定要避免孤军深入。他说，之前他为何重在严防而少于出击，绝非贪生怕死，只是时机不到罢了。可惜天不假年，他无法等到出击的时机了。夏帅说，范大人得韩琦大人力荐，不避缘边兵事，慷慨赴任，足见可担边疆大任，还望大人能与韩帅一起，谨慎对付元昊。另外，夏帅说了，他对麾下的将士，都已经作了交代，一定会听从范大人的调遣。"慕容胜答道。

慕容胜这最后一句话，道出了两人前来的最为重要的目的。范仲淹听慕容胜说了这最后一句，不觉既是感激，又生出一重担忧来。夏随专门作这样的交代，虽然话没有说明，但已然暗示了一个重大的问题：在缘边诸路，各部将士必然存在着各自为政的局面。要想在今后的战略、战术上达成共识，恐怕并不容易啊！这么一想，范仲淹便顿觉心情沉重，暗想夏随如果还健在，一定会赞同自己提出的对付元昊的总体战略，不觉更因夏随之死而感到伤感。

"慕容胜，稚虎，"范仲淹意味深长地盯着慕容胜和韩稚虎，刚开口便又停住了，他咬了咬牙关，继续说道，"现在想来，夏帅在鄜州也甚是不易啊。你们俩，今后就在范某帐下吧。我已经与夏经略和韩副使商量过，打算在近期选拔将才、勤练士兵。之前，你们俩，还有彦召，遵夏帅之嘱，随着我一起暗察缘边寨堡，我虽知你们必长于武艺，但你们一路奔波，也未有时机展示自己的武艺。既然来了，便要好好干。"

"是，谢大人！"慕容胜、韩稚虎异口同声应道。

"你们都能开多少石的弓，开多少石的弩？"

慕容胜和韩稚虎对视一眼，慕容胜先开口道："属下能开一石二的弓，能开二石九的弩。"

韩稚虎略带惭愧地接道："属下不如慕容兄，只能开一石的弓和二石七斗的弩。"

范仲淹听了，满意地点点头，说道："嗯，都不错。按照禁军的标准，弓设三等，一石为一等，九斗二等，八斗三等；弩，四等，二石八斗一等，二石七斗二等，二石六斗三等，二石五斗四等。慕容胜开弓开弩都在一等以上，稚虎开弓在一等，开弩在二等。总之，两人都很不错。"

"大人，要论谁射得准，我却不如稚虎。"

"哦？难得你能看到战友的长处啊。这正是军中所需的精神。战场上，需要有单骑破敌的猛将，也需要团结协作、共同进退、相互扶助的战士啊。这样好了，你们俩且带领一指挥人马，慕容胜为指挥，稚虎为副，务必对麾下人马严加训练。一个月后，我要看你们的练兵成效。"

慕容胜和韩稚虎听了喜出望外，均是单膝跪下，向范仲淹叩谢。

范仲淹俯身将两人扶起，沉声道："勿要辜负了夏帅的厚望！我等身处多事之秋，懈怠不得，期待你们尽快练好兵，保家卫国啊！"

"是！"慕容胜、韩稚虎坚定地回答道。

4

捧日天武四厢都指挥使、象州防御使、鄜延路副都部署赵振最终因之前不能救援安远、塞门二寨而被降为白州团练使。金明寨的复得，也未能为赵振挽回被贬的命运。其中原因，主要是都转运使庞籍上奏皇帝，坚决弹劾赵振懦弱不出。赵祯皇帝内心想要尽快振作朝廷兵威，因此虽然一度想回护赵振，但随后又考虑到如果不降赵振，诸军恐不能奋勇争先，便还是将赵振给贬了。

为了激励将士，赵祯皇帝在延和殿阅诸禁军代表演习战阵，又下诏给诸军铠甲十、甲马五，令诸军常怀警惕，随时准备披甲迎敌。七月底，他任命龙神卫四厢指挥使、眉州防御使、泾原副都部署葛怀敏为捧日天武四厢都指挥使、鄜延路副都部署。由此，葛怀敏替代赵振，以禁军都指挥使身份，成为鄜延路的主帅之一。

范仲淹对葛怀敏担任鄜延路副都部署甚感担忧。他知道葛怀敏是员猛将，但早就听说他行事有些鲁莽草率。"虽然葛怀敏的风格倒是符合陛下的进取之心,只是如今缘边的局面,由葛怀敏统率诸军,那可是拿众多将士的性命冒险啊。"为此,范仲淹上奏朝廷,表达了自己的担忧。但是,赵祯皇帝并没有收回成命的意思。

秋八月的一日,夏竦、范仲淹和韩琦于长安的经略府内迎来了翰林学士兼龙图阁学士晁宗悫、右骐骥使象州防御使入内都知王惟忠。这两位官员带着皇帝的诏令,前来与夏竦等商议兵事。一同在场的还有范纯祐、田况和胡瑗。

就在数日前,朝廷下令,命太常丞田况为陕西经略安抚司判官,试校书郎胡瑗为丹州军事推官、经略安抚司勾当公事。对田况的任命,是应夏竦的推荐,胡瑗则是应范仲淹的推荐。田况、胡瑗是前后脚赶到陕西经略安抚司报到的。

"皇上刚刚用了我和希文推荐的人,便又立马派使者带手诏来商议兵事,恐怕是对我等按兵不动不满啊。"夏竦在迎接两位使者时心里暗暗嘀咕。他自幼才华出众,已在宦海沉浮多年,书生之气和锋芒早就被深深藏在面具之后了。虽然他心里担忧皇帝可能对陕西兵事不满,脸上却不露声色。

果然,在晁翰林宣读的手诏中,赵祯勉励夏竦寻找时机,用胜利来为朝廷立威。

晁翰林宣读完手诏,便与夏竦、韩琦和范仲淹寒暄了一番。

夏竦领晁宗悫和王惟忠坐定后,开口对晁宗悫说道:"晁龙图啊,劳你远道前来宣抚,你这一来西北,仲衍、仲蔚两位公子恐怕就要为你担心了。"

"夏公啊,没有想到咱俩能够在这里一叙。我想皇上派我前来,就是因为知道我能和夏公说上几句话啊。"晁宗悫没有去接夏竦提起他两个儿子的话头。他为人敦厚,做事一板一眼,心里只想着先将皇帝交代的事情办好，把该说的话先都说了，所以也无心先去扯家长里短。

夏竦不语，微笑着点点头。

晁宗悫继续说道："皇上近来总是提起西北边事，最近还下诏，赐修金明等寨的役卒缗钱。以我看，皇上正值壮年，胸怀天下，有提兵直捣兴庆府之志。派我同王大人前来与夏公商讨攻守之策，皇上的良苦用心，夏公应该能够知道吧。"

"王师屯宿关中已久，而元昊之威胁尚未去，夏某何尝不知道皇上的焦虑？只是，如今主动出击，实在不是时机啊。在之前的奏书中，夏某也说明了对敌之策，想来皇上也是清楚的。还望皇上能够给臣一些时间。"

晁宗悫瞥了王惟忠一眼，见王惟忠只是面无表情地眯眼听着，便说道："夏公，我是知道你的苦心的，皇上何尝不知道夏公的苦心？只是，关于陕西之事，群议汹涌，这朝野内外，又有几人知道皇上和夏公的苦心呢！"

夏竦听晁宗悫说了这句话，肩膀颤抖了一下，脸色微微涨红。他闭起眼睛，沉默了片刻，长叹一声，方才说道："是啊，自古以来知音难觅，恐怕也是一个道理吧。皇上应该知道，夏某绝不是贪生怕死之辈。若不然，皇上也不会任夏某为经略安抚使。想当年，那是景德元年的某日，契丹入侵中原，家父率军抄近路袭击契丹军，入夜，与契丹军狭路相逢，家父立刻率军发起攻击。无奈他所遇到的是契丹主力，偷袭未成，反而身中数箭，当场战没。我自此同契丹不共戴天。如今，元昊狼子野心，侵我大宋，杀我边民，与契丹贼人何异？我恨不得亲自披挂上阵，杀他个片甲不留。但是……家父的经历不时警醒我，战场上，光靠勇气是不行的，还需要谋略，还需要寻找战机啊！还望两位大人回去后，代臣再次向皇上申明心意。夏某记得晁龙图写过一首诗，诗云：'炼矿成金得宝珍，炼情成性合天真。相逢此理交谈者，千百人中无一人。'天下人的性情各不相同，若要知心，何其之难啊！论兵事，天下千百万人，议论汹涌也是自然的，然兵者国之大事，不可轻举，又有几人深会其要呢？"

韩琦在旁听夏竦这么说，微微垂下头，陷入沉思。

晁宗悫也是长叹一声，说道："夏公啊，你的话，我会记在心里，你放心便是，我回京后，一定同王大人一起，好好向皇上申明。你啊，可越来越不像年轻时的那个你了。'山势蜂腰断，溪流燕尾分'，想当年，夏公多么风流倜傥！不过，如今的夏公，却已是一个老成持重的缘边大帅了。"

不知为何，范仲淹突然想起了欧阳修，心中暗叹："夏公年轻时的性情与风度，倒是与欧阳修相似，却不知为何欧阳修如此不喜夏公，恐怕是游宦多年的夏公，失了许多真性情的缘故吧！"

范仲淹朝夏竦看去，夏竦的神色此时已经恢复如常。

夏竦叹道："岁月如梭，改变了多少人啊！夏某先谢过晁龙图。还有一事，也得拜托两位大人向皇上说说，我与韩副使、范副使最近也会上奏皇上，请皇上定夺。最近几日，我等正一边核验情报，一边准备上奏。"

"哦？"晁宗悫显得有点吃惊。

夏竦环视了在场诸人一眼，方才说道："按照所得的情报，元昊可能很快会发起一场大规模的进攻。最有可能的时间，是在明年开春。马上就要入冬了，天寒地冻，决不利于长途奔袭。所以，明年开春，是元昊最可能大举入侵的时间。我与两位副使正在商讨应敌策略，日后会正式上奏圣上，陈述方略，但请晁龙图和王都知先向圣上禀报。此事干系重大，须得严加保密才是。原本我便担心驿路不安全，如今有两位大人前来安抚，正好将此情报带给圣上。"

晁宗悫肃然道："得夏公信赖如此，我俩一定将情报带到。请夏公放心。"

此时，王惟忠亦说道："夏帅放心，我与晁龙图必不负所托。"

夏竦点点头，说道："如此便拜托了。"

于是，众人又就西北边事议论了一番。约有一个时辰后，晁宗悫说道："我们打算明日便回朝复命。"

"两位大人皇命在身，夏某就不多留了，今晚便在驿馆歇息。夏某都已经着人安排好了，驿馆外面，也增设了卫兵。明日两位回京城时，我拨一小队人马护卫安全。"

"这倒不必了。朝廷不久前出了规定，当地接伴护送之人，不可超过使臣及随从的三分之二。我与王大人这次前来，也不过带了五名随从，夏公若是调拨一队人马专门护送，恐违反了朝廷规定，给人口实。"

"两位大人不必多虑。非常时期，安全为重，不必拘此小节。"

晁宗悫和王惟忠听夏竦这么说，也便连声道谢，不再拒绝。

5

天气很是凉爽，山岗上，草色尚绿，但已经开始夹杂灰黄，还四处零星点缀着鲜艳的红色。

范仲淹和韩琦并辔而行。他俩身后，跟着十来骑，其中有胡瑗、范纯祐、周德宝、赵圭南、李金辂、张彦召以及韩琦的几个亲兵。

韩琦身披一件绛紫色的战袍，头戴一顶黑色扎巾，腰悬宝剑，马鞍一侧挂着一张弓和一个箭壶。范仲淹穿着常穿的一件褐色的交领大袍，腰间系了一条红色皮腰带，头戴一顶直筒乌纱帽。

"若不对缘边军队进行一番改革，我们确实很难打赢元昊。这次来，正是想同希文兄商量一下对策。"

范仲淹笑道："原来韩帅也有改革缘边军队的想法，仲淹也正有此意啊。"

"哦，那是希文兄先说，还是我先说呢？"韩琦哈哈大笑。

"还请韩帅先说。"

"好，那我便先说说我的想法。希文兄，你可曾注意到，当敌人进攻，我军出兵时，不管是缘边部署还是钤辖及指挥使臣，都是临时调领兵马？可是，你想，这些将领所领兵马，平时皆不是由他们亲自训练的，将领们短时间内无法知道哪些人勇敢、哪些人怯懦，而士卒们对将领也不了解，内心便无法对将领们产生足够的信赖。这样兵和将两不相知，临阵如何能够取胜？"

范仲淹听韩琦这么说，不禁暗暗佩服，心想："韩琦虽然年轻，但确实不简单，看问题真是能切中肯綮，他方才所言，确实是我军大弊之一啊。"他接口道："是啊，将不知兵、兵不知将的问题必须尽快解决才是。"

"还不止这一点。长久以来朝廷在诸禁军军班中选出的武艺高强者，都做了寨主、监押，却各自拘于一城，未能充分发挥他们的作用。虽然近期以来，在我的建议下，圣上下诏将他们分到陕西都部署司各部，鄜延路、环庆路、泾原路、秦凤路，每路分十来员，由他们教押军阵，然后根据士卒的训练情况，给予赏罚。如此，不仅将强，兵亦得练，也避免了主将各自抢占着精兵自用。"

"说得好！"

"还有，临阵时必须有奇兵。奇兵之用，在关键时刻可以扭转战局，克敌制胜。可是如今，那些格外骁勇有胆力的战士又分散在诸指挥，与战斗力一般的士卒混编在一起，这样在战斗时，即便他们想奋勇争先，往往也被懦弱的士卒拖累。我想向圣上建议，委托你我和庞籍等人，在各路屯驻的土兵和禁军中进行比武选拔，选出武艺精通的勇士任命为平羌指挥，以五百人为额，他们衣粮的待遇，可以参照龙卫军，番号可以编在骁捷军之上。"

"这真是好建议！有此奇兵，必于我军战力大有助益。"

"这些奇兵，可以分编在缘边四路，我建议在每路各置两指挥，本路土兵一指挥，驻泊兵士一指挥。"

"好！好！好！韩帅，你的这几个主张，范某完全赞同，一些细节问题可再谋划。韩帅应早给圣上上奏！"

韩琦点点头，说道："我正有此意，此次前来，正是希望听听希文兄的意见，再行上奏。你也知道，我还是主张主动进攻的。嗯，先不说这个分歧，希文兄还是说说你的想法吧，弟也想听一听。"

范仲淹没有立即回答。他轻轻勒了一下缰绳，马儿渐渐放慢了速度。韩琦在他旁边也勒了马缰绳，依然与范仲淹并辔而行。前面是一个山坡，范仲淹纵马上山，在山坡顶上停住了。韩琦也跟着勒住了马儿，停在范仲淹的一旁。

"稚圭兄，其实我的很多想法，同你的都很像，只有在整体战略上，我并不主张主动出击，尤其是在未做好充分准备之前。你瞧，这茫茫原野，到处是起伏的山岭、纵横的沟壑，夏军常年以游牧为生，习惯了四处游弋，出了兴庆府是大片荒蛮之地，在他们看来,是再寻常不过了。但是,若是我军主动出击,却是另外一回事了。所以,尽管说主动出击者能够把握一定的主动性,但是分析我军的实际条件,若是离开了根本,恐怕极可能陷入更大的被动啊!"

"希文兄,弟觉得你是过于谨慎了。难道希文兄就不希望放手一搏吗?"

"不,我当然希望能够与元昊面对面较量。不瞒你说,张存大人最近正上奏,他想以父母年过八十为由请求内徙。我正准备上奏,请代张存知延州。我想到延州亲自改造延州边防,待寻得战机再行出击。"

"希文兄主动申请调往一线,弟由衷敬佩。但弟还是觉得,希文兄在整体战略上还是过于保守了。"

范仲淹哈哈一笑,说道:"稚圭兄,咱们权且先将这个分歧放一放,先在都部署司选拔将领、训练士卒、组建骑兵如何?"

韩琦亦笑道:"如此甚好!"

"我拟去延州再见见张龙图,与他商议选拔将领和练兵之事,也想再去金明寨一带看看。"

"嗯,延州乃是鄜延路门户,希文兄多多费心。过几日,我也会去环庆那边转一圈。"

范仲淹与韩琦相视一笑,都抖了抖缰绳,纵马沿着山脊往前奔去。他俩身后的胡瑗、范纯祐等人亦催马跟了上去。

数日后,范仲淹到了延州。

范仲淹到达延州后的第一件事,就是在知州张存的陪同下,去视察延州的守军。

这日，范仲淹和张存登上了延州城头。

"如果元昊军分几路进攻，你们觉得该怎么应对？"范仲淹将城头的几个军官叫到一起，向他们提问。

几个军官都道："我等出兵杀将过去便是，怕他怎的！"

范仲淹听了，苦笑道："当然是要出兵，可是如何出兵，你们可有具体计谋？"

几个军官面面相觑，一时无语。

张存在一旁无奈叹道："是啊，若是没有对策，只是出兵，如何能够克敌制胜？"

范仲淹将张存拉到一边，说道："张龙图，数日前我与韩副使商议在陕西诸路选拔将领，训练士兵，这延州的守军，也得重新选将啊。"

"希文兄啊，我也早就同你说了，我一介书生，不懂军事，朝廷偏让我兼管延州军事。我打算再次上奏，领郡事不兼军务，要不可误了朝廷大事啊！希文兄，你可有将才举荐？不如你也给吕相和晏枢密写写信，从旁推荐一下。或者，便由希文兄来知延州兼领军事，那更好。"

范仲淹心中暗想，张存虽然是能吏，但是确实不知兵事，延州确实需要将才主兵。张存知道自己的弱点，能够如此大度，确也难得。他沉吟片刻，说道："将才倒不是没有，我之前向夏公提过段少连。明镐也是可选之人。若张龙图执意不领军务，仲淹愿意遵龙图之嘱，给吕相和晏枢密去信推荐段少连和明镐。仲淹也会再给圣上上书，正式举荐段少连和明镐。若朝廷不用他们，仲淹也愿意负荷延州之责。"

张存闻言大喜，说道："如此，我便再次写奏书请辞。"

"张龙图以无我之心奉国事,仲淹感佩之至!"范仲淹说着,向张存深深鞠了一躬。

"惭愧惭愧!不说这个了,希文兄方才所说选拔将领,重新组织部队,可有何具体之策?"

范仲淹沉声道:"之前圣上有诏,分边兵,部署领万人,钤辖领五千人,都监领三千人。敌人来进攻,则要求官卑者先出阵,然后继之以官位高的。这种不根据敌人多寡强弱而出战的方法,真是取败之道也。我已经向圣上建议,以延州为试点,进行改革。如今,驻守延州的有一万八千人,金明寨等处还有八千余人。我建议,将驻守延州城的守军分为六部,选拔六将分领,每将率领三千人,分部教之,然后根据前来进攻的敌人的具体强弱众寡来派遣将领率所部出战,必要时,则数位将领协同出战。"

"嗯,希文兄果然是切中要害,我怎么就想不到呢!"

"这恐怕是张龙图身在一线,当局者迷吧。仲淹从旁看,倒看出了其中的问题。"

"所以,当务之急,便是选将了。"

"正是,现在要为六军选将!"

"事不宜迟,不如明日便校场比试选将。先选出合适人选,再向朝廷上奏。"

"谢张龙图鼎力支持!诸将通过比试,确实是一个办法,不过,不仅仅要比武艺,还得比他们如何排兵布阵。"

"希文兄客气。你的建议甚好,早日实施,边镇早日获益。"

范仲淹与张存就选将事宜细细商量一番,随后又作了一番部署。

次日,张存、范仲淹令在延州城守军中部署以下都监、钤辖、巡检使数十员将官全副披挂，于延州城校场集结，又调拨了四个指挥两千人马，供各将排兵布阵用。范仲淹的目的，是通过这次选将，为分成六部的军队各确定一员主将。这六名主将，将直接受鄜延路都部署司都部署、副都部署和各部署的调遣，成为最一线的战将，因此选拔在都监、钤辖、巡检使等将官中进行。张存责成鄜延路部署王信负责组织诸将比试，张存、范仲淹亲自到校场选将。

正值秋日，西北的天空高远辽阔。校场上旗帜林立，两千士卒和数十位将领肃然而立，这两千人是鄜延路部署王信麾下的精兵。

点将台上，张存、范仲淹坐在椅子上，面对着台下的将士们。范仲淹坐在张存左边，王信站在范仲淹的左边。张存穿着知州的官服，范仲淹则穿着陕西经略安抚副使的官服。王信头戴铁兜鍪，全身披着明光精钢甲。张存右侧，站着几名亲随。范仲淹身后，站着胡瑗、范纯祐、周德宝、赵圭南、李金铬、滕元发等人。滕元发是接到范仲淹的信后，刚刚从汴京赶到延州的。站在王信身后的，是几名亲兵和传令兵。张存将今天选将比武的指挥权，委托给了范仲淹。

"范帅，将士们已经集结完毕，比武可以开始了。"王信走到范仲淹跟前，抱拳禀报道。

范仲淹点点头，说道："开始吧。"

王信应喏，转了个身，走到点将台前缘，大声喝道："各就各位！"

话音刚落，台下两千多将士齐声大呼："胜利！胜利！胜利！"

根据事先的部署，今日校场选将，先是由初选出的三十二位将领比武，选拔勇武者，随后进行排兵布阵的比试。各位候选将领一时间摩拳擦掌，跃跃欲试。

第一阶段比试，三十二位将领被分成甲乙丙丁戊己庚辛八组，每组四人。每小组内，任何两人都要进行对阵，每两人战三回合，三回合中将对方打落马下或击中对方者算赢；小组内，胜一场得三分，平一场各得一分，由此每组决出前两名。每个小组内都分配了军校判定输赢。

三十二位将领得令，皆取了各自兵器翻身上马，来到每组各自的比武区域。他们用的兵器，凡是铁枪、大刀等带刃的，都用棉布层层包裹了，以免造成伤亡。事先，王信等也确定了比武规则，按照规则，不得击打对方头部，比武中点到即止，击中对方后不得再下杀手。但是即便如此，这种对阵比武，参加者依然要冒着巨大的受伤风险。

随着王信一声令下，校场上一时间杀声震天。每组内部，将领们都捉对厮杀起来。大约半个时辰后，各组分别决出了前两名胜者。这一轮比武，有七八位将领受了程度不等的伤，都被抬下去养伤了。

按照既定的规则，十六名胜者进入了第二轮比武，以三回合决胜的办法，依下面的对阵法决出八名胜者：

甲组第一对阵乙组第二；

乙组第一对阵甲组第二；

丙组第一对阵丁组第二；

丁组第一对阵丙组第二；

戊组第一对阵己组第二；

己组第一对阵戊组第二；

庚组第一对阵辛组第二；

辛组第一对阵庚组第一。

这轮对阵不再是同时进行，而是东西分成两队，按次序逐对在点将台前进行比武回合。

第一场，甲组第一对阵乙组第二。甲组第一的将领位于东边，乙组第二的将领在西边。两人之间，距离大约二百步。

范仲淹抬眼看去，见东边那位将领骑着一匹棕色战马，身穿绿色战袍，头戴一顶带檐铁盔，铁盔顶飘着一束红缨。此将手中提着一根铁枪（枪头已经被棉布包着），战马一侧挂着弯弓和箭壶。阳光正从那员将领的后侧斜射过来，他的脸处在盔檐下的阴影内，却是看不清楚。西边那头一员将领，身材甚是魁梧，身披明光精钢甲，骑着一匹浑身乌黑的战马，手中提着两支钢鞭。

"双鞭将必不敌绿袍将。"

范仲淹听到一个声音在身后嘀咕，知道发声之人乃是滕元发。他知滕元发生性洒脱，素来敢说敢言，此时听其对两将轻下断语，不觉略感不满。他微微扭头瞥了一眼滕元发，道："元发，两将尚未比试，休要轻下断语。"

"是！"滕元发应了一声。

范仲淹刚才的话虽然有指责之意，但心底甚是爱滕元发之才，因此也不再多加责备，自扭回头去看台下。

此时，鼓手突然将鼓敲响了。这是开始对阵比武的信号。两员将领几乎同时呼喝一声，纵马向对方冲去。在点将台下，两员将领相遇了。绿袍将于马上将铁枪一震，身子前倾，挺枪往对方腰间刺去。使钢鞭的那个将领见对方枪长，自己要是硬拼，必然吃亏，便将战马的缰绳往右侧稍稍一带，身子往旁边一倾，堪堪躲过了对方的枪。就在躲过对方攻击的那一刻，使鞭的将领左手挥鞭往后一抡，击向绿袍将的后背。绿袍将听得脑后风生，也不回头，将身子

597

往前一俯,躲过了对手的一鞭。两将待马儿跑出十多步,都勒住马儿,调转马头往对方冲去。这一会,绿袍将眼见对方冲到,便挥铁枪向对方横扫而去,那使铁鞭的将领心知要躲开已经来不及,大喝一声,右手挥钢鞭去挡那铁枪。只听得"噌"一声巨响,那铁枪贴着钢鞭划过。绿袍将手心一痛,铁枪险些脱手。转瞬间,两人又纵马交错而过。这次,绿袍将没有勒马停下。那钢鞭将调转马头,有些疑惑,一时间勒马而立,并不追赶。绿袍将纵马跑出七十余步再次勒马,不等马儿站定便调转马头,远远往钢鞭将冲去。这次,他将铁枪往马鞍一侧一挂,摘下弯弓,抽出三箭(箭头都去掉了),于马背上弯弓搭箭,朝着钢鞭将连射三箭。钢鞭将正纵马攻击,未料飞箭射来,慌忙挥鞭连挡三箭,待反应过来,绿袍将已经挺枪近前。这次,绿袍将没有挺枪直刺,而是纵马飞掠过钢鞭将身侧,反身一枪刺在钢鞭将后心。钢鞭将在马上只觉后背一痛,险些跌下马来。这一回合进攻,绿袍将明显占据了上风,场上顿时欢声雷动。钢鞭将自知已经落败,翻身下马,向那绿袍将抱拳鞠躬。

  范仲淹在点将台上见那绿袍将弓箭娴熟,在战斗中沉稳机变,不禁心中暗暗叫好。这时,范仲淹也对滕元发的判断力暗暗感到吃惊。"果然是个人才。好好栽培,以后必为国家之栋梁啊。"他心里暗想,扭头看了滕元发一眼。滕元发发现范仲淹在看他,便冲范仲淹眨了一下眼睛。

  "元发,你怎知绿袍将能占上风?"范仲淹问。

  "我观绿袍将马上提枪,异常沉着冷静,而观那双鞭将,略有躁动之意,故以为绿袍将必赢。实际上,也不过是猜的。"

  "这会儿倒知道谦虚了。"范仲淹说罢,对滕元发一笑,便扭过头朝张存看去。

"张龙图,那穿绿袍的将官是谁?"范仲淹问张存。

"是延州西路巡检使葛宗古。"范仲淹听了,连连点头。

说话间,第二组对阵已经开始。待八组比武完毕,决出了八名胜者。

八名胜者分别是:

延州西路巡检使葛宗古。

京使、鄜延路都监朱吉。

内承制、鄜延都监梁绍熙。

供备库使、延州都监许迁。

供备库使、延州都监周美。

内殿崇班、延州都监郑从政。

西头供奉官、延州都监张建侯。

延州路都监谭嘉震。

随后由八名胜者进行排兵布阵的比试。八名将领轮番带两千精兵布阵演练,范仲淹一一看在眼里,心底对八将的指挥才能都有了数。

排兵布阵比试结束后,范仲淹和张存都对诸位将士讲了一番勉励之词,并对八名将领进行了嘉奖。

八月十八日,范仲淹向朝廷上奏,以朱吉为第一将,梁绍熙为第二将,许迁为第三将,周美为第四将,郑从政为第五将,张建侯为第六将。葛宗古和张建侯则被范仲淹亲自召见,密授机要,令二人各带一千精兵,以为战场上的奇兵。

将延州守军分为六部,由六名主将分别率领后,范仲淹带着胡瑗、范纯祐等人,前往金明寨视察。他在金明寨一带停留了数日,发现金明寨原来下属的三十六寨几乎被荡尽。延州以北的四百余里边境，只有金明寨一寨被夺回后在重新修建。他想到延州各处虽然有守军二万六千，却大多缺乏训练，即便现在对延州城的州兵已经开始加强训练，但想见成效，还要假以时日，可是，元昊近期便会发动进攻，宋军能够抵挡住元昊的大举进攻吗？

从金明寨视察回到延州后，张存已经再次上奏请辞。于是，范仲淹正式上书赵祯皇帝，举荐段少连和明镐，接着又给宰相吕夷简写了封信。

信云：

某启：中秋渐凉，伏惟相公台候万福。某奉命此行，至重至忧。初欲道中上记，以未到边隅，无可述者。或有屑屑之见，奏牍具焉。

初至长安，见九江太尉，首传台旨，颇言开释。寻来鄜延路巡按，北视金明之役，止数日复还延安。极边之情，指掌可见。金明一邑，旧寨三十六，人马数万，一旦荡去。后来招安到蕃部三百来户，不足为用。又塞门寨围逼十旬，诸将逗留，无敢救者。军民数千，一时覆没。及废承平、南安、长宁、白草四寨，弃为虏境。延安之北，东西仅四百里，藩篱殆尽。近修金明，聊支一路。将修宽州，以御东北，非多屯军马，亦不能守，必须建军。其利害具于奏中。所奏札子，方永兴军系署，今有图子，先具呈上。

今延安兵马二万六千，患训练未精，将帅无谋。问以数路贼来之势，何策以待，皆不知所为，但言出兵而已。此不可不为忧也。或得其人，精练士卒，山川险恶，据以待寇,俟有斩获,乘胜深入。贼势一破,乌散穷沙,复旧汉疆,宜有日矣。如未克胜,贼势不衰,纵入讨除,岂肯逃散?或天有风雨之变,人在山川之险,粮尽路穷,进退有患,此宜慎重之秋也。自延州至金明四十里,一河屈曲,涉者十三度,此言山川之恶也。或遇风雨,不敌自困。

某今与延安当职议定约束,急于训练。俟其精强,可御可伐。亦令录奏,乞朝廷特赐威命,则边鄙可定,庙堂无忧。别路兵马少处,临时制置,不必仿此。

又张龙图吏道精强,但亲年八十,寓于他郡,复言不练兵律。延安重镇,数郡仰赖,若不主戎政,所失则大,段待制西人所望,明镐亦细知边事,惟相府裁之。某惶恐再拜。[1]

随后,范仲淹又给枢密使晏殊寄去了一封信札举荐段少连和明镐,希望得到他的支持。

几乎是在范仲淹给吕夷简、晏殊写信的同时,韩琦给朝廷上奏,奏云:

缘边部署、钤辖下指挥使臣,每御敌,皆临时分领兵马,而不经训练服习,将未知士之勇怯,士未知将之威惠,以是数至败衄。昨诸班中选武艺优者为寨主、监押,然拘于一城,未能各适其用。欲下陕西都部署司,分所试中人,鄜延路十五员,环庆、泾原、秦凤路各十员,为逐

---

[1] 《范仲淹全集》之《范文正公文集卷第十一·上吕相公书》。

路教押军阵，以士卒所习精粗，重行赏罚。如此，则老懦者不能自容，勇壮者各思奋身，复免主将争占精兵，专为己卫也。又临敌取胜，必有奇兵，若并力出攻，则所向皆溃。今士卒非无骁果胆力出于侪类，缘分在逐指挥，每指挥不过三二十人，与中常之兵混而为一，御敌之际，势分力寡，多为懦卒所累，虽欲挺身奋击，其可得乎？欲乞委臣与范仲淹、庞籍等分路于屯驻驻泊并本土厢禁军内，选马上使锏刀、枪槊、铁鞭、铁简、棍棒勇力过人者为平羌指挥，以五百人为额，其衣粮如龙卫，而立骁捷之上。鄜延、环庆、泾原、秦凤四路，各置两指挥，本路土兵一指挥，屯驻驻泊兵士一指挥，鄜延路屯延州、鄜州，环庆路屯环州、庆州，泾原路屯泾州、镇戎军，秦凤路并屯秦州。若已请龙卫以上，请受者即以之为节级，若后来人阙，即选试殿前，马步军司龙卫以下诸指挥武艺有勇力者补填之。本路土兵止选就粮指挥，其选中屯驻驻泊兵士，听三年一代。仍令诸州军揭榜以募投平羌者，送经略司拣试，给禁军例物外，别给钱十千、绢十匹，无马者以牝马给之。[1]

赵祯收到韩琦和范仲淹的上奏，找来吕夷简、晏殊等二府大臣商议。很快，赵祯下诏，依照韩琦的建议在陕西都部署司进行军队的改革。

数日后，赵祯下诏命陕西经略安抚副使范仲淹兼知延州，同时迁张存知泽州。

---

[1] 《续资治通鉴长编》卷一百二十八康定元年八月条。

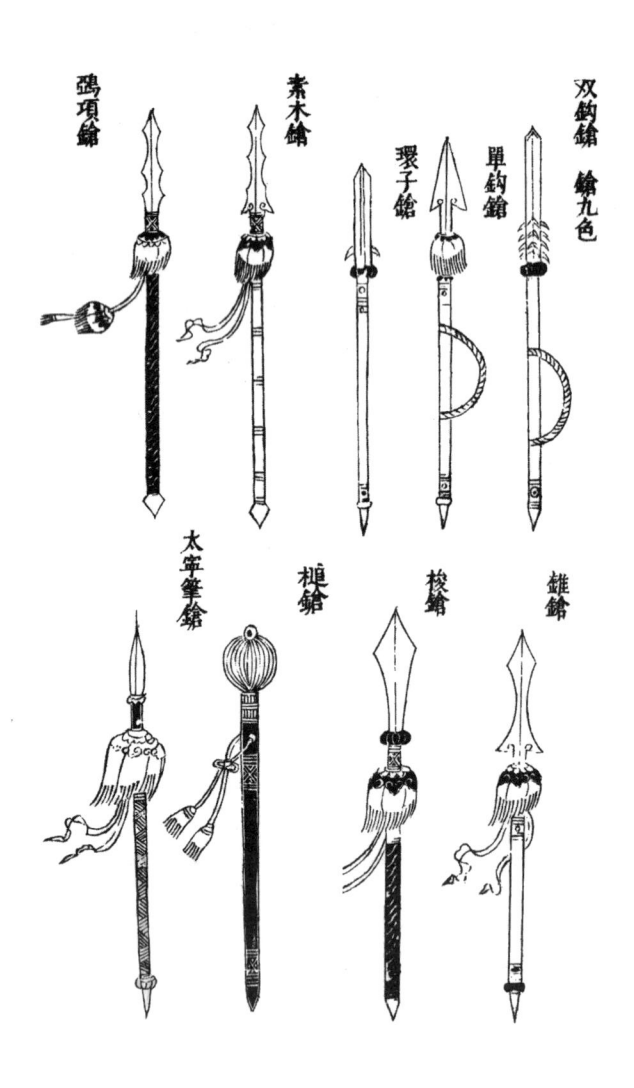

雙鉤鎗 鎗九色
單鉤鎗
環子鎗
素木鎗
鴉項鎗

太宰筆鎗
槌鎗
梭鎗
錐鎗

第二十三章
大战塞门寨

1

对延州守军的指挥系统进行初步改革后,范仲淹与夏竦、韩琦商量,准备对塞门寨及附近的西夏军进行一次反击。

韩琦本来就想主动出击,对于范仲淹的这次建议是极力赞成的。夏竦亦肯定了范仲淹的建议。夏竦以陕西经略安抚使司的名义,向朝廷奏报了进攻计划。同时,夏竦、范仲淹还将元昊军可能在半年后大举进攻的情报通过密报正式报给了赵祯皇帝。赵祯与两府大臣商量后,下诏令范仲淹和葛怀敏自延州组织部队驱逐塞门寨一带的西夏军,一来为了收复失地,二来也为了对元昊进行一次试探,以防其突然大举内侵。

其时,鄜延路副都部署葛怀敏在长安。夏竦便令葛怀敏带一部兵马,赴延州与范仲淹部集结。韩琦则率所部在环庆一带策应。

葛怀敏率兵到了延州，驻军于城北，自带亲兵进入延州城与范仲淹商量具体进攻策略。范仲淹心中对葛怀敏的军事能力是存疑的。不过，事已至此，他也只能尽量与葛怀敏合作。这是他第一次与葛怀敏见面并进行联合军事行动。

在延州知府官署内，范仲淹接见了葛怀敏。葛怀敏蓄着稀疏的长须，高八尺有余，身形偏瘦，也因此显得更加高挑。这天，葛怀敏是全身披挂前来见范仲淹的。他内穿铁甲，铁甲的外面，披着一件大红的右衽战袍，腰间束着褐色的护腰，系着红色的皮腰带。腰带上方，又用黄色丝绦束甲。这一身武将装束，甚是威武。

为了商议出兵计划，范仲淹召来了鄜延路部署王信，经略安抚司勾当公事胡瑗、范纯祐、滕元发等因被范仲淹暂时安排在身边用事，故也被召来参加军事会议。周德宝道长、赵圭南、李金铬等人则以范仲淹幕僚身份列席。

"范帅，要驱逐塞门寨的西贼，仅靠我带来的一万人可不够，你至少得再给我拨一万兵马。"葛怀敏说。

"葛副总管，你先别着急，咱们先好好商议一下。兵马可以拨，但得先制定对付西贼的策略。"

"范帅，你这么说，莫非舍不得手下的兵马？"葛怀敏呵呵一笑，眯着一双发亮的小眼睛问道。

范仲淹听葛怀敏这么问，心下不悦，却还是笑道："葛副总管，你多虑了。这次进攻的动议，本是延州向夏帅提出，然后上奏朝廷得准的。范某怎会舍不得出兵？"

"那就好，我就怕范帅不出兵啊。"

"圭南，你过来，就着这地图说说你的想法。"

"他是何人？"葛怀敏问。

范仲淹便将赵圭南的身世简单介绍了一下。葛怀敏听了，只是哼了一声，不再问什么。

赵圭南伸手指向地图，说道："范大人，葛总管，你们看，这是塞门寨，这是金明寨，这里是延州。金明寨在延州西北四十余里，塞门寨再往北一百二十余里。如今，我军已经收复金明，元昊贼军屯驻塞门，一些小股贼军却分驻于塞门寨周边。这塞门寨，历来是西北进入中原的必经之地，而且，塞门一带沟壑纵横，从塞门寨到延州，清水河呈西北—东南走向，但一路在沟壑间蜿蜒流淌，给骑兵造成不少麻烦。这条清水河，可以在一定程度上减缓元昊贼军的行动，但是，我军遇到的麻烦也是一样的。如今，若想将元昊贼军驱逐出塞门一带，我军主力沿着清水河沿岸进击的同时，还须得防备贼军从两翼攻击。如果两翼空虚，贼军完全可能从两翼迂回到我军后路。因此，在下以为，我军在主力之外，一定要有侧翼和后军殿后，在延州还得留下一定的守军，以防贼军长距离迂回攻击延州。"

"如此说来，驱逐塞门的西贼并不容易。"葛怀敏低头看着地图，头也不抬地说道。

"不错。塞门寨现屯有西贼重兵，攻击塞门寨并不是轻而易举的。"赵圭南说道。

王信说道："范帅，葛帅，我愿为先锋，率军主攻塞门！"

"好！王部署为先锋，葛某率大军为后盾，力争从速夺回塞门寨。"葛怀敏接口道。

范仲淹没有回应王信和葛怀敏，只是凝神看着地图，过了片刻，说道："打是一定要打的，但是我军还得讲点策略。德宝道长，你说说你与圭南去兴庆府一路上所观察到的元昊军动向吧。"

周德宝听范仲淹这么说，往前走了两步，站到地图前，先将在兴庆府见到的骑射大赛细细描述了一番。众人听了，一时间都是心情沉重，神情肃然。周德宝继续说道："西贼长于骑射，这正好是我方的弱点。我方当然也有弓箭手，但是这些弓箭手大都从农人中招募，要论骑马，那是大不如西贼。以贫道之见，我方在进攻的同时，得首先想好对付西贼骑兵的办法。在回来的路上，我们看到有从兴庆府往我大宋境内进发的贼军，大多是骑兵。所以，塞门寨等处，贼军骑兵力量可能进一步增强了。"

这时范仲淹说道："之前，庞籍大人从王忠那里得到的口供中也提到元昊向前线增兵。道长的说法，正好与之前王忠的说法对上了。王忠从贼军那里逃出来时，也看到了西贼新发往我境内的军队。"

周德宝点点头，继续说道："范帅，葛副总管，贼军骑兵速度很快，我军进攻时，主攻当然重要，恐怕防守侧翼和后方也不可忽视。"

一阵寂静。

过了片刻，范仲淹说道："诸位，我看这样，这次打塞门，由我亲自率领第二将、第三将的六千中军主力，并以第二将梁绍熙率三千人负责主攻。葛帅，这次你率部一万兵马殿后。王部署，你率三千步骑兵，驻扎在延州城西北，护住延州西翼。记住，以逸待劳，如有敌人来了再出击，否则不用动兵。在延州右翼，令第一将朱吉、第四将周美两位将军各率步骑三千，同样，不见敌人前来，不得动兵。第五将、第六将负责守卫延州城。纯祐，这次你随第五将、第六将参与延州城的守卫，莫要出了差错。葛帅，你看这样的作战计划可行否？"

葛怀敏眯着眼睛，眼珠子转了转，说道："范帅考虑周全，我看这计划甚是可行。只是，范帅亲自出阵，是否有些大动干戈了？"

"不，这次进攻很关键，不仅要夺回塞门，打压西贼士气，还要试探元昊下一步入侵的计划。我不能待在后方。"

"那就按照范帅的作战计划执行。"

"好！"范仲淹点点头。

当下，范仲淹传来六将，下达了作战命令。六将皆慨然领命。

范仲淹又冲王信道："王部署，你再着人赶制两面锦绣帅旗，旗上绣上'陕西经略安抚副使范仲淹'。记住，要做两面，一面置于中军，另一面备于延州城楼。六将的大将旗，也都由各将备着。第五将郑从政、第六将张建侯听令，如敌军迂回至延州城楼，可立刻立起帅旗以惑西贼。另外，再加制马军枪上所用绯牌旗一万二，每面绯牌旗长一尺二寸，阔八寸。每将所领马军分二千面，军头、军士枪上每人要一样的绯牌旗一面。限三日内制作完成，以备战时使用。"

王信、郑从政、张建侯依次应喏。

范仲淹凝神扫了一眼诸将，微微点头，肃然道："诸位将军，塞门一战，务必要打出我军军威！"

夕阳下，延州城门紧紧关闭着。城头站岗警戒的军士们个个神情肃然。

范仲淹站在城头，双手按在冰凉的城墙上，双眼注视着远方。北边的山峦起伏，在傍晚渐渐变暗的夕阳下，呈现出异常丰富的色彩，向阳的山坡，裸露着黄土的地方是金色的、红色的，有的地方绿色更多一些，变成了金紫、金绿。夕阳照不到的地方，有的地方是暗紫色的，有的地方是黑青色的，也有的地方是青绿色的。火红的落日，如同一团巨大的火球，正从西边的天空缓缓往群山中沉落。

忽然，西边、北边远方的几处山岗上升起了几柱狼烟。灰黑色的狼烟冲天直上，战斗的号角隐隐从远方传来。在异常辽阔的天空之下，在即将沉睡的茫茫大地之上，号角声听起来悲壮，又凄凉。

狼烟和号角并没有使范仲淹和城头的众人感到吃惊。这样的狼烟、这样的号角，在边塞再也寻常不过了。

然而，范仲淹与延州宋军将士的心情，却与寻常大异。因为，明日宋军就要主动出击塞门寨了。这是宋军近来主动发起的一场进攻战。接下来几日，将有很多人的命运发生改变。多少人生死一瞬，可是这悠悠天地，终还是这悠悠天地啊！这时，一群大雁在夕阳照耀的天空中，自北向南飞过来。雁群中，有大雁响亮地鸣叫了几声。范仲淹与城头诸人听到大雁的叫声，都仰起了头，沉默着目送雁群从延州城头上空飞过，一直到雁群消失在遥远的朦胧的天际。

雁群消失了，雁鸣声也在天地间渐渐消散了。

众人盯着南面的天空，默然而立，许久许久，谁都没有说话。

范纯祐扭头看向父亲，只见两行泪水正从他的脸颊上流淌下来。此刻，范纯祐注意到，父亲原本花白的头发，在夕阳的照耀下泛着一层薄薄的光。这一瞬间，范纯祐心头一酸，顿时泪眼蒙眬……

这天晚上，范仲淹坐在书桌前，就着羊脂蜡烛的光，仔细看着塞门寨一带的地图。突然，窗外传来了羌笛声。声音很近。这是军中哪位羌族的战士在吹羌笛吧？范仲淹从地图上抬起头，轻轻合上地图，然后站起身，缓缓走出屋子。

夜色很深。

羌笛声使夜晚变得更加凄冷了。

范仲淹只觉得胸口郁塞，有一种冲动，想要仰天狂喊，可是内心另一个声音却抑制了他的这种冲动。他沉默着，在凄冷的秋夜中发了呆一般立着，许久后口中吟道：

> 塞下秋来风景异，衡阳雁去无留意。四面边声连角起。千嶂里，长烟落日孤城闭。
>
> 浊酒一杯家万里，燕然未勒归无计。羌管悠悠霜满地。人不寐，将军白发征夫泪。[1]

2

宋军先锋内承制、鄜延都监、第二将梁绍熙率三千步骑兵疾进。范仲淹亲自率领由第三将统辖的三千马步军紧跟在梁绍熙先锋军之后。范仲淹的中军之后，是葛怀敏率领一万大军殿后。

按照范仲淹的部署，第二将梁绍熙所部出发，当日午后在金明寨暂作休息后便继续行军，夜间也未停留，于次日凌晨时分到达塞门寨附近。在距离塞门寨五里的地方，梁绍熙令所部扎营警戒，同时派出两支小分队，往两翼侦察敌情。

范仲淹将周德宝道长、赵圭南、王忠三人安排在梁绍熙的麾下，备其咨询。同时，范仲淹令慕容胜、韩稚虎率一指挥人马从鄜

---

[1] 《范仲淹全集》之《范文正公集补编卷第一·渔家傲·秋思》。关于此词创作的具体时间有不同看法，也有人认为是范仲淹初到陕西时所作。

州赶到延州城南，配合范纯祐等人守卫延州城，并责令两人驻兵城外，万一元昊大举进攻，则速速回延州搬援军。

第二将梁绍熙所部在塞门寨南面两里处依着一处山坡扎营，同时在背后山头设置了警戒。扎营后，梁绍熙将周德宝、赵圭南、王忠及帐下军校召集到大帐商量进攻策略。

"德宝道长，出发前范帅与我说他有一计，已经同你交代了，但要视情而定。德宝道长，你且说说，范帅出的究竟是何计策？"梁绍熙问道。他身材非常高大，肩膀非常宽，头也很大，这使得他看上去有些笨拙。但是，他的眼睛炯炯有神，眉宇之间有一种久经沙场后形成的威严，下巴线条很硬朗，暗示了他刚毅的性格。

周德宝道："火攻。范帅交代说，若先锋到达塞门时风向是南风，则可用火攻。范帅说，之前他带人侦察延州北部一带，发现此地后半夜经常刮西南风或东南风。这也是范帅令梁都监贪夜行军，争取凌晨抵达此地的原因。"

梁绍熙听了连连点头，说道："塞门寨以木头搭建，如今秋冬季节，寨墙干燥易起火。如果吹西南风或东南风，用火攻确为上策！"

王忠说道："梁都监，塞门寨位于山谷间，正当风口，我军可以用火箭射其寨门，先烧他一阵子，贼军必然军心大乱。待其寨门烧毁，寨墙烧塌，先锋再挥师进攻，贼兵必大乱北遁。"

梁绍熙闻言，沉稳点头，冲帐下一斥候说道："你到外面测清风向，从速回来报告。"

那斥候应了一句，片刻后跑回来报告："禀报都监，目下正吹着西南风。不过，风势不大。"

梁绍熙听了，凝神不语。

过了一会儿，梁绍熙冲麾下众将说道："兵贵神速，事不宜迟，虽风势不大，但风向没有问题，咱们先以火攻乱贼军军心。火攻的同时，以床子弩射击寨楼上防守的贼军，阻挠其救火。待大火烧坏寨门，前队推攻城车撞开寨门，我军再全面进攻。那时，估计范帅的中军也该到了。"

当下，梁绍熙令麾下各军校下去组织弓弩手，准备火箭和床子弩，只待准备完毕，立即进行火攻。

没过多久，就有军校前来禀报，说弓箭、火箭都已经准备完毕。

梁绍熙扫视帐内众人，说道："诸将官随我到阵前！德宝道长、圭南、王忠，你们且在营内，与后备队一起准备接应。"

赵圭南急道："都监，我熟悉贼军的作战方式，请准我率一队骑兵率先攻击寨门。"

梁绍熙盯着赵圭南，神色冷峻地说道："他们可是你的族人。"

"元昊杀了我全家，他挑起战争，侵掠平民，我恨不得杀之而后快！"赵圭南恨恨说道。

梁绍熙听了，皱了一下眉头，说道："这样吧，给你一支百人骑兵，作为第二轮攻击的策应。"

"都监！请让我……"

"不行！与元昊的战争没有这么快结束，你现在不能去冒险。不要再说了！"

赵圭南想再申辩，周德宝道长在旁边道："圭南，梁都监说得对。范大人如在这里，也定不许你去打头阵。"

赵圭南听周德宝道长这么说，愣了愣，不再言语。

凌晨时分的野外，夜色晦暗不明。梁绍熙只留两百人守营，与麾下将官率两千八百步骑兵向塞门寨进军。借着微弱的天光，步兵衔枚而进，大型的床子弩由弩手抬着，行进在步兵阵列之中；马军则都将马蹄用布裹了，牵马行在步兵之后。待到了塞门寨大约一箭地之外，梁绍熙令人马就地停下，弓箭手和床子弩手立即到位，骑兵则在稍远处停下，只待战机来临就立刻进击。

这时，塞门寨头也有了些动静。寨楼上的夏军似乎察觉到寨外出现了异常的响动，寨头的火把一下子增多了，号角也吹响了警报。但是，西夏军的反应还是晚了。当号角吹响时，宋军的火箭已经如漫天流星一般向寨门射来。转瞬之间，塞门寨的寨墙上已经射满了火箭，密布着燃烧的火点。同时，大型床子弩发出凄厉的破空之声。寨楼上不少夏军士兵被床子弩发出的箭射中，呻吟声顿时此起彼伏。

由于宋军用床子弩压制住了寨楼上的夏军，夏军一直无法组织起有效的救火行动。半个时辰之后，寨门附近的寨墙已经快被烧塌了。

梁绍熙估计那寨门已经快被烧塌，便下令攻城部队推出了攻城车，准备用它撞开寨门，向塞门寨展开全面进攻。正当他要下令攻击时，塞门寨忽然被从内推倒了。黑烟、火光和飞尘中，一队西夏骑兵忽然呼喝着冲杀出来。

"向骑兵射击！压制住他们！"梁绍熙疾呼道。

列在阵前的宋军弓弩手听得号令，立时向西夏骑兵攒射。一时间，刚刚冲出塞门的西夏骑兵纷纷中箭落马。第一拨西夏骑兵的冲锋势头被压制住了。

"诸将听令，随我杀入塞门寨！"梁绍熙喊道。可是，不等他率队冲锋,塞门寨内又冲出一批西夏步军。冲在最前面的西夏步军手中都举着盾牌,挡住了宋军的箭。盾牌手后面,西夏军的弓箭手也开始向宋军射击。梁绍熙不得不下令己方步军用盾牌挡住西夏军的射击。双方于是互射了一通箭弩,双方之间渐渐让出了一空地。

西夏军阵列中,一个头戴兽皮帽子的将领挥着狼牙棒从步兵阵列中冲出来,用汉话吼道:"哪位宋将敢出阵与俺比试?!"

宋军见西夏将领前来挑战,一阵羽箭射出,将他阻停在七八十步开外。

梁绍熙听那西夏将领这么一吼,将手中的偃月刀一提,正要纵马出阵,旁边斜刺里冲出一骑。梁绍熙定睛一看,却是裨将朱弈能。朱弈能骑的是一匹灰黑色的战马,身上披着铁甲,用的兵器是一杆铁枪。

"梁都监,且让末将先去会会他。"朱弈能道。

梁绍熙道:"好!"

朱弈能得令,纵马向那西夏将领冲过去。

"贼将何人?快报上名来!"朱弈能口中喝道。

"你又是何人?"那西夏将领反问。

"我乃大宋陕西经略安抚司延州第二将鄜延路都监梁绍熙麾下指挥使朱弈能!"

"我乃大夏国天都右厢天都王野利遇乞麾下监军使野利玉门是也!"

朱弈能听来将报出身份,不禁微微一惊。原来,夏大庆二年(宋景祐四年,1037年)九月,元昊叔父、左厢监军使嵬名山遇因劝元昊勿进攻宋朝事不被采纳,遂想投靠宋朝,后被执送回西夏,元昊将嵬名山遇一族尽皆处死。随后,元昊的野利氏的兄长野利旺荣、野利遇乞兄弟遂被元昊重用，分别统率西夏明堂左厢与天都右厢，野利旺荣称"野利王"，野利遇乞称"天都王"。这两人善于用兵，颇有谋略。他们统领的山界士兵以善战著称。这塞门寨本来由西夏军十二监军司之一黑山威福监军使镇守，天都右厢军突然出现在阵前，朱弈能不由得感到奇怪。

虽然如此，朱弈能还是大吼一声，纵马向野利玉门冲去。两骑交合之际，只听得"咣啷"一声大响，朱弈能刺出的一枪被野利玉门挥舞狼牙棒荡开了。刹那间，野利玉门骑马掠过朱弈能，不等朱弈能反应过来，猛然掉转马头，挥舞狼牙棒往朱弈能后背砸去。朱弈能听到背后的风声，知道再要掉头阻挡已经来不及了，猛然将双腿一夹，催马往前疾奔。那马儿知道主人的意思，狠命往前一蹿，堪堪躲过了野利玉门的一棒。西夏军见己方大将占了上风，顿时狂呼叫好。

朱弈能纵马奔出二十余步，那野利玉门也不追，只是勒马停在那里，双手横持狼牙棒，死死盯着朱弈能。狼牙棒的手柄上缠着彩色布条，朱弈能的眼光在那彩色布条上停留了一下，有那么一瞬间，脑子里一片空白。他知道今日遇到了劲敌，掉转马头后双手使劲攥紧铁枪，朝梁绍熙看了一眼，大喝一声，纵马挺枪向野利玉门直冲而去。野利玉门此时已经对对手的实力心里有数，见朱弈能冲过来，冷笑一声，依旧立马不动。眼见朱弈能一枪刺到，野利玉门将狼牙棒一挥，荡开铁枪，随后手一沉，狼牙棒顺着铁枪枪杆向朱弈能两手滑去。两人的马速都很快，朱弈能眼见狼牙棒便要击到手上，也只好双手一松，弃了铁枪，纵马脱离这一回合的对抗。西夏军见自己的大将击落了宋军将领的铁枪，更是大声欢呼起来。

朱弈能将心一横，抬手拔出腰间的宝剑，准备以剑对抗野利玉门的狼牙棒。

这时，梁绍熙大声喝道："朱将军退下！"说话间已经催马挡在了朱弈能之前。

野利玉门狂笑起来，笑了数声后，喝道："来将快快报上名来！"

"吾乃大宋陕西经略安抚司副使范仲淹麾下，延州第二将鄜延路都监梁绍熙是也！"梁绍熙喝道。

"范仲淹？不是范雍吗？此范仲淹可是那个硬脖子谏官范仲淹？"野利玉门一愣。

梁绍熙从容说道："正是。"

"俺也听过他的名声，他不在朝廷好好当他的京官，跑到这边关来凑啥热闹？哼哼，俺看你们的皇帝小儿是无人可用了吧！"野利玉门哈哈狂笑起来。

梁绍熙也不动怒，冷冷说道："废话少说，准备接招吧！"

"好！俺且看看你有何能耐！"野利玉门冷笑道。

梁绍熙在马背上缓缓举起了手中的偃月刀，但是并没有催马向前。

野利玉门见梁绍熙冷静沉稳，当下也不敢大意，双手横持狼牙棒，眼睛死死盯着梁绍熙。

两人两骑对视了片刻，却没有一人主动催马攻击。在这种对峙中，双方都在通过观察对方神色和动作的细微变化，来寻找进攻的时机。虽然两人尚未交手，两人两骑都静立不动，杀气却远甚于方才。

一时之间，宋军和西夏军的阵列都安静了下来，双方的战士都屏息等待这场主将对决。西夏军的身后，寨墙的大火还在燃烧，发出毕毕剥剥的木头燃烧爆裂的声音，浓黑的烟雾翻卷飞腾，火星如同水花乱溅。

不知出于何因，野利玉门突然扭头往寨门那边望了一眼。寨门已经倒在地上，燃烧的寨墙在寨门周围形成了一圈火焰。

一望之后，野利玉门将头转了过来，口中狂呼一声，高挥狼牙棒纵马往梁绍熙冲去。梁绍熙一声不响，将偃月刀在手中一抖，便向野利玉门迎去。眼见双方的兵器就要撞上，梁绍熙在马背上将身子往左边一倾，手中的偃月刀顿时往下一沉，从狼牙棒下方掠过。

双方观战之人但见野利玉门和梁绍熙两马一错，已经分开。梁绍熙背对着野利玉门没有回头，野利玉门也背对着梁绍熙，双手依然握着狼牙棒没有动。

众人正在惊诧之时，却见野利玉门在马上晃了晃，他那上半截身子竟然往前一倒，随后"咕咚"一声，滚落马背。

这一下，西夏军才明白自己的主将已经被梁绍熙的偃月刀拦腰斩断，顿时惊呼声一片。西夏军失了主将，几个军校慌忙下令放箭阻住宋兵军阵。随后，西夏军便惊慌失措往寨门内退去。

"进攻！"梁绍熙在马背上大呼。

话音未落，宋军中已经冲出一队骑兵，紧跟在西夏军后面往塞门寨的寨门杀去。

梁绍熙看那队骑兵带队之人正是赵圭南，不禁一愣，当下不及多想，率领身后的骑兵也向塞门寨内冲去。

转眼间，梁绍熙带着骑兵在被火焰烧坍塌的寨墙废墟中穿过，已经冲到塞门寨内。他抬眼看去，但见赵圭南所率那队骑兵已追至方才那队西夏败军后面砍杀起来。

突然间，西夏军那边号角大响，梁绍熙一惊，纵马奔上塞门寨内的东坡。原来，这塞门寨依山而建，寨内东边便是大山的东坡。梁绍熙往北望去，只见晦暗的天光中，北边两里外的山道两边又有两大营寨，两个营寨里面，黑黢黢地布满了营帐。

"贼军果然在塞门寨后布了重兵，显然是新近调来布防的。这竟然又筑起了两个新寨。"梁绍熙扭头朝南望了一眼，又纵马冲向山坡，口中呼道，"诸位将士，将贼军往后门逼，将他们逐出塞门寨！"

宋军听得主将呼喊，又见主将挥着偃月刀身先士卒杀入敌阵，一时间无不士气大振。宋军将士们一阵砍杀后，西夏军抵挡不住，纷纷往塞门寨后门那边逃命去了。

赵圭南率兵杀得兴起，便要往北追去。

梁绍熙纵马赶上赵圭南，喊道："圭南，休要再追！贼军在北边布了重兵，等范帅到了再说。"

说话间，只听得南边远远传来杂沓的沉沉的马蹄声。

"范帅的人马很快到了，听！"梁绍熙说道。

赵圭南点点头。

"跟我来！"梁绍熙说着，纵马又往东边山坡上奔去。

赵圭南会意，催马跟了上去。

两人骑马上了山坡，往南面望去，但见晨曦中远远来了大队人马，队伍当中立着一面大帅旗，帅旗的后面，骑兵的绯牌枪旗林立。这支队伍，正是范仲淹率领的中军。

3

"不去追击是对的。贼军在北边布了重兵，如果所料不差，西贼是想以塞门寨为诱饵，诱使我军进入陷阱，然后再对我军进行钳形包围。"范仲淹对梁绍熙说道。

梁绍熙点点头，说道："杀入塞门寨后，我在东坡看到北边的敌军布下了重兵，当时倒没有想到这点，只是担心先锋三千人可能不便主动攻击敌人主力。可是，范帅这么一说，我倒是想起一事。我在塞门寨前斩杀贼军将领野利玉门，对阵前，那厮不经意间往塞门寨内望了一眼，当时我还觉得有些奇怪。现在看来，野利玉门是知道自己担负着诱我军进入陷阱的使命的。可惜，他没有想到，自己会被我一招给斩杀了。要说他的武功也不弱，裨将朱弈能差点便折在他的手上。或许，在与我对阵的那一刻，他心里还想着如何装出不敌的样子，故而才会轻易失手丢了性命。"

"战场之上，稍一分神便有性命之忧。你的说法甚是有理。"范仲淹道。

"范大人，那野利玉门隶属天都右厢军管辖，乃是天都王野利遇乞的麾下大将，也是野利遇乞的族弟，在军中甚有威望。如果天都右厢军出现在塞门寨，很可能天都王野利遇乞也来了。范大人，一定要小心此人。"赵圭南说道。

范仲淹问道："怎么？天都王野利遇乞有何过人之处？"

"此人颇有计谋，而且心狠手辣，乃是元昊那贼的得力助手。"赵圭南说道。他的一边脸上，还沾着战场上厮杀溅上的血迹。

"将得力助手派到这里，看来，元昊可能真的想要大举入侵了。梁都监，你安排人手先将寨的北墙修好，在北墙外挖一道陷马坑，再令人将我的帅旗树到北寨楼上去。要快！另外，派几个斥候，立刻去北边探探，摸清楚贼军动静，记住，让斥候仔细观察炊烟的数量。早晨观察一次，午时再观察一次。若能靠近敌营细查，那是最好！情报一定要准确。让他们午后赶回来禀报。"

"炊烟数量？"梁绍熙一脸迷惑。

"对，数一数炊烟数量。这不，正好是早饭时分，是人都得吃饭。快去吧！"

"范大人，敌人也可能燃起假炊烟啊！"周德宝在一旁说。范仲淹中军到达时，周德宝便随着范仲淹一道进了塞门寨，这时，他突然插嘴说话。

范仲淹微微一愣，旋即默默点点头，陷入沉思。

"范大人，请允我随斥候一起去。"周德宝说道。

"道长……"

"范大人，贫道行走江湖，荒山野道乃是最爱。此番侦察，或能助斥候一臂之力。放心便是！"

"既如此，那就劳道长走一遭。能够获得准确情报，关系到延州的安危。有劳道长了。"范仲淹略一踟蹰，点头答应了。

周德宝郑重地点点头。

"延州？"梁绍熙两眼充满困惑。

"回头再与你细说。你快去部署吧！"范仲淹道。

"遵命！"梁绍熙匆匆从中军大帐中退了出去。

午后，范仲淹正召集梁绍熙、朱弈能、赵圭南等人议事，周德宝带着一个斥候回到了大帐。

"道长，这一趟真是劳烦你了。怎么，你们竟然摸进了敌营？"范仲淹从头到脚打量周德宝后说。

"范帅，你怎么知道我们摸进敌营了？"周德宝微微一愣。

范仲淹微微一笑，说道："我也是据方才的观察来推测的。你瞧，你的道袍和他裤子的膝盖处都沾了些泥土。这说明你们都曾跪在地上。而且，你们的肘部，都沾了一片泥土，还有碎草，这说明你们很可能在地上摸爬过不止一会儿。还有啊，道长，你看看，你道袍的肩膀处有一处小口子，应该是被灌木或栅栏上的硬枝条给钩破了。再加上你们进来时脸上流露出的兴奋之色，说明你们很可能发现了重要的情报。那么，你们就极有可能摸进了敌营，进行了近距离的侦察。我推测得对吗？"

"范帅，我算是服了你了。我与他确实摸入了敌营。另外几个斥候则在外围侦察与接应。"

"好，快将发现说一说。"

"范帅，贼军那边的计谋也被你料到了。贼军果然在使诈。我们侵入敌营后，发现贼军起锅造饭时很多灶位上没有架锅，只不过是生了一团火，而且，为了使烟柱子能够被人在远处看到，还故意往柴火中添加了少许杂草、毛皮和碎布。北边驻扎的贼军，估摸着顶多五六千人，绝不是主力。"

范仲淹听周德宝这么说，眼中精光一闪，说道："看情形，贼军的主力，很可能在我军攻击塞门寨时迂回前去偷袭延州城了。"

"这可如何是好？"梁绍熙惊道。

"不打紧。万一贼军到延州城下，纯祐等必会按照我的吩咐在城头树起我的帅旗。贼军见到城头的帅旗，必然以为我军主力还在延州城。葛怀敏将军的主力在中途，贼军很可能也会侦察到。贼军发现自己处于我军两支主力之间，必然不敢在腹背受敌的风险下贸然攻城。不过，我还得率一部尽早回撤，会合葛怀敏将军所部后赶回延州。"

"这又是为何？为何我们不现在立刻进攻北边的贼军？如果德宝道长情报不差，他们只有五六千人，塞门寨被我军攻破，我军乘胜追击，必能将他杀个片甲不留。"朱弈能问道。

范仲淹看了看朱弈能，缓缓说道："朱将军，你怎么能够判定，在北边驻扎的五六千贼军之后的更北处，有没有设下一两道埋伏呢？"

朱弈能听了，不禁一愣，面上露出惭愧之色。

范仲淹继续说道："我观贼军这次用兵，军中定有高人啊。圭南，天都王野利遇乞不简单。诸位将军，我们今后得小心那个天都王。除了天都王，贼军中或许还有更强的兵法家。我等不可轻敌啊！"

"只是……范帅，我军现在赶回延州，又能做什么呢？"朱弈能又问道。

"圭南，你把那张地图拿过来。"

赵圭南遵照吩咐，从大帐一边的文牍架子上取了一卷军用地图，摊开在案子上。

范仲淹抬手指向塞门寨和延州城之间，说道："诸位，请看这里。我军和葛帅所部目前在这里、这里。贼军可能从我军西边和东边绕过。西北的山沟沟很多，数万兵马在山沟之间穿梭，哪怕隔着一道山岭，也很难彼此发现。如果贼军主力偷袭延州，他们现在应该已经接近延州城。如果贼军到了延州城，看到城头帅旗，误以为我军主力之一还在延州城内，必然想要撤退。但是，他们绝对不敢往北直接撤离，因为会担心遇上我军前往攻击塞门寨的主力。故，他们会往延州城西边或东边的侧翼撤退。这就是我出兵之前，要在延州城西边和东边的侧翼安排下伏兵的原因。我们现在赶回延州，与西边或东边的伏兵一起，就很可能给贼军一个夹击。这是贼军可能料算不到的。"

众人听范仲淹这么一说，顿时都明白了。一时间，大帐内群情振奋。

范仲淹道："诸将听令！"

"是！"

"梁都监，你与朱弈能将军率三千步骑驻守塞门寨。尽快修补塞门寨，加固北面寨墙，没有命令，不要出寨与贼军交战。切记！"

"遵命！"

"其余诸将听令，随范某率军与葛帅所部会合。回军时，后队变前队，从容而进，不得大声喧哗鼓噪。"

"遵命！"诸将应喏。

范仲淹率兵回军后，很快在半途与葛怀敏会合。葛怀敏听说塞门寨已经被夺回，大喜，当下起草战报，向夏竦报告。

"为何不乘胜追击？"葛怀敏对于范仲淹的回军不甚理解。

范仲淹将回军的原因说了一番。

"范帅也忒小心了！我看那贼军这次不过是虚张声势。可惜了！可惜了！"葛怀敏唠叨了几句，但还是同意与范仲淹一起率领主力回延州。

"范帅，若是回延州后发现没有敌军主力，朝廷怪罪，你可得站出来解释啊！"葛怀敏不忘提醒范仲淹对自己的决定要承担责任。

范仲淹一笑，说道："那是自然，范某何时怕担责任了？"

葛怀敏听范仲淹这么说，尴尬一笑，也便不再多言。当下，范仲淹、葛怀敏下令麾下各将，率军依次向延州进发。

大军次日午时前赶到距离延州城三十里处时，斥候赶到范仲淹大帐禀告，说是发现贼军主力正在延州西北与王信所部接触。

"好！果然逮到大鱼了！"范仲淹大喜。

范仲淹速让人请来葛怀敏，两人商议后，当下决定率兵向西支援王信。同时，范仲淹派人向延州城传令，令郑从政率兵三千，出城往西南运动，截击随后可能往南运动的西夏军。

既侦获西夏军动向，范仲淹、葛怀敏便立即率宋军主力从延州城北向西进击。大军行了十多里，眼见要进入一个山坳，范仲淹下令让大军暂时停下。

"范帅，为何突然停止前进？"葛怀敏不解，骑马赶到前队找到范仲淹询问。

范仲淹在马背上往前一指，说道："看，前方那块山坳，正是设伏的好地方。西夏军若是在两边山头设下埋伏，我军贸然进入山坳，便成了瓮中之鳖啊。"

"难道我们就止步不前了？"

"当然不能，先派斥候侦察一番再说。"

话音未落，忽然听得山坳里传出一声号角。转眼间，从山坳背后转出一支兵马，当先一员党项大将骑在马背上，身披兽皮甲，手持一支三头铁叉，带着一队身披冷锻甲的骑兵，正气势汹汹远远迎着宋军纵马而来。

"瞧，敌人倒是等不及了。"范仲淹微微一笑。

不等那个党项大将带骑兵靠近，范仲淹便下令前队弓箭手一起放箭。党项大将似乎也不急于冒着箭雨冲锋，旋即一挥手，下令身后步骑兵停住。宋军既压下了西夏军的阵脚，前队也摆出阵势，与西夏军对峙。

"那边的宋军将领，敢出来与本将军比一比吗？"那员党项大将在马背上，将三头铁叉挥了挥，大声叫阵。

这时，阵前官阶军阶最高的是范仲淹，其次是葛怀敏，宋军众将士听党项大将叫阵，便都拿眼睛朝范仲淹、葛怀敏这边张望。

延州第三将、都监许迁见这情形，纵马到范仲淹、葛怀敏马前请战。范仲淹知道此战很关键，但是此时自己麾下的六将，只有第三将在身边，如果在不知敌人实力和底细的情况下，第一战便派出大将，所冒风险甚大。他本希望葛怀敏能够派出麾下战将出战，可是此时葛怀敏却似乎无动于衷。范仲淹沉吟之际，突然身后赵圭南纵马闯出。

"范大人，此阵请让圭南出战！"赵圭南道。

范仲淹见状，略一沉吟，说道："好，这次便由你出战。切记，此次不必死战，摸清楚敌人实力即可！你近前来，我与你交代几句。"

赵圭南闻言，催马靠近范仲淹。范仲淹在马背上微微倾身，在赵圭南耳边说了几句。赵圭南一边听一边点头。待范仲淹说完，赵圭南一抱拳道："范大人放心，圭南知道了。"

赵圭南答应一声，口中一声大喝，拍马向那党项大将奔去。

"哪里来的乳臭未干的小子，快快报上姓名！"党项大将见前来对阵的是一个年纪轻轻的小将，心中便生出轻敌之意。

"我乃陕西经略安抚司副使范仲淹大人帐下军校赵圭南。你又是何人？"赵圭南未见过这员党项大将，便也喝问他的姓名。

党项大将一听，也不报自己的姓名，往范仲淹身后的帅旗看了看，却反问道："范仲淹，是范雍的又一个名字吗？听说你们汉人有姓名还有字，'仲淹'可是范雍的字？"

"范仲淹大人乃延州新任知州。范雍是延州前任知州。"

"哼,大范老子走了,现在又来一个小范老子!"

"休要多言,快快报上你的姓名!"

"听好了,小子,我乃天都王帐下监军使野利荣星是也!"

又是天都王!莫非元昊那贼真的将天都军主力调到陕西边境了?赵圭南听了,暗暗吃惊,口中喝道:"哼,在塞门寨,天都王帐下的野利玉门已被斩杀。你何不快快回去报告天都王,让他速速向朝廷投降!休要像野利玉门那样,白白丢了性命!"

"什么,野利玉门死了?你休要胡说八道,你以为我会相信你吗?"

"哼,野利玉门平日对阵,使一对狼牙棒,对吧?你瞧那边,那是什么?"赵圭南说罢,扭身往后一指。

野利荣星一惊,抬头往赵圭南所指方向望去,只见范仲淹身后站出两个军校,每个人手中托着一根狼牙棒,正往阵前走来。

两名军校走到阵前,在赵圭南身边站定,其中一个举着狼牙棒大声说道:"今奉陕西经略安抚司范副使之命,将西夏叛将野利玉门兵器归还。望叛臣元昊及帐下诸位将官迷途知返,早日向朝廷投诚。"

野利荣星与野利玉门同在天都王帐下,平日甚熟。野利玉门的兵器,野利荣星是识得的。他细看狼牙棒,只见每根狼牙棒手柄上都缠着彩色布带,正是野利玉门所用的兵器。这下子,他无法再怀疑了。

他扭头朝自己身后的兵马看了一眼,大声喝道:"来人,将玉门将军的兵器取回来!"

一个骑兵将手中的长枪交给同伴,纵马出了队列来到阵前,从两名宋军军校手中取了狼牙棒,又跑了回去。

野利荣星在马上踟蹰了一下,怒目一瞪,说道:"野利玉门之死,我自会去向天都王禀报。不过,你们若想从此处过,必得先领教一下我手中的这柄铁叉。"

赵圭南冷笑一声,说道:"你何不去禀报了天都王再说,也免得在此枉送了性命!"原来,方才范仲淹在阵前叮嘱赵圭南,要借机从野利荣星口中套出是否有西夏大军在附近,因此特意派人取出野利玉门的兵器奉还。

野利荣星呆了一呆,说道:"也好,你且休走,且容我回去禀报天都王!"

赵圭南听野利荣星这么一说,心下一乐,暗道,此人倒也憨实,果然天都王亲自来陕西边境了,范大人所料不错,这山背后,天都王一定都设了埋伏。之前我军在山口停住,天都王见计谋落空,便派野利荣星再来诱我军入瓮。好了,这下子野利荣星将天都王的部署给暴露了,且看天都王如何应对。

"好,你且去禀报,我定然不走!"赵圭南笑道。

那野利荣星听赵圭南这么一说,向麾下裨将吩咐了一番,令他们压住阵脚,防止宋军冲阵,随后自己纵马穿过阵列,往山坳后面奔去。

过了一盏茶工夫,野利荣星纵马回到阵前,冲赵圭南叫道:"且回去告诉你家范仲淹大人,你我来日再战!"

喊完话,野利荣星冲自己的麾下大喝一声:"撤!骑兵先撤,步兵压阵!"

一时间,阵前的西夏步兵阵列一分为二,中间让出一条道,野利荣星纵马穿过那条道,麾下骑兵口中呼喝着,后队变前队,尾随野利荣星向山坳后撤去。随后,压阵的西夏步兵也个个手持弯弓,搭箭上弦，盯着宋军的动静，从容往山坳背后撤去。

赵圭南在马背上静观野利荣星的离去。按照范仲淹的吩咐，他没有追击。

野利荣星撤退后，斥候前来向范仲淹、葛怀敏报告，果然在附近发现数万西夏军主力，另外有一支西夏军也正从与王信接触的阵线飞快地撤离。

"西夏军主力究竟有多少人？"范仲淹细问斥候。

"从营帐、兵马来看，少说也有三万人。"

"这三万人，是在扎营，还是在行军中？"

"在行军。"

"朝哪个方向？"

"朝西北方，正离我军而去。"

"行军速度是缓是急？"

"不急，似是缓缓而行。"

"那支脱离王信所部的贼军呢？"

"也正向西北而动，位于主力侧翼。"

范仲淹听了斥候这番回答，令斥候退下后，眉头微微皱起，神色变得异常严峻。

葛怀敏说道："这么说来，贼军主力距此不远。范帅，不如这次咱们分兵包围贼军。"

"不可，三万人，算得上是真正的主力。我军得设法尽快集结，否则攻不成，退也不成，分兵包围更是不可。"范仲淹道。

葛怀敏听范仲淹这么说，面露不快之色，鼻子里哼了一声道："范帅也过于谨慎了，这般长敌人志气！"

"葛副总管，这可不是谁长谁志气的问题。"

"那为何不可分兵进击贼军？"

"贼军三万余人，近两倍于我，知道我军前来，不进攻，反而缓退，葛副总管不觉奇怪吗？"

"范帅的意思，贼军后面还有埋伏？"

"三万贼军，之前应该进抵延州城，他们没有攻城，当然可能是因为看到城楼的帅旗和大量红色绯牌旗，难以知道城中虚实，故不敢轻易进攻。待你我率主力赶回，野利荣星与赵圭南对阵，贼军知我军主力出战，因而撤退，亦情有可原。然其撤兵徐徐而退，可知这支敌军主帅颇知兵法。即便贼军没有埋伏，我军若贸然追击，若不能决胜，必被其窥得实力，那时贼军主力反击，我军将极为被动。而且，我担心的还不止于此。"

"范帅还担心什么？"

"据之前周德宝道长和赵圭南带回的情报，元昊打算半年内大举入侵,这三万余兵马出动,不到之前元昊围攻延州、攻击塞门和金明寨兵力的一半,不可能是情报里所说的'大举入侵'。我担心的是,这次贼军前来,虽然出兵数万,但真正的目的,是为采取更大的行动而进行的试探。若我军轻易出击,被其窥得实力,或招来更大规模的进攻。还有一种可能,元昊真正的攻击点,不是塞门、延州一线,而是在其他地方。"

"既然如此,那范帅以为现在该如何是好?"

"与王信会军,按兵不动,且观贼军有何动静。这次出兵,我军夺回塞门,虽然贼军依然屯于寨北,半围塞门,我军也算赢了一局。巩固此胜之势,振作全军士气,不被贼军动静所扰,乃是当务之急!"

葛怀敏听范仲淹这么说,垂下眼皮,微微点头,不再说话。

范仲淹此时却露出恍然若失的神色,半仰着脸,默然盯着虚空。

狄武襄

狄青字漢臣西河人風骨奇偉善射仁宗時西夏叛青為延州指使每戰猒望之如神累立大功拜樞密使卒諡武襄。

第二十四章
狄青力取芦子平

1

"师鲁兄,你怎么来了!"范仲淹见到尹洙,又惊又喜,匆匆从椅子上立了起来。

"范帅,你不是之前请韩帅给你调猛将吗,今日,我便为此而来。"

"哦!这么说,你为我带来了猛将?"

"正是!"尹洙笑呵呵地答道。

"人呢?人在哪里?"范仲淹急切地问。

"就在堂外呢。"

"快,快!快请他进来!"

尹洙笑眯眯地点点头,冲帐外大喊一声:"狄将军,请进来!"

大帐的门帘一动,进来一人。那人向范仲淹下跪行礼,口中道:"末将狄青参见范副使。"

范仲淹低头一看,正好看见狄青的头顶,不觉微微一惊。原来狄青戴着一顶专门定制的铜头盔，头盔上带一个铜铸的鬼脸面具，每当对阵冲锋时，鬼脸面具就可从头盔顶部推下覆盖面部，平时这个铜制面具则推回到头盔顶部。此时，狄青下跪，正好头顶冲着范仲淹。范仲淹乍见那鬼脸面具，不免吃了一惊。

"起来，起来，起来说话！"范仲淹扶起了狄青，定睛看去，只见他大约三十出头，长着一张国字脸，左颊刺字，眼神凛凛，显得异常冷静。这种冷静的眼神似乎有一种夺人心魄的力量，范仲淹觉得自己完全被他的眼神所吸引。

他盯着狄青那双放射出冷静光芒的眼睛，凝视片刻。"你就是狄青？"范仲淹的语气中充满了惊喜。他记得这个名字，记得自己在越州派周德宝和赵圭南赴西北时，就曾让二人留心狄青这个人。后来，到延州上任之后，他也打听过狄青这个人，知道狄青在庞籍麾下用事。如今，这个他留心已久的猛将突然出现在眼前，他怎能不感到欣喜？

"正是末将狄青。"狄青似乎对范仲淹的反应略感困惑，愣了一愣，方才木讷地回答道。

"坐下说话。"范仲淹一边示意狄青坐下，一边更加仔细地打量他。这时，范仲淹方注意到狄青的身材很高大，肩膀显得要比常人宽出半尺，肩上披着褪了色的红色战巾，身上披两裆战甲，胸口一面护心镜，上臂覆兽吞臂甲，下臂束以牛皮臂鞲，腰间是旧的红褐色结腰包肚，用同样的红褐色的螣蛇起梁束带束着，下身穿缚裤，腿上束着吊腿，脚蹬战靴。这一身装束，除了那个带鬼脸面具的铜头盔外，与普通武将没有大的区别。

狄青按照范仲淹的指示，坐在大帐西边下首的一张椅子上，斜对着尹洙。

"狄将军之威名，范某早有耳闻啊。当年保安大捷，将军率军力战，狠狠打击了贼军的气势，实大振我朝军心民心啊！"范仲淹注视狄青，微笑着说道。范仲淹所说的保安大捷，是发生在宝元初年的事情。当年，元昊刚刚发动叛乱。狄青以禁军散直身份，被任命为延州指挥使，参与平叛的军事行动。狄青到陕西戍边后，并没有急于反击元昊，而是从训练士卒抓起，大募当地弓箭手，增强军队的战斗力，同时，亲自查看陕西各地地形，并派出斥候侦探军情，密切监视元昊军队的动向。宝元初年十一月，元昊军入侵保安，狄青率兵出战，在保安大败西夏军。这一战，有效地遏制了西夏军入侵的势头。正是在此之后，狄青开始日益受到韩琦、庞籍等人的重视。

"范帅过奖了。保安之捷，乃圣上英明、众将士效命之果。"

范仲淹听狄青的回答沉稳谦逊，心里更是赞扬有加。

"尹判官将狄将军带来给我，韩帅和庞帅一定舍不得吧？"范仲淹扭头笑着问尹洙。

"哈哈，这可被范帅说中了。韩帅和庞大人可是犹豫很久后，才决定派狄青将军过来的。不过，如今鄜延路，尤其是塞门、金明至延州，是抵挡贼军入侵的要点，韩帅、庞帅都说，只要范帅这边调用将领兵马，他们都鼎力支持！"

"好啊！有韩帅、庞帅的支持，何惧他元昊？不过，话说回来，那元昊不可小觑，观其近来用兵，其身边必有高人，麾下亦多良将。要想征服他，咱还得小心谨慎，步步为营。近来，种世衡将军多次建议营取古宥州之地，以捍延州，此方略甚佳。只是若想在古宥州之地站稳，我军须得先经营延安左右翼。所以，范某打算近期发动一两次小规模进攻，袭取芦子平，捍卫保安军，拓展延州左翼，夺回延川、清涧湾北部一带，巩固延安右翼。延安的右翼，范某将派种世衡等将出兵。这延安左翼芦子平一带，范某正打算近期派一猛将前往攻取，尹判官此番带狄将军来此，真是来得巧啊。狄将军，进攻芦子平，你可愿意率兵前往？"范仲淹问道。他提到的种世衡，字仲平，洛阳人，是签书定国军节度判官，也是一位经验丰富的边将。

"狄青愿往！"狄青站起来，斩钉截铁地沉声答道。

"好！既如此，你且先在营中安顿下来。"

"是！"

"具体的谋攻之策，再行商议。尹兄啊，仲淹感谢你为延州带来一员良将啊！"

"范帅客气了，狄殿值从京城来陕西时，先到的地方就是延州，这边的情况，他也甚是熟悉，相信能够在范帅麾下再立新功。"

"你回去后，也要代范某感谢韩帅和庞帅啊！"

"范帅放心便是。"

范仲淹凝神略一沉吟，又补上一句道："尹兄，韩帅提出的主动出击寻贼军决战的计划，我看还是要慎重啊！"

尹洙听了，道："这……听说夏帅那边，对于主动出击寻求决战的计划也未有定论。范帅，此事我回去后也会再向韩帅禀报的。"

范仲淹听尹洙这么说，重重地点头，道："好！"说罢，微微垂下头，似乎陷入了沉思。

2

"这片地区地形险恶，你对进军路线可有何建议？"狄青手指着地图上芦子平附近的一个位置，歪着脑袋问侍禁黄世宁。

黄世宁遵范仲淹的命令，协助狄青一同负责这次针对芦子平的攻击行动。范仲淹还将张彦召、慕容胜调过来，作为狄青的裨将，又让范纯祐、滕元发、周德宝、赵圭南、王忠等人也跟随狄青参与行动。范仲淹因滕元发年龄尚小，一开始并没有安排他跟狄青出战，无奈滕元发一再请战，他耐不住滕元发的叨扰，便也顺了这个年轻人的心意，让其以幕僚身份到狄青麾下听令。

此刻，黄世宁听了狄青的问话，拧起了眉头。他身高九尺，脸形比常人显得长出三分之一，下巴一缕长须，使他脸去更长了。当他拧起眉头时，眉头便微微立了起来，使他的那张长脸看上显得愈发长了。

"狄将军，你看这里，西北东南走向的大山有好几座。我军从任何一个山道进击，如果被贼军发现，他们便可能从两侧迂回攻击我军侧翼或后路。以我之见，我军可以兵分三路进攻芦子平，狄将军率主力为中军，居中行军，末将率一队负责左翼，再选一将负责右翼。"

狄青听黄世宁这么说，眼睛盯着地图，不发一语。过了片刻，他拿眼光扫了一下帐内众将与幕僚。

突然，一个清脆的略带尖厉的声音响起。

"黄将军之策，中规中矩了些。况这次范帅让我们以三千奇兵出击，留重兵在延州，乃是防备着敌军以重兵偷袭延州。三千人马本就不多，如果再兵分三路，便可能被敌军分部包围，各个击破。党项人的骑兵，骤分骤合，来去无踪，实在不可小觑，在这片险地，我军决不可轻易分兵。"

狄青和黄世宁往那声音传来的方向一看，却是少年参谋滕元发在说话。此刻，滕元发头戴黑色巾帻，一身交领左衽黑色战袍，外着褐色包肚，用黑色革带系着绯色护腰，下穿黑色缚裤，足蹬长筒战靴。

"那你又有何高见？"黄世宁见滕元发年纪轻轻，不禁以轻视的口吻发问。

滕元发对黄世宁的态度也不在意，哈哈一笑道："我确有一策，只不知狄将军、黄将军敢不敢依策行事。"

"你且说来。"狄青微微一笑道。

"那我便说一说。狄将军，元发想请将军多备一千支火把和一千面旗帜。"

"要这么多火把何用？"

"依元发之见，我军还是三千人为一队进军为宜。此去芦子平的路程，大约得行军一日半。无论如何，得驻扎一个夜晚。夜晚便是防备敌军的关键。我军进军之时，应尽量不张扬，速度要快，凌晨开拔，暮色至时扎营。扎营的同时，狄将军可拨数百人马，趁暮色往两边山上多多立些旗帜，但只设散兵在旗帜旁敲锣喧哗，同时安排数百士卒燃火把，从两边间道上山，沿着山脊向西北方向前进。贼军不知我虚实，于暮色中突然见山头上立起许多旗帜，必以为之前发现的狄将军所派人马不过是先锋。只等夜色降临，我军再派出大军趁着夜色大举进军。狄将军，贼军多骑兵，骑兵离不开马，马有个特性，那就是怕光，怕鼓噪。所以，我军举着火把，敲着铜锣鼓噪沿着山脊挺进，贼军的骑兵基本发挥不了作用，必然趁夜丢下大量牛马辎重撤退，或者直接逃回其境内，或者回撤躲入芦子平。如此一来，我军后半夜可以在营地安心歇息，待到天明，再速速开拔进军，直抵芦子平。贼军一夜惊惶，第二日又见我军突至，难料我军虚实，必然军心大乱。如此，克芦子平不难也！"

狄青听了滕元发这一番话，不禁鼓掌喝彩道："果然好计策，好，就依计而行！"说罢按照滕元发的建议，向各将部署了作战任务。

进军芦子平很顺利。滕元发的计谋奏效了。狄青率领部队，顺利进抵芦子平地区的西夏军大营。但是，要想一举攻入西夏军大营，却也不易。当狄青所部抵达西夏军大营近处时，四千西夏军步骑从大营内开拔出来，在大营之前的空地上列出大阵。西夏军首先放了一阵箭，射住了狄青军的阵脚。

西夏军这次将步兵弓箭手列在阵前，骑兵列于步兵弓箭手的后面。在大阵左右两翼，也分别列了一队骑兵。待大阵列定，从阵中出来五员大将。正中大将身材魁梧，全身披挂银色的冷锻铁甲，腰间系着绿色护腰，头顶戴了一顶尖顶铁盔，铁盔两耳垂着赤色的狐尾。他的身后，旗手举着一面白色大锦旗，旗子上绣着红色的西夏文。

"那将旗上写的是什么？"狄青扭头问位于自己左侧的赵圭南。范仲淹向狄青专门说过赵圭南的身世，狄青因赵圭南通西夏文和汉文，特意将他安排在自己的近旁以备咨询。阵前的狄青全身披挂，头戴那顶专门定制的带鬼脸的铜铸兜鍪。

"狄将军，旗上绣的字，转译汉字，大概可译为'细封赤容'。'细封'是党项诸部中的一部。在党项，最强大的八部是拓跋氏、细封氏、费听氏、往利氏、野利氏、颇超氏、房当氏、米擒氏，号称党项八部。拓跋氏在唐朝被赐姓李，到了我朝，被赐姓赵。其他几个部落，入宋以来，有的也用汉姓，但是自元昊反叛后，大多都改

639

回原来的党项姓。元昊贼子令各部出人丁组织军队。眼前的这支部队，便是细封部的。如果我猜得不错，对面当中那个大将便是细封赤荣，他左右两侧的四人，应该是他的儿子或家族中的其他人。"赵圭南说。

"知道细封赤荣的底细吗？"

"听说过，据说此人力大无穷，善用一柄大铁锤。"

"细封部总共有多少人马？"

这次，赵圭南摇了摇头，说："这就不知道了。"

狄青微微点头，冲左右诸将道："眼前贼军约莫四千余人，兵力上多过我军，不过，他们尚不知我军底细，所以才不敢立刻冲锋。"

正说话间，只见那细封赤荣冲其右侧一将招了一下手，那员大将得了号令，纵马而出，直冲宋军阵前奔来。

"宋军哪个出来领死？快快报上名来！"那名西夏军大将在马背上挥舞着一柄大刀，口中大呼道。

未等狄青说话，旁边队列中抢出一骑："狄将军，末将愿往！"

狄青一看，乃是张彦召。张彦召是范仲淹派来的，狄青也有心看看他的本事，便点头道："小心！"

张彦召答应一声，在马背上将长枪一振，纵马向那名西夏大将冲去。

"宋将快快报上名来！"那西夏将领喝问道。

"我乃大宋延州指挥使狄青麾下张彦召是也！你又是何人？"

"我乃是大夏国细封赤荣麾下大将细封先从。看招吧！"

张彦召不再说话，拍马挺枪刺向细封先从。细封先从挥刀一格，将张彦召的长枪架开。随后，他身体一扭，挥刀向张彦召颈部砍去。方才，与细封先从一交手，张彦召便立刻觉察到对手臂力惊人，心底顿时一阵紧张。他这稍稍一分神，细封先从的大刀已然砍了过来。情急之下，他猛地将身体往侧面一倒，只觉得大刀刀锋从耳边掠过。一时间，宋军营中发出一阵惊呼，西夏阵营中却发出一阵喝彩。一招过后，两骑分开。张彦召在马背上深吸了一口气，定定心神，大喝一声，再次纵马向细封先从冲去。细封先从也不示弱，大喝着迎了上去。两将转眼在马背上战了三十回合，却依然分不出高下。

眼见张彦召与细封先从大战许久不分胜负，狄青担心张彦召有失，正待让慕容胜出阵相助，只听得细封先从大喊："宋将张彦召，咱俩难分高下，不如先别打了，改日再战如何？"

此时，张彦召的长枪枪杆正被细封先从的大刀刀杆顶住，两人正在势均力敌的角力中。张彦召喝道："怎的就不打了？不是你来挑战的吗？"

"本将军累了，不想打了！"

张彦召听细封先从这么说，心里暗想，这贼将倒也可爱，便道："好，既如此，咱们一起停手！"

"行！"

"那我喊三、二、一，一起撤了兵器！"

"行！"

"三、二、一！"

张彦召喊到"一"时，细封先从果然将大刀收了回去。

张彦召也将长枪一收，横在胸前，说道："细封先从，我看你是个明事理的人，为何跟了元昊贼子反叛朝廷？朝廷可没亏待你，是怕元昊杀了你不成？"

细封先从听张彦召这么说，沉着脸道："我是个党项人，为了族人，追随父命，并非怕那元昊！"

张彦召一听，心念一动，道："既如此，不如回去与令尊说，降了朝廷，共同对付元昊贼子。"

细封先从喝道："休要多言，择时再战吧！"说罢，一带马缰，往本阵奔去。

张彦召见状，也纵马奔回本阵。

"禀报狄将军，细封先从似乎是来试探我军实力的，并无决战之心。我方才劝他归降朝廷，他不置可否，只说择时再战。"张彦召向狄青禀报。

"哦？不置可否，只说再战？"

张彦召点点头，道："细封先从说不是怕元昊，而是从父命才出战。"

"这我也隐约听到了。如此说来，有望招降这细封部。"狄青沉吟道。

这时，狄青远远望见细封先从回阵后催马到主将细封赤荣跟前，似乎在细封先从说了一席话后，那细封赤荣举起右手，向传令兵做了手势。

西夏军的传令兵敲响了铜锣。细封赤荣旋即率兵缓缓后退，渐次从容撤入大营内。

狄青默默盯着西夏军撤入军营，并没有挥手下令进攻。

"狄将军，为何不乘势进攻？"赵圭南有些着急。

狄青微微摇头，说道："西夏军大营内的情况尚未摸清楚，如果细封赤荣作为先锋，只是诱我军追击，那么其大营内，必然有可怕的埋伏。"

"若是诱敌之计，为何方才细封先从不故意败给张将军呢？"

赵圭南追问。

"嗯，这也正是我感到困惑之处。若细封部想归降，为何细封先从又说择时再战呢？"狄青说到这里，眼中精光一闪，继续说道，"是了，大营中一定还有其他西夏军，但是，里面的西夏军，或许不是细封部的军队。细封赤荣必不想被人当枪使！所以，他虽然今日率军出战，却不尽力。"

狄青说完，冲诸将道："今日且扎下营，明日恐有一场恶战！彦召，你与慕容胜各率一队，负责在营外警戒。圭南、纯祐、元发、王忠，你们几个先回去歇息一下，午后到我大帐内商议。周德宝道长，也辛苦你午后到我帐内来。"

"贫道接令！狄将军休要客气，能为国效力，贫道何乐而不为呢！"周德宝哈哈一笑。

狄青见周德宝笑呵呵的样子，也不禁微微一笑，旋即他扭头往敌营望了一眼，脸上的笑容顿时消失了，神色变得异常冷峻，眼睛微微眯起，眼眸射出了寒光。

午后，狄青在中军大帐内与诸将商议后，部署了次日的作战计划。当晚，正如狄青所料，西夏军那边并无任何动静。

次日，天刚刚放亮，狄青便令烧火造饭。待士卒们吃了早饭，狄青便下令大军弃下部分锅灶，缓缓朝来路撤退。

狄青军未行出三里地，只听得后面马蹄杂沓声如奔雷般传来。宋军士卒闻声，扭头回望，但见后面不远处黄尘升腾，如大浪一般在空中高高卷起。

狄青勒住了战马，缓缓掉转马头，脸上露出一丝冷笑。他高高举起一只手，缓缓往下一挥。负责传令的鼓手们看到主将的手势，即刻敲响了大鼓。

一时间，狄青率领的部队后队变前队，面对后面的追敌列好了阵势。

狄青在马上凝视着前面杀来的敌军，抬起右手，从头盔顶部推下了铜制鬼脸面具，左手将长铁枪微微提了起来。

眼见西夏军的先头骑兵队渐渐在黄尘中露出了队形，狄青再次将手一挥，鼓手改变了敲鼓的节奏。随着急促的鼓声响起，两边山头上忽然立起了无数绯牌枪骑，一东一西的山坡上，顿时射出千百支飞箭。这些箭都朝着西夏骑兵的先锋队射去，一时间，西夏骑兵的先锋队人仰马翻，乱成一片。不过，尽管损失惨重，他们却没有撤退的迹象，后面的骑兵绕过倒地的战马和战士，继续向狄青的部队杀来。

这时，狄青不再犹豫，大喝一声："杀！"话音未落，他已经纵马迎着西夏军杀去。

方才一阵乱箭射出，虽然没有彻底阻止西夏军的攻势，却毫无疑问打击了他们的士气。正当西夏骑兵以为突破了宋军的箭阵时，他们突然看到一个鬼脸将军率领一队宋军迎面冲杀过来，这一惊可非同小可。

跟着狄青冲锋在前的是一千名披甲重骑兵。这一千名骑兵，是狄青精心训练、久经沙场的战士，没有一个不是能以一当十的勇士。他们的战斗力，自然非同一般。西夏骑兵被狄青的一千名披甲重骑兵一冲，转眼间被砍翻了一大半。冲过宋军骑兵队的少数西夏骑兵，旋即发现自己陷入了步兵的杀阵。

狄青挺枪冲在前面，赵圭南、王忠等人就在他的左右。张彦召、慕容胜则率队从东西两个侧翼进攻。范纯祐、周德宝和滕元发，则在东西两边的山头上组织弓箭手压制后续的西夏追兵。

在杀阵中，狄青瞧见西夏骑兵队中有面旗帜，旗帜上绣的字，却不是"细封赤荣"。他不及多想，便向那面旗帜的方向杀去。待到近前，狄青看清那是一员党项大将，手挥三头铁叉，正指挥士卒们往前冲杀。

那将军抬头见一个铜脸鬼面宋将向自己杀来，大惊失色，慌忙挥起铁叉去挡刺过来的枪尖。狄青不待三头铁叉触到自己的枪头，手中长枪一沉，顺势向那人的腹部刺去。只听得"扑哧"一声，长枪已经刺穿了那人的身体。因为狄青马速极快，臂力又极强，那人被其长枪刺穿身体后，身体还挂在长枪上。狄青在马背上一甩长枪，将那人的尸身高高向那面西夏军旗甩去。

一时间，西夏军中惊呼声四起：

"野利将军被杀了！"

"野利荣星将军被鬼脸宋将杀死了！快跑吧，快跑吧！"

随着惊叫声纷纷响起，西夏军开始往来路溃败。

狄青挥起长枪大呼："不要让贼军跑了！诸将士，冲啊！"

宋军见西夏军主将已经战没，顿时军心大振，奋力冲杀。在狄青的率领下，宋军诸将士如风卷残云般杀向西夏军营地，还未到营地，便见细封赤荣的军旗飞快地往西北方向移去。

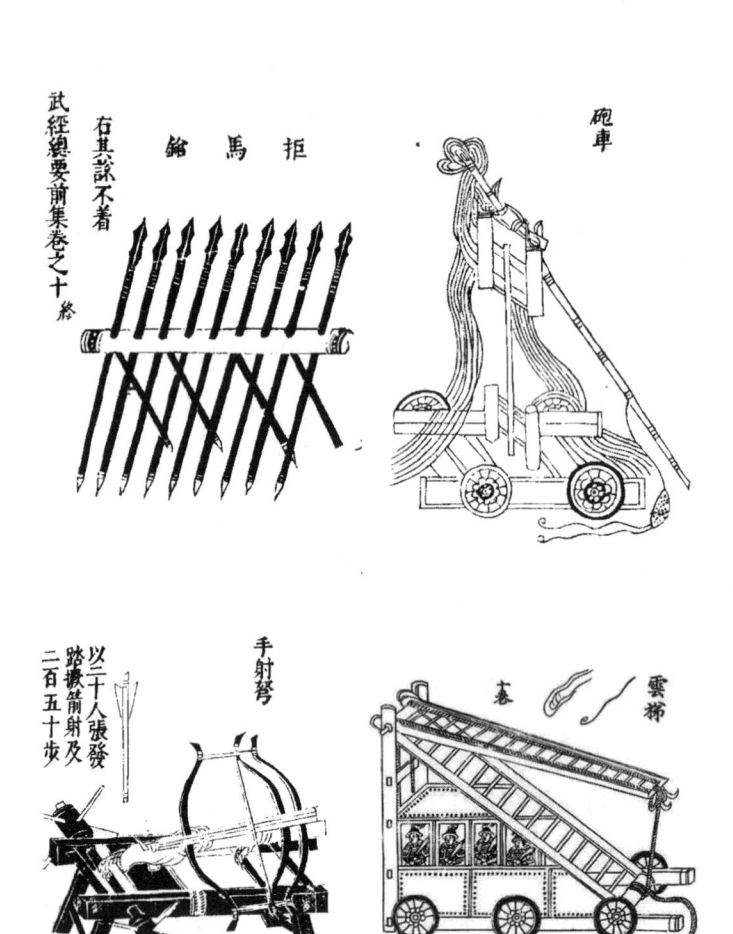

拒馬鎗　右其餘詠不著　武經總要前集卷之十終

砲車

手射弩　以三十人張發踏撅箭射及二百五十步

雲梯

第二十五章
互有攻守

1

狄青率兵攻破芦子平的消息，让朝野上下一片振奋。陕西经略安抚副使范仲淹的府邸，短短几天内迎来了数拨朝廷的使者。赵祯皇帝通过使者传口谕，对范仲淹大为赞扬，激励他在边疆进一步驱逐西夏入侵的军队。

为了惩前毖后，赵祯同时对白州团练使、知绛州赵振等将官作了进一步的处罚。赵振被降为太子清道率府率，贬往潭州。鄜延部署、凤州团练使许怀德被贬为宁州刺史，钤辖、文思使、文州防御使史崇信被贬为资州团练使，供备库使、带御器械王从德被剥夺了带御器械的资格，都监、如京副使朱吉被贬为供备库副使。赵振继续被贬，还是因为之前安远寨被围，他不及时派兵救援。

范仲淹对赵振、朱吉等人被一贬再贬颇有看法。因为他到了延州后，仔细了解了早先塞门寨、安远寨陷落的经过，才知事情远比想象的要复杂。原来，当初西夏军攻陷塞门寨，俘虏了塞门寨主高延德，杀了宋将王继元，有一个叫赵义的军士逃回赵振营中，妄言说西夏军曾经与高延德杀犬结盟，高延德同意作为内应。赵振相信了赵义的话，上奏给了朝廷。随后，西夏军进攻安远寨，赵振因自己兵少，不敢前往支援，并且上奏说："五月己巳，臣领兵屯延州北三川口，会连日风雨，使人侦察，贼盛兵尚在塞门，而安远路泥淖，蓬蒿深至人腋，又贼兵分兵浑州川等处，绝官军归路，臣恐贼乘虚袭延州，遂令都监朱吉将所部兵屯金明，臣以大兵屯鱼家庄，以备奔突。"安远寨陷落后，经略司上奏要求处置赵振。高延德、王继元在开封城中的家人也上诉朝廷，请求处罚赵振。当时，赵振已经被贬绛州，但在同州尚未前往。赵祯皇帝便派了侍御史方偕前往同州勘问赵振。方偕认为，如果按照见死不救致安远寨陷落来看，罪当斩；但是，当时赵振确实兵力不足，如果出战，于事无补，反而可能进一步损兵折将。赵祯见了方偕的奏书，免去了赵振的死罪，最终将其贬潭州。朱吉等将领，也因此与赵振一同被贬。

范仲淹身在边疆一线，心知两军作战，决不能光凭意气用事。"若当时在延州的是我而不是赵振，我会怎么做呢？如果只有当时的兵力，我能救下安远吗？"范仲淹想到这个问题后，苦思冥想许久，也不敢下定论一定能够救下安远。"惭愧！惭愧！"他在心底暗暗感叹，不禁对赵振生出同情之心。他再想到朱吉，心知朱吉是一员沉稳坚毅的猛将，绝不至于面对西夏军而怯战。"听命主帅，朱吉也只是在履行自己的责任。但是，朱吉如果能够察觉到当时的战机，安远是否会有机会呢？由此可知，当时形势实在是于我军不利，而当时从赵振本人到其麾下的诸将，都无法想到有效的对敌之策啊！"这些想法，使范仲淹的心情变得更加沉重。

芦子平的胜利，并没有让范仲淹轻松下来。"如果元昊军再次进击，形势依然会很严峻！"他再次督促麾下诸将加强防备，同时提醒夏竦、韩琦等将帅，要防备西夏军近期可能再次入侵。

范仲淹的担忧，果然成真。

在狄青攻破芦子平之后没有多久，西夏军偷袭了泾原路的三川寨。镇戎军西路都巡检杨保吉在三川寨一战中战死。为了抵御西夏军的这次偷袭，泾原路都监刘继宗、李纬、王秉等分兵出击，却全部失利。刘继宗在战斗中被流矢射中脸颊，差点丢了性命。泾州驻泊都监王珪率领三千骑兵赶去支援，在瓦亭寨至狮子堡一带，被西夏军重重包围。

从右谏议大夫、参知政事晁宗悫的口中，范仲淹听说了王珪突围的细节。翰林学士兼龙图阁学士晁宗悫出使陕西后，刚刚被朝廷起复为右谏议大夫并兼参知政事。

九月里一个天色阴沉的下午，晁宗悫带着两个随从来到了延州拜访范仲淹。

谈起镇戎军的保卫战，晁宗悫一脸悲愤。"诸将不可谓不用力，可是依然数战不利。就拿王珪将军来说，在瓦亭寨被围后，他并未怯战，而是身先士卒，率军奋击敌军。根据战后军士的报告，当时王珪将军一顿冲杀，可谓所向披靡，斩获了敌军不少首级。随后，他们到达镇戎城请救兵，城中却不开门，只从城头缒下粮食给王珪将军。将军无奈，只得先让将士们吃饱饭再说。"晁宗悫说着，连连叹气。

"后来发生了什么？"范仲淹问。

"王珪将军令将士们吃完饭，见天色已晚，黄昏将临，便对将士们说，兵法说，以寡击众，必在暮。我兵少，乘着暮色，偷袭敌人必然成功！随后，他便率兵再次杀入敌营。据说，当时有一西夏将领，挺枪叫骂谁敢与他单挑。王珪二话不说，直接向那敌将杀去。那敌将也甚有本事，一枪刺中王珪右臂，王珪抓住敌将的枪，左手抽出铁杵，一下子击碎了敌将的脑壳。这时，又有一敌将以长枪来刺王珪，王珪又抓住那敌将的枪，挥铁杵击杀了那员敌将。一时间，敌军连损两员大将，正要退去。可是不巧，这时数支飞箭射中王珪的战马，王珪不得不退回自己的阵中。敌军见王珪退却，顿时又集结起来。这之后数日，敌军便在镇戎军四处抢掠。王珪兵少，顾得这头却顾不得那头。后来，泾原钤辖、知渭州郭志高率大军赶往三川寨支援，西夏军得了消息，方才退去。其间，西夏军还偷袭了定川堡，守定川堡的是三班借职郭纶。定川堡因郭纶死守，方得不陷。干沟、干河、赵福三堡，却没有那么幸运。因三处的主将都投降了，皆陷于敌。三川寨、定川堡之战，我官兵战死五千余人啊！"

范仲淹听晁宗悫说到此处，只觉胸中憋闷，从椅子上站了起来，仰天长叹。

良久，晁宗悫说道："范帅，此次前来，晁某还有其他话想同你聊聊啊。"

范仲淹闻言，缓缓落座，肃然道："晁公请说。"

"听夏公说，你与韩帅对敌之策不同，你主守，他主攻。夏公也表示为难。"

"这……晁公所言不差。不过，我也并非一味主守不攻。派狄青攻破芦子平，不是攻又是什么？只是，就目前敌我形势、作战条件、将士的准备来看，我军尚未有大举主动出击的机会。晁公，你也看到了，如今西夏军偷袭定川堡，我军便拙于应付，一旦大举进攻，进入西夏军掌控的地域，人生地不熟的，别说克敌，如何找到敌人决战都很难啊。我军不是没有勇猛的将领，不是没有敢死的士卒，问题在于，我朝承平数十年，没有长期长途奔袭作战的经验。仓促出击，很容易陷入西夏军的圈套和陷阱。"

"范帅是否过于谨慎了呢？"

"不。不是范某过于谨慎，而是范某自到了延州，与西夏军数次交手后极其强烈地感到，元昊是一个很强的对手，他的身边还有高人。这样的敌人，是非常可怕的。晁公，朝廷千万不可轻敌啊！"

"韩帅的意思，如果一直不主动出击，我朝便始终处于被动地位。朝廷长期于陕西边境大规模驻军，国家财力支撑不起啊。"

"我何尝不知道韩帅的苦心！我能来到陕西，也是多亏韩帅的冒死举荐，但是我不能因为感韩帅之恩，而将朝廷与将士们的安危弃之不顾！"

"范帅是否言重了？难道主动出击，便是将朝廷与将士们的安危弃之不顾吗？"

"范某不是说不主动进攻，范某的意思是，在条件成熟之前，不可主动大举出击。范某的想法是，先加强防守，先坚固缘边堡寨，巩固边城，之后渐次出击，逐渐向西夏推进，迫使西夏军的势力范围一步步缩小。然后，采取不断的小规模出击，骚扰元昊，由此削弱其国力，使我朝变被动为主动。为此，我们还需在陕西缘边大力联合各蕃部，使蕃部归附朝廷，为我所用，从而形成针对元昊的全面屏障。如此之法，长期行之，必使元昊最终臣服我大宋。"

"联合蕃部，确实是一个好策略。可是，能归附的蕃部早已归附，尚未归附的乃是对朝廷心怀疑虑，岂能轻易归附朝廷？即便是归附了，恐怕也时怀反叛之心啊！"

"虽说是蕃族，不过作为黎民百姓，只要朝廷能够真心相待，使其能够丰衣足食，他们又为何会去行反叛之事呢？只要用人得当，善于管理，蕃族也是会衷心归附的。近来，种世衡在古宥州就干得相当不错，收服了不少蕃族，大大稳固了延安右翼。"

"种世衡？范帅说的可是前朝名士种放的兄子，大理寺丞、签书定国节度判官种世衡？"

"正是！"

"我倒是听说过他之前的不少故事。据说，世衡从小跟着种放学习，任气而有才略，入仕后，曾经做泾阳知县。泾阳县里胥王知谦因为贪污事情败露，按照律法，应该处以徒刑。王知谦得到消息提前逃遁，后来遇到朝廷大赦天下，便乘机出来。世衡抓到了王知谦，说是要送到州府才能得到赦免，先对王知谦处以杖刑，然后上交知府。知府李咨将此事上奏，王知谦才得到赦免。"

"哦，还有这事？我倒不曾听世衡说起。之前我只听妻兄李纮提起过世衡，夸赞他有才能，其他事情却不知。"

"世衡通判凤州后发生的事情，范帅可知道？"

"从旁人那里听到过，我却不曾问过世衡。"

"那我便同你说说。世衡通判凤州后，当时的州将王蒙正想用职权徇私，可是世衡不配合。蒙正大怒，于是暗中怂恿王知谦诉怨，告世衡违反朝廷大赦规定。这事闹到今上那里。今上明知世衡做得对，但为了维护朝廷的颜面，不得不将他流放到宾州，后来又迁到了汝州。李纮、宋绶等人曾相继为种世衡辩诬。范帅从李纮那边听到世衡的事，恐怕便是这个时期。这样一来，今上便顺水推舟，免了他的罪名，复官后又授以大理寺丞、签书定国军节度判官等官职。"

"原来世衡还有这一番经历，他倒不曾与我说起。安远寨、塞门寨陷落后，陕西东路无屏障，元昊军不断内侵，世衡因此找到我，主动请求去经营古宥州。"

"古宥州之地，西南到延州两百里，正当要冲，如果经营得当，确实可以捍卫延州右翼，北向则可图银、夏。"

"世衡找我说了计策，我便上书朝廷，朝廷下诏，令世衡在那里的旧城基础上兴建新城。世衡修建新城，可费了一番力气。因为古宥州地离贼很近，贼军经常出兵攻击，世衡便一边与敌作战，一边修城。"

"听说，那里极其缺水啊。"

"可不是嘛！苦于无水，世衡便带着工匠和士卒们凿地开泉。据说凿地百五十尺，遇到了岩石，根本没有什么泉水。工匠认为岩石无法凿穿，建议世衡放弃。世衡也确实是个有办法的能人。他旋即下令，哪个凿出石屑一斗，便给一百钱作为报酬。一时间，士卒们干劲十足，最终竟然凿出了岩石，挖出了泉水。城修成后，我将此事上报朝廷，今上将城命名为清涧城。世衡也被任命为清涧城主。在那里，世衡带兵开营田一千顷，大力招募商贾，贷给他们本钱，让他们获利，没多久那里便商贾云集了。附近的蕃部，也常常进入清涧城交易。世衡常常接见他们，或者设宴慰劳，或者解下自己的衣带赠送给他们。于是，当地蕃部都愿服从世衡，听其号令。有一次，无定河蕃部前来骚扰，世衡便率领属羌出击，前后斩首数百。"

"听范帅这么说，种世衡确实是一名干才啊！范帅说起世衡，恐怕还想向我说明，可以采用世衡之法，步步为营，稳固内防，同时联合蕃部，慢慢压制元昊势力吧。"

"晁公说得不错，这正是范某想说的。"

"好，我也再与夏公和韩帅说说。晏枢密那边，范帅也可通过书札说说自己的想法。"

"谢谢晁公提醒。范某已经给晏大人去过信，这几日正想再去书信呢。"

"如此甚好！"

2

九月壬申日，宋环庆副都部署任福等率兵围攻元昊控制下的白豹城。这次进攻，宋军获得了胜利。任福给朝廷的战报奏，此战烧毁庐舍、酒务、仓草场、伪太尉衙及破荡骨咩等四十一族，兼烧死土窑中所藏蕃贼不知人数，并擒获伪张团练并蕃官四人、麻魁七人，杀首领七人，获首级二百五十、马牛羊骆驼一千一百八十、器械三百三、印记六；官军死者一人，伤者一百六十四人。

范仲淹听闻白豹城大捷，便匆匆将胡瑗、狄青、范纯祐、滕元发等人召来议事。

狄青见范仲淹一脸严肃，不禁问道："白豹城大捷，范招讨缘何面无喜色？"

"任福将军以攻白豹城之法牵制元昊进攻保安及镇戎军，可谓围魏救赵之策，也算是知兵。不过，其攻城之法，破城后所为，却大失兵法家之道。"范仲淹道。

狄青听范仲淹这么说，面露困惑，一时无语。

滕元发插口道:"范大人的意思是,应以'全城为上'。"

范仲淹看了滕元发一眼,微微点头,说道:"这场战役的起因,是元昊大举进攻保安及镇戎军。任福等自庆州东路华池、凤川镇声言巡边,召都巡检任政、华池寨主胡永锡、凤川监押刘世卿、淮安镇都监刘政、监押张立商议共同进攻白豹城,以牵制元昊部队。庚午日,任福率兵到达柔远寨,第二日摆设宴席,大犒熟户蕃官,并且令他们不得离席。宴席期间,任将军号令诸将开始进攻的行动,以驻泊都监王怀政围白豹城西面,攻伪李太尉衙,守神林北路都巡检范全围城东面,守金汤路柔远寨主谭嘉震、监押张显围城北面,守叶市族路走马承受石全正围城南面。驻泊都监武英负责率兵攻城,任福自己押大阵,陈兵城南。随后任福又遣别将驱所犒蕃官前行,自柔远至白豹七十里,夜漏未尽之时,各路兵马抵达白豹城下,四面合击。平明时分,白豹城被攻破。当日晚,任福率军撤离白豹城。赶来救援的西夏军遣数百骑追袭任福军,范全率兵在山谷两边设伏,等西夏追兵一半进入山谷,便从两边杀出,一场恶战后,斩首四百级,生获七十余人。攻城、破城、撤离、伏击敌军,任将军都做得很好。不过,在城中,任将军却犯了不该犯的错误。"

"在城中?"狄青一脸困惑地问道。

"城门攻破后,任将军纵容蕃部军人于城内烧杀劫掠,又于土窑中烧杀无辜蕃民不计其数,这些都是大错特错之举。此举使官兵失仁义之名,取再多首级又有何益!"范仲淹语气沉重地说。

狄青闻言,心中一动,不禁微微垂下了头。

"若要为上将军,不能只懂行军打仗啊!"范仲淹说到这里,叹了口气,摇了摇头,继续说道,"任将军此举,必然在西夏百姓心中种下对朝廷的仇恨。此结怨致祸之道也。范某担心……"他突然停住话头，不再说了。

胡瑗问道："范大人究竟有何担心？"

"范某担心，白豹城之恨，元昊必寻机报复啊！"

"父亲，那现下如何是好？"范纯祐插口问道。

"这也正是我今日召大家前来商议的原因。鄜延路这边，必须加快练兵。不久前我上奏朝廷，请求圣上于使臣、诸班、诸军中选拔武艺高强者派往陕西担任缘边指挥。近日，圣上已经下诏三班院、殿前马步军司选拔将领，并命翰林学士丁度、西上阁门使李端愿、入内押班蓝元震等一同选试，选出了一百八十人，很快就会派来陕西。这一百八十人，将被分别分到鄜延路、泾原路等处。延州六将麾下，也会再配一些将领。狄指挥，到时也会再给你配些裨将。你务必以芦子平为据点，逐渐向西、向北推进，每进一地，尽量修城筑寨。向西，如果能够打下几个稳定的据点，便可有效应援泾原路。延州东边，我会令种世衡以清涧城为据点，逐渐北进、东进。由此，延州一带，东西部可以建立稳固的屏障。"说到这里，范仲淹看了一眼狄青。

狄青应喏。

"我甚是担心，元昊因白豹城之败，会立刻发大军进攻以图报复，只是难以推断他会从哪里入手。元发，你向有奇谋，可有办法？"范仲淹一脸忧虑。

滕元发眼睛一眯，沉吟片刻道："以元发之见，我军可择几处要地，再发动几次小战役，以分元昊之心，打乱他的部署，亦使其知我大宋不可欺也！"

"元发，这么说，对于往何处进攻，你已经有了想法？"

"请借地图一用。"

范仲淹听滕元发这么说，挥手让在一旁的李金辂将军事地图铺在了桌案上。

滕元发脑袋晃了晃，眯起眼，抬手往地图上戳了几下，说道："这里，保安军以北的木场谷、珪年岭可以设伏；这里，西贼洪州界十数寨，兵力分散，可一一破之。"

范仲淹眼睛盯着地图，思索了片刻，说道："这倒是不错的主意。等明日我与夏帅、葛部署议定，由葛部署率兵出保安军北木场谷、珪年岭袭击元昊军，令鄜延钤辖朱观等袭西贼洪州界郭壁等寨。如果计划通过，狄将军，你回芦子平后要做好准备，万一葛部署、朱钤辖那边有事，你要及时出兵应援，不得延误。"

"是！"狄青沉声答道。

"元发，你的主意不错！"范仲淹又对滕元发赞了一句。

滕元发脸上却无得意之色，说道："我看韩帅必有心与元昊贼子决一胜负，是主攻还是主守，表哥尚需早作打算！"

范仲淹闻言，微微一愣，脸色顿时变得沉重，叹道："韩帅壮志在胸，范某如何不懂其心？只是，战场上攻守之道，人力所致有限，天意无穷，难测。"

过了片刻，范仲淹道："你们都先退下吧。狄将军，你且留下。"

胡瑗、滕元发、范纯祐等人听了，一起告退。待众人离开大堂，范仲淹让狄青稍坐，自己起身转入后堂，过了许久才又出来。手中多了几卷书。

狄青见范仲淹出来，连忙起身相迎。

范仲淹将手中的书递给狄青，抓住狄青手臂轻轻拍着，语重心长地道："狄将军，这《左氏春秋》，我便送给你了，你要好好读读才是。范某希望你成为我大宋的上将军啊！"

狄青闻言，心中一热，道："范公错爱，折杀狄青了！狄青敢不牢记在心？"说着便要下跪谢恩。

范仲淹一把托住，紧紧握着狄青的手，说道："狄将军，范某一介书生，虽有上阵杀敌之心，却无上阵杀敌之力。狄将军，你勇冠三军，前途无量，当记住范某的苦心啊！"

3

半夜时分，刮起了大风。

范仲淹从梦中惊醒，只听得窗外大风呼呼作响，仿佛有数十辆巨大的战车在外面呼啸奔驰。已经十月了。此时的西北，天地萧瑟，寒气逼人。在刮着大风的夜里，更是冷得让人心头发慌。

范仲淹躺在床上，听着呼呼的风声，想起了逝去的母亲。他也想起了继父，想起了印象已经很模糊的生父，想起了相濡以沫多年的妻子李氏。"如果你们都活着那该多好啊！"这个念头，在他脑海里来回盘旋。他努力去想一些其他事情，思绪却始终在那个念头上不断缠绕。最终那个执念仿佛被重重思绪缠成了一个巨大的、沉重的茧，他渐渐感到自己在那个巨大的茧中陷入思想的混沌中。终于，他昏昏沉沉地再次坠入了梦乡。

次日清晨，范仲淹起了床，只觉浑身发冷，头晕眼花。他想，定然是着了风寒，便令人请来一位大夫。大夫给范仲淹把脉问诊，开了帖去风寒的方子，叮嘱他好好服药养病，告退而去。张棠儿依着方子去城里药铺抓了药拿回府中，煎好药服侍范仲淹喝了。范仲淹不待病好，便来到会客厅，斜躺在卧榻上，拿了最近的几份战报来看。张棠儿见范仲淹如此辛苦，不觉心中生出疼惜之情，反复劝了他几次，让其先好好休息，范仲淹只是不听。

九月底，鄜延路部署葛怀敏按计划率兵进攻保安军北木场谷、珪年岭的战役，赢得了胜利。十月初，鄜延钤辖、供备库使、忠州刺史朱观带兵偷袭洪州界，随后连破郭壁等十余寨。"一切看起来很顺利啊！元发的眼光果然很是犀利，能够看破西夏军的薄弱处。"范仲淹在心底暗暗夸赞滕元发。

"十月九日，环庆钤辖高继隆等出兵进攻西夏经纳迁、旺穆等寨，皆破之。近日圣上升朱观为崇仪使、泾原钤辖，兼知镇戎军，又升了高继隆。一连串的胜利，将帅的加封，这些都令我军军心大振。可是，元昊主力这段时间却似乎没有了踪影。这个可怕的对手，他现在究竟在想些什么呢？"范仲淹试图站在元昊的立场来琢磨他的心思。

这时，胡瑗带了一人前来求见。

"范公，这是京城来的驿员，一早刚到官署，说是有要件直呈范公。"胡瑗向范仲淹行了礼，禀报道。

方才范仲淹得报有人求见，已从床榻上坐起。此时，他站起身来，说道："使者舟车劳顿，且坐下歇息。"

那驿员却不敢落座，口中道："谢大人！小人不敢。"说罢，解下背上包裹，取出一个封了封条又加盖了钤印的信匣子。

范仲淹从驿官手中接过匣子，看那匣子上钤印，识得是枢密院的。他小心翼翼撕开封条，打开匣子，见匣内有一卷文书。他取出文书打开一看，原来是枢密院下达的关于此后调兵遣将将启用兵符、木契和传信牌的命令与说明。文书有云：

铜符之制，上篆刻曰某处发兵符，下铸虎豹为饰，而中分之。右符五，左旁作虎豹头四；左符一，右旁为四窍，令可勘合。又以篆文相向侧刻十干字为号，一甲己，二乙庚，三丙辛，四丁壬，五戊癸，左符刻十干半字，右符止刻甲己等两半字。右五符留京师，左符降部署、钤辖、知州军官高者掌之。凡发兵，枢密院下符一至五，周而复始。指挥三百人至五千人用一虎一豹符，五千人以上用双虎双豹符。枢密院下符，右符第一为始，内匣中缄印之，命使者赍宣同下，宣云下第一符发兵若干，所在取左符勘毕，即发兵与使者，复缄右符以还，仍疾置闻。所在籍下符资次日月及兵数，无得付所司。

其木契，上下题某处契，中剖之，上三枚中为鱼形，题一、二、三，下一枚中刻空鱼，令可勘合，左旁题云左鱼合，右旁题云右鱼合。上三枚留部署、钤辖、官高者掌之，下一枚付诸州军城寨主掌之。部署、钤辖发兵马百人以上，先发上契第一枚，贮以韦囊缄印之，遣指使赍牒同往。所在验下契与上契合，即发兵，复缄上契以还，仍报部署、钤辖。其发第二、第三契亦如之。掌契官籍发契资次日月及兵数，互为照验。

传信牌，中为池槽，藏笔墨纸，令主将掌之。每临阵传命，书纸内牌中持报官兵，复书事宜内牌中而还，主将密以字为号验，毋得漏军中。[1]

范仲淹细读完文书，才知原来是朝廷让端明殿学士李淑等负责

---

[1] 《续资治通鉴长编》卷一百二十九康定元年冬十月条。

设计了铜符、木契、传信牌，并已经让有司按照设计图都制作完毕了。命令中还说，随后将有使者分往陕西各州和部署司下发兵符兵契。

"这兵符兵契调兵之法，虽然加强了枢密对各地军队的掌控，却也限制了一线部署作战的灵活性啊！"范仲淹合上文书，放回盒内，心中暗叹。

他令人带驿员下去歇息，留下胡瑗询问州中事务。

待问答一番后，胡瑗忽道："任福因白豹城之功，近来得升龙神卫四厢都指挥使、贺州防御使，又兼了鄜延路副都部署，日有骄纵之态，范公当提醒韩帅小心用之啊！范公自己若要用之，更当小心。"

"谢谢胡先生的提醒。任福确实是一员猛将，也是一名忠臣，他身为环庆部署兼知庆州，可谓身负重任，如今圣上又令兼鄜延副都部署，由此可见圣上之志啊！"

"范公的意思是——圣上还是倾向于韩帅之策，打算主动寻求元昊决战？"

"鄜延路，蕃部都心向朝廷，历来是党项各部向朝廷进贡之路，我为什么主张以防御为主，一来是认为主动出击寻求与元昊决战的时机未到，二来也不希望朝廷堵死了这与党项各部往来之途。毕竟，天下百姓，党项各部的百姓也是百姓，都得吃饭，都得谋生。元昊因一己之野心挑起战事，长此以往，必失民心。我朝哪怕存鄜延一路，也可使党项各部不绝归附之途啊！"

"范公真乃一片苦心。不过，圣上有中兴之志，看来这决战也是免不了啊！范公，你可有何策说服韩帅吗？"

范仲淹听了，沉默不语，微微叹了口气。

这时，李金辂领着周德宝道长和赵圭南匆匆进来。

"范大人，你看这个！"赵圭南向范仲淹施了礼，便急着从怀中掏出一物，呈给范仲淹。

范仲淹低头一看，赵圭南手中托着一颗蜡丸，那蜡丸显然已经开启过。他呆了呆，从赵圭南手中取了蜡丸打开，里面是一个小纸卷，他取出纸卷，慢慢展开，只见那纸条上用蝇头小楷写了两行字：

天都王将于近日大举进攻塞门
恩公务必转告范公早为之备

范仲淹读了纸条上的文字，大吃一惊："这纸条是从何而来的？"

"几日前张彦召请我与德宝道长今日去校场帮着一起教练士卒武艺。今日一早，我约了德宝道长一同前往校场，行至校场门口，突然不知从何处飞来一物打在我头上。我低头一看，却是一颗白色蜡丸。我与德宝道长当时往四周看了一番，除了几棵枯树外，连个人影也没见到。当时我忍不住打开了蜡丸，便看到了这张纸条。从上面的文字来看，前来报信之人，可能便是之前我与德宝道长在黄河边上遇到的那个人。"

"确定吗？"

"应该就是，因为纸条上有'恩公'两字。我细细寻思，就只是在黄河上救过一个人。"

"圭南，有没有可能，你以前也曾无意中救过什么人？你部族中的什么人？"

"这……范大人这么一说，我倒是想起，以前我也曾劝父亲饶恕了几名属下。"赵圭南挠了挠头，"不过，他们不大可能称我为恩公啊。"

范仲淹拿着纸条，眼睛盯着上面的字，皱起了眉头，寻思片刻，说道："如果真的是你们在黄河边救下的那个人，为何不出来同你们相见？"

赵圭南与周德宝听范仲淹这么问，都是一脸困惑。

"也许是有什么难言之隐，但也可能就是江湖客的脾气，没有什么特别原因。"范仲淹自问自答，嘟哝道。

"可是，我与德宝道长在想，那人又是如何知道我们在延州的呢？难道是偶然吗？"

"范公，这一点，我也与圭南一样感到迷惑。我一开始担心是元昊派人使诈，可是细想也不可能。圭南在黄河上救那人纯属偶然，那时那人还不知道我俩的身份，应该不是元昊的人。"

"有没有可能，那人后来来到延州，在某个时候认出了你们？"胡瑗在一边突然插口道。

范仲淹听了，说道："胡先生的分析，甚有可能。"

"这么看来，这纸条上的情报，多半是真的了！"赵圭南说道。

范仲淹略一沉思，点头说道："嗯。现在且把那人的身份放一放。当务之急，得赶紧防备天都王大举进攻塞门寨。目前塞门寨只有梁将军率领的几千人，如果天都王大举进攻，恐怕难以抵挡多久。现在已经来不及与夏公商量，我决定派朱吉、周美两位将军并张彦召、慕容胜等先率兵前往支援，德宝道长、圭南，你们等会儿带着牒文去找朱吉将军。金辂，你一会儿带牒文去找周美将军。两军得令后，都速速前往塞门寨会合。胡先生，劳你现在起草两份牒文。"

"是！"

当下，范仲淹吩咐备好纸墨，一边沉吟，一边向胡瑗口述牒文内容。

胡瑗神清气定地书写了两份牒文。跟着，范仲淹在两份牒文后画了签押。

第一份牒文云：

> 延安府牒第一将
> 据报西贼天都王近日将大兵攻塞门
> 今委第一将朱吉率步骑三千
> 两日内到塞门寨同第二将守军
> 及第四将周美军会合协同克敌
> 谨牒
>
> 康定元年冬十月丁酉
> 陕西经略安抚司副使知延州范仲淹牒

第二份牒文云：

> 延安府牒第四将
> 据报西贼天都王近日将大兵攻塞门
> 今委第四将周美率步骑三千
> 带独身炮五七并三百床子弩
> 两日内到塞门寨同第二将守军

及第一将朱吉军会合

团结出战军兵协同克敌

谨牒

康定元年冬十月丁酉

陕西经略安抚司副使知延州范仲淹牒[1]

牒文备好，范仲淹又向赵圭南、周德宝和李金辂口头交代了一番，让他们将具体的应对之策告知朱吉、周美二将。

赵圭南、周德宝和李金辂得令离去后，范仲淹沉默许久，对胡瑗道："天都王大举进攻塞门，有没有可能仅是元昊声东击西之大棋局中的一步呢？"

胡瑗神色一凛，道："范公还是担心泾原路？"

范仲淹微微点头道："是。胡先生，麻烦你去泾原路一趟，务必将天都王可能进攻塞门的消息告知韩帅，同时提醒他，在泾原路各寨堡加强防守，勿要轻易出击，免得着了元昊贼子的陷阱。"

胡瑗肃然应喏后匆匆离去。

4

朱吉、周美遵照范仲淹的命令，率所部在两日内进抵塞门寨。这几日，风吹得更紧了。如果西夏天都王乘着西北风大盛之时大举进攻，宋军处于下风向，对阵作战将极为不利，而且，宋军不

---

[1] 以上两份牒文皆作者仿宋代缘边牒文格式虚构。

得不时时提防敌人利用火攻烧毁营寨。梁、朱、周三位主将根据赵圭南等带来的范仲淹的计谋，立刻组织起士卒，在大寨北墙的外侧挖了一条宽六尺、深两米的壕沟，又在大寨北墙内另加建造了一道寨墙，两道寨墙之间隔着五丈。两道寨墙通过顶部的寨楼又搭起了竹桥。周美带来的五十余辆独身炮车被全部拉上大寨北面的两道寨楼，冲着北面的要道一字摆开。各种形状的炮石也都尽数推在了炮车旁边。床子弩被分别设在寨楼上以及两道寨门内。梁绍熙、朱吉及赵圭南负责驻守塞门寨进行正面防御，周美率三千步骑，出塞门寨南门，埋伏在大寨的左翼山头背后，张彦召、慕容胜等则率三千步骑埋伏在大寨南门右翼的山脊上。同时，梁绍熙、朱吉也向西边和东边派出了斥候侦察敌情，防止西夏军迂回到大寨南面偷袭。

宋军花了整整三天在塞门寨匆忙备战。可是，北面的西夏军大营一直没有动静。

自得到情报已经过去五天了。这日凌晨，赵圭南披上战甲，戴上头盔，早早赶到周德宝帐内。

"德宝道长，你说，那个情报会不会有误？"赵圭南问。

"如果送情报的真是那人，没有理由给我们送假情报啊。"

"可若是他得到的情报本来就是假的呢？"

"你的意思是，天都王故意任由窥探军情的人送出假情报，以此来牵制我们？"

"对啊，如果那位侠士潜伏在贼军中刺探情报，实际上已经被发现，贼军将计就计利用他传出假情报呢？"

听赵圭南这么一说，周德宝不禁皱起了眉头，说道："如果是这样，那人此刻恐怕性命堪忧！但是，也不一定啊，或许，这几天突然发生了什么事情，影响了天都王的进军计划。"

"也不是没有可能。"

赵圭南与周德宝围绕情报的真假又讨论了一番，最终也拿不出确切的证据来判定情报的真假。于是两人一同前往大寨北门的寨楼找梁绍熙和朱吉。

"快看，贼军开始出动了！"

赵圭南、周德宝刚登上寨楼，便听到有士卒大声呼喊起来。一时间，寨楼上的士卒纷纷开始行动起来。赵圭南看到梁绍熙身披盔甲，正手扶寨墙，神色凝重地往北方望去，不禁也将目光转向了大寨的北面。

北面的山道上，远远出现了一队兵马。行在队前的，显然是几员大将，每员大将后面都竖着一面大将旗。这队兵马有七八千人，其中大约一半骑兵，一半步兵。凛冽的西北风将数千人行走带起来的尘土高高扬起，一直往大寨这边吹来。山谷两边的山头上，零星散布着一些枯树。枯树们光秃秃的枝丫，在风中不停地晃动着。

"情况不太妙啊！"周德宝道。

"怎么了？"赵圭南一惊。

"大多是步兵，瞧，靠前面的那些士卒还抬着各种器具。看这架势，西夏军做了充分的攻寨准备。"

"他们准备强攻？"

"应该是。"

"这么说，那位神秘侠士带来的情报是真的？"

"现在还不好说。是不是佯攻，一会儿就晓得了。"

说话间，赵圭南与周德宝已经走到了梁绍熙身旁。这时，李金辂也刚刚登上寨楼，走了过来。

"梁将军！"赵圭南喊了一声。

667

梁绍熙扭头看到了赵圭南、周德宝和李金辂，点点头，说道："你们来得正好！敌人开始进攻了，我们可以先用床子弩压制住他们的第一轮进攻。但是，一旦他们冒死冲到独身炮射程之内，就可能用火攻。今天的西北风刮得很紧，对我军甚是不利。朱吉将军已经在寨内调度兵马，一旦敌军打算火攻，便会杀出寨门去。"

"需要我们做什么，请梁将军吩咐。"

"圭南，德宝道长，你们留在我身边。圭南，你懂西夏文，帮着随时留意贼军将领下达的军令。金辂，你帮我一起守寨楼。德宝道长，开战后你赶紧去张彦召营中。"

"梁将军，我虽是道士，亦可为国杀敌。你这不是瞧不起贫道嘛！"周德宝有些生气，瞪大眼睛嚷道。

"德宝道长，我不是瞧不起你，我让你退到张彦召营中去，一来是请你将这里的战况带给张彦召，二来呢，你要是出了事，范帅那边我交代不过去。况且，张彦召那边也担任着伏击敌人的重责啊！"梁绍熙笑道。

"得嘞，要是送情报，贫道在所不辞。"周德宝冲梁绍熙一抱拳。

这时，西夏军那边发出一阵呼喊，数千名步兵跟在几个将领后面，发足朝塞门寨方向狂奔而来。

"床子弩准备，待敌军进入一千五百步内再发射！"梁绍熙冲寨楼上的弩兵们大声呼喊。

两千步！一千八百步！一千六百步！

"再等等！"

"一千五百步！再等一下！"

"好！发射！"

随着梁绍熙一声令下，寨楼上一字排开的两百六十余架床子弩齐声发射，弩箭在空中发出巨大的尖锐的破空之声。转瞬间，西夏军那边传来一片惨叫，冲在前头的步兵纷纷被床子弩射中。床子弩劲大势猛，能够穿透铠甲，贯穿人与马的身体。西夏兵丁一时间死伤了近百名，冲在前头的几员将领也有两个被弩箭射中翻身落马。西夏军死伤惨重，见势头不妙，一时间纷纷掉头往后跑。

"他们还会再来的。"梁绍熙虽见西夏军退去，脸上却无笑容。

果然，一个时辰后，西夏军又再次向塞门寨方向冲杀过来。这一次，西夏军负责在前头冲锋的步卒几个人一组，举着用枯木扎成的木排，慢慢向塞门寨推进。

梁绍熙下令床子弩不要射击，而是让独身炮做好了准备。眼看西夏军进攻的部队推进到独身炮的射程内，梁绍熙一声令下，数百块炮石从寨楼上呼啸飞出。炮石从高空坠落，噼里啪啦将西夏军一阵乱砸。西夏士卒手中举着的木排顿时破裂，或者被击落。在这一通打击下，西夏军又折损了不少人，再次退了下去。

西夏军这次退下后，很长时间没有动静。

过了大约半个时辰，从西夏军大营中出来一彪人马，当先有三个带头的将领。这队人马来到宋军弩箭和炮车的射程之外，压住了阵脚，不再前进。三个将领居中的那位扭头朝左手边的那个将领说了几句，那个将领便骑着马，单骑向塞门寨飞奔而来。

梁绍熙举手示意寨墙上不要射击。

那个西夏将领纵马一直奔到寨前百步左右方才停住。

"寨楼上宋军听好，我乃大夏国天都王麾下监军野利山重的裨将马利用。野利将军请你家寨主说话！"

"马利用，你们有何要说，说来便是！"梁绍熙冲寨楼下喊道。

669

"你是何人？"

梁绍熙身旁一员裨将喝道："大胆贼子，休得无礼！你自睁大眼睛，看好了大将旗。现在说话的乃是延州第二将梁绍熙将军。"

马利用哈哈一笑，说道："原来是梁将军！我家野利将军请你阵前说话。"

"你且回去告诉野利将军，我梁绍熙只劝他早日迷途知返，归附朝廷，休得跟着那元昊贼子犯上作乱，挑动兵戈。他若执迷不悟，还想再战，放马过来便是！"

"这……"马利用一时语塞，呆了一呆，黑着脸喝道，"不识抬举！我家将军请你说话，便是给你们机会投降。既然不识抬举，一会儿我家大军齐发，定将塞门寨碾为齑粉，你寨里那点弩箭和炮石又如何挡得住？"说完一扯缰绳，奔了回去。

"将士们！打起精神，贼军要大举进攻了！"梁绍熙冲寨墙上的将士们高喊道。

"梁将军，炮石和弩箭都快用完了，如果贼军用骑兵冲锋，然后步兵大举跟进，我们是无法压制住的！"赵圭南凑近梁绍熙，低声说道。

梁绍熙怔了一下，微微点头，说道："不错，到了出寨应战的时候了！"

"我和朱将军一同去！"赵圭南道。

梁绍熙抬手抓住赵圭南的胳膊，冲远处的西夏军看了一眼，扭回头说道："你们尽量诱使敌军冲到一千五百步之内，届时寨楼上再发一阵床子弩，可以刹住贼军的势头，然后你们再回撤，如果贼军继续推进，其后军进入床子弩射程，我会用最后一批床子弩箭再射杀一批贼军。那时，敌军必然不敢追击，你们趁机撤入寨中。切记，不要恋战！"

"我晓得，范帅也反复叮嘱过，在不清楚贼军的真正实力与部署前，以防御为主，不与贼军恋战。"赵圭南答道。

周德宝在一旁说道："圭南，小心啊！要活着回来！"

赵圭南与周德宝相处日久，已将他当成自己的亲人看待。此时，他见周德宝眼中含着泪，鼻子也不免一酸，连忙笑道："没事，道长你在寨楼等我回来便是！"

说罢，赵圭南向梁绍熙、周德宝一抱拳，转身向寨楼下奔去。

寨楼上吹响了进攻的号角。号角声中，寨门徐徐打开了。

朱吉、赵圭南全副披挂，率领三千精锐步骑兵从寨门鱼贯而出。步骑兵先列成两纵列，往前奔了一千步左右，然后各队人马横列开来，迎面对着西夏军的阵营。三千步骑兵由六指挥人马组成，每个指挥下有十队，每队五十人，五十人中，骑兵二十七骑，余下为步兵。每队中，队长一人，队副一人，执旗手一人，兼旗两人，其余是长枪手、陌刀手、弓箭手，队中有长枪十五支、弩五具、弓箭十具、拍把四具、牌五具。排在阵前的是六个指挥的将领，他们每人身后，有十个队的队长、队副，每个队长后，便是五十人组成的步骑兵。

西夏军仿佛没有料到宋军的骑兵会在此刻突然出城应战，一时间也不敢轻举妄动。

西北风呼呼地刮着，但是沙场上仿佛突然安静下来。朱吉、赵圭南率领的骑兵静静地列阵等待战机，塞门寨楼上的守军屏息看着出战的战友。西夏军也按兵不动，正揣摩着如何出阵打击宋军。

过了片刻，这支西夏军的主将野利山重终于下达了冲锋的命令。在他亲自率领下，西夏军骑兵在前，步兵在后，一齐向宋军杀去。

朱吉举起手中铁枪，往前一指，大吼一声，也下达了进攻的命令。

两军一齐冲向对方，数千匹马一齐奔腾，在凛冽的西北风中卷起了两团黄沙，两团黄沙相向翻滚向前。突然，寨楼上飞出百余支弩箭，射向了冲在前头的西夏军骑兵。西夏军主将野利山重未料到宋军在这个当口依然会发射床子弩射击，不禁大惊。但是，西夏军要停止冲锋已经来不及了。西夏骑兵在床子弩的射击下，很快倒下了一批。如赵圭南所料，这次床子弩并未压制住西夏骑兵的攻势，野利山重依然带着他的麾下，冒死向宋军冲锋。在距离塞门寨一千两百步左右，两团黄沙终于碰撞、混合在一起。

风向对宋军非常不利。朱吉与诸将士早就料到这一点，因此宋军骑兵并未纵马往西夏骑兵阵中纵深推进，两军一接触，便设法与西夏骑兵绞杀在一起。西夏骑兵前军既然与宋军绞杀在一起，后面的骑兵和步兵一时间也便无法推进。宋军这边，步兵却已经跟进，冲在前头的西夏骑兵很快陷入了宋军步兵的杀阵。

战阵中，朱吉发现西夏军主将野利山重已经从自己右翼冲过，正好迎面撞上赵圭南。他担心赵圭南有失，挺枪连挑了三名敌军，掉转马头杀向野利山重。这时，马利用正在野利山重身后，眼见朱吉气势汹汹杀来，慌忙挥动兵器前来抵挡。马利用使的兵器是长柄凤嘴刀，刀厚刃薄，这种大刀往下劈砍时势大力沉，但是用它的刀头来挡铁枪，却不太好使。朱吉使的是一杆长柄单钩铁枪，虽唤作单钩铁枪，实际上铁枪枪头后部如同燕尾，仿佛是两根倒刺。那马利用挥刀一挡，朱吉眼见自己的铁枪头从凤嘴刀刀头划过，反应极迅速，手中一使劲将铁枪往回一拉，铁枪枪头的倒钩正好卡住凤尾刀的刀背。马利用只觉双手一麻，大刀往下一沉，未等他反应过来，朱吉又飞快地挺枪往前直刺。这一下，铁枪"扑哧"一声刺中马利用的喉头，可怜那马利用惨叫一声，殒命于铁枪之下。

野利山重听到身旁马利用惨叫，一边抵挡赵圭南的进攻，一边用眼睛的余光瞥见马利用翻身落马。他使的是一柄大斧，此时见副将被杀，心中大怒，狠命将大斧连连挥舞，招招搏命向赵圭南砍去。赵圭南一时间有点手忙脚乱。朱吉又连挑近旁的两个西夏骑兵，杀到野利山重近旁。

野利山重以一敌二，并不落下风。几个回合过后，野利山重喝道："你们两个，快快报上名来！我野利山重不杀无名之辈！"

朱吉冷笑道："我乃延州大将朱吉。你又是何人？"

"吾乃大夏国天都王麾下监军野利山重！你这小子又是何人，怎么我看着似有些眼熟？"野利山重挥斧头荡开朱吉刺来的一枪，旋即又将赵圭南的铁枪荡开去。

赵圭南心底一惊，顿时想起野利山重之前在一次宴会上见过自己。

"你管我是谁！"赵圭南喝道。

"且慢！你莫非是山遇的儿子，你没有死？"野利山重突然喝问道。

赵圭南听野利山重提到自己父亲的名字大惊，一时间不知如何是好，只得将铁枪连挥两下，阻止野利山重的进攻。野利山重连砍两斧后，却不再向赵圭南砍杀。朱吉见状，将马儿往旁边一拨，也暂时将铁枪横在身前，停止了进攻。

"你说得没错，我没有死！"赵圭南不再隐瞒自己的身份。

"先别打了，我是你父亲的朋友！我以为你们都被杀了。你们全家被杀，真的因为是要谋反吗？"野利山重突然压低声音问道。

"什么谋反？元昊贼子一开始便想谋害我父！"赵圭南怒喝道。

"此中内情，改日再说！我与你父亲打小认识，甚有交情。今日咱暂且休兵，我会下令撤军，你们不要追击，趁机撤回去！"野利山重低声道。

赵圭南看了朱吉一眼,朱吉点了点头。

野利山重见状,微微点头,向着虚空连连挥舞了几下大斧,扭头呼道:"撤!"

西夏军方才折了副将,正自心惊,此时听到主将下令撤退,正中下怀,于是都掉转马头往回奔去。

"不要追!"朱吉眼见西夏军撤去,大声喝令。

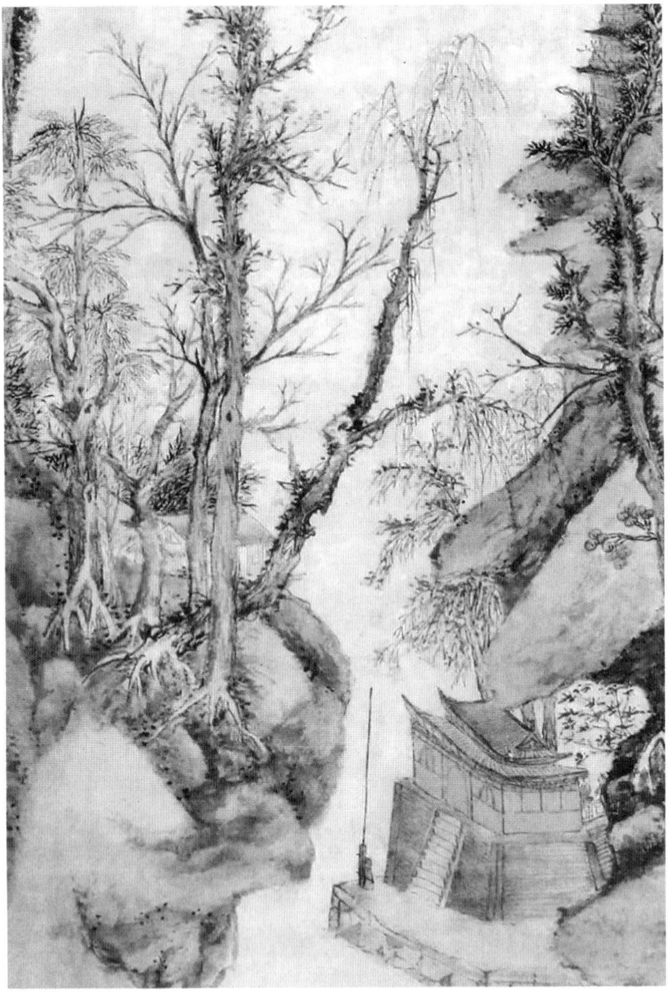

第二十六章
攻守之争

1

陕西经略安抚使夏竦的府邸前堂内支着炉架，烧起了炭炉子取暖。尽管如此，堂内的诸人依然感到寒气逼人，双手双脚都快冻得发麻了。已经十一月了，比这寒冷的天气更糟糕的是，种种迹象表明，赵祯似乎已经对陕西经略安抚司在战略上攻守难以定夺失去了耐心。三天前，汴京来的中使带来了皇帝的手诏，赵祯在手诏中询问究竟何时可以发大军进攻元昊。于是夏竦火速将韩琦、范仲淹召来，商议对策。

"延州这边，应该暂时不会有危险。之前塞门一战，朱吉、梁绍熙杀退了西夏军，西夏军此路主将野利山重似无意再进攻。这正是我朝招降纳归之机，没有必要此时去寻元昊决战。"范仲淹道。此前，朱吉、赵圭南已经将野利山重的态度密报给了范仲淹。范仲淹本欲保鄜延一路同西夏互通往来，寻找和议之机，便也将此中内情密报给夏竦和韩琦。此时,范仲淹以此为由,希望说服韩琦、夏竦不要主动进攻元昊。

韩琦听范仲淹这么说,微微点头,说道:"野利山重不想进攻鄜延路,确实是一个好消息。不过,他只是天都王麾下的一名监军,即便他投了我朝,也改变不了元昊的野心。天都王是元昊的左膀右臂,定然会铁了心执行元昊之意,我们岂能对元昊抱着幻想?我们若不主动进攻,便会被元昊贼子反复骚扰。如此朝廷如何能够安宁,天下如何能够太平?"

"韩帅,我不是说不进攻,只是觉得目下寻元昊决战的时机尚未成熟啊!不久前,贼军进攻塞门,我部率军迎战,虽然暂时将贼军稳住,牵制了一部贼军,但总觉得事情并不简单。我恐元昊真正的进攻方向,不是鄜延路,而是泾原路或怀庆路。夏公、韩帅,我建议在泾原、环庆路还是要重在防御,谨慎出击。"

"要不,夏公你来拿个主意?"韩琦神色凝重地说道。

夏竦见韩琦、范仲淹各执己见,心下也犯难。他本心也不想主动进攻,可是转念一想,如今不仅是韩琦主战,更重要的是连皇帝也催问着何时出兵,这不是明摆着皇帝也主战吗?他皱眉琢磨片刻,终于眯起眼睛说道:"范副使,韩副使,你们说得都有道理。我看这样吧,我等将攻守之策汇总一下,然后呈送朝廷,等着陛下亲自决定如何?"

"这……"韩琦一愣。

"夏公,这样也好,我与韩帅都可以好好理理自己的想法,也好让陛下有个决策。"范仲淹沉吟道。

"待攻守策写好,也得派个人去朝廷。不久前,陛下下诏封韩副使为礼部尚书,韩帅说若侥幸进秩,必将不容于清议,推辞不拜。现在这事，就麻烦韩副使和尹判官一同赴阙吧。"

"是，韩琦敢不遵命！"韩琦爽快地答应了。

韩琦和尹洙得了夏竦的命令，带了攻守策赶往京城。两人不待休息，到达京城的当日便进宫面君。赵祯接了韩琦、尹洙献上的攻守策，没有马上召集两府大臣商议。他心底里倾向于主动进攻，但是又心知有几位重臣是反对主动进攻的，因此范仲淹的防守政策一定会得到一些支持。为了获得更多的支持主动进攻的声音，赵祯决定先给几位重要的将帅授予更高的军衔或给予更多的头衔，以此激励士气。他想到了殿前副都指挥使、马军副都指挥使、步军副都指挥使等号称"管军"的军职。这些军职在宋太祖时就不轻易授人。

后周灭亡前期，两军司管帅编制有十员，即侍卫亲军司有马军都指挥使、步军都指挥使、马步军都指挥使、都虞候、马步军副都指挥使，殿前都指挥使司有殿前都点检、殿前都指挥使、殿前都虞候、殿前副都点检、殿前副都指挥使。

宋太祖赵匡胤建立宋王朝，先去掉了殿前副都指挥使，使得管军剩下九员；随后，又裁撤掉了殿前都点检一职；"杯酒释兵权"后，又废除殿前副都点检一职。于是，管军缩减到了七员。宋太祖还将后周时期的侍卫亲军司一分为二，成立了两个同级别的部门：侍卫亲军马军司、侍卫亲军步军司。这两个部门，与后周时便已设置的殿前司，合称三衙。

宋太宗也有自己的想法，对殿前、侍卫二军司进行了一番调整。他首先恢复了殿前副都指挥使一职，然后设置捧日、天武四厢都指挥使和新设龙神卫四厢都指挥使二职，两司三衙，"管军"人数达到十二人。

继承了帝位后，赵祯皇帝在军职上动脑筋，确定了三衙四厢"管军八位"的制度。所谓"管军八位"，即殿前副都指挥使和殿前都虞候、马军副都指挥使和马军都虞候、步军副都指挥使和步军都虞候，另外再加上捧日天武四厢都指挥使、龙（武）神卫四厢都指挥使。

癸卯日，赵祯皇帝下诏：

殿前副都指挥使、宁远节度使郑守忠加安远节度使、知徐州。

马军副都指挥使、威武留后高化为建武节度使、殿前副都指挥使。

步军副都指挥使、永清留后李用和为马军副都指挥使。

殿前都虞候、英州防御使孙廉为随州观察使、天雄军副都部署。

马军都虞候、高州防御使方荣为容州观察使、步军副都指挥使。

步军都虞候、洋州观察使、真定府路副都部署刘兴为昭武留后。

捧日天武四厢都指挥使、眉州防御使、鄜延副都部署葛怀敏晋升为殿前都虞候。

龙神卫四厢都指挥使、贺州防御使、环庆副都部署任福晋升为马军都虞候。

宁州刺史、鄜延副都部署许怀德为陵州团练使。

赵祯同时下诏，孙廉、刘兴免去现职，步军都虞候、捧日天武四厢都指挥使暂时不补人，等边将立下军功，再行授予。

宋代的"管军八位"，可比"政府八公"，从太祖开始选用时就非常严格。一般只有武举世族及军伍出身立下军功的将帅，才能得到授衔。因此，武举世族四员常足，而军伍四员却常常空缺。可想而知，郑守忠、高化、葛怀敏、任福等被授予如此显要的军职，是多么荣耀的事情。

这一日，赵祯召集两府大臣并兵部尚书、兵部侍郎等重臣商议陕北之事，不料突然传来兵部尚书、参知政事宋绶去世的消息。

"宋尚书怎得突然离世了？"赵祯听说宋绶去世，又是伤心又是吃惊，瘦削的脸上泛出潮红。

吕夷简叹气道："宋尚书得病有些时日了，不过他的老母尚在，他便担心老母受惊，只说无事。前几次他向陛下请假，也是因为生病，因为不想让陛下担忧，故未说是重病。宋尚书在家是孝子，在国是忠臣啊。"

"宋尚书素来孝谨清介，言动有常。朕听说，他年少时手不执钱，后博通经史百家，文章为一时所尚，笔札尤精妙。据说他藏书万余卷，手自校仇。朝廷有大议论，多所裁定。凡论前人文章，必正其得失；至当世之作，却未尝议也。杨亿曾经当着朕的面说，宋尚书文'沈壮淳丽，尤善铺赋，吾不及也'。没想到如今便这般离世了。"赵祯伤感地说道，接着又责斥吕夷简不如实禀报宋绶的病情。

于是，赵祯下令辍二日朝，亲自带着诸位大臣前往宋绶家中吊祭，又赠宋绶司徒兼侍中，谥宣献。后来，赵祯常常念起宋绶，专门派人找来宋绶所书《千字文》，多收其字帖藏于禁中。

忙完了宋绶的事情，赵祯便重新在便坐殿召集几位重臣商议如何对付元昊。

"元昊贼子，其野心不小。如今，夏竦、韩琦、范仲淹已经呈上攻守策，朕让中书誊抄了多份给诸位卿家，想来都看过了吧？诸位就说说各自的看法吧。"

赵祯说完，吕夷简、晏殊等人都低头不语。

韩琦见状，站出班列，说道："陛下，葛怀敏、张亢等对西贼都有胜绩，由此可知，西贼不可惧，若我军团结共进，必可一举挫败元昊，永消中原之患！"

赵祯微微点头，说道："是啊！葛怀敏、张亢近来都打败过西贼。朕也希望葛怀敏做了殿前都虞候，能够赢得更大的胜利。你这么一说，朕倒是又想起了张亢。他现在是左骐骥使、鄜延钤辖，兼知鄜州吧？"

"正是。"韩琦回答道。

"朕这就封他为西上阁门使，改都钤辖，令其干脆屯兵延州。他与范仲淹合作不错，屯兵在延州，也不用在鄜州和延州两边跑了。"

将张亢的屯兵从鄜州迁往延州，这明显是将这股军事力量调往更前线了。韩琦如何不知道赵祯的用心，当下奏道："陛下，微臣有一请。"

"说。"

"当初，范雍大人在延州时，陕西河北河东制置青白盐副使、左侍禁王文思也在延州，数次擅入西界讨贼，因此被夺职。以微臣观之，王将军也是受范雍大人之令，并非好大喜功。其乃善攻之将，如今用人之际，微臣恳请陛下宽恕其罪，令其戴罪立功。"

赵祯闻言，沉吟片刻，说道："这样吧，朕封王文思为阁门祗候，随你缘边用事。"

"谢陛下成全！陛下，微臣还有一言，陕西经略安抚司与都部署司，凡是行事，大都相通，如今只有经略司有判官二员，微臣恳请陛下令经略司判官兼参详都部署司的各项事务，如此定能够大大利于经略司与都部署司的协同，也必将有利于指挥前线的作战。"韩琦谢了恩，又提出了新的建议。

"这是个好建议。好，就这么办！"赵祯旋即下诏，令经略司判官兼参详都部署司的各项事务。

赵祯与韩琦君臣二人的一呼一应，大殿上的大臣们都看在眼里。两府大臣如今已经彻底明白皇帝其实已经下定决心要主动进攻元昊了。果然，待议题终于又回到主攻还是主守这个问题时，赵祯似乎没了再等大臣意见的耐心，说道："朕决定，诏鄜延、泾原两路取正月上旬一同进兵入讨西贼。诸卿家以为如何？"

宰相吕夷简正待出言附和，枢密副使杜衍站了出来，说道："陛下，臣以为，侥幸出师，非万全计！"

吕夷简听杜衍这么说，愣了愣，旋即微微垂下头去。

赵祯沉下脸，说道："为何？你仔细说说。"

于是杜衍说了一番不可主动进攻的道理，大致同范仲淹的看法一致。

赵祯听完，沉默不语。

"若陛下一定要进攻，臣请陛下免了臣的枢密副使之职！"

赵祯怒道："不听你的建议，你便求罢职，成何体统！"

杜衍只好垂下头，退下不语。

2

范仲淹眼睛盯着手中的黑色茶盏，并不答话。那是一只黑色的茶盏，形状像倒扣的竹斗笠，口大足小，器体显得厚重朴实。茶盏的釉面是黑色的，布满了灰白色、红褐色的细纹。这些细纹在茶盏内外的釉面上分布均匀，如秋日的兔毫一般，又如黑色夜空中的流星雨，从茶盏口往茶盏的底足飞去。

"大官人，你真是行家，这可是正宗的建州兔毫盏。瞧，没有两只是一样的。"贩卖瓷器的小老板隔着柜台对范仲淹笑着说道。范仲淹今日没有穿官服，穿着灰褐色的交领右衽大袖深衣，头上戴着一顶黑色桶顶巾，看上去像个老学究。

范仲淹点点头，说道："确实是不错。这建州窑瓷器可是贡品，怎么在这里也有？"

"哈，大官人，那建州窑确实专烧制一些贡品献给朝廷。那烧瓷器可是一项绝活，常常也有些次品，次品万不敢献给皇帝。这不，那些烧出瑕疵的，便都流入了民间市场。大官人，你细细看，你手中的那只茶盏，里面是不是有一块灰色的釉斑？那便是一个瑕疵。"

"棠儿，你给看看，我这眼神也不好了。"范仲淹笑着将手中的茶盏递给了身旁的张棠儿。

张棠儿莞尔一笑，接过茶盏。她浅施了粉黛，穿着粉色的百褶裙、浅粉色的对襟短衫，外面披着一件灰绿色的短袖褙子。

"大人，里面果然有一块灰色的釉斑呢！"张棠儿声音婉转而清脆。

"你这大兄弟倒也是实在人啊。"范仲淹笑道。

"做生意嘛，讲的是诚信。若真是贡品，那可不敢放在这里卖，那个价，我这小本生意也做不起。"

"大兄弟，看你这样子，是刚来延州不久啊？"

"可不嘛。这年头，挣钱不容易。我是从洛阳那边来的。"

"这延州不甚安定啊，怎么想到来这里做生意呢？"

"我兄弟原在汴京当兵,这不,他在的那支禁军被派到延州,他便来了延州。我也就这么个兄弟,担心他有事,便来这延州开了个瓷器店以卖瓷器为生。"

"那货怎么办?"

"有专门跑产地进货的。"

"千里运货,可是辛苦啊!"

"咱老百姓,干哪一行不辛苦啊?那元昊贼子若不谋反,我这瓷器生意说不定能做到塞外去呢。听说党项人也喝茶,还常常用他们的驮马与我们中原交易茶叶、瓷器等。这要不打仗,该多好啊!"

"是啊,是啊!咱这鄜延一路,历来就是党项、蕃族进贡交易的要途,要不打仗该多好啊!"范仲淹长长叹了口气。

"怎么,大官人,看上哪几只茶盏了?你多买几只,我给你便宜一些!"

"嗯。再拿那边那个青紫色的油滴斑给我看看。"

"大官人,你瞧,这个金绿色的鹧鸪纹、这个黑金色的曜变圈都相当难得。不过,这几只茶盏都有瑕疵。"

"这四只茶盏一起,多少钱?"

"这样吧,大官人就给四百文吧。"

"嗯,虽然是有瑕疵,但依然是美器。人无完人,器有瑕疵又何妨!四百文,四只茶盏,值!给我包起来!"

"大人,就这几个茶盏,好破费啊!"张棠儿在一旁怯怯说道。

范仲淹听张棠儿这么说,心中一动,颇觉酸楚,暗想:"四百文钱,在苦命人看来,那可是一大笔钱啊。"

他扭过头,静静地看着张棠儿,温言道:"是啊,确实很贵,不过我买它们，可有大用场。"

"原来是这样，是棠儿方才多嘴了。"张棠儿红了脸，不好意思地低下了头。

"哪里，哪里，怪不得你。"范仲淹慌忙说道。

小老板见范仲淹不砍价，如此爽快，当即笑道："好！大官人以后还买瓷器便来这里，我给你好价钱。"说话间，他已经用几张粗糙的毛边纸包好了四只茶盏，又用绳子系好。

跟在范仲淹身旁的范纯祐一直没有说话。此时，他从怀中掏出一块碎银，递给那小老板。那小老板称了碎银，找还了三十五文。

出了瓷器店，范仲淹只是低着头走路，却不说话。张棠儿跟在他身后，也只顾着默默行路。

"父亲，你为何闷闷不乐？"范纯祐问道。

"陛下还是用了韩琦之攻策，已经下诏鄜延、泾原两路于明年正月上旬共同出兵讨伐西贼。此不测之战啊！"范仲淹停下脚步，一脸忧虑地说道。

"爹爹，你是不是过于担心了？我大军齐出，未必不是元昊的对手啊！"

"纯祐，我们打仗，岂可用'未必'一词来做决定？我们要求必胜才战啊！大决战，可是关系到双方十数万人的性命。每一个战士，都可能是别人的父亲、儿子或是兄弟，这是十数万个家啊！孙子云，兵者，死生之地，存之之道，岂止是国家、朝廷，更是无数人的死生大事啊！"范仲淹说着说着，声音便哽咽了。

这时，只听有人喊了一声："希文，总算找到你了！"

范仲淹和纯祐抬头看去，只见一个穿着土黄色襕衫、头戴高桶帽的人疾步走过来。这人后面还有一个穿着灰色窄袖短袄的亲随。

"尹兄，你怎么来了？"范仲淹认出来人正是经略判官尹洙。

"这不，是韩帅派我来找希文兄的！"

"怎么，韩帅已经出兵了？"范仲淹惊道。

"暂时还没有，但是韩帅已经下令收括关中的驴子，在为筹备和运输军粮做准备了。"

"这……大张旗鼓在关中括驴？坏了！坏了！"范仲淹瞪大了眼睛叹道。

"括驴难道有错？"尹洙见范仲淹如此反应，不禁大感困惑。

"尹兄啊，那元昊早就安排了探子在我中原四处活动，如此大张旗鼓，不就是将有大行动的计划泄露给敌人嘛！"

"原来希文兄担心的是这个。希文兄真是多虑了。大军出动，再怎么保密，也是瞒不住的。"

"话不能这么说。虚虚实实，作战之前，可以做很多事情迷惑敌人。"

"哎，希文兄，现在且不辩这个了。如今韩帅着急问希文兄鄜延一路的进军计划啊！"尹洙拽住范仲淹的衣袖，压低声音问道。

"尹兄，这进军之事，且容弟再细细斟酌。"范仲淹叹了口气说道。

尹洙一愣，问道："陛下都下诏了，希文兄怎么还说这样的话？"

"主动出击寻求大决战，绝对是一步险棋啊！"

"希文兄，打仗哪有百分之百赢的？在这方面，恕弟直言，希文兄确实不如韩公能够置生死于度外啊！"尹洙说完，鼓起腮帮子。

范仲淹一把抓住尹洙的手臂，说道："尹兄，双方十数万生灵的性命，岂能置之度外！"

尹洙闻言，微微摇头，叹道："希文兄，你让弟如何向韩帅复命呢？"

"劳烦尹兄回去告知韩帅，进军之事，请容从长计议！"

"唉，还请希文兄早日决定啊！"

范仲淹盯着尹洙的双眼，一时无语，呆了片刻，扭头对范纯祐说道："纯祐，把那几只茶盏给我。"

范纯祐愣了愣，将刚刚买的茶盏递给父亲。

"尹兄，本来我是想遣人将这四只茶盏送给韩帅的。这是我刚刚买的建州茶盏，不过每只都有瑕疵。你把它们带给韩帅，就说，再高明的匠人也可能烧出有瑕疵的茶盏。茶盏有瑕疵，依然可以用来饮茶，可若是大战的计划有错，那可是万千条性命啊！还望韩帅三思而后行。鄜延路进军之事，稍后我自会答复！"

尹洙呆了一下，接过茶盏，微微摇头，叹道："希文兄，希文兄啊！"

两位老友在进军之事上意见不同，一时间都沉默不语。

到了这时，张棠儿方知范仲淹买下茶盏的良苦用心。她的一双秀目盯着范仲淹，感觉到自己心中除了对他已有的敬意之外，似乎悄悄萌发了另一种感情，不知不觉脸红了。她不敢顺着那个念头想下去，只是垂下头，站在范仲淹身后一声不响。

3

康定元年十二月乙巳，太子中允、馆阁校勘欧阳修就西北用兵之事上言曰：

元昊叛逆关西，用兵以来，为国言事者众矣。臣初窃为三策以料贼情，然臣迂儒，不识兵之大计，始犹迟疑，未敢自信。今兴兵既久，贼形已露，如臣素料，颇不甚远，故窃自谓有可以助万一者，谨条以闻。

夫关西弛备而民不见兵者二三十年矣，始贼萌乱之初，藏形隐计，卒然而来。当是时，吾之边屯寡弱，城堡未完，民习久安而易惊，将非素选而败怯，使其长驱冲突，可以奋然而深入，然国威未挫，民力未疲，彼得城而居，不能久守，虏掠而去，可以邀击其归，此下策也，故贼知而不为。戎狄侵边，自古为患，其攻城掠野，败则走而胜则来，盖其常事，此中策也，故贼兼而用之。若夫假僭名号以威其众，先击吾之易取者一二以悦其心，然后训养精锐为长久之谋。故其来也，虽胜而不前，不败而自退，所以诱吾兵而劳之也；或击吾东，或击吾西，乍出乍入，所以使吾兵分备多而不得减息也。吾欲速攻，贼方新锐；坐而待战，彼则不来。如此相持，不三四岁，吾兵已老，民力已疲，不幸又遇水旱之灾，调敛不胜而盗贼群起，彼方奋其全锐击吾困弊，可也；吾不堪其困，忿而出攻，决于一战，彼以逸而待吾劳，亦可也；幸吾苦兵，计未知出，遂求通聘，以邀岁时之赂，度吾困急，不得不从，亦可也：是吾力一困，则贼谋无施而不可，此兵法所谓不战而疲人兵者，上策也，而贼今方用之。

今三十万之兵食于西者二岁矣，又有十四五万之乡兵，不耕而自食其民。自古未有四五十万之众连年仰食，而国力不困者也。臣闻元昊之为贼，威能畏其下，恩能死其人，自初僭叛，嫚书已上，逾年而不出，一出则其锋不可当。执劫蕃官，获吾将帅，多礼不杀，此其凶谋所畜，皆非仓卒者也。奈何彼能以上策而疲吾，吾不自知其已困；彼为久计以挠我，我无长策而制之哉！

夫训兵养卒，伺衅乘便，用闲出奇，此将帅之职也，所谓阃外之事，而君不御者也。至于外料贼心之谋，内察国家之势，知彼知此，因谋制敌，此朝廷之大计也，所谓庙算而胜者也，不可以不思。今贼谋可知，以久而疲我尔，吾势可察，西人已困矣。诚能丰财积粟，以纾西人而完国壮兵，则贼谋沮而庙算得矣。

夫兵，攻守而已，然皆以财用为强弱也。守非财用而不久，此不待言。请试言攻。昔秦席六世之强资以事胡，卒困天下而不得志。汉因文、景之富力，三举而才得河南。隋唐突厥、吐蕃常与中国相胜败，击而胜之有矣，未有一举而灭之者。然秦、汉尤强，其所攻者，今元昊之地是也。况自刘平陷没，贼锋炽锐，未尝挫衂，攻守之计，非臣所知。天威所加，虽终期于扫尽，然临边之将，尚未闻得贼衅隙，挫其凶锋。是攻守皆未有休息之期，而财用不为长久之计，臣未见其可也。四五十万之人，坐而仰食，然关西之地，物不加多，关东所有，莫能运致，掊克细碎，既已无益而罢之矣。至于鬻官入粟，下无应者，改法榷货而商旅不行，是四五十万之人，惟取足于西人而已，西人何为而不困？困而不起为盗者，须水旱尔。外为贼谋之所疲，内遭水旱而多故，天下之患，可胜道哉？夫关西之物，不能加多，必通漕运而致之。漕运已通，而关东之物不充，则无得而西矣。

故臣以为通漕运、尽地利、榷商贾，三术并施，则财用足而西人纾，国力完而兵可久，以守以攻，惟上所使。夫小琐目前之利，既不足为长久之谋，非旦夕而可效，故臣区区不敢避迂愚之责，请上便宜三事，惟陛下裁择。

其一曰通漕运。臣闻今为西计者，皆患漕运之不通，臣以谓但未求之尔。今京师在汴，漕运不西，而人之习见者遂以谓不能西，不知秦、汉、隋、唐，其都在雍，则天下之物，皆可致之西也。山川地形，非有变易于古，其路皆在，昔人可行，今人胡为而不可？汉初，岁漕山东粟数十万石。是时运路未修，其漕尚少，其后武帝益修渭渠，至漕百余万石。隋文帝时，沿水为仓，转相运置，而关东、汾晋之粟，皆至渭南，运物最多。其遗仓之迹，往往皆在，然皆尚有三门之险。自唐裴耀卿，又寻隋迹于三门，东西置仓，开山十八里为陆运，以避其险，卒泝河而入渭。当时岁运，不减二三百万石。其后刘晏遵耀卿之路，悉漕江、淮之米以实关西。后世言能经财利而善漕运者，耀卿与晏为首。今江、淮之米，岁入于汴者六百万石，诚能分给关西，得一二百万石足矣。今兵之食汴漕者，戍出甚众，有司不惜百万之粟，分而及之，其患者三门阻其中尔，今宜浚治汴渠，使岁运不阻，然后按求耀卿之迹，不惮十许里陆运之劳，则河运通而物可致，且纾关西之困。使古无法，今有可为，尚当为之，况昔人行之而未远，今人行之而岂难哉？耀卿与晏初理漕时，其得尚少，至其末年，所入十倍，是可久行之法明矣，此水运之利也。臣闻汉高之入秦，不由关东而道南阳，过邓、析而入武关；曹操等起兵诛董卓，亦欲自南阳道丹、析而入长安，是时张济亦自长安出武关奔南阳：则自古用兵往来之径也。臣闲至南阳，问其遗老，云自邓西北至永兴六七百里，今小商贾往往行之。初，汉高入关，其兵十万。夫能容十万兵之路，宜不甚狭而险也。但自雒阳为都，行者皆趋关东，其路久而遂废，今能按求而通之，则武昌、汉阳、郢、复、襄阳、梁、洋、金、商、均、房、光化沿汉之地十一二州之物，皆可漕而顿之南阳。自南阳为轻车，人辇而递之，募置递兵十五六铺，则十余州之物，日日入关而不绝。沿汉之地，山多美木，近汉之民仰足而有余，以造舟车甚不难也。前日陛下深惜有司之勤，内赐禁钱数十万以供西用，而道路艰远，辇运逾年，不能毕工。至于军装输送，多苦秋霖。边州已寒，冬服尚滞于路，其艰如此。夫使州县纲吏远输京师，转冒艰滞，然后得西，岂若较南阳之旁郡，度其道里，入于武关？与至京师远近等者，与其尤近者皆使直输于关西。京师之用有不足，则以禁帑出赐有司者代而充用。其迂曲简直，利害较然，此陆运之利也。

其二曰尽地利。臣闻昔之画财利者易为工，今之言财利者难为术。昔者之民赋税而已，故其不足，则铸山煮海，榷酒与茶，征关市而算舟车，尚有可为之法，以苟一时之用。自汉、魏迄今，其法日增，其取益细，今取民之法尽矣。昔者赋外之征，以备有事之用。今尽取民之法用于无事之时，悉以冗费而靡之矣，至卒然有事，则无法可增。然犹有可为者：民作而输官者已劳，而游手之人方逸；地之产物者耕不得代，而不垦之土尚多：是民有遗力，地有遗利，此可为也。况历视前世用兵者，未尝不先营田。汉武帝时，兵兴用乏，赵过为畎田人犁之法以足用；赵充国攻西羌，议者争欲出击，而充国思全胜之策，能忍而待其弊，至违诏罢兵而治屯田，田于极边，以游兵而防钞寇，则其治田不为易也，犹勉为之。方曹操屯兵许下时，强敌四面，以今视之，疑其旦夕战争而不暇。然用枣祇、韩浩之计，建置田官，募民而田近许之地，岁得数百万石。其后郡国皆田，积谷数百万。隋、唐田制尤广，不可胜举。其势艰而难田，莫若充国；迫急而不暇田，莫如曹操，然皆勉焉。不以迂缓而不田者，知地利之溥而可以舒民劳也。今天下之土，不耕者多矣，臣未能悉言，请举其近者：自京以西，土之不辟者不知其数，非土之瘠而弃也，盖人不勤农与夫役重而逃尔。久废之地，其利数倍于营田。今若督之使勤，以免其役，则愿耕者众矣。臣闻乡兵之不便于民，议者方论之。充兵之人，遂弃农业，托云教习而饮博，取资其家，不顾有无，官吏不加禁，父兄不敢诘，家家自以为患也。河东、河北、关西之乡兵，此犹有用；若京东、西者，平居不足以备盗，而水旱适足以为盗。其尤可患者，京西素贫之地，非有山泽之饶，民惟力农是仰。而今三夫之家一人、五夫之家二人为游手。凡十八九州，以少言之，尚可四五万人不耕而食，是自相糜耗而重困也。今诚能尽驱之使耕于弃地，官贷其种，岁田之入，与中分之如民之法，募吏之习田者为田官，优其课最而诱之，则民愿田者众矣。太宗皇帝时，常贷陈、蔡民钱，使市牛而耕。真宗皇帝时，亦用耿望之言，买牛湖南而治屯田。今湖南之牛岁贾于北者，皆出京西，若官为买之，不难得也。且乡兵本农也，籍而为兵，遂弃其业。今幸其去农未久，尚可复驱还之田亩，使不得群游而饮博，以为父兄之患，此民所愿也。一夫之力不逸，而每岁任耕废田一顷，使四五万人皆耕，而久废之田利又数倍，则岁谷不可胜数矣。京西之田，北有大河，南至汉而西接关，若又通其水陆之运，所在积谷，惟陛下诏有司移用之尔。

其三曰榷商贾。臣闻秦废王法、启兼并，其上侵公利，下刻细民，为国之患久矣。自汉以来，尝欲为法而抑夺之，然不能也。盖为国者兴利日繁，兼并者趋利日巧，至其甚也，商贾坐而权国利，其故非他，由兴利广也。夫兴利广则上难专，必与下而共之，然后流通而不滞。然为今议者，方欲夺商之利归于公上而专之，故夺商之谋益深，而为国之利益损。前日有司屡变其法，法每一变，则一岁之闲所损数百万。议者不知利不可专，欲专而反损，但云变法之未当，变而不已，其损益多。夫欲十分之利，皆归于公，至其亏少，十不得三，不若与商共之，常得其五也。今为国之利多者，茶与盐尔。茶自变法以来，商贾不复，一岁之失，数年莫补，所在积朽，弃而焚之。前日议者屡言三税之法为便，有司既详之矣，今诚能复之，使商贾有利而通行之，则上下济矣。解池之盐，积若山阜，今宜暂下其价，诱群商而散之，先为令曰"三年将复旧价"，则贪利之商，争先凑矣。夫茶者生于山而无穷，盐者出于水而不竭，贱而散之三年，十未减其一二。夫物之所以贵者，以能为国资钱币尔。今不散而积之，是惜朽壤也，夫何用哉？夫大商之能蓄其货者，岂其锱铢躬自鬻于市哉？必有贩夫小贾，就而分之。贩夫小贾无利则不为，故大商不妒贩夫之分其利者，恃其货博，虽取利少，货行流速，则积少而为多也。今为大国者，有无穷不竭之货，反妒大商之分其利，宁使无用，积为朽壤，何哉？故大商之善用其术者，不惜其利而诱贩夫；大国之善为术者，不惜其利而诱大商：此与商贾共利，取少而致多之术也。若乃县官，自为鬻市之事，此大商之所不为，臣谓行之难久也。诚能不较锱铢而思远大，则积朽之物散而钱币通，可不劳而用足矣。

臣愚不足以知时事，若夫坚守以捍贼，利则出而扰之，凡小便宜，愿且委之边将。至于积谷与钱，通其漕运，不一二岁而国力渐丰，边兵渐习，贼锐渐挫，而有隙可乘，然后一举而灭之，此万全之计也。愿陛下以其小者责将帅，谋其大计而行之，则天下幸甚！[1]

赵祯皇帝看了欧阳修的上疏，暗想："朕已经下诏出兵，这个欧阳修，又说什么奈何元昊'能以上策而疲吾，吾不自知其已困；彼为久计以挠我，我无长策而制之'！这不是与范仲淹一个鼻孔出气嘛！"

他闷闷不乐，将上疏留下，不作任何答复。

这个月丙午，契丹国母遣左千牛卫上将军耶律庶忠、崇禄卿

---

[1] 《续资治通鉴长编》卷一百二十九康定元年十二月条。

孙文昭，契丹主遣崇仪节度使萧绍筠、西上阁门使维州刺史秦德昌来贺正旦。赵祯便召他们长谈，让他们回国，勿要在朝廷出兵之时与西夏再有来往，更不能出兵帮助元昊。契丹近来不满元昊势力日张，既然宋朝皇帝如此开口了，耶律庶忠、萧绍筠、孙文昭等便也顺水推舟满口答应。

尹洙向韩琦复命后，范仲淹心头念着出兵之事，郁郁不乐。沉思良久，他让李金辂将赵圭南请到了官署的书房中。

"圭南，当年令尊欲归中朝，说元昊精兵只有八万，余皆为老弱，可是真的？"

"不错。元昊贼子手下精兵不过八万左右，之所以能够深入中朝，主要是因为官军分地自守，每处不能独自应敌，又不能联合出战，因此元昊贼子才能利用骑兵之利，乘隙入中朝抢掠。即便现下，在下估摸其精兵也就十万左右。范大人，听说泾原那边已经开始大举征驴，陛下是下诏出兵了吗？若要出兵，在下愿效犬马之劳！我恨不能立刻手刃元昊，为家人报仇！"

"出兵的事情，尚未有定论，有些风声，你即便听到，也不可乱传。明白吗！"

"是！范大人，圭南知道，军机不可泄露！"

"嗯。圭南，正月里，塞外应该是地冻天寒吧？"

"是啊！"

范仲淹微微点头，又说道："我再问你，往年正月里，西界的马是肥是瘦？"

赵圭南愣了一下，说道："西界的马，在正月里好着呢。为了过冬，秋天便会给马儿贴肥膘。到了春暖之时，马儿便变瘦了。别说马儿了，因存粮基本吃完，很多地方人的口粮都少了。都得省着点。"

"嗯，那就是了！"范仲淹喃喃自语。

"怎么了，范大人？"

"哦，没什么。圭南，你心里不要只急着想报仇。一旦开战，关系着千千万万战士和百姓的性命啊！"

"大人，难道圭南的仇就不报了吗？！"赵圭南涨红了脸，眼珠子都快瞪了出来。

范仲淹抬手轻轻抓住赵圭南的肩膀，旋即又松开手，说道："你跟我过来！"说着，他转身走到书架前，从书架上取了一本书，递给跟过来的赵圭南。

"这本书送给你了。好好读读，到时咱们再来商量找元昊报仇的事情，好吗？"

赵圭南低头看那本书，却是《孟子》。

与赵圭南谈话后，范仲淹又让范纯祐赶赴鄜州去请张亢。张亢此前虽然已经接到诏令要屯兵延州，但是此时尚在鄜州。张亢接到范仲淹之令，便立即随范纯祐一起到了延州。他与纯祐许久未见，此时相聚，自然畅聊了一路。

"张将军，你应该也听说了，陛下已经下诏进攻元昊。我知你一直主战，这次请你过来，倒不是想同你商量作战计划，而是想问问你，若是暂时以防御为主，我鄜延一路，有没有可能将西贼阻于门外？"

"范帅，如今我延州东边、西边都已经严密设防，王信、狄青等更是在保安军严加练兵，西贼若想从鄜延一路进军，几乎没有可能。"

"有这个信心就好。还有一事，我要问问张将军，以你多年在边的经验，如果我们招降西界之军民，当地军民可能够与西界之军民和睦相处？"

"这……"张亢有些犹豫。

"但说无妨。"

"那我就说了。范帅，若不是那元昊近些年来欺人太甚，不断骚扰我缘边军民，我们又怎么会想打仗？说实话，西界的百姓也没有几个想要打仗的。本来双方彼此通商，互有往来，也不是你死我活的对头。可是，近几年贼军入境烧杀抢掠，才弄得双方百姓们不敢交往。"

范仲淹神色凝重地点头，陷入了沉思。

过了片刻，范仲淹抬起头，眼中精光闪烁。这一刻，范纯祐将父亲的表情瞧在眼里。他知道，父亲一定是在重大的事情上下定了决心。

范仲淹又与张亢聊了许久，细细问了他日后屯兵延州的打算。范纯祐送张亢离开后，范仲淹磨了墨，提笔挥毫，很快写下了一份奏书。这份奏书，他不是承顺进军之圣旨，而是提出了新的对策。

转眼到了庆历元年（1041年）正月，韩琦再次派尹洙来到范仲淹处游说。尹洙再次阐释主动进攻元昊的理由，想尽一切办法说动范仲淹这个老朋友。范仲淹告知尹洙，自己不久前刚给朝廷上奏请保鄜延一路，还是等朝廷裁定后再说。尹洙见一下子说服不了范仲淹，干脆留在了延州，想慢慢改变范仲淹的态度。

正月初的一天，赵祯皇帝收到了范仲淹于去年底寄出的奏书。

奏书云：

>昨贼界投来山遇，尝在西界掌兵，言其精兵才及八万，余皆老弱，不任战斗。始，贼众深入，盖为官军以地分自守，既不能独御贼锋，又不能并力掩杀。彼得其便，继为边患，其虏劫生口、牛羊，亦不曾追夺，故安然往来，如蹈无人之境。

>今延州东路合堤防之处，已令朱吉与东路巡检驻军延安寨，其西路亦委王信、张建侯、狄青、黄世宁在保安军每日训练，及令西路巡检刘政在德靖寨、张宗武在敷政县密布探马，候贼奔冲，放令入界，即会合掩击。若数路并入，且并众力御敌，或破得一处，即便邀击别路，其环庆路已遣通判马端往报部署司，令一如鄜延路设备。如此，则可以乘胜而破贼。

>今须令正月内起兵，军马粮草，动逾万计，入山川险阻之地，塞外雨雪大寒，暴露僵仆，使贼乘之，所伤必众。况鄜延路已有会合次第，不患贼之先至也。贼界春暖，则马瘦人饥，其势易制。又可扰其耕种之务，纵出师无大获，亦不至有他虞。

>自刘平陷没之后，修城垒，运兵甲，积粮草，移士马，大为攻守全胜之策，非为小利而动，如重兵不时而举，万有一失，将何继之？则必关朝廷安危之忧，非止边患之谓也。苟自今贼至不击，是臣之罪也。兵法曰："战道必胜，主曰无战，必战可也；战道不胜，主曰必战，不战可也。"臣于九月末至鄜延路，便遣葛怀敏、朱观入界

掩袭族帐，盖与今来时月不同，非前勇而后怯。今若承顺朝旨，不能持重王师，为后大患，虽加重责，不足以谢天下。若俟春暖举兵，未为失策。

且元昊稔恶以来，欲自尊大，必被奸人所误，谓朝廷太平日久，不知战斗之事，又谓边城无备，所向必破，以恣桀慢之心，侵扰不已。今边备渐饬，度其已失本望。况已下敕招携蕃族首领，臣亦遣人探问其情，欲通朝廷柔远之意。使其不僭中国之号而修时贡之礼，亦可俯从。今鄜延是旧日进贡之路，蕃汉之人，颇相接近。愿朝廷敦天地包容之量，存此一路，令诸将勒兵严备，贼至则击，但未行讨伐，容臣示以恩意，岁时之闲，或可招纳。如先行攻掠，恐未能深据要害，徒为钞劫，损王师之体，纵能残彼妻孥，焚彼聚落，如白豹之功，官军既退，戎类复居，专心重报，增其怨毒，边患愈滋，无时敢暇。若天兵屡动，不立大功，必为远人所轻。臣又近召张亢到延州熟议，亦稍愿与戎人相见于界上。臣所以乞存此一路者，一则惧春初盛寒，士气愈怯，二则恐隔绝情意，偃兵无期。若施臣之鄙计，恐是平定之一端，苟岁月无效，遂举重兵取绥、宥二州，择其要害而据之，屯兵营田，作持久之计。如此，则茶山、横山一带蕃汉人户，去昊贼相远，惧汉兵威逼，可以招降，或即奔窜，则是去西贼之一臂，拓疆制寇，无轻举之失也。[1]

---

1 《续资治通鉴长编》卷一百三十庆历元年春正月条。

在这份奏书中，范仲淹说关中民苦远输，建议以鄜州之鄜城县为军，以河中、同州府、华州中下户税租就输之，春夏徙边兵就食，这样可以节省籴价的十分之三。

赵祯虽然一心想要进攻元昊，但并非一意孤行之人。范仲淹上了奏书，他虽然心生不悦，但还是耐着性子看完奏书。

读完奏书后，赵祯心如一团乱麻。多年已经深入其心的儒家思想此时使他非常纠结。"我亦不想做个穷兵黩武的好战之君啊！难道，真如范仲淹所说，通过鄜延一路，还有与元昊修好的可能吗？"这个念头既然在他心头冒了出来，便很难再压制下去。于是他将范仲淹的奏书下到中书和枢密院，令两府合议后拿出个意见。在中书和枢密院给出意见之前，他又专门请来昔日的老师晏殊请教他的看法。

此前，范仲淹已经通过信札多次向晏殊表明想法，此时皇帝私下请教，晏殊自然表示范仲淹在深思熟虑后提出的建议，应该充分重视。宰相吕夷简见皇帝将范仲淹的奏书下到中书和枢密院合议，心知在这种情况下，很可能皇帝的心思已经发生了细微的变化。于是，吕夷简在召集两府大臣合议时，亦暗示范仲淹的建议颇有可取之处。这样一来，合议的结果是认为范仲淹的建议也是一个周全之策。

正月八日，赵祯下诏，同意了范仲淹的建议，准许鄜延一路可以暂时不出兵，同时改鄜城县为康定军。

数日后，赵祯皇帝又接到范仲淹的奏书。奏书云：

> 鄜延路入界，比诸路最远。若先修复城寨，却是远图。请以二月半合兵万人，自永平寨进筑承平寨，俟承平

寨毕功，又择利进筑，因以牵制元昊东界军马，使不得并力西御环庆、泾原之师，亦与三路俱出无异。[1]

在这份奏书中，范仲淹请求朝廷准许他于鄜延路修建承平寨，然后择机进一步修筑其他寨堡，以牵制元昊在东边的兵马。范仲淹认为，这样一来，元昊就难以聚集所有兵力去攻击环庆和泾原。于是，赵祯同意了范仲淹的建议，但诏令范仲淹与夏竦、韩琦共同谋划，可以应利乘便，不拘早晚出兵进攻元昊。

随后，范仲淹再次上奏。奏云：

> 去秋遣朱观等六道掩袭，所费不赀，皆一宿而还。近者密诏复遣王仲宝等，几至溃败。或更深入，事实可忧。臣与夏竦、韩琦皆一心速望平定，但战者危事，或有差失，则平定之闲，转延岁月，所以再三执议，非不协同。又横山蕃部散居岩谷，亦多设堡，控扼险处。入界兵少则难追，多则难行。假使主将智勇，能夺其险，彼则远遁。须过横山后，方到平沙，却无族帐可取。能别出奇计，兵从天落，则有非常之功，不然，未见其利也。乞断自圣意，遣近上使命急至鄜延，令臣督诸将于二月半出兵，先修复废寨，不须大段军须，只以随军运粮兵夫，因便兴功，候有伦序，别置戍守。既逼近蕃界，彼或点集人马，朝夕便知。大至则闭垒以待隙，小至则扼险以制胜。彼或放散人马，亦朝夕便知，我则运致粮草以实其备。彼若归

---

[1] 《续资治通鉴长编》卷一百三十庆历元年春正月条。

顺，我已先复旧疆；彼未归顺，我已压于贼境。横山一带，在我目中，强者可袭，弱者恩附。此亦拓边之一事。然修复诸寨，亦动军民，烦费不少，比之入界劳散则有经久之利，而无仓卒之患，且安存得东路熟户蕃部并归明弓箭手，乞圣慈裁酌。[1]

赵祯接到奏书，也同意了范仲淹的建议，但对于发泾原、环庆之兵的决定，并没有改变。

为了进攻元昊，赵祯也没有少费心思。正月己未，他下诏封西蕃邈川首领、保顺节度使唃厮啰兼河西节度使，密令其择机配合官军围攻元昊。正月壬戌，他又派遣体量使安抚诸路。翰林学士王尧臣、崇仪使果州团练使张士宣安抚陕西路，知制诰王拱辰、西京左藏库使马崇正安抚益梓路，知制诰贾昌朝、阁门通事舍人徐奎安抚河北路，度支副使杨告、西京左藏副使彭再思安抚河东路，侍御史知杂事张锡、内殿崇班慕容惟恭安抚利夔路，侍御史程伦安抚京东路、鱼周询安抚京西路、方偕安抚江南东西路，殿中侍御史施昌言安抚淮南路，度支判官魏兼安抚两浙路、范宗杰安抚荆湖南北路。

夏竦自接到赵祯同意鄜延一路暂不出兵的诏书，心下大急。"鄜延一路屯兵最重，如果鄜延一路不出兵，主动进攻元昊胜算大减啊！如今，出兵之时已定，韩琦已经在四处征运粮之驴。如此一来，元昊必然有备。这可如何是好？"苦思良久，夏竦急急写了一封奏书，派人送往京城。

---

[1] 《续资治通鉴长编》卷一百三十庆历元年春正月条。

此奏书云：

范仲淹前已相度泾原、环庆、麟府等路齐入贼界一二百里，四散攻击，乞朝廷发军须器械，以正月上旬至延州，又别立入界擒捉蕃汉赏条甚备；又近者朝廷取问不逼逐塞门贼马之因，仲淹亦奏称非是怯惧，候将来春暖大为攻取之计；又奏西界春暖马瘦人饥，易为诛讨，及可扰其耕种之务，与臣前所陈攻策并同，但时有先后尔。贼界已知所定进兵月日，岂得却退？仲淹又奏横山蕃部散居严谷，若过横山后，方到平沙，即却无族帐可取。臣所上攻策，自鄜延路、泾原路进兵，直取横山诸处族帐，鄜延并取绥、宥等州，非令径趋平沙，况鄜延聚兵最重于诸路，而军气思奋，若差近上臣僚勒令出兵，恐不敢更持异议。万一异同，即乞且如仲淹前所议，并兵先到绥州，分头荡除，抚宁和市场、义合镇，茶山一带人户。如西贼的有归伏之状，朝廷却欲候岁时招纳，即乞速降指挥，令泾原路亦未得入贼界，但令两路严兵聚粮，大为进讨之势，亦可以屈贼计也。[1]

赵祯阅了夏竦的奏书，顿感左右为难。陕西三位主帅，如今两位主攻，另一位则主张步步紧逼的积极防御，简直是给他这个皇帝出难题。正好这个时候，并、代部署司禀报说西贼入寇麟州、府州，请求朝廷下令调遣鄜延路兵马进攻，以牵制元昊。于是，赵祯借机下了一道诏令，令范仲淹派兵进入大夏国境内牵制元昊。这个命令，处于主动大举进攻和主动防御之间。

范仲淹接到诏书后，便以诏书出示尹洙。

尹洙读了皇帝的新诏，心下不甘，继续淹留延州，准备另想法子说动这个老友同韩琦一起出兵进攻元昊。

范仲淹当然知道尹洙的用意，却坚持不大举出兵深入西夏境内，而是遵照新旨在塞门寨增兵，同时派出一支兵马驻扎于鄜延路与西夏交界处，牵制元昊兵力。但是，随后发生了一件事，将范仲淹推向不测之地。

---

[1] 《续资治通鉴长编》卷一百三十庆历元年春正月条。

芾再拜

知府刑部仁兄伏惟
起居為福祉
鄉曲之惠占江山之勝
僕或攀率此聞邊事威夜苦
伏
朝廷威靈即目寧息亦斷有
倫序 鄉中交親俱荷
大庇幸甚 師道之奇尤近
教育之 自重自重不宣
知府刑部仁兄
　　　　　芾 元十一
　　　　　　　　　拜手

芾再拜

運使學士四兄兩次捧
教不早悰
舂序仍故也
呈親郎中經過有失
款待之 多謝
吾兄遠行瞻戀增極篤上
善爱以慰貪交獲醒五瓶道中下
藥金山鹽豉玉照刹年始附市
不責不宣
　　　　　　芾再拜
　　　　　　　　　　
崇山學士四哥

第二十七章
范仲淹致书元昊

1

这一日午后,范仲淹正在延州官署大堂内批阅文牒,突然胡瑗来报,高延德受元昊之命来约和。

"塞门寨前寨主高延德?"范仲淹一惊。

"正是。见还是不见?"

"约和?见,当然见!"

"是!"胡瑗应喏,匆匆离去。

过了片刻,胡瑗带了高延德前来拜见。

高延德一见范仲淹,便扑通跪倒在地,口中道:"罪臣高延德,叩见经略副使!"

范仲淹神色肃然,叹了口气道:"高延德,你起来吧!当日被俘,你虽属无奈,但毕竟未能全得大节。圣上宽仁,护你家人周全,但大节之损,你终须背负。今日你既受元昊之命而来,我便当以使者身份待你。余话就不多说了。"

高延德满脸惭愧，起身后呆立着，一时间说不出话来。

"你说吧。"

"这……范大人，大夏国皇……国主闻天兵将发，深以为惧，刚派遣了使者去泾原路乞和，派我来延州，是想约大人本月己卯日至保安军议和。"

"已派使者去泾原路乞和？"

"正是。"

"又约范某到保安军议和？"

"是。"

"可有上朝廷的表章带来？"

"这……这次大夏国国主只令罪臣带来口信。"

"元昊要议和，当有表章上与朝廷。无有表章，未见诚意！"

"这……"高延德顿时汗如雨下，满脸通红。

"这样吧，你且去驿馆歇息，等待范某的答复。"范仲淹不露声色地说道。

高延德不敢多言。范仲淹旋即令亲兵李金辂将高延德带往驿站歇息。

"胡先生，你看这元昊前来约和，可是真的？"范仲淹问胡瑗。

"大人，诚如你方才所言，元昊无上朝廷之表章，显然没有诚意。不仅没有诚意，恐怕是利用高延德前来迷惑大人。这保安军，大人千万不能去。"

"无表章，就无法向朝廷上奏，口说无凭。若是只以高延德口信报朝廷，又损了朝廷的威严。"

"不如就放高延德回去，令其给元昊带话，若真有诚意，请他上乞和表章。"

"若只是让高延德传口信，便失去了一次说服元昊归降的机会。我打算写一份书札，劝诫元昊归顺。"

"大人，千万不可。大人乃陕西经略副使、延州知州，不代表朝廷，岂可私自给元昊去书札？若是有人弹劾，这可是大罪啊！"

"若有利于天下，仲淹岂能以祸福避趋之！"

"大人，此事千万不可啊！"

"胡先生，休要再说了。"

胡瑗见范仲淹眼中精光闪烁，脸色微红，知道他已下定了决心，当下长叹一声，不再多言。

范仲淹待胡瑗离去，沉思许久，方才提笔开始写起书札来。

书札云：

高延德至，传大王之言，以休兵息民之意请于中国，甚善。又为前者行人不达而归，故未遣亲信，不为书翰，然词意昭昭，有足信矣。惟君子为能通天下之志，固当尽诚奉答。

曩者景德初，两河休兵，中外上言，以灵、夏数州本为内地，请移河朔之兵，合关中之力，以图收复。我真宗皇帝文德柔远，而先大王请向朝廷，心如金石，言西陲者一切不行，待先大王以骨肉之亲，命为同姓，全付夏土，旌旗车服，极王公之贵，恩信隆厚，始终不衰。真宗皇帝于当时也，有天地之造，自此朝贡之臣，每来如家，马牛驼羊之产，金银缯帛之货，不绝于道。塞垣之下，逾三十年，有耕无战。禾黍云合，甲胄尘委，养生送死，各终天年。使蕃汉之民，同尧、舜之俗。此真宗皇帝之至化，亦先大王忠顺之功也。

自先大王薨，今皇帝震悼，累日嘻吁，遣使行吊赙之礼，听大王嗣守其国，爵命隆重，一如先大王。大王以青春袭爵，不知真宗有天地之造，违先帝之誓书，遂建位号，累遣人告于朝廷，归其旌节。中外惊愤，请收行人，戮于都市。皇帝非不能以四海之力支一方，念先帝本意、故夏王忠顺之功，岂一朝而骤绝之，皆不杀而还。假有本国诸蕃之长，抗礼于大王，而能含容之若此乎？省初念终，天子何负大王哉。

前代故事，诸侯干纪，即夺爵命，购求罪首。朝廷宽大，至于半年，有司屡言，方令下诏，此国家旧章不获已而行也。二年以来，疆场之地，耕者废耒，织者废杼，且使战守之人，日夜豺虎吞噬，边界萧然，岂独汉民之劳弊邪？天子遣仲淹经度西事，而命之曰："有征无战，不杀非辜，王者之兵也。"仲淹拜手稽首，敢不夙夜于怀。至边之日，诸将帅多务小功，不为大略，未副天子之意。仲淹与大王虽未尝高会，向者同事朝廷，于天子父母也，于大王昆弟也，岂有孝于父母而欲害于兄弟哉？可不为大王一二而陈之。

传曰："名不正则言不顺，言不顺则事不成。"大王世居西土，衣冠言语，皆从本国之俗，何独名称与天子侔儗！名岂正而言岂顺乎？汉、唐故事，单于、可汗皆极尊之称。大王以北朝为比，且北朝称帝，其来久矣，与国家为兄弟之邦，非藩屏可方也。大王世受天子建国封王之大恩，如诸蕃有叛朝廷者，大王当率国人以伐之，则世世有功，乃欲拟北朝之称帝乎？大王又以拓跋旧姓之后，且尧、舜、禹、汤固有后裔，复可皆立为帝。若大王之国，有强族称单于鲜卑之后，俱思自立，大王能久安乎？此大王未思之甚也，徒使疮痍百姓，伤天地之仁。观乎天地养万物，故其道不穷；圣人养万民，故其位不倾。

又传曰："国家以仁获之，仁守之。"唐末，天下恟恟，群雄咆哮，日寻干戈，皇天震怒，罚其不仁，五代王侯，覆亡相续。我太祖皇帝应天顺人，受禅于周，广南、江南、荆湖、西川，一举而下，罢诸侯之兵，革五代之暴，垂八十年，天下无祸乱之忧。太宗皇帝圣文神武，表正万邦，吴越纳土，并晋就缚。真宗皇帝奉天体道，清净无事。今皇帝坐朝至晏，从谏如流，不为游畋，专尚礼乐，务以涵养士民天下之心，爱逾父母，此所谓以仁守之也。大王建议之初，必以汉家边城无备，士心不齐，长驱而来，所向可下。今奔冲边城，频年于兹矣，汉之兵民，有血战而死者，无一城一将愿归大王者，与初望无乃异乎？天下久平，人人泰然，不习战斗。刘平之徒，发于忠敢，轻师而进，自取其困。余则或胜或负，杀伤俱多。大王国人必以获刘平为贺者。昔郑人侵蔡，获司马公子燮，郑人皆喜，惟子产之言不顺。今边上训练渐精，恩威已立，将帅而下，各思奋发，争议进兵。关中官兵之与民兵，百五十万；招讨司先以边兵五十万约诸路入界，生降者赏，杀降者斩，获精兵者赏，害老幼妇女者斩，可取则取，可城则城，纵未入贺兰之居，彼兵民死者，所失多矣，是大王自祸其民也。皇帝不杀非辜，然师之行，君命有所不受，锋刃之交，相伤必众。且蕃兵战死，非有罪也，忠于大王尔；汉兵战死，非有罪也，忠于天子尔。使忠孝之人肝脑涂地，积累怨魄，为妖为孽，因大王也。朝廷以王者无外，有生之民皆为赤子，何蕃汉之限？仲淹方欲与大王议而决之，重人命也。今大王惠然留意，何善如之！但论议未顺，文字未至，不敢闻于朝廷，恐沮诸路之兵。

大王果然以爱民为意者，言当时之事，由众请莫遏，以此谢于天子，必当复王爵，承先大王保国庇民之志，天下孰不称大王之贤，一也。如众多之请，终不获辞，前所谓汉、唐单于、可汗之称，于本国言语为便，亦不失其贵，二也。但臣贡上国，存中外之体，不召天下之怨，不速天下之兵，使人复康泰，三也。又大王之国，府用或阙，朝廷每岁必有物帛之厚赐，为大王助，四也。又前来入贡之臣，止称蕃校，以避爵命。按唐方国之礼，常遣宾佐入贡于朝，则不必用蕃校之名。又唐诸蕃所建官名，未尝与中国相杂，使其持礼而来，则无嫌矣，其有功有德者，必可受朝廷之命，五也。昨者边臣上言，乞以官爵金帛招致蕃部首领，仲淹亦一面请罢，惟大王告谕首领，不须去父母之邦，但回意中朝，则太平之乐，遐迩同之，六也。国家以四海之广，岂无遗才？在大王之国者，朝廷不籍其家，安全如故，宜善事大王，以报国士之知，惟同心向顺，自不失其富贵，而宗族之人必更优恤，七也。又马牛驼羊之产，金银缯帛之货，有无交易，各获其所，八也。大王听之，则上下同其美利，边民之患息矣。况宗庙有先大王誓书在，诸路之兵，非无名而举，钟鼓之伐，以时以年，大王之国，将如之何！他日虽请于朝廷，恐有噬脐之悔，惟大王择焉。[1]

范仲淹一边沉思，一边书写，在书札之中对元昊循循善诱，望其偃旗息鼓，归附朝廷，事忠君之事，安双边之民。待书札写就，他抬头一看，天色已暗。"但愿元昊见了书札，能够洗心革面，诚心归顺啊！若不然……"

他拿起书札，看了又看后，坐在椅子上再次陷入沉思。

此刻，夜色已经四下合围过来。

2

因为正月里范仲淹上奏保鄜延一路，关于一路进军还是二路同进的争论变得激烈起来。正巧有个叫杜文广的人从西夏投奔到夏竦营中，声称元昊闻大宋将诸路发兵讨伐，已将所有兵马聚集在一起准备抵抗王师。

几日后，蕃官骨被等四人与宋都监桑怿相见，归顺朝廷，共同讨伐元昊。夏竦上奏朝廷，认为此时鄜延、泾原应该两路协力，同时攻击西夏要害。若是只令泾原一路进兵，鄜延路以牵制为名盘旋境上，使泾原一路之师单独对抗元昊大军，那就是中了元昊的计谋。夏竦在上奏中恳请皇帝派近臣出使陕西，督促鄜延一路出兵。

---

[1] 《续资治通鉴长编》卷一百三十庆历元年春正月条。

赵祯阅了夏竦上奏后，左右为难，便找宰相吕夷简、枢密使晏殊等共商对策。一番商议后，赵祯听从吕夷简、晏殊的建议，派人将夏竦的奏书誊录一份，送往延州范仲淹手上。

范仲淹看了皇帝转过来的夏竦的奏书，心头不觉愈加沉重。

"看来，我欲保鄜延一路，终被夏公视为怯战。只是，当下未知元昊虚实，且其骑兵踪迹未定，即便与泾原一同举兵，亦无胜算啊！"他郁郁寻思许久，又想，"莫非我真的错了？真的应该同夏竦、韩琦一起进军与元昊决战？只是我欲决战，元昊不一定就聚集兵马等着我军决战啊！之前德宝道长带回情报，说元昊决定举兵进攻，而后观其数次进攻我境，定是想探得我军虚实，以图有大行动。若我军修筑城寨，严加练兵，使其无机可乘，便能慢慢夺回主动。如今王信、狄青等练兵初见成效，可是各处将帅手下兵马良莠不齐，如何能够在这种情况下大举进军呢？即便进攻，茫茫大地，去哪里寻元昊军决战呢？难道善于用兵打运动战的元昊，会聚集兵马，在那里等我军去决战吗？！我若是元昊，我会聚集兵马，但决不会等着大军前来决战。不会的！不成，不成，绝不可主动深入去寻元昊军决战，绝不能这么拿将士的性命冒险啊！"

正当范仲淹在催促进军的压力下苦闷之时，陕西转运使庞籍给赵祯皇帝上了一份奏书。奏书云：

元昊父子，受国大恩，一朝背叛。今朝廷定议讨伐，以正逆顺，实合大义。然此时兴举，须为万全之策。臣谓用兵之道，必先度我将既良，我士既锐，然后料敌之虚实，乘其衅隙而一举克之。去秋镇戎之战，依城壁，据根本，以主待客，而诸将或中伤而退，或闭城不出，其士卒绝无用命赴敌之心,使残毒人命,剽劫财物,从容进退,如入无人之境,可谓将不良、士不锐矣。元昊君臣之闲,未闻衅隙。间谍阻绝,无由知其虚实,而便出界攻讨,此不可不为朝廷忧也。去春刘平等陷没之后,边城人心,日夕惴栗。幸即更张军政,比来士气渐振,傥复一出不利,则众意愈慑,心难再奋也。况出界之后,山川道路,我军素未经涉,须以蕃部为乡导,则其奸诈不可不防。若至险隘之处,部伍辎重,首尾遥远,忽有伏兵钞掠,则必溃散。况黄德和败,手下溃兵不多,至今招辑未获,若数万众更溃而不敢归,则益生边患不细。臣窃度庙议,以大兵屯聚已久,上费国力,下困生民,欲决于攻取之计,其如将佐士卒未能如意。或且为岁月持守之备,汰去冗兵,只留精锐在边,数少则费用日宽,兵精则足以御捍,贼地所产之物,严法以绝之,使不得与边人市易。既劫掠无所得,货利无所通,其势必日蹙,如更益练将卒,俟其衅隙可乘,然后大举,庶几有万全之策也。惟圣心裁择。[1]

庞籍在奏议中认为,兴兵讨伐,须有万全之策,如今尚未知元昊虚实,若轻易举兵,万一不利,则难以再振士气;况且进入西夏境内,不熟悉山川道路,又需借助蕃部向导,万一有诈,很容易陷入困境。庞籍力谏,不能期望在时机未成熟时试图短期内通过决战一劳永逸,而是应该加紧练兵,待元昊君臣出现衅隙时,再大举进攻,方是万全之策。

---

[1] 《续资治通鉴长编》卷一百三十一庆历元年二月条。

赵祯看了庞籍的奏议后,心里暗暗恼怒:"这些人,偏偏在朕下了诏令后,一个个上疏上奏!庞籍在奏书中还提到黄德和败兵至今四处流散,引发很多边患。这不是暗示万一此次进军失败,更多的溃兵可能引发内乱吗?!"

但他想着想着,额头不禁微微冒出冷汗。初看奏书的恼怒之火,如燃烧许久的柴火,慢慢熄灭。他努力使自己冷静下来,沉吟许久,便又将奏书转给宰执和枢密。宰执和枢密院便建议赵祯将庞籍之奏书誊抄给夏竦、韩琦。

此时,韩琦已经从京城返回陕西经略司。

二月乙酉日,泾原路走马承受崔宣上奏说,元昊派人到边境请和。赵祯接到奏报,心想:"元昊派人只到边境请和,却无上表,此是无诚意之举。此时,他必是听说王师即举,借此迷惑我军。"于是,他对宰执和枢密等大臣说:"西贼多计,欲用请和之计使我军松懈,朕决定下诏令诸路部署司严加守备。"这一次,赵祯心里想着范仲淹、庞籍的上奏,采取了一个比较保守的对策,诏书中只强调诸路严加守备。

庞籍的奏书尚未下转到陕西经略司,陕西签书经略安抚判官田况去拜见夏竦、韩琦,向二人谏言:"之前范仲淹上奏朝廷,保鄜延一路。在这种情况下,泾原路如果孤军进攻,忧患不浅。且葛怀敏等将多次向朝廷索要进军的条件,届时肯定难以服从夏公、韩帅的统领调遣,仓促孤军大举,实为凶险啊!"

"那田判官有何妙计?"夏竦皱起眉,冷着脸问道。田况是他向皇帝举荐的,如今夏竦见田况站出来委婉反对进军,不禁心下暗暗恼怒。

田况见夏竦面露不悦之色,料想夏竦这是对自己的态度感到不满。"为国大计,亦顾不得了,即便得罪了夏公,我也得说说真实看法!"当下,田况肃然答道:"夏公、韩帅,目下之际,不如密奏朝廷,请圣上降密旨,令部署司严加守备,贼若扰袭,再予打击,务必以全威制胜。如此,亦无背两公进军之意也。"

夏竦听田况这么说,铁青着脸不说话。

韩琦听了田况一番话,却是面如秋水。

沉思片刻,韩琦说道:"夏公,田判官也是一片公心,并非有意忤夏公之意。之前,夏公令我与尹洙带攻守策请圣上和两府裁定大计,不料进军之令下达,我已经返回陕西,却异议横出,朝听已惑,已阻师期。我等已不可轻易举兵大进,不若乘机请田判官上奏书说明目前师期已阻,不可仓促举兵。我亦上奏一书,请择秋初再行两路共举。夏公以为如何?"

韩琦这番话说完,夏竦脸色稍缓,叹了口气,说道:"那便依你之策办吧。"

于是,夏竦、韩琦与田况就如何上奏商议了一番。

二月丙午丙戌,田况向赵祯上了一篇长长的奏书。奏书云:

> 昨夏竦等为累奉诏以劳师费财,虑生他变,令早为经画,以期平定。故韩琦等入奏,画攻守二策,以禀圣算。其守策最备,可以施行,不意朝廷便用攻策。今一旦禀命,不敢持两端,非有宿定之谋,必胜之势,仓卒牵合,殊无纪律。昔继迁屡扰边陲,太宗亲部分诸将,五路进讨,或遇贼不击,或战衄而还。又尝令白守荣、马绍宗护送粮饷于灵州,诸将多违诏自奋,浦洛河之败,死者数万

人。今将帅士卒，素已懦怯，未甚更练。又知韩琦、尹洙同建此策，恐未甚禀服，临事进退，有误大举。请以一事验之：如师行有期，便须协力，今鄜延路部署司葛怀敏等，须索百端，料其必不能应付，足以为辞。此不可者一也。

计者以为贼常并力而来，我常分兵以御，众寡不敌，多贻败衄，今若全师大举，必有成功，此思之未熟耳。夫三军之命，系于将帅。人之材有大小，智有远近，以汉祖之善将，不若淮阴之益善，况庸人乎？今徒知大众可以威敌，而不思将帅之材否，此祸之大者也。两路八十余万人，庸将驱之，若为舒卷，贼若据险设伏，邀截冲击，首尾前后，势不相援，则奔溃可忧。今边臣所共奖者，朱观、王珪、桑怿尔，近于镇戎军出界，刘璠、定川两路，西贼境中生聚牛羊，皆迁徙远去，惟空闲族帐守者二三百人，辄来抗敌，诸将奔走骇乱，几不自免，部队前后，不复整齐，兵甲械用，大为攘夺。今两路齐入，并当剧贼，若有不利，则边防莫守，别贻后患。安危之计，决于一举。此不可者二也。

自西贼叛命以来，虽屡乘机会，然终不敢深寇郡县以餍其欲者，非算之少也。盖以中国之大，贤俊之盛，甲兵之众，未易可测。今我师深入，若无成功，大国威灵，益为彼轻，况或别堕奸计，以致他虞。此不可者三也。

计者又云，将帅之闲，虽未足倚，下流勇进，或有其人。自刘平、石元孙陷没，士气挫怯，未能勇奋。今兵数虽多，疲懦者众，以庸将驱怯兵，入不测之地，独近下使臣数辈，干赏蹈利，欲邀奇功，未见其利。此不可者四也。

　　计者又云，非欲深绝沙碛，以穷奸巢，但浅入山界，以挫贼气，如袭白豹城之比。臣谓乘虚袭掠，既不能破戎首、拉凶党，但残戮孥弱，以厚怨毒，诚非王师吊伐招徕之体。然事出无策，为彼之所为，亦当霆发电逝，往来轻速，以掩其不备。今兴师十万，鼓行而西，贼已巧为计谋，盛设堤备，清野据险，以待我师，何袭挫之有？此不可者五也。

　　自元昊寇边，人皆知其诛赏明、计数黠。今未有闲隙之可窥，而暴为兴举如此。计者但欲决胜负于一战，幸其或有所成，否则愿自比王恢以待罪，勇则勇矣，其如国事何！此不可者六也。

　　昨范仲淹奏，且乞朝廷敦包荒之量，存此一路，令诸将勒兵严备，贼至则击，但未行讨伐，容示以恩意，岁时之闲，或可招纳。今年尹洙到延州商量，仲淹坚执前奏，未议出师。若使泾原一路独入，则孤军进退，忧患不浅。今诸处探到事宜，多言昊贼俟我师诸路入界，则并兵一路以敌，与投来人杜文广所说相同，此正陷贼计中。此不可者七也。

　　以臣所见，夏竦、韩琦、尹洙同献此策，今若奏乞中罢，则是前后自相违异，殊无定算，欲果决进讨，则又仲淹执议不同，或失期会。乞召两府大臣定议，但令严设边备，若更有侵掠，即须出兵邀击，以摧贼势。如复怯懦，容贼杀掠，当以军法从事。或探得贼界谨自守备，不必先有轻举，恐落奸便。如此，则全威制胜，有功而无患也。

然自议攻讨以来，贼中呼集丑类，广为防守，迁徙劳扰，未尝少安，至今却有通款之意，亦不可谓之无益。至于驴畜军须之物，虚烦调发，却欲罢兵，亦是事之小者，临时分擘处置，亦不为难，所顾者安危大计尔。乞密降朝旨下都部署司。[1]

几乎是同一时间，韩琦的奏书也送到了朝廷。奏书云：

> 累准诏问，促令进兵，及令分析向去，有何方略授与诸路，即委不误事。遂与夏竦参定攻守二策。臣探知冬月昊贼未能举动之际，兼程赴阙，请对进呈，乞赐裁择。下两府大臣相议，只取攻策施行。臣屡曾面奏，兹事体大，系于安危。若陛下决知可攻，两府大臣主议不变，或能集事。今臣方归本司，而横议日腾，朝听已惑。攻刺之说，比已札下。朝廷举大事，主大谋，自当坚如金石，无有回易，特降诏旨激励将士，沮军者约行古法。今乃深忧重虑，必谓无成。况鄜延路范仲淹意在招纳，更不出兵，虽具奏闻，乞依元策。假若朝廷强之使进，终是本非已谋，将佐闻之，必无锐志，今已春月将半，渐有暑气，必难进兵。臣比来奉行成算，非是年壮气锐，虑不及远，幸而求胜，以误国家。诚以昊贼据数州之地，精兵不出四五万，余皆老弱妇女，举族而行。陕西四路之兵，虽不为少，即缘屯列城寨，势分力弱。故贼始犯延安，生擒二将，屠

---

[1] 《续资治通鉴长编》卷一百三十一庆历元年二月条。

掠无数者，盖刘平、石元孙聚一路之兵拒之，才及九千而已。去岁秋末，复有镇戎之败，刘继宗等分兵捍御，不满万人，比援兵之至，贼已捷归。是则彼势常专，我力常散。今中外不究此失，遂乃待贼太过，屯二十万重兵，只守界壕，不敢与敌。中夏之弱，自古未有。闻臣僚坚执守议，以为必胜之术者，臣恐数失寨堡，边障日虚，士气日丧，贼乘此则有吞陕右之心。加以兴师以来，科敛万计，民已大困，配率不止。去年秋稔，尚窘急如是，忽有水旱，其何以堪！臣近过邠、干、泾、渭等州，所至人户，经臣有状称为不任科率，乞行减放。内潘原县郭下丝绢行人十余家，每家配借钱七十贯文，哀诉求免。国用削弱，乃至于此，缘转运使计无所出，臣是以不敢邀爱民之誉，直行放免，恐相矛盾，上烦朝廷。臣恐一二年闲，经费益蹙，人情惶骇，师老思归，及期无代。每虑至此，臣难尽言。望陛下省群臣之难一，为大事之当谨，知其异议，已阻师期。且令诸路置办军须，训敕兵马，俟及秋初，若仲淹招怀未见其效，则别命近臣以观贼隙，如须讨击，即乞断在不疑，克日降旨，则庶事易办，便可进兵。[1]

赵祯阅田况、韩琦之奏书，沉思良久，心知师期已阻，近期泾原、鄜延两路齐出攻击元昊已经不可能。

但是，赵祯心下不甘，便下诏令环庆副都部署任福乘驿赶到泾原商议对敌之策，以期择机攻击元昊。

---

[1] 《续资治通鉴长编》卷一百三十一庆历元年二月条。

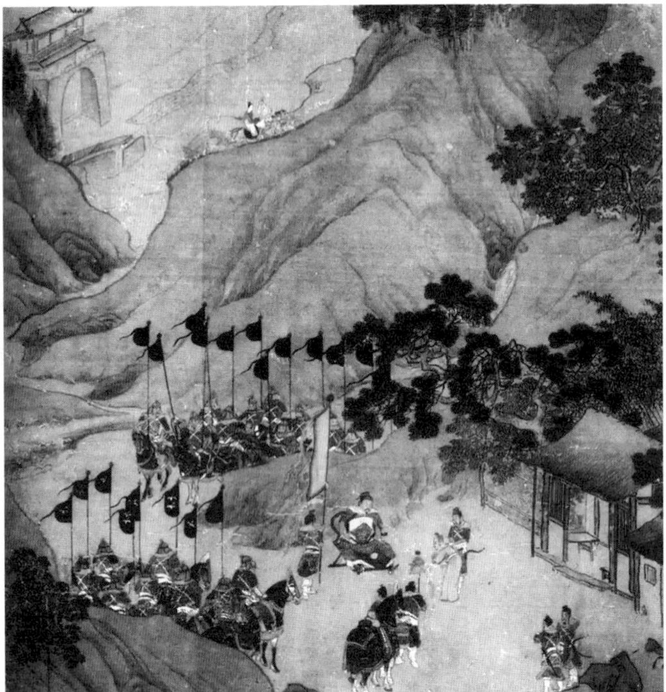

第二十八章
宋军血洒好水川

1

春日渐暖。这一日,任福全身披挂,穿着獬豸宝相鹏翅铁甲,带着几名亲兵,纵马疾驰,赶往泾州。耀眼的红缨随着战马的奔腾,在他的铁盔顶上一起一落。一早出发,已经连续奔行了二十多里,任福只觉得铁甲之内,衣衫已经被汗水濡湿了。

春天的太阳暖洋洋的,这让任福颇感惬意。他的脸颊宽阔,留着络腮胡子。闪亮的眼睛和开朗的笑容,透露出他有着直率、忠厚的性格。不久前,他受到朝廷嘉奖,晋升为马军都虞候。对于一个职业军人来说,这可是莫大的荣耀啊。因此,这段时间,他感觉自己整个身心一直处于亢奋之中,恨不得立刻带上一支兵马,痛击元昊之军,立下不世之功。

任福一行快到泾州城时,经过一个三岔路口。此时,从东南面的路口突然传来马蹄声。任福一惊,下意识地提起挂在马鞍一侧的大宁笔枪，同时勒住马，令众人停下，往东南面望去。只见远远奔来十余骑，当先一骑是宋军军校打扮，跟在其后的是两骑带刀的军校，再往后，却是一个穿着窄袖绯色盘领袍衫，腰系九环金革带，头戴黑色平巾帻的人。那人身侧有两名护卫，身后又是数骑军校。

前头那名军校远远望见路口有人，挥手示意后队停下。

"路口是何人？"那名军校喝道。

任福的一名亲兵大声道："我等是神龙卫的！尔等又是哪个指挥的？"这名亲兵显然也从着装看出了对方的军人身份。

"原来是神龙卫，陕西经略司副使韩帅巡边，正前往泾州城，还不快快来迎接！"

韩琦刚到陕西时，任福在河中府见过。此时他一听是韩琦巡边，慌忙带人纵马奔去。待距离韩琦一行十来步时，任福勒住马，翻身下马，上前拜见。

韩琦此时已经催马行到队前，见任福在马前迎接自己，也便下马与任福相见。

"韩帅，陛下令我赶往泾州城商量军事，你又为何亲自赶往泾州城？"

"陛下令四方严守，我本到泾原巡边。刚刚得到泾州城那边转来的谍报，据报元昊在折姜会地区阅兵，打算偷袭渭州，故匆匆赶往泾州。任将军来得正好。"

任福听韩琦这么一说，大声道："任福听候韩帅差遣！要说那元昊，不过如此，之前白豹城一战，我杀得他们丢盔弃甲。此番定杀他个片甲不留！"

韩琦微微点头，冷静地说道："任将军不可轻敌，待到泾州城，我们与诸将一起好好商议对敌之策。"

当下，两人重新上马，在亲兵护卫下，一起向泾州城赶去。

待到了泾州城下，泾原驻泊都监桑怿、钤辖朱观、泾州都监武英、行营都监王珪、参军事耿傅等早已经在城下迎候。

军情紧急，韩琦不待休息，便同任福、桑怿诸将商议对敌之策。

来泾州城之前，韩琦已经令镇戎军紧急招募了一万八千名勇士，同时准备尽出镇戎军之屯兵，前去进攻西夏入侵之军。镇戎军，行政地位同下州，本原州平高县之地，太宗至道三年建为军，常驻军大约一万名。泾州原有驻兵近两万，因此韩琦这次可以调动和备用的兵力有五万余人。

经过一番商议后，韩琦以任福为主将，以桑怿为先锋，以朱观、武英率所部接应，王珪、耿傅随朱观、武英一同出战。

随后，韩琦与任福急趋镇戎军，镇戎军主力亦早已经整装待发。韩琦便以兵符授任福，令其率领这支主力。桑怿、朱观等则各领泾州兵出征。

韩琦知任福立功心切，恐其有失，单独嘱咐道："任将军，此战务必谨慎。桑怿、朱观出兵后，你务必与他们并兵后，从三川寨出六盘山，到怀远城，再南下自德胜寨至羊牧隆城，如此便能出贼军之后。怀远城西南有德胜寨，南边有张家堡、龙竿城，再到羊牧隆城，各城寨相距不过四十里，皆为我军控制，且道路平易，粮草接济方便，如果看到敌势不可与战，则可据险设伏，待西贼撤军时再给予打击。"

"哈哈，韩帅，你也太小心了。此番我大军五万，如何怕得他元昊？元昊那贼子，总兵力不过八九万，真正能战的精兵不过四五万，即便他全军而出，我亦不怕他！况且，这次也只不过是偷袭渭州，定非主力。韩帅且看我等如何灭他！"说罢，任福咧嘴大笑。

"任将军有如此信心，那是最好，只是战场凶险，元昊善于用兵，切不可大意。"韩琦见任福满不在乎的样子，有些不放心，抓着任福的手，再次叮嘱。

"是！韩帅放心！"

"还有，接战后如果贼军匆匆败退，八成有诈，故切勿匆忙追击，切记！切记！"韩琦肃然道。

任福笑着应喏："是！遵命！"

任福告辞离去，转过身行了数步，微笑着喃喃自语道："儒将就是儒将，真是有点婆婆妈妈。"

次日清晨，任福率主力自镇戎军大营出兵，其子任怀亮作为裨将，亦随父出征。在任福看来，这是一次立功的好机会，所以便让儿子跟在自己的身边。

桑怿率轻骑数千为先锋，与任福主力齐发，向怀远城方向进军。半日后，桑怿率骑兵行至捺龙川，见此处地势平坦，一眼望去，多是灰褐色的土地。

"此地叫何名？"桑怿问。

"此地名叫捺龙川。"一名熟悉当地地理的亲随说道。

"捺龙川？"桑怿微微皱起了眉头。"捺龙，那不是将龙按住嘛。这个名字可真是不吉利！"桑怿不喜此地名，便令骑兵尽速前进。

正在这时，之前派出的斥候来报说，镇戎军西路都巡检常鼎、巡检内侍刘肃两位将军正率所部与一支自天都山南下的西夏军在前面张家堡南面接战，敌军有骑兵三四千人。

桑怿听了报告，暗想："看来，西夏军快我们一步，已经进击到南面去了。情况紧急，如何能不救？"当下桑怿率麾下轻骑风驰电掣赶往张家堡南面参战。任福闻军报，亦分出一军，自己亲自率领前往支援。

待进入战场，西夏军见宋军援军到了，便慌忙撤去，丢下了众多随军的马、羊和驮载辎重的骆驼。

任福、桑怿与常鼎、刘肃会合，一阵大杀，斩杀西夏军数百名。桑怿见了常、刘二人，笑道："方才，我在捺龙川颇觉地名不吉，原来那'捺龙'二字，却是应在贼军头上。"

常鼎、刘肃二将闻言，皆开怀大笑。

四将合军后，便决定往南去追击敌军。任福、桑怿等率军不久便到了好水川地域。眼见再往前数里便是好水川，桑怿不觉心下更喜："今日张家堡一战，大败贼军，这地名倒是应了此番胜利。"

宋军一路急追西夏败兵，天色已晚，暮色四合，任福便下令大军在好水川北原地扎营，暂歇一晚。

当晚，任福将桑怿、常鼎、刘肃召到中军大帐，道："前有白豹城，今又有张家堡，那元昊贼子，人皆言善于用兵，如今看来，不过如此！"刚刚打了胜仗，众将正在兴头上，听了任福之语，无不开怀大笑。

"快，去把今日获得的羊宰了，烤了羊肉和羊羔头，给将士送去，今晚好好吃一顿，明日剿灭贼军向朝廷请功！来日杀到兴庆府，我任福再请各位将军好好坐下来吃热腾腾的羊肉泡馍！"任福笑着吩咐亲兵。亲兵得令，乐颠颠地下去了。

这时，一军校急匆匆送来一卷牒文。任福打开一看，却是韩琦发来的。原来，韩琦担心任福贪功冒进，在任福发兵后又写一份牒文，令其防备西夏军使诈，必要时据险防御，不得冒进。任福看了牒文，一笑后折起塞入怀中，继续同诸将说笑起来。

当晚，朱观、武英率所部到达龙落川。

任福与桑怿在张家堡力挫西夏军后追击至好水川的消息传来，朱观知龙落川与好水川不过一山之隔，相距不过五里，不觉大喜。他将武英、耿傅等召入大帐，商议对策。

朱观道："如今任福、桑怿将军在山那边的好水川，我打算传书请任、桑两位将军，等我军明日会军后再一同追击贼军。诸位以为如何？"

武英道："朱将军，韩帅叮嘱，让我等前往羊牧隆城截击西夏军后路，那边有城寨接应，不会有粮草之困；若敌在张家堡是佯败，我军向北追敌，进入山地，恐有不测啊！"

"西夏军在张家堡偶遇我军合围被战败，岂能是佯败？"朱观道。

武英见朱观这么说，迟疑道："说得也是啊。张家堡的贼军，岂能知道任福、桑怿将军会率兵前去支援呢？"

"耿参军的意见呢？"朱观问道。

"诸位将军，兵法云，穷寇勿追。我军还是要防贼军有重兵在北面设伏啊。况且，我知张家堡那地方地势平易，贼军以如此少的兵马于平易之地进袭，甚是可疑。"耿傅道。

"贼军善用骑兵，地势平易，便于骑兵作战。至于人马不多，更是贼军偷袭常有之态，有甚可疑？"朱观道。

"朱将军，元昊那贼狡诈奸滑，我等不可以张家堡小胜而轻慢啊！"耿傅向朱观一抱拳，语气恳切地说道。

朱观沉吟片刻，说道："既如此，我便传书任将军，且让他等我军前去会合，再商追敌之策。"

耿傅见朱观这么说，便也不再多言。

当夜，耿傅梦见追击西夏军被包围，不觉惊醒，只感到头疼欲裂，浑身冷汗，心突突跳个不停。他即刻匆匆赶到朱观大帐，将其从睡梦中叫醒。朱观听了耿傅的叙述，亦不觉心惊，便请耿傅速速写一份短札，劝诫任福、桑怿勿要追击西夏败军，等会军后共赴羊牧隆城。为了使这份短札更有说服力，耿傅在书札上题了铃辖朱观之名，又盖了铃辖印章，并派了两名亲兵立刻翻山送往任福处。

凌晨时分，任福再次接到朱观传书，阅书后对送信的两名军士说道："且去回复朱将军，请他天亮后速率军前来会合，勿耽搁追击敌军的时机。"

两名军士得令，匆匆返回龙落川去了。

天蒙蒙亮的时候，朱观、武英便从龙落川开拔，半个多时辰后，赶到昨夜任福、桑怿军营地。不料，任福、桑怿的主力已经开拔，只在营地留下了辎重部队，让军校传话说，因斥候突然寻到前方敌军踪迹，怕误了战机，便仓促开拔前往追击了，并责令朱观等率军直接前往西边好水川口会军。

朱观见状，大急，找来武英、耿傅问计。

"辎重既弃，任、桑两位将军行军速度必会加快，我军带着辎重，再带上他们的辎重，定然追不上他们，只能去好水川口会军了。"武英道。

耿傅紧紧锁起眉头，说道："朱铃辖，武都监，前方已近好水川，若往西去好水川口，敌情难料，那支西夏败军也不知现在何处，我建议我军一边按令进军去会合，一边向韩帅禀报大军动态，另传书王珪将军自羊牧隆城率军自西前来策应。之前他率兵径往羊牧隆城，想来此时已经到达。"

"也只能如此了！"朱观当下采纳了耿傅、武英两人的建议，旋即带上任、桑两军的辎重开拔。

2

二月十二日，辛卯。任福、桑怿率军在好水川北面一带转悠了整整一天，却没有找到任何西夏军的踪迹。

二月十三日，壬辰。自张家堡败走的西夏军依然不见踪迹，任福、桑怿不禁暗暗着急。为了追击敌军，他们弃了辎重，只带了两日的军粮。到了这天晚上，军粮已经所剩无多，马料也几乎吃完了。

二月十四日，癸巳。任福、桑怿率军渐行渐远，来到了龙竿城北，终于发现了自张家堡败走的西夏骑兵。那支骑兵与任福、桑怿军一接触，便匆忙沿着好水川往西疾退。任福、桑怿岂肯就此罢休？此时，任福早将韩琦的叮嘱和朱观、耿傅的提醒抛在了脑后，与桑怿一起，率领大军跟在西夏败军之后，顺着好水川支流的北岸，急急往西边追去。

将近辰时，任福、桑怿率军追着西夏军来到一地，眼见大道两边是高大平缓的山坡，道路中间，横竖不齐地散落着十来只银泥盒。

那是什么？

桑怿勒住战马，心里暗想，那些盒子里八成便是西夏军仓促间丢弃的贵重物品。

行在前头的十几个骑兵此时已经翻身下马，迫不及待上前打开地上的银泥盒子。桑怿心头一跳，惊骇地大喊："且慢！"可是已经太晚了。数只银泥盒被打开，只听得扑棱棱的声音响起，数只灰白色的鸽子飞上天空。

桑怿暗叫不好。众人惊疑之际，只听前方山口仿佛隐隐传来奔雷之声，抬眼看去，前方漫山遍野杀出无数西夏骑兵。

"中计了！"桑怿大喊，旋即对任福道，"我且带人上去抵抗一阵，任将军速速结阵抵抗！"

任福此时已知中计，大骇，正想喊住桑怿，不料桑怿已然大喝一声，挥舞着偃月刀纵马向西夏骑兵冲杀过去。桑怿麾下的三千先锋骑兵见主将带头冲锋，一时间热血沸腾，纷纷纵马跟着向前杀将过去。

任福眼见前方密密麻麻的西夏铁骑不知有多少，心知再要撤退已然来不及，当下大呼麾下步骑兵结阵抗敌。

一转眼间，桑怿的先锋队已然冲入西夏骑兵大阵中，双方顿时杀成一片。西夏铁骑人数众多，如潮水般将桑怿的先锋骑兵队湮没在阵中。这支西夏铁骑是名副其实的铁骑，战士身披的都是冷锻铁甲，若非利刃强弓，一般都无法穿透。但是，此刻的桑怿率领的先锋队已经顾不上这些，只望快速冲到西夏军阵前与他们近身死拼，以阻其势。桑怿挥刀冲入处血花四溅，一连砍了十来人，锋利的偃月刀遇到冷锻铁甲，很快钝卷了。旋即桑怿被西夏铁骑围住，胯下的战马此刻已浑身滴血。桑怿怀了必死之心，越战越勇。西夏骑兵见他勇猛，围上十来骑，将其困在圈中，一起用长铁枪戳刺。桑怿挥舞偃月刀左斩右挡，不多时便被铁枪刺中数处，终于力战而亡，没于阵中。其胯下坐骑亦身中数枪，与主人一起倒在血泊中。

西夏铁骑并未被桑怿的先锋挡住多时，在一部分兵马围杀桑怿率领的先锋骑兵时，其余的骑兵分左右两部，已然同时向任福的主力步骑兵杀去，不多时便将任福率领的一万多人困在当中。

因为西夏铁骑速度奇快，任福的主力步骑兵尚未结成大阵，便已经被西夏铁骑冲突砍杀，很快乱成一片。

任福见西夏骑兵越来越多，心知此番被西夏军主力包围了。

"怀亮，你带一队杀向北边山坡，占领北边山坡的制高点，设法从侧翼遏制住贼军骑兵！"任福冲着自己身侧的儿子狂呼。

任怀亮答应一声，扭头望了父亲一眼，便指挥右翼的数千步兵结成战队，努力向北边山坡杀去。他在马背上挥舞一杆戟刀，搏命拼杀。几员裨将在他身旁，也合力砍杀近旁的西夏骑兵。这一番拼杀后，终于杀出一条血路，数千名宋军慢慢登上了北面的山坡。

任福眼见儿子勇猛地杀出北边一条生路，便想挥军往西夏军的中军冲杀，试图斩杀敌军主帅，以此打击敌人士气改变战局。但是正当他率队往前冲杀时，西夏中军处突然立起一杆两丈余高的大旗。那大旗往北一招，北面山坡顶上突然响起一阵狂呼。紧接着，坡顶突然涌出无数西夏弓箭手。一时间，千百支铁箭从山顶射下，正往北面山坡突围的宋军纷纷倒在铁箭之下。西夏人用的铁箭，箭头为三角形，长约两寸，被铁箭射中要害者，几无生还可能。就在片刻之间，便有数百名宋军惨死在铁箭的攒射之下，更有不少士兵在奔逃时被践踏而亡。任福远远望见儿子怀亮弃了马和戟刀，抽出背上铁鞭挥舞格挡铁箭，心中不由一热，泪光顿时模糊了眼前的景象。他再定睛看时，已然不见了怀亮的身影。任福忍着巨大的悲恸，狂呼喝令，向西夏军中军冲杀。宋军将士这时也杀红了眼，随着主将一声令下，便向东边狂杀而去。西夏军见宋军舍命冲杀，士气稍泄，开始往后退却。在这关键时刻，西夏中军那支大旗又往南边一招，南边的山头背后也杀出数千名西夏士兵。这拨士兵，如同大浪一般向任福的左翼杀来，片刻间便遏制住了宋军往前攻击的势头。

接战时，镇戎军西路巡检内侍刘肃在任福左翼。他于张家堡之战后与任福合兵共同追击西夏军，都巡检常鼎则留守张家堡，故未前来。这时，刘肃经过一番苦战也被西夏骑兵压制，不久亦在阵中战没。与此同时，另有两支西夏步骑军堵住了宋军的退路。

午时将近，春日的暖阳已经慢慢移向头顶。天气甚是晴朗，天地间色彩鲜亮，蓝色的天，黑色、灰色的土地，还有渐渐萌出绿色的草木，一切都显得生机盎然。但是，在这暖阳下的好水川口，黑色、灰色的土地，本来绿色的草木，渐渐被蒙上了一层鲜红色。近万名战士，有的被铁箭射穿了身体，有的被大刀砍去了头颅，有的被铁枪挑破肚皮，已经变成了一具具尸体，横七竖八地躺在了这片土地上。因为处于被围杀的处境，伤亡的宋军数量要远远大于西夏军。

残酷的战斗还在继续，剩余的两三千名宋军依然在奋力战斗。西夏军仿佛也没有想到宋军此战会如此顽强。西夏军没有退却的心，宋军也没有突围的意愿，已经抱着必死之心在搏杀。

任福挥舞四刃铁锏击杀了近旁的两名西夏步军，恍惚中听到有人喊他："任将军，任将军！你率军从东面突围吧！"

任福此时已经身着十余处创伤。他瞪着血红的双眼，扭头一看，只见一个浑身鲜血的小校正冲自己大喊。

"你叫什么？"

"我乃怀亮将军麾下军校刘进！少将军方才准备突围前留下我，

要我跟在将军身边。"

任福心中一痛，喝道："刘进，你看，你看到了吗？那大旗之下，有个戴着铜头盔的贼首，那人必是元昊。你若能突围出去，记得让我宋军将士杀此人为我等报仇！"

"将军，留得青山在，不愁没柴烧啊！将军，往东突围吧！我等誓死护将军突围！"刘进泣道。

任福宽阔的脸上流淌着血水，眼睛闪闪发亮，环视四周，果然见一众亲兵护在自己周围正与西夏军血战。他鼻子一酸，热泪盈眶，惨然一笑道："吾为大将，兵败，以死报国耳！你自带人突围去吧。"

刘进见任福决意赴死，只好带着一队人马往另一方向杀去。

任福望着刘进带人突围而去，正欲再次率军冲杀，忽然旁边冲出一个身穿大袍的年轻人。他手中提了一柄唐刀，浑身是血，大袍已经看不出原来的颜色。不过，看装束，此人显然并非正式的士卒。这一番战斗异常惨烈，杀得天昏地暗，谁也不知道此人是何时进入战阵的。

"将军，大势已去，没有必要送死，我护你杀出去！"

"你是何人？为何不着军中衣甲？"任福惊问道。

"我不过是一介草民，任何一个大宋子民都可以保家卫国！请将军随我来，我护将军突围。"

任福一愣，吼道："你自己杀出去！吾为大将，兵败如此，何可生还！"

那年轻人挥刀挡去一支飞箭，叫道："将军，何必如此？"

"休要再多说，你一介平民，休要无端送了性命，快走！"任福大吼。

这时，西夏军又再次围拢过来。年轻人再劝任福快走，任福铁了心就是不走。那年轻人无奈地叹了口气，一咬牙提着唐刀往刘进突围的方向杀去。

任福不再犹豫，冲旗手大吼一声："大将旗，跟上！"话音未落，他手挥四刃铁锏，狂呼一声，往西夏军中那面大旗方向杀去。旗手得令，高高擎起大将旗，跟着任福便往前冲。众亲兵见主将舍命向前，便也都不顾性命往前杀去。一时间，血光四溅，数十名西夏士兵被砍杀在地。

西夏军见任福一众勇猛难当，便令百余名弓箭手只用铁箭攒射。任福浑然不顾，率亲兵冲入西夏弓箭手阵列中，但求挥舞铁锏杀敌。西夏军无奈，从阵中冲出一名将领，挥长铁枪直取任福。任福挥铁锏格挡，却发现手已无力格开铁枪。那铁枪自任福脸颊刺入，立刻刺裂喉颈，任福鲜血飞溅，当场阵亡。

3

任福、桑怿所部被围时，渭州都监赵律受韩琦之令，率领瓦亭骑兵两千二百骑后发接应，即将与朱观、武英回军于姚家川。此地与朱观、武英所部相距不远，却不知任福那边的战况。朱观、武英正准备往南去好水川口与任福会合，突见从西边杀出无数西夏铁骑。朱观慌忙下令结阵迎击。武英见形势危急，便下令弓箭手用箭射住阵脚，自己一马当先，向西夏大将发出挑战，试图用这个办法来减缓西夏军的突然进攻，为己方列阵争取时间。

西夏军阵中的大将似乎亦不急于进攻，先令骑兵列阵以待，自己纵马出来，手中挥舞一柄长杆大锤。那大锤乃生铁所铸，工艺粗糙，锤顶有个小环，环上用铰链连了一截短铁棍。

"前面的宋将报上名来！"

"吾乃大宋泾州都监武英是也！"武英喝道。眼前这名西夏大将年纪有三十多岁，虎背熊腰，一张圆脸黝黑发亮，头戴一顶铁盔，身披铁甲，手中的兵器奇特，武英不敢小觑，双手紧握点钢枪，准备迎战。

"我乃大夏国大将克成赏是也！奉大夏国皇帝之命前来讨伐。尔等已入我军包围圈，还不速速就降！"西夏大将大声吼道。

"哼，且赢了我手中这点钢枪再说！"武英怒喝道。

克成赏冷笑了一下，眼中射出阴森的光。他身旁的一员副将纵马出来请战，克成赏挥手示意那副将退下，冲武英喝道："今日我倒要会会大宋的都监！武都监，接招吧！"说罢，拍马向武英冲去。

武英亦不示弱，双腿一夹，催马向对手迎去。只听"哐啷"一声，武英的点钢枪荡开了克成赏的铁锤。这一交手，武英顿觉两手虎口发麻，不禁暗暗吃惊。未等他回过神来，克成赏又挥动大铁锤杀到，武英慌忙挺枪迎战。转眼间，双方战了十几个回合。突然，克成赏看到武英露出破绽，挥锤向武英天灵盖击去。武英忙将枪往头顶一横，锤头是被挡住了，可是锤头上的那截铁棍却在锤头一转，重重打在武英的头顶。顿时，头顶的铁兜鍪被砸碎，武英只觉头部剧痛，两眼一黑翻身往马下跌去。不料他翻身滚落时，一只脚被马镫挂住，半个身子砸在地上，脚却吊在马镫上。那马儿却仿佛通得人性，掉了头，拖着主人往本阵飞奔。克成赏似乎不急于追击，只是在原地看着武英挂在马镫上被马儿带回本阵。朱观见武英受伤，慌忙拍马赶上，拽住武英战骑的缰绳，又令亲兵护武英下去治伤。

克成赏与武英大战之际，西夏军已经渐渐从西面合围过来，却并不急于进攻。这时，只听得西边西夏大阵之外一片喊杀声。

"朱将军，估计是王珪将军率援军到了。"耿傅说道。

"只是西夏军包围重重，恐怕援军杀不透这重围啊。这支西夏军，看人数少说也得三四万。可是，他们为何对我们围而不攻呢？"朱观满面困惑。

耿傅突然低呼一声，道："不好！朱将军，我恐任福、桑怿将军此时亦已经陷入西夏军包围，克成赏所部正在等待那边的战况。如那边任、桑将军战败，那边的西夏军便可能赶回来合围我军。"

"耿参军，这支西夏军已经有四五万人，按照你的说法，岂非西夏军还有四五万人围住了任、桑两位将军？"

耿傅点点头，说道："只有这种可能。克成赏是为了拖住我军，阻挡我军前去支援任福、桑怿。"

"这么说，我军需尽快进攻为宜！"朱观骇然说道。

"是！此时不得不战！我们向南突围！"耿傅斩钉截铁地说道。

两员主将达成共识，即刻下令大阵转向南面，只用侧翼抵挡西面之敌。

那克成赏岂肯放过宋军，挥手向旗手示意。于是，他身后一根两丈高的大旗往南面一招，只听得南面山岗上呼声四起，漫山遍野杀出万余名西夏步骑，将南面又包围了一重。

朱观、耿傅见状，大惊。但此时已经没有其他出路，朱观只能下死命令，命麾下将士往南面猛冲……

耿傅没有猜错。在克成赏大军包围圈的西边，刚才确实有一支六千余人的救兵试图以楔形战阵冲击西夏军阵地，但是他们很快被击退了。这支援军是王珪率领的，由其从泾州带来的部队以及羊牧隆城的屯兵所构成，一同领兵前来的将领是监羊牧隆城酒税柴斌、陕西部押兵士李简、柔远寨寨主王庆、镇戎军军监押李禹亨、三川寨监押刘钧等。

久攻无效之时，王珪得到斥候报告，知任福、桑怿军在好水川口被元昊亲率的主力包围。眼见朱观的大将旗往南移动，王珪当下痛下决心，令部队往南运动，前往好水川口去援任福、桑怿之军。

将近午时，王珪率援军赶到好水川口附近，远远望见西夏军密密麻麻将任福、桑怿军包围在中心。在好水川口这片大山间的平地上，已经布满了宋夏双方万千战士的尸体。

远远望见阵地的惨烈情状，援军将士悚然大惊。王珪见山路边有一隆起高坡，便纵马冲上往包围圈中看去，但见任福的大将旗尚自竖立。

任将军尚在，不能不救！王珪暗想。

尽管六千名的兵力明显不及西夏军，但是王珪下达了全军向西夏军包围突击的命令。

"将军，西夏军数倍于我，如现在进攻，无异于送死啊！"一军校上前谏言。

王珪紧抿嘴唇，几乎咬出血来，略一迟疑，便不去看那军校，一挥手，大声下令："进攻！"

众将士得令，发出一阵呼喊，便往敌阵杀去。王珪见有数名军校在原地顾望不愿进攻，当即下令，将这几名军校斩首。

一阵冲杀后，王珪麾下死伤无数，不得不暂时退下重整旗鼓。羊牧隆城酒税柴斌、陕西部押兵士李简两将在第一轮攻击中便在阵中战没。

王珪东望再拜，仰天长啸，旋即道："臣非负国，力不能及也，独有死耳！"言罢，他手提大斧，换了一匹战马，率军再次往敌阵杀去。

这次进攻比第一轮更加惨烈。西夏军见宋军冒死冲杀，亦拼了命进行抵挡。王珪带着亲兵，转眼间便斩杀了数百名敌军。无奈西夏军人数占了绝对优势，王珪率领的宋军好不容易撕开一处缺口，便很快被密密麻麻涌来的西夏士兵重新堵上。不多时，王珪渐觉双膀酸麻，在马背上已经施展不开大斧，而胯下战马亦将虚脱，于是弃了大斧，再次换了匹战马，持铁鞭继续纵马击杀。一阵冲杀后，王珪手中的铁鞭弯曲，手掌破裂，血肉模糊。西夏人见王珪亡命拼杀，勇猛难当，稍稍退却，只在远处以铁箭射击阻挡王珪所部的进攻。

王珪令士卒以盾牌挡箭，自己挥铁鞭一边格挡来箭，一边纵马继续向前。突然，王珪听得数步外一声大叫，扭头看去，却是镇戎军军监押李禹亨被铁箭射中胸膛。李禹亨身子往后一倒，当场阵亡。王珪见李禹亨战死，心中大痛。便在此时，他胯下战马发出一声凄厉的嘶鸣，旋即往一侧倒去。原来，战马已经被一支铁箭射中了前腿。王珪一惊，从马镫中抽出脚，纵在一旁，却听铁箭破空声已近，慌忙右手举铁鞭一挡，堪堪挡去一箭。但是他旋即发觉肋下一麻，另一支铁箭已经擦着他的肋部飞过，一阵剧痛从肋部传来，王珪右手中的铁鞭几乎脱手。紧接着，他的大腿和左肩各中一箭。西夏军大铁箭箭头长，射中身体即贯穿骨肉。王珪中了两箭，当即翻倒在地。亲兵们眼见主将受伤，慌忙将他拖回盾牌后。王珪此时已经杀红了眼，抬手折断两箭，留得箭头在骨肉中，纵声大喝："吾乃大将，此正报国之时也！"说罢，提起铁鞭，再次纵身往前冲杀。

众将士知今日之战不能幸免，鼓起最后的气力，愤然往前冲杀。不多时，王珪面中一箭，终于战没阵前。柔远寨寨主王庆、三川寨监押刘钧诸将官也先后战死。自午时至申时，王珪率领的援军六千余人，为救援主将任福全部阵亡，其中包括指挥使和军校数百人。

4

太阳已经偏西，好水川口的战场上变得一片死寂。任福、桑怿军和王珪的援军已经全军战没。

夕阳照在元昊头顶的铜头盔上，反射出刺眼的光。元昊的身侧，有一中年人在马背上昂首望着这片战场。此人身穿紫色棉袍，头戴纶巾，却是中原文士的模样。他便是从中原投奔元昊的张元，已经被元昊封为大夏国尚书令兼中书令，此次他以军师身份随元昊出征。

元昊和张元立马之处，就在任福的尸身旁。任福身上浑身是伤，横在血泊之中。

此时，一军校抽刀欲斩下任福的首级。

"住手！"元昊沉声喝道。

那军校一愣，退到了一旁。

元昊面无表情地低头盯着任福的尸体看了片刻，慢慢抬起头，一言不发，只是目光冷冷地扫视着战场。

张元见任福的大将旗倒在五六步外，忽然对随军文书道："取笔墨来！"

元昊听张元这么说，扭过头肃然看着张元，却不发问。

不一刻，随军文书备好了笔墨。张元下了马，跨过几具尸体，走到任福的大将旗旁。

"将旗子在地上铺好了！"张元吩咐近旁的军士。

军士得令，依言将那面沾满了鲜血的红底黑字大将旗在地上铺好。

张元蹲下身子，提毛笔饱蘸墨水，在大将旗上龙飞凤舞地写起来。

元昊抬眼看去，却见张元在旗子上写道：

夏竦何曾耸

韩琦未足奇

满川龙虎辇

犹自说兵机

太师、尚书兼中书令随大驾至此

张元在旗子上题完字，立起身，心满意足地盯着那旗子看了许久。

元昊在马背上只是嘴角一动，淡淡一笑，旋即肃然下令："诸位将士，随朕前去支援克成赏，继续围攻宋军！"

张元抬起头一愣，旋即飞步奔回，翻身上马。此时，元昊已经勒住马缰，将马头朝向了北方。

天色渐渐暗了。

朱观见南面敌军一层层包围过来，心知今日必败。

"耿参军，我观南面贼军甚众，东边倒似乎薄弱一些。我记得

741

来路似有一片废弃的民房，你率一部往西杀去，进得民房，借助地利，以弓箭防卫，或有生机。我率部在此牵制贼军。"朱观勒住马缰，扭头对耿傅道。

"吾乃参军，岂能弃下主将！"耿傅于马背上咧嘴一笑。

"耿参军，今日之战，我当死，君为文吏，无军责，奈何与我俱死！"朱观急道。

耿傅又是咧嘴一笑，也不回答，手中一抖缰绳，挥剑随一众士卒一起往敌阵冲去。朱观一愣，待要喝止，耿傅却已经冲到阵前去了。

不一刻，一士兵来报，耿傅身中数枪，已然阵亡。朱观仰天大哭。他环顾四周，发现余下兵马不过千余人，于是将心一横，准备率军与西夏军决一死战。

正在这时，只听东边阵地一片喧哗。朱观抬眼望去，却见西夏军阵的东边，一面宋军大将旗正在飞快靠近。那大将旗红色为底，旗面上绣着一个大大的"王"字。

绝望中的朱观猛然醒悟，东边又有一支援军赶到了。这时，他麾下的士卒亦大喊起来："援军来了！援军来了！"

众人一时间士气大振，不等朱观下令，都纷纷向东边杀去。

朱观见状，重新振作起精神，纵马率军往东杀去。不多时，朱观所部撕开西夏军阵地，终于冲出包围同援军会合了。原来，援军乃泾原部署王仲宝，本受韩琦之令作为后军接应，不料却成了援军，救下了朱观残部。当下，朱观与王仲宝合兵后往东面退去，傍晚时分，退入了一片废弃的民房，宋军以断壁残垣为掩体，用弓箭和梭枪压制住了西夏追兵的进攻。

夜晚渐渐降临了，星辰在夜空发出冰冷的光。西夏军见夜色降临,担心有失,很快悄无声息地退去了。

5

这是极其残酷的战斗留下的恐怖、悲惨的现场。

当韩琦赶到现场时,整个身子都仿佛僵在了马背上。他感到胸中的悲愤、伤痛快要使胸膛炸裂了,可是身子却一点动弹不得;他感到泪水从眼中奔涌而出,想要哭喊,想要狂呼,想要挥手抹去眼前恐怖、悲惨的一切,可是手臂却麻木了,连手指也仿佛不是自己的了。

"韩帅!"一名亲随见韩琦在马背上久久发呆,轻轻喊了一声。

韩琦仿佛没听到。良久,他微微扭过惨白的脸,瞪着血红的双眼,对亲随说道:"传令下去,找到任福、桑怿等主要将官的尸身,带回厚葬。"

"士卒们的尸身呢?"

"就地埋葬。太多了,带不回去了!也不能带回去,若带回去,恐引发大乱啊!且——记录阵亡将士名字,待来日嘉奖抚恤。"

"贼军士卒的尸身怎么处置?"

韩琦呆了呆,说道:"将他们的尸身另行埋了……等等……若是缠斗在一起分不开,就一起埋葬了吧。"

"这……"

"遵照命令执行吧!"

那名亲随不再说话,自去传令了。

韩琦又将目光投向了战场,泪水再次奔涌而出。

数日后,韩琦率兵护送任福、桑怿等主要将官的尸体回镇戎军。队伍行至怀远城，但听远远传来喧天动地的哭声。再往前行，韩琦见怀远城南门外白幡遮日，白纸钱漫天飞舞。数千名百姓扶老携幼，拦在南门外。

"回来了！回来了！"

有人大声哭喊起来。顿时，"回来了！回来了！"的哭喊声响成一片。

又有人哭喊道：

"我的儿啊，你在哪里啊？韩招讨回来了，可是你在哪里啊？！"

"韩招讨，韩招讨，你有没有将我的儿带回来啊？"

"韩招讨回来了，你们的亡魂可要跟着韩招讨一起回来呀！要回来啊！"

韩琦勒住马，听着震天的呼喊声，不觉泪如雨下。

回到泾州后，韩琦立即将好水川兵败的情况急报朝廷，同时上奏自劾。

战报送到时，垂拱殿正在举行朝会。赵祯接到战报，惊怒交加，一把将战报抛掷在墀阶之下。

"你们都看看！"赵祯怒目圆睁，眼光冷冷地将两府大臣扫了一遍。

吕夷简俯身从地上捡起战报，匆匆看了看，叹道："真是一战不如一战啊！"

晏殊等人见皇帝震怒，皆低头不语。

"你们说说，任福、桑怿等非怯战，诸将士非不勇，这仗如何就又败了，而且还败得如此之惨？"

吕夷简又道："陛下，此番元昊贼子倾国入寇，而任福所统之兵又非素抚之师，临敌受命，法制不立，故有败绩啊。"

赵祯强忍怒火，惨白的脸上稍稍有了些血色，沉默了半晌，道："此战将帅用命，为国尽忠，朕要对阵亡将士一一嘉奖。吕夷简，晏殊，你们召集两府，核定阵亡将士名录，尽快定个方案。"

吕夷简、晏殊不敢多言，慌忙领命。

二月十八日，丁酉。赵祯下诏，追封好水川阵亡将帅：

  马军都虞候、贺州防御使任福追赠武胜军节度使兼侍中
  礼宾副使王珪追赠金州观察使
  赵律追赠密州观察使
  武英追赠邢州观察使
  内殿崇班、阁门祗候桑怿追赠解州防
  内殿崇班柴斌追赠成州团练使
  左侍禁、阁门祗候李简追赠惠州团练使
  西头供奉官、左侍禁李禹亨追赠泽州刺史
  内侍殿头刘肃追赠丹州刺史
  右侍禁刘钧追赠右屯卫将军、万州刺史
  右班殿直唐忠追赠右屯卫将军、钦州刺史
  将作监丞耿傅追赠右谏议大夫、镇戎军指使
  御前忠佐王贵追赠复州防御使
  刘干追赠和州防御使
  驻泊神卫指挥使白兴追赠慈州团练使
  渭州指使、神骑副都指挥使杨玉追赠澧州刺史

同时，还追封阵亡将帅母妻，并录他们的子孙到朝廷或地方官府为官。对于阵亡的主将任福，赵祯专门下诏，将金顺坊第一区赐给其家作为府邸，又按月支给任福家钱三万、粟麦各四十斛以资勉励。

次日，环庆路忽报，西夏军又进攻刘璠堡。赵祯急令两府商议接下去的对策。

这几日,赵祯因战败之事惊怒交加,不巧又得知寿国公赵昕突然得了重疾,在惊怒之余,又多了几分悲忧。两日后,寿国公病薨的消息报到宫中,赵祯不禁惨然垂泣。

范仲淹在延州得到任福、桑怿等在好水川全军战没的消息后,仰天悲叹:"兵者,诚如孙子之言,死生之大事,万千名将士的性命,岂能置生死于度外啊!"

晝錦堂記

晝錦堂記

仕官而至將相富貴而歸故鄉此人情之所
榮而今昔之所
同也蓋士方窮時困阨閭里庸人孺子皆得
易而侮之若季子不禮於其嫂買臣見棄於其妻
一旦高車駟馬旗旄導前而騎卒擁後夾道之人
相與駢肩累跡瞻望咨嗟而所謂庸夫愚婦者奔走駭汗羞愧
俯伏以自悔罪於車塵馬足之間此一介之士得志於當時而意氣之盛昔人
比之衣錦之榮者也惟大丞相魏國公則不然公相人也世有令德為時名卿自公少時已擢高科登顯仕海内之士聞下風而望餘光者蓋亦有年矣所謂將相而富貴皆公所宜素有非如窮阨之人僥倖得志於一時出於庸夫愚婦之不意以驚駭而誇耀之也然則高牙大纛不足為公榮桓圭袞冕不足為公貴惟德被生民而功施社稷勒之金石播之聲詩以耀後世而垂無窮此公之志而士亦以此望於公也豈止夸一時而榮一鄉哉
公在至和中嘗以武康之節來治於相乃作晝錦之堂於後圃既又刻詩於石以遺相人其言以快恩讎矜名譽為可薄蓋不以昔人所夸者為榮而以為戒於此見公之視富貴為何如而其志豈易量哉故能出入將相勤勞王家而夷險一節至於臨大事決大議垂紳正笏不動聲色而措天下於泰山之安可謂社稷之臣矣其豐功盛烈所以銘彝鼎而被弦歌者乃邦家之光非閭里之榮也余雖不獲登公之堂幸嘗竊誦公之詩樂公之志有成而喜為天下道也於是乎書尚書吏部侍郎參知政事歐陽脩記

治平二年三月十三日李子方篆額

第二十九章
韩范遭贬

1

　　这一日，范仲淹带着范纯祐、滕元发、赵圭南、周德宝等人在延州城楼巡视。张亢正在城楼上监守，听闻范仲淹来巡视，便前来陪同。众人正在城楼上一边巡视一边说话时，城楼外面远远传来了一阵马蹄声。范仲淹定睛看去，见十余骑远远行来，队伍中有两人似乎是党项人打扮，心中一动，喃喃道："莫非是韩周自兴庆府回来了？"原来，范仲淹要求高延德将自己写给元昊的文书带回去，高延德便请人随往。于是范仲淹派韩周持《致元昊书》跟随高延德入西夏。

　　"纯祐，圭南，你们下楼去看看，估计是韩周回来了！"

　　纯祐听出父亲的口气有些急切，与赵圭南应喏一声，便匆匆下了城楼。不多时，两人果然带着风尘仆仆的韩周前来拜见。

　　"范经略！"韩周见了范仲淹便下跪行拜首礼。

"起来，起来说话。那元昊得我书后，可有回书？"范仲淹一边说着，一边扶起韩周。

韩周立起身，说道："范大人，属下无能，未能索得元昊回书，只带回了西夏的使者，他们带了元昊大臣野利旺荣之书。"

"他们人呢？"

"属下让他们在城楼下等候，其中一人是使者，另一个是随行。"

范仲淹微微点头，道："甚好。你且将此行发生的事细细说来，再请他们上楼来不迟。"

于是，韩周便将前往西夏的经历细细说了一番。原来，韩周随高延德进入西夏境内，一开始，西夏当地将官接待韩周还算礼节周到。可是又行了两日后，韩周发现西夏将官对待自己的态度愈来愈倨傲。韩周觉得奇怪，心想一定发生了什么大事，私下一打听，才知任福、桑怿大军在好水川被西夏军歼灭。这个消息已经传到了西夏，因此当地将官对待宋的态度随之发生了变化。韩周到了夏州后，元昊并未接见他，他只得将范仲淹写给元昊的回书呈给受元昊之命接见他的野利旺荣。多日后，野利旺荣派人将一卷书札交给使者，派使者跟随韩周去见范仲淹。野利旺荣对韩周说，范仲淹的来书不敢呈送给兀卒看，所以自己写了封书信回复范仲淹。

"嗯，这不过是托词。野利旺荣必是在元昊的授意下回复的。书札现可在使者手里？"范仲淹道。

"正是。"

"纯祐，你去带夏人的使者上来。"

范纯祐得令，不一会儿便领了两个髡发的西夏人上来。其中一个穿着白色的棉袍，背上斜背着一个白布包裹，一看便是使者。

另一个人穿着灰色窄袖长袍,腰间束护腰,挂着佩刀,一副武士打扮。

"还不向经略大人跪下施礼!"韩周喝道。

两个西夏人听了,勉勉强强地跪下向范仲淹行了礼。两人倒是都能说汉话。

"两位请起!"范仲淹面色温和地扶起他们。

"谢大人。"两个西夏人见范仲淹和颜悦色,没有架子,便对范仲淹心生好感,起身后恭恭敬敬地道了谢。

"这位可是使者?请问尊姓大名?"

"我叫野利大川。"

"真是个好名字。听说使者带来了野利旺荣大人的回信?"

"正是。"野利大川答道,说着从背上解下包袱,拿出一个铜匣子,小心翼翼打开,从中取出一卷书札呈送范仲淹。

范仲淹接过书札,却不打开,说道:"此书我自然会转呈朝廷,两位且去驿馆歇息,等候回复。"随后,他让李金辂带着两个西夏人先去城内驿馆歇息。

李金辂带着西夏人离开后,张亢说道:"范大人,使不得!"

"什么?"

"范大人,你可不能直接将此书札转呈朝廷啊!宝元二年时,朝廷曾下圣旨,凡是外界表章,都应先打开检视。"

"此非表章,乃是写给我的书札,若不直接呈给朝廷,恐朝廷疑我啊!"

"非也!范大人,此虽非表章,却绝非私人书信,亦当以表章对待。况且,万一此书札中有对朝廷不敬之语,岂非大伤国体?"

范仲淹听了,陷入沉思。许久后,他缓缓打开书札细细读起来。

那卷书札有二十六张纸，内容不少。范仲淹细细读了完后，沉默不语，面有愠色。张亢在一旁见范仲淹脸色不对，问道："范大人，怎么了？"

"被你说中了，你看看这书札。"范仲淹将那卷书札递给张亢。

张亢接过书札一看，不免大怒。原来，书札中言语傲慢，不但没有臣服之意，而且大肆贬损朝廷。

范仲淹心知若将此书留下，必然大伤朝廷威严。回到官署后，他令人誊录了副本后，便将两个西夏人找来，当着他们的面将原书札焚毁，并令野利大川回去警告野利旺荣，不得对朝廷无礼。

野利大川离开后，范仲淹再次细读副本，将其中含有侮辱朝廷之语的二十来张焚毁，剩下的几张内容略加删改后才又作誊抄，随后令韩周送至汴京。

吕夷简收到韩周送来的书札，阅后心下暗恼，忽而眼中精光一闪，冷笑一声。旋即，吕夷简召集两府大臣，将书札转给诸位大臣传阅。

"这个范仲淹，也是胆大包天。人臣无外交，他就不该私下与元昊通书，更不该焚毁西夏回书。"

参知政事宋庠听吕夷简这么说，暗想："看来吕夷简老奸巨猾，必定想趁机治治范仲淹。范仲淹这人，平日自视清高，也难怪吕夷简要收拾他。我正可借机弹劾范仲淹，也可抬高我在圣上面前和朝廷中的地位。"

两府大臣传阅野利旺荣的来书后，吕夷简将文书呈给了赵祯皇帝。

赵祯阅此文书后，亦心中大怒。次日，他在垂拱殿朝会，便问诸臣如何处理范仲淹与西夏元昊通书一事。

宋庠站出班列抢先上奏:"陛下,所谓人臣无外交,范仲淹目无朝廷,论罪当斩。"

此言一出,朝堂一片哗然。赵祯也被宋庠的上言惊住了,暗想这个宋庠,怎会如此心狠!

这时,御史台杜衍站了出来,大声道:"仲淹本志,盖忠于朝廷,其用意不过是想招降元昊,何可深罪!"

宋庠冷冷一笑,拿眼睛一瞥吕夷简。吕夷简装作没有看到,站在原地只是不说话。

赵祯见吕夷简肃立不言,便问道:"吕卿家,你的看法呢?"

吕夷简眯起眼睛,沉吟片刻,说道:"臣以为,杜大人所言颇为有理。范仲淹致书元昊,也是出于对陛下的忠心,虽然不妥,但薄责足矣。"

吕夷简这么一说,宋庠心下大惊。这时,他才醒悟过来,吕夷简是想借此事打击范仲淹,但更重要的是借此让他宋庠失去皇帝的信任,以此消除对自己相位的威胁。他知道,现在要挽回皇帝对自己的看法,为时已晚。

退朝后,知谏院孙沔也上了疏为范仲淹辩解。

2

尹洙未能说服范仲淹出兵,于二月二十辛丑日从延州回到庆州。

这时,尹洙方才听说任福等在好水川全军战没,这个消息令他悲恸欲绝。他探得西夏军一部尚在围攻刘璠堡,等不及向夏竦、韩琦汇报,便急令环庆路都监刘政率精兵数千前往支援,欲为任福、桑怿等报仇。刘政所部未到刘璠堡，西夏军便已退去，刘政只能率军返回庆州。

夏竦正因任福之败而恼怒异常，闻听尹洙擅自发兵，当即上奏弹劾尹洙。

这日，赵祯看了夏竦对尹洙的弹劾，不发一言，将折子甩在一边。好水川大败后，他郁郁不欢，心头整天琢磨着再次发兵寻元昊报仇雪恨。经过好水川一战，泾原路的大将几乎损失殆尽，兵力极度匮乏。要想从泾原路出兵主动攻击西夏，缺兵少将如何能行？因此，他想到的第一步便是为泾原路再挑良将。思虑良久，他决定将葛怀敏从鄜延路调到泾原路。既然范仲淹不想主动出击，那就从鄜延路调出一名主将吧。王仲宝救出了朱观，也是一个可用之人。他这样打定了主意，便下诏将葛怀敏调为泾原路副都部署，同时，升王仲宝为环庆副都部署。

范仲淹闻知此事，知皇帝对好水川之败心有不甘。"只是，这个葛怀敏滑懦又不知兵，若陛下用他谋攻元昊，实为不智也！"范仲淹经过一番深虑，便乞进京面圣。

赵祯正想听范仲淹谈谈对付西夏的策略，便宣他即刻进京。范仲淹见到赵祯后，将自己对葛怀敏的判断如实相告。赵祯正欲重用葛怀敏谋攻西夏，哪里听得进他的进言？范仲淹无奈，只能忧心忡忡地返回延州。

二月底至三月初，开封、澶州下起了罕见的大雨。因为这场连绵多日的大雨，京师、澶州等地水灾严重。这使得赵祯发兵复仇的计划不得不暂时搁置。但是，复仇的念头赵祯一刻也没有淡忘。

好水川之败对朝野的震撼还在继续发酵。大臣们纷纷上疏上奏弹劾韩琦、朱观等人。其实，韩琦、朱观等心知罪责难免，战败之后都已经上奏自劾，请求降官。

不过，从任福尸身上搜出了韩琦在好水川战前发出的牒文，以及由耿傅书写、朱观署名的提醒任福的文书，夏竦派人呈送给了朝廷。赵祯看了两份沾满鲜血的文件，知韩琦、朱观也已经尽了责任。任福之败，实在是因为其不听劝诫，急于立功，才陷入元昊主力的埋伏圈。

但是，此战损兵折将，朝野震动，怎能对主要将帅不加处置呢？为了平复舆论，赵祯决定先降朱观的官职。至于韩琦，情况更加复杂一些。元昊先行出击，韩琦闻战报发兵抵抗，乃是尽其陕西经略司副使的责任。夏竦作为经略司安抚使，自然是批准了这次军事行动的。同为陕西经略司副使的范仲淹，当然也跑不了。可是，如何处置这三位主要的将帅呢？赵祯一时间拿不定主意。

三月辛亥，赵祯下诏降知镇戎军、崇仪使、忠州刺史朱观为供备库使。旋即他召集两府大臣，想要罢黜陕西诸路行营之号，以此迷惑西夏，同时秘密招兵买马，准备深入西夏境内讨伐元昊。宰执、枢密知皇帝报仇心切，因此不敢违抗旨意，但经过一番讨论，皆言韩琦新败，不宜立刻委以重任，当此之际，应诏令范仲淹择机率兵进攻。于是赵祯下诏，令范仲淹检视将士勇怯，如不至畏懦，即可驱策前去，乘机立功。

范仲淹得诏，上奏云：

> 任福已下，勇于战斗，贼退便追，不依韩琦指踪，因致陷没。此皆边上有名之将，尚不能料贼，今之所选，往往不及，更令深入，祸未可量。大凡胜则乘时鼓勇，败则望风丧气，不须体量，理之常也。但边臣之情，务夸敢

勇，耻言畏怯，假使真有敢勇，则任福等数人是也，而无济于国家。孙子曰："胜兵先胜而后求战，败兵先战而后求胜。"今欲以重兵密行，军须粮草，动数万人，呼索百端，非一日可举。如延州入贼界二百余里，营阵之进，须是四程。况贼界常有探候，兼扼险隘，徒言密切可无喧谱。其行营名目，切恐虚有废罢。自古败而复胜者，盖将帅一时之谋，我既退衄，彼必懈慢，乘机进战，或可图之。昨山外贼退之时，本处兵少，兼阙将帅，所以不能举动。近据庆州申，郝仁禹等领兵入界，亦多输折，盖贼扼险要，以寡击众而致也。臣愚以为报国之仇，不可仓卒。昔孟明之败，三年而后报殽之役。孙子曰："主不可以怒而兴兵，将不可以愠而致战。合于利而动，不合于利而止。故明主谨之，良将警之，安国之道也。"又曰："利而诱之，怒而挠之，引而劳之。"今贼用此策，不可不知。若乘盛怒进兵，为小利所诱，劳敝我师，则其落贼策中，患有不测，或更差失，忧岂不大？自古用兵之术，无出孙子，此皆孙子之深戒，非臣之能言也。以臣所见，延州路乞依前奏，且修南安等处三两废寨，安存熟户并弓箭手，以固藩篱，俯彼巢穴。他日贼大至则守，小至则击，有间则攻，方可就近以扰之，出奇以讨之。然复寨之初，犹虑须有战斗，比之入界，其势稍安。其诸路并乞且务持重，训练奇兵。先乞相度德靖寨西至庆州界，环州西至镇戎军界，择要害之地堪为营寨之处，必可久守则进兵据之。其侧近蕃族，既难耕作，且惧杀戮，又见汉兵久驻可倚，贼不能害，则去就之间，宜肯降附，庶可夺其地而取其民也。若只钞掠而回，不能久守，侧近蕃族，必无降附之理。今乞且未进兵，必恐虚有劳敝，守犹虑患，岂可深入？臣非不知，不从众议则得罪必速，奈何成败安危之机，国之大事，臣岂敢避罪于其间哉？臣非不能督主兵官员，须令讨击，不管疏虞，败事之后，诛之何济！惟圣慈念之。鄜延路罢行营文字，臣且令部署许怀德收掌，别听朝旨。臣一面依此关报夏竦、韩琦，商量申奏。如所议未合，乞朝廷取舍。臣方待罪，不敢久冒此职，妨误大事。[1]

赵祯看了范仲淹的奏书，勃然大怒，心想："大胆范仲淹，之前擅自给元昊回书，又焚烧西贼来信。此番朕方下除行营之号的诏令，他又反对，竟然还敢令许怀德先收掌罢行营的诏书，你还将朕放在眼里吗？！"盛怒之下，他召来宰执吕夷简和枢密晏殊，将范仲淹的奏书迎面甩了过去。

"吕夷简，你说说吧！"

吕夷简看了范仲淹的奏书，斜眼看了看晏殊，说："晏枢密，还是你先说说吧。"

晏殊见吕夷简将问题先推给了自己，心想这个老滑头，又要心眼。他略一沉思，说道："陛下，依臣之见，范仲淹所言为深思熟虑之语。其忠心可鉴，陛下不必动怒。对于攻策，范仲淹之前也持反对之见，此时他也是坚持其见，并非欺君之臣。范仲淹曾言元昊用兵如神，其麾下骑兵来去踪迹不定，我军寻其决战实难！好水川之败，也算是应验了范仲淹的判断。如今，范仲淹诫陛下勿要怒而兴

---

[1] 《续资治通鉴长编》卷一百三十一庆历元年三月条。

兵，诚肺腑之言。此陛下之幸，陛下何故怒之？"

晏殊这一番话，句句击入了赵祯的心里。赵祯的脸色，先是因盛怒而惨白，随即慢慢变红，然后又转而变白。过了片刻，赵祯心头怒火稍平，又问吕夷简："吕相，你说现在如何是好？"

吕夷简察言观色，料到皇帝已经转变了心意，当下微笑道："陛下，臣方才思量，之前两府所议之策确实匆促了一些。细细斟酌，臣亦觉得范仲淹所言有理，不如就从他之议，令经略司暂收掌罢黜行营之号的文书。至于兴兵之事，暂且搁置便是了。"

吕夷简说话之间，为皇帝架好了"台阶"，将好水川之败的责任揽到了两府。赵祯听吕夷简这么说，心里舒服了一些，略一沉吟，冷冷说道："那便从范仲淹之议吧。"

于是，陕西行营之号不罢，兵亦不复出。

夏四月，辛巳。赵祯终于下诏，降陕西经略安抚副使、枢密直学士、起居舍人韩琦为右司谏，知秦州职如故。之前任福军败后，韩琦立刻上章自劾，知谏院孙沔等请削韩琦官三五资，仍居旧职，以观后效。夏竦却上奏说，韩琦曾以檄文诫任福不要贪利轻进，好水川之兵败，罪不在韩琦。赵祯也知兵败之罪不在韩琦，便手诏慰抚。于是，直到此时，赵祯才免去了韩琦经略安抚副使之职。

壬午，赵祯又下诏，以陕西都转运使、礼部郎中、天章阁待制庞籍为龙图阁直学士，知延州兼鄜延路部署司事，以屯田员外郎刘涣直昭文馆，为秦陇路招安蕃落使。刘涣从青唐回朝，得唃厮啰誓书及西州地图献给朝廷，因此赵祯对其有这样的任命。随后，赵祯又改刘涣为陕西转运副使，兼秦陇招安蕃落使，仍令其前往唃厮啰进奉人、珍州刺史策拉诺尔处，告谕唃厮啰举兵取西凉府。

癸未，赵祯降陕西经略安抚副使兼知延州、龙图阁直学士、户部郎中范仲淹为户部员外郎，知耀州。

范仲淹接到诏令，心下暗惊，当即写了一封《谢降官知耀州表》。

上表云：

> 臣某言：蒙恩降授臣尚书户部员外郎，依前充龙图阁直学士、知耀州者。实负大尤，尚从宽宥，云天之覆，顶踵何酬？臣中谢。
>
> 窃念臣才本迂疏，识非机敏，屡由狂率，自取贬放。朝廷以边有扰动，是使愚使过之秋；微臣以国有急难，当忘家忘身之报。自膺寄委，罔敢逊避。而力少任重，智小谋大，劳心已竭，处事逾乖。苟利国家，不恤典宪，宜及于祸，以贻厥羞。伏蒙皇帝陛下日月照微，天地包广。谓千虑之智，犹有一失，万物之材，固无全用。轸兹孤弱，播于生造。削其官足使明大戒，存其职足使思后图。臣敢不更励疲驽，愈加修省？庶陈纤芥之效，上答高明之私。臣无任。[1]

---

[1] 《范仲淹全集》之《范文正公文集卷第十六·谢降官知耀州表》。

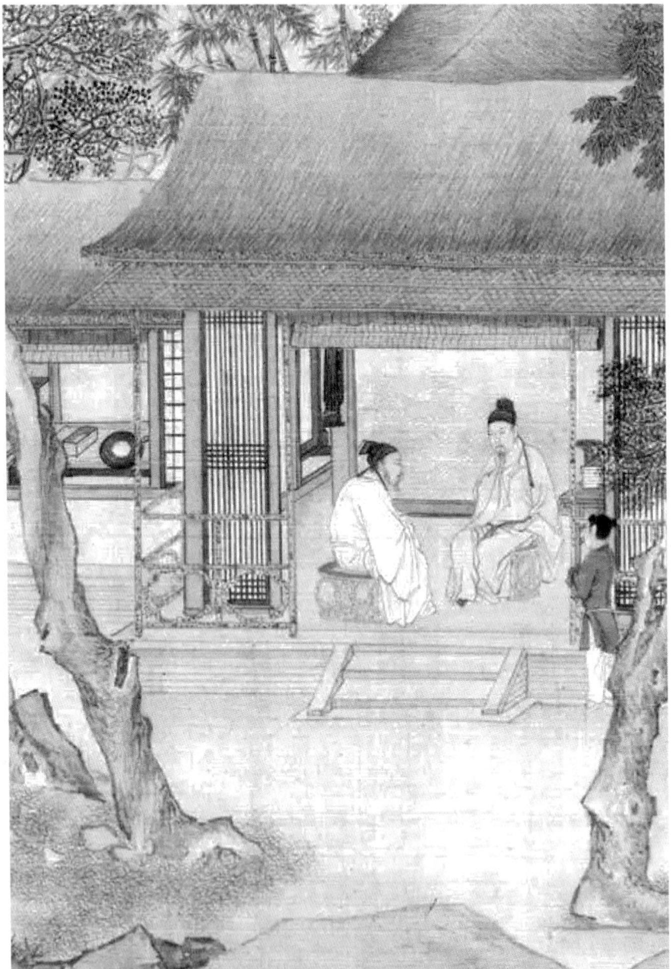

第三十章
降官知耀州

1

范仲淹回望了前来送行的庞籍、王信、朱吉、胡瑗等诸位将官一眼，便登上了马车。狄青、张绍熙等将在营地驻守，因此未能前来送行。范仲淹此刻倒是很想念他们，心知这一别，又不知到何年何月才能再次相见。慕容胜、张彦召都已经是延州指挥，韩稚虎在鄜州担任指挥，他们皆有职责在身，不能与范仲淹一同前往耀州。这次陪同范仲淹调任耀州的，除了数名护卫，便只有范纯祐、周德宝、赵圭南和李金铬等人，当然，还有张棠儿。出发前，范仲淹已经先安排滕元发回京继续读书，并勉励他以后谋取功名，报效国家。对于接替自己担任延州知州的庞籍，范仲淹是放心的。他充分相信这位老朋友的才能，相信这位老朋友一样可以守好延州，保卫鄜延路。对于鄜延路抗击元昊的前景，范仲淹充满信心，但是坐在马车内，心情却并不怎么好，甚至可以说有些沉重。

暑气已经渐起，天气颇为闷热。范仲淹一行自清晨从延州出发，至午时正好到了一个村庄，便停下在路边的一个脚店歇脚。

点了一些简单的酒菜后，范仲淹同范纯祐、周德宝、赵圭南、李金辂以及张棠儿围坐而食。

"任福打了败仗，皇帝老儿为啥就免了范大人的使职？这哪里有一点儿公平呀！"赵圭南几杯水酒下肚，口中嘟囔起来。

"圭南，休得胡说！我身为陕西经略安抚司副使，岂脱得了干系？圣上若不免我使职，如何服众！况且，朝廷此次免去我副使之职，调我去耀州，恐怕也不是因为好水川之败，而是因我与元昊通书信，又焚烧野利旺荣回书之事。"

"爹爹，我看朝廷便是借焚书札之事整你。说不定，陛下暗暗在心底里怨爹爹不出兵，方有好水川之败。你一直主张积极防御，偏是夏竦、韩琦想着主动出击。好水川之战，若不是夏竦、韩琦下令出击，也不至于有如此大败！"

"纯祐，你怎么也说出这般气话？这次是元昊主动来袭，兵来将挡，水来土掩，若是爹爹在泾州，说不定也会派任福率兵迂回到贼军后路。韩帅未料到的是，任福等未能听从指挥，贪功冒进，才中了元昊的埋伏。"

"那焚野利旺荣之书，爹爹也是依照前旨办事，又有何罪？"

"张亢将军所言之旧旨我尚未寻到，待到耀州后再去泾原路求取。当时事在眉梢，我相信张亢不会欺我。不过，这朝廷里的事情，不是那么一清二白的。至于宋庠，与我并无仇怨，不过是想在圣上面前邀宠。吕相却是欲借我之事，诱宋庠失言，在陛下面前捍卫自己的相位。纯祐啊，爹爹所奉行之道，与他们皆不同，遇到这种事情难免吃点亏。话说回来，你还需看透朝廷里这些门门道道才是。但是无论如何，最重要的还是要遵循心中的大道啊！"

范纯祐被父亲这么一说，低下头默然不语。

"德宝道长，圭南，你们带回来的情报倒是应验了。看来，出击好水川一带，确实是元昊准备已久的。任福之败，三分是我方的失误，七分却是元昊的主动谋划。边界之地，延绵漫长，要以主动出击找到对手决战，茫茫天地间，绝非容易之事。若缺少情报，想打败元昊那真是异想天开。对了，那个人怎么后来一直没了消息？"

"是啊，自从那次蜡丸送信后那人便没了消息，真是神龙见首不见尾。范帅为何突然提起此人？"周德宝问。

"我是想起了情报的重要性啊。若是好水川之战前，韩帅能够得到可靠的情报，数万名将士或许就不至于牺牲！"

"范帅，任福败了，不正好让那皇帝老儿明白，范大人的积极防御之策才是上策吗？"赵圭南说道。

"圭南，今上还年轻，可不是什么'老儿'。"周德宝插口道。

"总之，皇帝也挺不公平的！"赵圭南赌着气嘟哝，心里头还在为范仲淹大鸣不平。

范仲淹微微叹了口气，怔了一会儿，说道："圭南，这你就不知了。世事人心，岂如你所想的那般简单？这次任福好水川败了，以后自然也会有人说，既然元昊大举进攻渭州，若是我在韩帅下令出兵的同时，率部从鄘延路主动出击，直取兴庆府，便可抄了元昊的后路。即便不能打击兴庆府，也可以从北面包抄元昊。如此一来，我便成了间接导致好水川之败的罪人啊！"

赵圭南一愣，道："可是，那样说岂非马后炮？没有情报，战前谁又知道元昊贼子会在好水川伏击呢？没有情报，谁又事先知道从天都山出发前往好水川一带的是贼军主力呢？再说了，进攻兴庆府或者抄元昊贼子的后路,这谈何容易?战场形势千变万化,元昊贼子又善于用骑兵,王师以步兵为主,主力部队想快速找到贼军都是件难事啊!"

"是啊,你现在可以想到这一点,因为你是上过战场的,你也知道元昊的用兵方式,可是殿堂上的大臣们,书房内的文人们,他们不一定都想得到其中的困难。好水川之败,说不定会使我背上千古骂名啊!"

"圭南这就不明白了,既然如此,范大人又为何不干脆与夏竦、韩琦一道主张进攻,何必苦苦坚持积极防御呢?皇帝老儿想进攻,便听从了他,率兵进攻就是,我倒是想借进攻之机,手刃了元昊那贼子为父报仇!任福败了,有人却想将罪名安在大人头上,真是太不公平了!范大人,你又为何坚持以防御为主啊?"赵圭南气得腮帮子鼓鼓的。

"圭南,我送你的《孟子》一书,你可抽空读了?你若是读了,便知道我的用心了。为国为民,我岂能顾及自己的名声啊!"范仲淹苦笑了一下,冲赵圭南温言道。

赵圭南听了,又是微微一愣。这次他垂下了头,不再言语,陷入了沉思。

"好了,大伙赶紧吃吧,吃完了咱们赶紧赶路。"范仲淹看了众人一眼说道,旋即抬手轻轻拍了拍赵圭南的肩膀。这时,他突然注意到,张棠儿正别过头去,偷偷地抹眼泪。

2

到了耀州后,范仲淹派人于泾原路求得宝元二年七月十四日圣旨检视，其中果然有收到外界表章须先开视及如有僭伪文字应焚毁之令。张亢诚不我欺也！范仲淹暗暗感叹，旋即斟酌一番，挥毫写就一封《耀州谢上表》。

表云：

臣某言：伏奉敕命降授户部员外郎，依前充职知耀州，已到任礼上讫。雷霆之威，足加死责；天地之造，曲致生全。臣中谢。

窃念臣运偶文明，世专儒素，靡学孙吴之法，耻道桓文之事。国家以西陲骚动之际，起臣贬所，特加奖用。臣自知甚明，岂堪其任？但国家之急，不敢不行。自兼守延安，莫遑寝食。城寨未谨，兵马未精，日有事宜，处置不暇。而复虞内应之患，发于边城；或反间之言，行于中国。百忧具在，数月于兹。

而方修完诸栅，训齐六将，相山川，利器械，为将来之大备。不幸昨者高延德来自贼庭，求通中国之好，其僭伪之称，即未削去。臣以朝廷方命入讨，岂以未顺之款送于阙下？此不可一也。或送于阙下，请朝廷处置，又恐答以诏旨，则降礼太甚；若屏而不答，则阻绝来意。此不可二也。兼虑诈为款好，以殆诸路之兵，苟轻信而纳之，贼为得计。此不可三也。又宝元三年正月八日，曾有宣旨："今后贼界差人赍到文字，如依前僭伪，立便发遣出界，不得收接。"臣所以却令高延德回去，仍谕与本人，须候礼意逊顺，方可闻于朝廷，亦已一面密奏。臣又别奉朝旨，依臣所奏，留鄜延一路，未加讨伐，容臣示以恩意，岁时之间，或可招纳。臣方令韩周等在边上探伺，彼或有进奉之意，即遣深入晓谕。适会高延德到来，坚请使介同行，况奉朝旨许臣示以恩意，乃遣韩周等送高延德过界，以系其意。或未禀承，则于臣为耻，于朝廷无损。及韩周等回，且言初入界时，见迎接之人叩头为贺。无何前行两程，便闻任福等有山外之败。去人沮气，无以为辞。贼乃益骄，势使然矣。其回来文字，臣始不敢开封，便欲进上。都钤辖张亢恳言曾有朝旨，若得外界章表，须先开视，及僭伪文字应有辞涉悖慢者，并须随处焚毁，勿使腾布。臣相度事机，诚合如此。章表尚令先开，况是与臣文字。遂同张亢开封视之。见其挟山外事后，辞颇骄易，亦有怨尤，与贺九言赍来文字意度颇同，非戎狄之能言，皆汉家叛人所为枝叶之辞也。恐上黩圣聪，或传闻于外，为轻薄辈增饰而谈，有损无益，臣寻便焚毁，只存书后所求通好之言，及韩周等别有札到邀求数事，并已纳赴枢密院。今于泾原路取得宝元二年七月十四日圣旨札子一道，并如张亢之言。其所来文字，果合焚毁，则臣前之措置，皆应得朝廷处分。唐相李德裕与将帅王宰书，为游奕将收得刘稹章表，悖慢无礼，不便毁除。令向后得贼中文字，所在焚之，亦与今来意合。其札到数事，内一事如臣所谕，取单于、可汗故事，欲称兀卒，以避中朝之号。此大事稍顺，余皆可与损益。

倘朝廷欲雪边将之耻，当振皇威，大加讨伐，亦系朝廷熟议，必持重缓而图之。或朝廷欲息生民之敝，屈一介之使，重谕利害，苟能听服，亦天下之幸也。臣前所措置，于此二道，并未有妨。然以臣之愚，处兹寄任，岂得无咎？何敢自欺？伏蒙皇帝陛下至仁广度，不欲彰臣子之恶，特因此量行薄责，斯天之造也，臣之幸也。臣敢不夙夜思省，进退惕厉？犬马有志，曾未施为；日月无私，尚兹临照。臣无任。[1]

奏书呈送朝廷后，范仲淹似乎变得更加忧心忡忡。这一日，范仲淹用完午膳，忽觉头脑发晕，全身无力，便只好卧床休息。这可把张棠儿紧张得不行，又是烧水准备热敷的毛巾，又是亲自下厨做菜炖汤。她希望给范仲淹做点好吃的补补身子。范仲淹自己却暗想，恐怕又是旧病犯了，便让张棠儿去请来了周德宝道长帮助调理。原来，范仲淹在饶州时因硬拉着周德宝学气功，结果行气差失，落下了毛病。曾经有一日他宴请宾客，竟然在宾客面前晕倒过去，不省人事。

"范公啊，恐怕你真的旧病复发了。唉，看样子是我害了你啊！当初就不该让你练习气功，没想到这气功运错了竟然这般可怕。要说调理运气之法，我倒是可以再教你，可是这次可不敢略。你且歇着，我去同纯祐说一声过来照料，然后我去请个大夫来。"周德宝替范仲淹把脉后说道。

"哎哎，这也怪不得你。这回你真的治不了啊？"范仲淹淡淡一笑，问道。

"我虽略知脉理，懂得气功，却不通医术。我不过是个道士啊。希文兄，这次你犯病，恐怕是前来耀州一路舟车劳顿，近几日又中

---

[1]《范仲淹全集》之《范文正公文集卷第十六·耀州谢上表》。

了暑气。还有，以我看，多少也是因你近来过于焦虑。这心里藏着事情，焦虑不安，邪气就容易侵身啊！"说罢，周德宝叹了口气。

"说得也是。这段时间以来，每每想起好水川之败，数万将士殒命疆场，我心里疼啊。这么多条人命啊！有时我也想，假如当时我从延州出兵攻击元昊，配合韩帅一同打击贼军，是不是真的就可以救下那数万将士的性命呢？我心里反复推演，尽管知道那样可能也会被元昊找到可乘之机，但是想到好水川之败，心里就是疼得厉害啊……"

"希文兄，你可千万不能那样想。你早就提醒过韩公不要轻易出击，韩公也反复训诫任福将军要按令而行。可是，糟糕的事情还是发生了，这是命数啊！"

"不，这不是命数，这是失策啊！"

"总之啊，希文兄，你别多想，要不然就是伤自己的身体。还有啊，李夫人归天也已经有一段时间了，你的年纪也大了，该考虑续弦之事了，也需要有个女人贴身照料才是，等着你做的事情还多着呢。我看啊，"周德宝瞥了一眼刚刚放下热茶走出房间的张棠儿，继续说道，"这棠儿服侍李夫人多年，李夫人归天后，她又服侍了你多年，你不如给她个名分吧。"

范仲淹听了一愣，摇摇头说："那哪成？我还想着给棠儿找个人家嫁了呢。行了，行了，这续弦的事情且再说罢。德宝兄，就烦你去叫纯祐来，顺便请个大夫吧。"

周德宝叹了口气，无奈地摇摇头，匆匆去了。

周德宝先去通知范纯祐，然后出了知州府邸，直奔耀州城中有名的大夫李一手家中。李一手不是这位大夫的真名。只因这位李姓大夫看病拿手，药到病除，便在当地得了"一手"这个名字，至于真名，倒是被当地人淡忘了。李一手听说是知州大人病了，哪里敢耽误，立刻随周德宝匆匆赶往府邸。眼看离知州府邸只两三步了，一个头戴斗笠、身披灰白色大袍的人突然闪到了周德宝跟前。

"道长，别来无恙！"那人向周德宝一抱拳。

"你是？你是黄河边的那位？"周德宝一愣，眼前突然闪现出黄河边上的一幕。

"正是！"

"李大夫，你且在此稍候，我与这位兄台有几句话说。"周德宝暗暗心惊，扭头对李一手交代了一句，便将那人拉到几步之外说话。

"你怎么在这里？延州那颗蜡丸可是你送去的？"

那人微微点点头。

周德宝此时脑海中突然闪过那日在射箭大会上看到的刺客背影，心中"咯噔"一下，张口问道："还有，贫道冒昧再问一句，兴庆府刺杀元昊的可是你？"

那人又微微点点头。

"那为何突然来耀州？"

"我先赶到延州，才知道范大人调来了耀州。"

"你要找范公？"

"是，我正想前往知州府邸，未料到在这里碰到道长。"

"你究竟是谁，为何现在要见范公？"

"既然有缘再见到恩公，我就不瞒恩公了。我乃陈州人，名叫原郭京，先父曾在陕西戍边，在一次与贼军作战时战没了。西夏贼军侵我国土，烧杀抢掠，又杀我父，元昊贼子乃是罪魁祸首，杀父之仇不可不报，我与他不共戴天！故之前我冒险潜入贼境，刺杀元昊贼子，可惜未能得手。后来我去了塞门寨北，又潜入贼军之中，得了情报送至延州。"

"原来如此，那你这次千里迢迢赶到耀州，可有急事要面见范公？"

"对！道长，不久前我到过好水川，在任福将军阵亡前见过任将军一面！如果我早些赶到，或许能够提醒任将军躲开贼军的包围，可惜我晚了一步。"原郭京的声音有些颤抖。

"你在任将军阵亡前见过他？"周德宝大吃一惊。

"不错。任福将军本来应该可以突围出来的。"

"这个我听说了。"

"那场战斗太惨烈了。"原郭京深深低下了头，斗笠挡住了他的眼睛。

"这么说来，你这次想见范公，是有新的情报？"

原郭京抬起头，眼中精光一闪。

"这里不是说话的地方，你随我见到范公再说。"周德宝道。

原郭京警惕地看看四周，点了点头。

周德宝带着李一手和原郭京回到知州府邸，进了大门，直奔前堂。他让原郭京先在大堂等候，自带着李一手去往后堂范仲淹的卧房。

此时，纯祐正陪在范仲淹床边和他说话。张棠儿侍立在一边，只是静静地看着范仲淹父子。李一手给范仲淹把了脉，说是因身体太虚，邪毒攻心，需要长期休养，然后开了一个药方，又道这本不是什么大病，只是需要精心调理。他又说，永兴军京兆府有个医官，特别善于开调理的药方子，建议范仲淹去京兆府治病。

范仲淹这些日子心头沮丧，心中生出退意，听李一手这么说，心念一动，想着要不借去京兆府治病，进而提出申请，辞去龙图阁直学士的官职？他旋即让纯祐给李一手支了出诊费，又吩咐张棠儿去送李一手。

待李一手走后，周德宝才提起原郭京，将原郭京的故事大略说了一番。范仲淹听了，脸上泛起红光，忙从床上坐起来，让纯祐从衣柜中取了一件深绿色的圆领大袍匆匆穿上，又戴上了黑色扎巾，这才让周德宝赶紧去请原郭京进来。

"希文兄，你这身子行吗？要不改天再见他？"

"不碍事，方才看了病，也便吃了定心丸。这个名叫原郭京的侠士带来的情报，或许是最好的药方子哦！"

周德宝见范仲淹坚持要立刻见原郭京，也只好顺着他的心意，去将原郭京请了进来。

一番寒暄后，范仲淹道："没想到好水川之战，侠士竟然便在战场，还见到了任将军。可惜任将军和我大宋十数员良将、数万名士卒一起血洒疆场啊！义士，你方才说又得了重要情报，不知可否说来一听？"

"范公，我到耀州正是为此事而来。好水川之战后，我便与突围的残兵告辞了。我本不在行伍，他们自不拦我。我一个人在山里藏了数日后，心想那元昊贼子打了胜仗，必然会有所松懈，或许我可以找到刺杀他的好时机，这不正是我报仇雪恨的好机会吗？于是，我便循着贼军撤退的路线，去找贼军的尾巴。我多年浪荡江湖，一个人行动比数万人的部队更为快捷。对我来说，要去寻数万人的贼军，并不是什么难事。不出数日，果然让我找到贼军殿后的部队。当时，元昊贼子正率主力往天都山撤退，原来他南下天都山时，已经在天都山要隘留了伏兵，其用兵之道，确实不可小觑。我担心被发现，便绕山而行，这样又耽搁了几日，才追上元昊贼子的主力部队。可是，事情并不像我想得那般顺利。我发现，元昊贼子虽然打了胜仗，但是部队的警戒似乎比好水川大战之前还要森严。这便是他可怕的地方。他像是草原上的一只头狼，随时随地都保持着高度的警惕。我随他的主力往北行了两日。沿路我便远离主道，找百姓家讨干粮，然后继续寻迹追踪。后来，我发现部队主力停在杀牛岭之北便不再北行。元昊贼子在那里安营扎寨，也没有离开的意思。又过了数日，贼军的警戒方稍有松懈。我寻得机会，在夜里逮到一个落单的贼军士兵，杀了他，剥下衣甲，混入敌营。不过，元昊贼子的大帐依然警卫极其森严，我根本靠近不了。可巧的是，竟然让我找到元昊军师的大帐。那时，一群贼军将校正在军师大帐外燃起篝火喝酒庆功，元昊贼子没有来，但是那个军师，就是那个叛徒张元，他却来了。我装成卫兵，靠近篝火。篝火正旺，贼军将校狂呼乱叫，正在兴头上，没有人留意到我。我听得张元对几个将校说，'休要庆功太早，待到七月，东进破了麟州、府州，再庆功不迟'。我听到这话，知道这是一个天大的情报。我本想趁机杀了张元，可是一想到这个情报，终于忍住了，悄悄趁夜色摸出敌营。我本想去镇戎军找韩琦大人，可是转念一想，韩帅刚刚损兵折将，我此时前往，或不是时机。这么一想，我便赶往延州，毕竟我的两位恩公正在范大人麾下做事，或许范大人能够信我之言。"

说到这里，原郭京不再说话，眼神犀利地盯着范仲淹。

"麟州，府州……远在河东路。七月份攻打这两处，时间完全来得及。先西后东，忽左忽右。不论是元昊，还是那个张元，都是可怕的对手！"范仲淹微微垂下眼帘，神色凝重地说道。

"范大人，你相信张元说的计划是真的吗？"原郭京问道。

范仲淹点点头，说道："完全符合兵法之道，我不能不信这是真的。"

"父亲，那现在怎么办？"范纯祐问道。

范仲淹沉吟不语，从椅子上站起身来，踱了几步，方才说道："这个情报，八成便是真的。元昊已经陆续对鄜延路、泾原路用兵。鄜延路此前已定六将，大大加强了防守，元昊一时难以找到可乘之机。如今，好水川之战后，他料定泾原路必然会加强防守，所以也不会再轻易大举进攻。这样一来，河东的麟州、府州或许是更好的打击目标。我们必须尽快将这个情报上报朝廷，以让朝廷有备无患。即便是到了七月份，元昊不攻打麟州，朝廷加强河东缘边的防御也没有什么坏处。可若是对情报置若罔闻，那便会让元昊又寻到可乘之机。郭京义士，我看这样子办。不久前，我刚向圣上举荐了一个人，此人姓徐名复，深得易理。他给我来信，说是圣上刚刚召他进了京，如今他正在等待圣上召见。徐复年轻时初游京师，举进士不中，后来回到家乡学易，通流衍卦气法，自己算卦，得知无当官之命，便云游淮、浙，以学易为事。数年后，他对于阴阳、天文、地理、遁甲、占射等诸家之说皆精通。某一日，他听其乡人林鸿范说诗，言诗之所用于乐者，忽然有所得，于是以声器求之，遂悟大乐，于七音、十二律清浊次序及钟磬侈弇、匏竹高下制度皆一并洞达。那时，圣上正留意于乐，诏天下求知乐者，我举荐了胡瑗。胡瑗作钟磬，大变古法，徐复知道了，便笑言：'圣人寓器以声，今不先求其声而更其器，其可用乎！'后来，胡瑗的制作果然都没有用。我当年过润州时，见过徐复。那个时候，我已经开始担心西北局势，见到徐复，知他通易，便问他：'如果用衍卦占天时人事，四方可会有异变吗？'他回答说，西方可能会起大兵事，还推算了发生兵事的日月，如今回头一看，徐复的推算，竟然所差无几。方才我想，如果现在我写封举荐信，举荐义士与徐复同为陕西都部署司参军事，圣上一同召见你与徐复时，你便可以让徐复再次推演一下，看看这情报到底可信几分。圣上急于找元昊报仇，不一定听得进我现在的谏言，也不一定相信我这边提供的情报，但是，或许圣上会相信徐复的推演。"

"范大人，在下心在江湖，乐得逍遥，并无意为官。"

"义士，为了让圣上采纳情报，还需你有所承受啊！"范仲淹伸出一只手轻轻搭在原郭京的肩头，语重心长地说道。

原郭京愣了愣，抱拳道："是！在下懂了。"

范仲淹微微一笑，赞许地点点头。

"范公，万一徐复的推演不支持这个情报呢？"周德宝忍不住插口问道。

范仲淹听了，微微一笑，道："徐复既然懂得易理，知郭京义士乃我推荐之人，如何会不支持他的情报呢？"

周德宝闻言一愣，旋即哈哈大笑："希文兄不仅知天，亦知人也！"

范仲淹却没有笑，反而轻轻叹了口气，暗想："没想到我范仲淹竟然要借衍卦来说服今上。"他沉默了片刻，看向纯祐，说道："我看你身形与义士相近，你给义士备几件衣物，待爹爹一会儿写了举荐信，明日你陪义士一起进京。不要耽搁了，希望能够在圣上召见徐复之前赶到。"

"我也去？"范纯祐一惊。

"嗯，除了举荐信，我还有一份重要奏书让你一起带给圣上。"
"是，父亲！"范纯祐满脸困惑，但还是应喏了。

3

夜已经深了，内东门小殿内，羊脂蜡烛静静地燃烧着。

臣某言：臣闻先民有言曰："陈力就列不能者止。"臣下之通规也；"进人以礼。"君亲之盛德也。臣仰逢明圣，俯念拙艰，抚此病躯，敢期生造。臣中谢。

窃念臣前在饶州日，因学行气，而有差失，遽得眩转之疾，对宾客忽倒，不知人事，寻医救得退。自后久坐则头晕，多务则心烦。昨在延安，数曾发动，戎事方急，虽死难言。及降罢之后，犹乞专领边城，盖欲竭心，岂敢避事？无何，赴任耀州，以炎热之期，历涉山险，旧疾遂作，近日颇加。头目昏沈，食物减少，举动无力，勉强稍难。见于永兴军请医官看治次，其本州岛公事，权交割通判发遣。

臣赋性本蒙，处心至狭。国家擢于清要，有遇事辄发之尤；寄以重难，无思患预防之智。言必取悔，举则败官。未逾数年，实经三黜。频招物议，屡默宸聪。费天力之主张，由臣命之奇蹇。矧今抱病，何可贪荣？处于善藩，已多优幸，带兹近职，深未遑宁。伏望皇帝陛下，推至仁之恩，施曲成之化，念其理历，出自遭逢，特发圣衷，不循朝例，以臣学士之职，改一庶官，或且在当郡，或于随、郢、均、汝之间守一小州，庶获安静，尚图痊愈。虽贪冒微禄，讵逃识者之讥？而逊避清班，少缓有司之责。傥形骸未顿，药饵有功，则当再就驱驰，少酬亭育。臣无任。[1]

赵祯坐在龙椅上，又将范仲淹的上表看了一遍，把它随手放在龙椅一边的一摞书札奏书之上，然后往墀阶之下看去。小殿中间，站着三人。其中一个人穿着一件灰白色的麻布大袍，头戴黑色巾帻，留着三缕长须，面如秋水，一副仙风道骨的样子。另外一个人，穿着一件绿色圆领大袍，戴着黑色软翅幞头。另外还有一人，正是范纯祐。小殿两侧，还站着吕夷简、宋庠、晏殊、杜衍等几位重臣。

"徐复，范仲淹和滕宗谅都有书札举荐你，范仲淹更是说你精通易理，举荐你同原郭京一起为陕西都部署司参军事。朕倒是要先问问你天时人事。"

"陛下，范公只说陛下欲我讲述易理，并不知范公还举荐草民为参军事。草民无意为官，只想应陛下之诏，呈上陋见。"

赵祯听徐复这么说，淡淡一笑，说道："你自然不知，范仲淹刚刚写了一封书札举荐原郭京，顺便再次举荐你任参军事。这样吧，且不说这个，朕先问问你天时人事，你且以易卦推衍，说说我朝随后数年可有何变故。"

"是，陛下，请容徐复取蓍草衍之。"

"好，开始便是。"

"我要用的蓍草方才被金吾卫没收了。"

---

[1] 《范仲淹全集》之《范文正公文集卷第十六·乞小郡表》。

赵祯见徐复言行天然淳朴，不禁一乐，即刻让内侍令金吾卫将装蓍草的木匣子送了进来。

徐复接了蓍草匣子，盘膝坐下，从匣子中取出蓍草拿在手中，便在殿堂内推演起来。赵祯与诸臣耐着性子看着徐复不紧不慢地操作着。

过了约莫一盏茶工夫，徐复抬头说道："建州布衣徐复，以京房易卦推之，今年所配年月日，当小过也。刚失位而不中，其在强君德乎？"

"当小过？何意？"赵祯问道。

"即有小变故。"徐复脸色如常，从容答道。

赵祯闻言，双耳绯红，问道："变故与前世何如？"

"如唐德宗居奉天时。"

赵祯大惊，道："何至于此？"

徐复道："陛下不用急，君德不同，陛下无须深虑，也无须过度担心。"

"为何又这么说？"

"唐德宗性忌刻，好功利，想要以兵征服天下，其德与凶运会，故奔走失国，仅乃能免。陛下恭俭仁恕，不难屈己容纳，西羌之变，起自元昊，陛下不得已应之。虽兵连不解，而神人知非陛下本心，时运虽与德宗类似，但德与之异，卦气虽不祥，也无大碍，不久天下可大定矣。"

赵祯长长舒了口气，又问："明年主何卦？"

"乾卦用事。"

"前年京师出现的黑风如何解释？应在何处？"

"其兆在内，豫王丧，其应也。"

赵祯微微点头，恍然若失。

"徐复，朕决定任命你为大理评事。"

"陛下，草民真的无意为官！"

赵祯回过神来，说道："嗯，既然你执意不为官，朕便不勉强了。这样吧，朕赐你冲晦处士之号，休要再辞。"

"谢陛下！"徐复这次没有推辞。

"原郭京，范仲淹在密奏中说你孤身谋刺元昊，勇气可嘉啊！朕必重奖于你！"

"惜未能取贼性命！"

"范仲淹在密奏中也禀报了你带来的情报，但言未知真假，建议让徐复以易卦推衍一下。徐复，你便以易卦推衍，以作参考。"

说罢，赵祯从龙椅边的一摞书札奏书中抽出一份奏书，让身旁内侍递给墀阶之下的徐复。

徐复接过那份奏书仔细看了看，便又盘膝而坐，以蓍草起卦演算起来。良久，徐复缓缓起身，说道："陛下，以卦象来看，麟州、府州不可不防啊！"

赵祯听徐复这么说，凝神片刻方才点点头道："正合吾意。吕相，宋相，晏枢密，你们几个好好合计一下，在麟州、府州一带做好战备，务必要挫败元昊贼子！"

"是！"吕夷简、宋庠和晏殊等一起大声应喏。

"原郭京，朕便依范仲淹所荐，委你为陕西都部署司参军事。"

"是！谢陛下隆恩。"

"你与徐复先下去吧，范纯祐且留下。"

徐复、原郭京听皇帝这么说，也只好先行退出东小殿。

待两人退下后，赵祯看着范纯祐说道："纯祐，你可知你父亲给朕上的奏书写的是什么吗？"

"纯祐不知。"

"嗯。他给朕上奏书，说旧病复发，想去京兆府治病。这治病之事朕自然同意，只是他还乞求朝廷撤去他的龙图阁直学士之职，想去小郡当郡守。这不是在借着生病发牢骚嘛！满肚子的怨气，都飘到京城来了！这朕可由不得他。"

说到这里，赵祯面无表情地瞥了吕夷简和宋庠一眼。两人被赵祯这么一瞥，慌忙低下了头。

范纯祐听赵祯这么说，只觉得额头微微冒出冷汗，一时间不知如何回答。

赵祯似乎也没想听范纯祐的回应，从龙椅上拿起那份上表，让旁边内侍递给墀阶下的范纯祐。

"你把这个拿去看看，给他带回去，就说，去京兆府看病当然可以，但移任小郡之事，让他想也别想。朕对他另有任命，且让他先好好养病。"

没有得到皇帝准许，范纯祐不敢在殿上打开那封上表，亦不敢多言，只得跪下磕头谢恩。

"你下去吧，朕还要与几位大臣再议些其他事情。"

"是，陛下！"

范纯祐退出内东门小殿时，偷偷朝晏殊看了一眼，见晏殊以微笑回应，当下心神稍定，匆匆出了皇宫赶回驿馆。到了驿馆，已经快子时，但是范纯祐毫无睡意，点了蜡烛，匆匆打开父亲呈给皇帝的奏书细读起来。

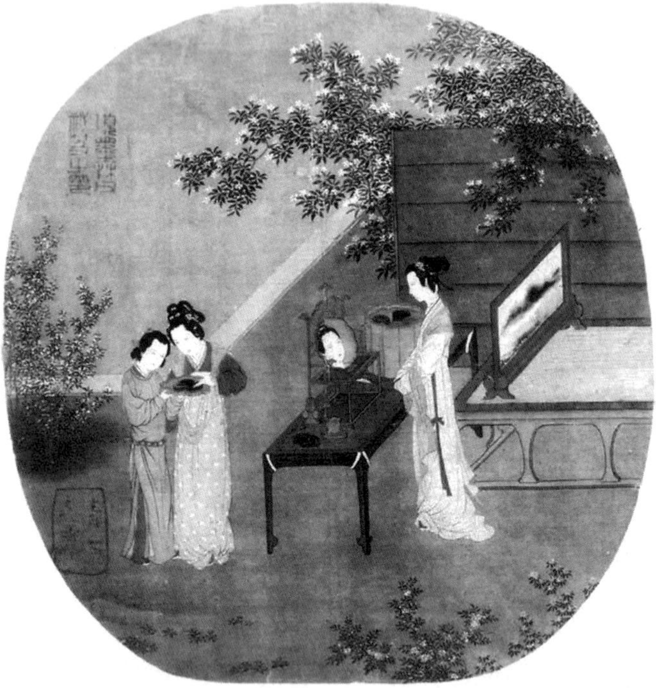

第三十一章
庆州续弦

1

庆历元年五月,范仲淹被任命为庆州知州,兼管勾环庆路都部署司事。范仲淹接到调令后,不敢耽搁,忙至庆州赴任。

到了庆州后,范仲淹立刻察觉到危机暗伏。原来,自元昊公开反叛后,环庆路诸多蕃族虽然没有公然去投靠元昊,但是众多酋长暗中与元昊通好,妄图在元昊与朝廷的夹缝中左右逢源。范仲淹很清楚,这种局面若长期拖下去,对打击元昊将是巨大的障碍。于是,他立刻便向朝廷上奏,请求朝廷下诏书犒赏诸蕃部,同时乘机检阅蕃部人马,与其约定盟誓。赵祯同意了。

盟约是这样写的:

> 仇已和断,辄私报之及伤人者,罚羊百、马二,已杀者斩。负债争讼,听告官为理,辄质缚平人者,罚羊

五十、马一。贼马入界，追集不起，随本族每户罚羊二，质其首领。贼大入，老幼入保本寨，官为给食，即不入寨，本家罚羊二，全族不至者，质其首领。[1]

这一约定，简单易懂，重在用严厉的惩罚约束蕃部，敦促诸蕃部抵抗元昊的侵略。自从达成了这一约定，环庆路诸蕃部才真正臣服，为朝廷所用。

这年七月，元昊果然率大军进攻麟州，八月，又进攻府州。大宋这边因为早就得到情报，做了充分的战备，因此元昊进攻麟州、府州皆不克。

元昊无奈，在张元的建议下转攻丰州，遭遇了激烈的抵抗。但是，在元昊重兵攻击之下，丰州还是陷落了。到了九月份，赵祯便下诏复范仲淹为户部郎中。在这个月，元昊再次攻打麟州、府州，被宋将张岊所败。十月，赵祯罢免陕西统帅夏竦和陈执中。资政殿学士、右谏议大夫陈执中是去年四月份被任命为工部侍郎、同陕西都部署兼经略安抚缘边招讨、知永兴军的。夏竦一直以来便意在朝廷，想入两府主持军政。出守陕西，本来不符合夏竦的意愿。加之久久无功，夏竦心中颇为郁闷，朝廷又派了个陈执中来，让他愈加恼怒。更令他想不到的是，陈执中是个杠头，议论多与他不合。夏竦于是屡次上表，乞求皇帝解除其兵柄。碰巧，知谏院张方平也上疏请罢夏竦的军权。陈执中则上疏言，兵尚神密，千里禀命，难以制胜，宜分四路，使四路各保疆圉。陈执中的这番议论，

---

[1]《续资治通鉴长编》卷一百三十一庆历元年五月壬申条。

与张方平之见略同。

赵祯皇帝与两府重臣商议后，决定将夏竦和陈执中一同罢免，同时分陕西为四路。于是，赵祯下诏，以枢密直学士、起居舍人、管勾秦凤路都部署司事兼知秦州韩琦为礼部郎中，枢密直学士、刑部郎中、管勾泾原路都部署司事兼知渭州王沿为右司郎中，龙图阁直学士、户部郎中、管勾环庆路都部署司事兼知庆州范仲淹为左司郎中，龙图阁直学士、礼部郎中，管勾鄜延路都部署司事兼知延州庞籍为吏部郎中，并兼本路马步军都部署、经略安抚缘边招讨使。

张方平又上言说王沿之前没有什么军功，如果骤然委以重任，其他三位帅臣必然会认为不公，而王沿自己恐怕也不会安心，所以建议在三帅臣中选出一位兼管泾原路。张方平上奏后，赵祯不置可否。张方平心知皇帝与两府都不赞同自己的建议，也只好作罢。不久后，赵祯又派梁适安抚陕西。

范仲淹听说梁适要来安抚陕西，心中甚喜。"这是一个好机会，我可以借梁适前来安抚之际，同韩琦、庞籍、王沿合计对付元昊之策。梁适此人行事稳健，与韩琦关系不错，近来又深得陛下信任，当能助我一臂之力。"

自从范纯祐回来和他说了皇帝的态度后，范仲淹心知赵祯尚有意再用自己，便又重新振作起来。"边疆未宁，只要朝廷还信任范某，范某当鞠躬尽瘁矣！"

对于朝中发生的事情，范仲淹一直通过邸报等各种渠道留意着。前一段时间，有三位官员的奏疏引起了他的注意。这三份奏疏是太常寺、直集贤院、签署陕西经略安抚判官田况上兵策十四事，陕西体量安抚使王尧臣的上奏以及鄜延都钤辖、知鄜州张亢的上奏。田况所上《兵策十四事》是他在邸报上看到的。范仲淹想到梁适要来，便找出田况、王尧臣及张亢的奏书，每篇都细读了数遍。

田况的《兵策十四事》如下：

一曰：昊贼弄兵，侵噬西蕃，开拓封境，僭叛之迹，固非朝夕，始于汉界缘边山险之地三百余处，修筑堡寨，欲以收集老幼，并驱壮健，为入寇之谋。初贡嫚书，亦未敢扰边，范雍在延州，屡使王文思辈先肆侵掠，规贪小利，贼遂激怒其众，执以为辞，王师伐叛吊民之体，自此失之。刘谦、高继嵩等破庞青诸族，任福袭白豹城，皆指为有功者也，无不杀戮老弱以为首级，彼民皆诉冤于贼，以求复仇，此皆吾民受制远方，而又使无辜被戮，毒贯人灵，上下文移皆谓之打掳，吁可愧也。或谓国家久不能用兵，将卒未练，欲使趋功骛利，习于战斗尔。然贼界诸处，设备甚谨，屡见打族非利，俘获无几，陷没极多。如郝仁禹打瓦娥族，亡三百四人，无所获，任政打闹讹堡，亡一百九十三人，秦凤部署司打陇波族，亡九十六人，各获首一级，麟府军马司入贼界牵制，亡三百八十八人，斩馘者十八，其余大亡小获，无足言者，以此计之，实伤挫国威，取贼轻侮。自今宜且罢打族，但严设守备，以俟贼至，然后别为之策以破奸谋。

二曰：自昊贼寇边，王师屡战不利，非止人谋不善，抑亦众寡非敌。近因好水川之败，士气愈怯，诸将既没牙队之兵，罪皆当斩，朝廷普示含贷，欲为招集，伸恩屈法，事非获已，军中相劝，以退走自全为得计。陕西虽有兵近二十万，戍城寨二百余处，所留极少。近又欲于鄜延、环庆、泾原三路各抽减防守驻兵，于鄜、庆、渭三州大为屯聚，以备贼至。然今鄜延路有兵六万六千余人，环庆路四万八千余人，泾原路六万六千余人，除留诸城寨外，若逐路尽数那减屯聚一处，更会合都监、巡检手下兵并为一阵，极不上三二万人。贼若分众而来，犹须力决胜负；或昊贼自领十余万众，我以三二万人当之，其势固难力制。议者但欲以寡击众，幸于偶胜，然非万全策也。夫能以寡击众，徼一时之胜者，或得地利，或发奇策，非可恃以为常。今必败之形，洞可前照，而恬然坐视，莫或为计。议者又谓贼若并兵而入，则可率他路兵以御之。且贼每入寇，既有所得，飙驰雾卷，一夕而去，他路固无所及矣。或谓收保边民，持重以观其势，可击则击，不可则已。贼不过破毁民生，因食野积而归尔，此苟一日之不败则可也，深虑后患，有异于斯。臣去年冬在都下，尝闻士大夫相与言，谓小羌不足忧。何则？叛命之初，我无边备，若兵随檄至，则关中安危未可知，此贼计之失也。自刘平、石元孙陷没，中外震骇，贼若长驱而至，谁能当之？此二失也。臣始闻此说，谓贼之易与也，今规其包藏变谲，图全择利，乃知所谓失策者，实贼之得计也。且贼未敢长驱，亦犹我之未敢深入，所以然者，主客异势，进退怀疑，边防之兵并出其后，险要之地或断其归，是决成败于一举，岂胜算哉？自李士彬被虏，刘平等败没，延州之境，荡然一空；日者山外之民，杀掠奔溃，已亡大半，是渭州之境又渐空矣。料贼今秋来春，犹且驱劫不已，必

785

使我藩篱尽空，表里可见，然后攻城破邑，渐谋长驱，则无后顾之患。臣所谓关中安危渐不可测，愿朝廷为勇断之计也。断之勇者，在乎发内帑之财，募陕西、河东强壮之民五七万，分屯鄜延、环庆、泾原三路，甫及防秋，则以逐处弓手分番戍守城寨，而参以正兵，每路及五六万人以上，精加训练，我军既众，其气自振也。必曰募民兵则众情不安，增边戍则大费不赡，此循常拘近之论也。且民兵之法，祖宗所行，讫今军中余老多在，加之出财选募，非同差点，其中必有乐闻效用者。内帑之积，祖宗本为用兵，今乃其时也。

三曰：用兵之法，当先有部分。部分进退，权于大将旗鼓，旗鼓常在中军。自西陲用兵，每战必败。好水川之战，任福实为大将，而不能指麾统制以为己任，乃自率一队前当剧锋，矢尽势穷而后陷没，忠勇之节，虽可嗟闵，然论其才力，止一卒之用。夫部分不明，多则不能辨，少则不能胜，进无所劝，退无所止，一有纷乱，则其势北矣。欲矫此弊，在乎先求大将之才，峻其威权而尊宠之。如葛怀敏为鄜延部署，张亢为钤辖，当以偏裨之礼奔走麾下，若犯令即当诛之，乃平牒往来，动皆钧礼。韩琦、范仲淹为经略安抚副使，葛怀敏见之，礼容极慢，上下姑息，三军之士何所法耶？夏竦、陈执中以儒臣委西路，不能身当行阵，为士卒先，至于选择大将，明立部分，乃其职也。乞朝廷降诏，令更互巡边，采察边臣中有材任大将者，特与不次拔擢；其骄怯之将，徒自顾重，不为国家尽力者，奏罢之，则部分立而功可冀矣。

四曰：自古用兵，未有不由间谍而能破敌者也。昊贼所用谍者，皆厚其赏赂，极其尊宠，故窥我机宜，动必得实。今边臣所遣刺事人，或临以官势，或量与茶彩，只于属户族帐内采道路之言，便为事实，贼情变诈，重成疑惑。今请有入贼界而刺得实者，以钱帛厚赏之。贼将野利刚浪、凌遇乞之徒，皆元昊亲信，分厢主兵，俯近汉界，出入从者不过一二人，若能阴募死士，陷胸碎首，是去贼之手足。王沿尝欲用此策，但朝廷不惜美官重赂，则功岂难图？

五曰：唐置都护府，掌抚慰诸蕃、征讨斥堠及行赏罚、叙录勋劳，其属有长史、录事，功、仓、户、法诸曹，得为开府之盛。国朝承五代之后，事归边防。当西陲安辑时，朝廷固无意及此。今贼大肆杀掠，缘边属户各顾家族，心生向背，又使奸人纵行诱胁，以此贼势转盛，而边堠无复捍蔽。今新置招抚蕃落司，所谓招抚者，非饮食不足以得其欢，非赏赂不足以回其意，非术变不足以鼓其动，非刑诛不足以制其骄。曩者曹玮在秦州，诛赏并行，戎落慴伏。比泾原用韩质，秦陇用张僎，皆韩琦随行指使，各有武勇，至于招抚之术，岂可倚邪？环庆一路属户，未尝经贼残破，部族完整，人堪战斗，若绥御有术，可得精兵数万。请令都部署举官与王怀端。协力招抚，仍只令韩琦、王沿、庞籍、张奎同领之。事之大者关报部署司，其余知州、通判更不兼管。以养正兵万人一岁之费，为招抚之具，则事无不济。自来属户贩鬻青白盐以求厚利，今一切禁绝之，欲以困贼，然绝属户之利，无以资其

787

生。太宗朝郑文宝言禁青白盐以困迁贼，可以不战而屈人兵，诏自陕以西市之者皆坐死。其后犯法者甚众，戎人乏食，寇钞边郡，内属万余帐归继迁，命钱若水驰传视之，因诏尽复旧制，戎人始渐归附。今日之势，若厚加招抚，稍宽盐禁，则属户无不得其用。议者以边馈已窭而又兴费不赀，非至计也。且国家通使唃厮啰，欲诱以为用，赐帛二万以促其出师，终无实报，是舍属户近成之效而信西蕃远望之言，岂至计邪？自昊贼破氂牛城，筑瓦川会，而唃厮啰远窜历精城，偷安苟息，其子磨毡角、瞎毡自立，皆为仇敌，尚不能制，矧能为昊贼轻重邪？温逋奇乃唃厮啰亲信首领之豪，其子一声余龙有众万余，最为强盛，乃与昊贼结姻，唃厮啰日益危弱，今欲为国家用，非臣之所能知也。以是论之，招抚属户，不犹愈于彼乎？

六曰：环庆路投来蕃部极多，夏竦等惩延安之前失，虑贼马奔冲，内应为患，欲迁襄、唐州界，给旷土使就生业，又皆不肯离住坐，骤加起遣，则戎心动摇，或致生事。若招抚蕃落司得人，令躬至族帐，察其心之向汉者，给以缘边闲田，编于属户，或度其后必生变者，徙之内地。然恩威裁制，其事百端，苟非权谋，未易集事也。

七曰：蕃落、广锐、振武、保捷，皆是土兵，材力伉健，武艺精强，战斗常为士卒先。自昊贼扰边以来，惟土兵踊跃，志在争功，其如请给甚微，不及东军之下者，振武料钱五百，而五十为折支，积数月一支，又皆靡敝不堪之物。如新添虎翼兵，自南中选填，材质绵弱，自云不知战斗，见贼恐死，传者皆以为笑，朝廷但塞数为名而已。

若月添土兵请给，事恐难行，请遇特支，比常优加其数，或别定南郊赏例，以激其心，则其立功必不在东军之后矣。

八曰：缘边屯戍骑兵，军额高者无如龙卫，闻其有不能被甲上马者。况骁胜、云武二骑之类，驰走挽弓，不过五六斗，每教射，皆望空发箭，马前一二十步即已堕地。以贼甲之坚，纵使能中，亦不能入，况未能中之。请密料边兵，益步卒而减骑军，但五分得一足矣。以一骑军之费，可赡步军二人，而又宽市马之烦扰，违害就利，莫善于兹也。

九曰：西贼每至，诸城寨不料众寡，并须出战，稍有稽违，皆以军法从事。使赵奢、李牧、周亚夫授任于今日，获罪必先于诸将矣。边臣甘心死事，犹获子孙之福，不敢持重伺隙，自取严诛。今若遇寇大至，且坚壁以守，须会合诸路兵马，可以取胜则令出战，若贼众不多，而畏怯不即追讨，并即诛之。

十曰：主将用兵，非素抚而威临之，则上下不相附，指令不如意。而西贼首领，各将种落之兵，谓之"一溜"，少长服习，盖如臂之使指，既成行列，举手掩口，然后敢食，虑酋长遥见，疑其语言，其整肃如此。昨任福在庆州，蕃汉渐各信服，士卒亦已谙练，一旦骤徙泾原，适值贼至，麾下队兵逐急差拨，诸军将校都不识面，势不得不陷覆。今请诸路将佐，非大故无得轻换易，庶几责其成功。

十一曰：古之良将，以燕犒士卒为先。所以然者，锋刃之下，死生俄顷，固宜推尽恩意，以慰其心。李牧备匈奴，市租皆入幕府，为士卒费；赵充国御羌戎，亦日飨军士；太祖用姚内斌、董遵诲抗西戎，何继筠、李汉超当北敌，各得环、庆、齐、棣一州征租农赋，市牛酒犒军中，不问其出入，故得戎寇屏息，不敢窥边。臣前通判江宁府，因造纸甲得远年帐籍，见曹彬攻江南日，和州逐次起饷劓肉数千斤，以给战士。近范仲淹在延州，奏乞比永兴、秦州支米造酒，有司之吝，以为无例而罢。今请渭、延、庆三州及诸路部署司，并特支米造酒，仍都部署司别给随军钱，务令赡足；除军员及其余士卒每一季或因都阅或值出入，并须量有沾及以慰劳苦。古者命将出师，阃外之事，无不专制；财粮用度，岂有异同。今主兵者皆力敌权钧，纷然相制，岂国家任人责功之大体耶？

十二曰：工作器用，中国之所长，非外蕃可及。今贼甲皆冷锻而成，坚滑光莹，非劲弩可入。自京赍去衣甲皆软，不足当矢石。以朝廷之事力，中国之伎巧，乃不如一小羌乎？由彼专而精，我漫而略故也。今请下逐处，悉令工匠冷砧打造纯刚甲，旋发赴缘边，先用八九斗力弓试射，以观透箭深浅而赏罚之。闻太祖朝旧甲绝为精好，但岁久断绽，乞且穿贯三五万联，均给四路，亦足以御敌也。

十三曰：今春昊贼寇边，弃下攻城之具，极为拙钝，此特缓吾备也。料贼年岁间破尽缘边篱落，必驱迫汉民属户，使为先登，以攻城邑。傥边城一有不守，事固可忧。今修筑城寨，虽渐完固，其如军民不知守城次第，请下河北选守城卒三五人，分诸处指教，缮治器用，大为之备。贼动必求全，常顾后患，若边城坚守，攻之不拔，则亦未敢长驱而深入也。

十四曰：昊贼蓄谋岁深，尽更汉法，自作妖书，非恩信可以縻，文令所能动。若非天威震赫，大挫奸锋，则其势未已。缘边与贼山界相接，人民繁庶，每来入寇，则科率粮糗，多出其间。山界之民，引弓甚劲，与贼为战，所谓步奚，此皆去贼地遥，向汉甚迩。若乘战胜之气，贼皆散归，乘其不备，分路进兵而攻取之，抗御者诛殄，降顺者招来，老弱无辜，系之南徙。其间险要可守之地，则筑坚垒以据之。所得土田，给与有功属户。必不可守，则纵兵破荡，以弱贼势。若请命归朝，则裁割纵舍，制之在我。弭患如此，则边陲可安矣。[1]

王尧臣的上奏如下：

四路缘边所守地界，约二千余里，屯兵二十万，鄜延路六万八千，环庆路五万，泾原路七万，秦凤路二万七千余，分屯州军县镇城寨，及疲懦残伤不任战斗外，总其可用者，仅十余万人，每贼由一路入寇，其所领兵，常多官军数倍。延州之战，李士彬帐下蕃兵数万，先被驱掳，反为其用，贼大寨在五龙川，去延州三里，其后队至虞家庄不绝，虞家庄去延州二十里，较其众十余万。刘平等自环庆赴援，所将才八千余人，其势固不敌。及再犯镇戎军，亦不下五六万。诸将以兵力寡弱，又诸路策应未至，乃披城结阵自固，故所折不多，然郊野人户及西头弓箭手破荡

---

1 《续资治通鉴长编》卷一百三十一庆历元年五月条。

殆尽。今年寇山外，其众如延州之数，韩琦在镇戎军，以见在兵马尽授诸将，是时任福等正军才万八千人，贼未亡只矢而诸将已覆军。贼凡三至而三胜，繇众寡之势不侔也。彼常以十战一，我常以一战十，其为胜负甚明。虽议者谓刘平、任福之兵，由昼夜驰逐，刍粮不继，人马饥疲，遂至败陷，然强弱势异，虽使不饥不疲，亦未见全胜之理。今须较四路之势，因其地形，益屯兵马，以待其来。

其先泾原路接天都山，去贼巢穴为近，山川平易，可以出大兵。若劲骑疾驰，则渭州旦暮可至。自渭以东，缘泾河大川，直抵泾、邠，略无阻阂，彼若大举为深入之计，须由此路。而原州界明珠、灭藏等族，其迹多向背，朝廷虽令招抚，其应命者皆非首领，其所赐物色旋送贼所，以作归投质验，每贼至，常出人马为助。兼此路见在属户万余帐，从来骄黠，山外之战，观贼入寇道路，会战之处，一如宿计，彼之远来，安能知此，皆属户为之乡导也。四路之中，今此路最为急，须益兵二万屯渭州，以备出战，为镇戎山外之援，以万人屯泾州，控扼要会，为原、渭声势，如此则可以杜深入之患。

其次环庆路素为险厄之地，臣等昨由马岭、木波镇至环州，川路平直，两边虽有土山，山外皆高原，谷道交属，何往不通。土人皆言此路非险于鄜延，盖贼从来未及此，又务张虚声，欲朝廷不过为备。所管属户强壮人马，约及二万余，其间向汉者居多，去年破白豹、后桥及井那等寨，皆蕃族首领导致之力。向者贼寇延州，谓其利在虏掠财蓄，则蕃户所有，不如山外汉人之饶。其先延而后渭者，利于破荡向汉属户尔。况庆州东路华池、凤川，与贼界金汤、白豹相接，兼北路东西谷，所距甚近。若分头入寇，则何以支梧？今所管兵才二万，仍分在环、庆二州，近发新团，立指挥以代旧兵，仍不及元数。庆州之西七十里即马岭寨，北十余里即背汉蕃部杀牛族，有强壮人马二千余，皆负险而居。自来招辑不至，多扰缘边。若更与他族连结，要断马岭，则环、庆二州之兵，不能更相为援。必须益兵二万于环、庆二州，屯近边城寨，来则合力以战，居则分头以守，亦足制贼之冲突也。

其次，秦州绝在西南，去贼界差远。其入寇之路，东则自仪州西南生属户八王界族经过，至水洛城北，是贼界党留等族地。水洛城南与秦州冶坊、床穰寨相接。其西路自山外石门硖正南百余里至筚篥城，转三都谷至安远、伏羌寨，次西干川谷在古渭州西北，约二百余里至宁远寨，亦合于伏羌，然皆与山外城寨相近。彼若深入为寇，则虑泾原之兵断其归路。今秦州所管兵马，共二万七千，分屯诸城寨外，正兵不及万。虽然，验其事形，若有所恃，倘用御悍，亦未为全胜之师。必须益兵万人，分屯安远伏羌冶坊床穰弓门寨、清水县，以扼东西之来路。寇至则据险守隘以塞其前，出山外之兵以要其后，未必能为边患也。

其次延州自残荡以来，西自保安军、东自白草寨四百余里，北自边界南至金明县百余里，无居人，惟东路近里有延川等数千户，西路有蕃官胡继谔界族帐不多。贼若不攻围延州，必不出大众以趋小利，若偏师而来，本州兵马见总六万，分置六将，上下亲附，士卒乐用，足以御捍，不须添兵。今防秋甫近，若不早为处置，一失机便，为患不细。

其三路添兵六万人，宜于乡弓手内拣本户三丁以上者取一人刺手背，团为土兵。况淳化、咸平中，已曾点括，耳目相接，若处置得宜，亦不至惊扰。仍乞降敕告谕，候平贼放归农。且贼之犯边，不患不能入，患不能出。近塞山原川谷，虽险易不同，而兵难行小道，大众须由大川，大川之中，皆为寨栅控扼。然其远引而来，利在虏掠，人自为战，所向无前。若延州之金明、塞门寨，镇戎之刘璠、定川堡，渭州山外之羊牧隆城、静边寨，皆不能扼其来，故贼不患不能入也。既入汉地，分行钞略，驱虏人畜，赍至财货，人马疲困，奔趋归路，无复斗志，以精兵扼险，强弩注射，旁设奇伏，断其首尾，且逐且击，不败何待？故贼之患在不能出也。贼屡乘战胜，重掠而归，诸将不能扼其归路追逐掩杀者，由兵寡而势分也。若尚循故辙，终无可胜之理。

又邻路兵马会合策应，率皆后时。如前年贼寇延州，环州赵振引援兵却由庆州取直罗、赤城路入鄜州，方至延州城下，约近十程，比至则贼马出境已数日矣。初若自环州取径道由华池、凤川、德靖塞抵保安军，出贼之后，可速数程。乃云缘边径路，俯接贼界，经历属户，虑致不虞。岂有被甲执兵，拥数千之众，不敢过属户界中！显是逗挠为自全之计。请严敕部署司，于逐处蕃落将及公人、百姓内选熟知山川道路者，检踏州军往来径路修治令通军马。每贼至，令邻路实时领兵策应，违者军律论。

范仲淹、韩琦，皆天下选，其忠义智勇，名动列藩，不宜以小故置散地。且任福坐违节度致败，尤不可深责主帅。[1]

张亢的上奏如下：

太平日久，人不知兵，自元昊叛逆以来，民力凋敝，而边机军政措置未得其宜，今辄陈臣之所疑者十事。

臣窃谓王师每出不利，岂非节制不立，号令不明，训练不至，器械不精，或中贼之诡计，或自我之贪功，或左右前后自不相救，或进退出入未知其便，或兵多而不能用，或兵少而不能避，或为持权者所逼，或因懦将之所牵，或人马困饥而不能奋，或山川险阻而不能通，此皆将不知兵之弊也。未闻深究致败之由而处置之，虽徒益兵马，亦未见必胜之理。臣之所疑者一也。

去春贼至延州，诸路发援兵，而河东、秦凤各逾千里，泾原、环庆不下十程。去秋出镇戎，又远自鄜延发兵。且千里远斗，岂能施勇？如贼已退，乃是空劳师徒。异时更寇别路，必又如此，此不战而自敝。臣所疑者二也。

今鄜延副都部署许怀德兼管勾环庆兵马，环庆副都部署王仲宝复兼鄜延，其泾原、秦凤部署等亦兼邻路，虽令互相策应，然环州至延州十四五驿，直路亦不下十驿；泾原至秦凤又远于此。若一处有事，宜皆发兵赴援，而山路险恶，人马已困，欲责其功，何由可得？臣所疑者三也。

---

[1] 《续资治通鉴长编》卷一百三十一庆历元年六月条。

四路军马，各不下五六万，朝廷尽力供亿，而边臣但言兵少。每路欲更增十万人，亦未见成功。且兵无节制，一弊也；无奇正，二弊也；无应援，三弊也；主将不一，四弊也；兵分势弱，五弊也。有此五弊，如驱市人而战，虽有百万，亦无益于事。臣所疑者四也。

古人教习，须三年然后成功。今之用兵已三年矣，将帅之中，孰贤孰愚，攻守之术，孰得孰失，累年败衄，而居边要者未知何谋。设更数年，或未罢兵，国用民力，何以克堪？若因之以饥馑，加之以他寇，则安危之策，未知如何。臣所疑者五也。

今言边事者甚众，朝廷或即奏可，或使定夺以闻，或札下逐处，或不令下司。前条方遂施行，后令复即冲改，胥吏有钞录之劳，官员无看详之暇，边阵军政，一无定制。臣所疑者六也。

夏竦、陈执中，皆朝廷大臣。凡有边事，当付之不疑。今但主文书、守诏令。每有宣命，则翻录行下，如诸处申禀，则令候朝廷指挥。如此，则何必以大臣主事。臣所疑者七也。

前河北用兵，减冗官以省费。今陕西乃日增员，且如制置青白盐使副、招抚蕃部使臣等十余员，所占兵士千余人，请给岁约万缗。复有都大提举马铺器甲之类，又诸州一例招到新兵克敌、制胜、保捷、广锐、宣毅等指挥，久未曾团立教阅，但费军廪，无益边备。臣所疑者八也。

国家竭财用以赡军，今军士有手艺者，管兵之官，每指挥抽占三之一。如延州诸将不出，即有兵二万，除五千守城之外，其余止一万五千。若有事宜，三日内不能团集，况四十里外便是贼境，一有奔冲缓急，何以枝梧？臣所疑者九也。

陕西教习乡兵，共十余万人，其中无赖之辈，名挂尺籍，心薄田夫，岂无奸盗杂于其中？苟无措置，他日为患不细。臣所疑者十也。

乞暂许臣赴阙面陈利害，如以臣言狂率不可用，则乞重行降黜之。[1]

田况的奏书，全文刊载在邸报上，并得到了皇帝的嘉许。王尧臣和张亢的奏书，则是皇帝着枢密院誊抄给陕西都部署司传阅以作参考的。田况的主要观点是，应该禁止边防军轻易出动打击西夏蕃族，尤其不能伤及无辜百姓，应该严加防守，等待西夏贼军前来侵犯，然后再定策以破其奸谋；并且，田况认为大将如不能带领自己平常训练的军队出战，是很难打胜仗的，因此强烈建议不要临战换大将。

"田况的不少看法倒是同我的一致。其他建议，如制造纯钢甲、加固城防、收服山界之民等策，多务实而论，颇有切中要害之处。皇上能采纳其建议，看来也并非听不进臣子的意见。倒是我错怪皇上了。田况此次直接上奏，恐怕是因为之前夏公未能采纳他的意见。"范仲淹将田况的奏书仔仔细细看了好几遍，心里赞赏不已。

王尧臣的上奏中，很多观点亦与范仲淹相同。之前，王尧臣受命至陕西，范仲淹与其数次交谈，多少也对王尧臣的看法有所了

---

[1]《续资治通鉴长编》卷一百三十一庆历元年秋七月条。

解。因此，对于王尧臣上奏中提到的关于西夏进犯之军不患进而患出的看法，范仲淹是极为赞同的。

至于张亢所上的"十疑"，范仲淹读后心里暗说"痛快"，但是旋即为张亢担心起来。"这个张钤辖，真是个直肠子，上奏写成这样子，让皇上与大臣脸面何在，恐日后遭人羁绊啊！不过，他点出的这十个疑问，确实是都直指症结，不可回避。这也许就是皇上让枢密院誊录后转到陕西的原因吧。"

"等梁适来了，我倒要将我的一些看法再好好与他唠叨唠叨，请他面禀皇上才是。"范仲淹暗想。

人逢喜事精神爽。自从对梁适的到来寄予新的希望后，范仲淹感觉到自己的身体好多了，头也不晕了，食量也大了起来。见他的身体好转，张棠儿脸上的笑容也多了。

2

"棠儿，你吩咐厨娘，多做几个好菜，我一会儿接到梁适大人，便带他到府中用膳。"范仲淹跨出前堂时，停下来一边整理了一下官服，一边扭头对张棠儿说。张棠儿正蹲在地上往炭炉子里加石炭。

"好嘞，大人放心。"张棠儿抬起头笑着答道，笑得很灿烂。她上身穿了一件浅绿色的对襟短棉袄，下身穿着深灰色的百褶裙，腰间束着青黑色的腰带，发髻上还是插着那根旧的竹钗子。

"棠儿，今日这天够冷的，呵气成雾啊。把炭炉子给烧旺一些，别让梁大人冻着了。"

"放心，大人。昨日卖炭翁刚挑了炭来卖，听说是范大人买炭，说什么也要打七折。"

"是老张头吧。哎,那可不成,这卖炭能赚几个钱?他也有一家子要养呢。你给足钱了吧?"

"我晓得大人的脾气,哪能占老张头这个便宜呢!"张棠儿莞尔一笑,顺手抹了一下额头。

"瞧你,棠儿,成花脸咯。"

张棠儿脸颊一红,不好意思地笑道:"大人,要不你回房多加件衣裳吧。真是怪冷的。看这天,干冷干冷的,一大早便这么阴沉沉的,说不定一会儿就下雪了呢。"

"说得也是。"

这时,李金辂来到前堂外禀报说车马已经备好了。范仲淹冲张棠儿笑笑,便跨步出了前堂,跟着李金辂大步往门口走去。

张棠儿起身想喊范仲淹回去加件衣裳,却迟疑了一下,快要喊出口的话便又吞回了肚子里。

眼看范仲淹就要走出大门,张棠儿忽见范纯祐正往前堂来,便对范纯祐道:"少将军,你瞧这天多冷啊,你赶紧回房去把那件灰色大氅给你爹爹送去吧。趁他没上马车,还来得及。"

范纯祐朝父亲的背影看了一眼,答应一声,便匆匆跑去父亲的卧室,拿了那件冬日里父亲常披的灰色大氅追了出去。

范仲淹出门没多久便下起了大雪。

中午时分,范仲淹携着梁适的手,大笑着走进了大门,绕过影壁,走上了通往堂前的甬道。雪下得很紧,就是从马车上下来到前堂内这几步,两人的官帽和肩膀上便已经落满了雪花。方才范纯祐给送去的大氅,此刻不是披在他父亲身上,而是披在了梁适的身上。李金辂和梁适的两个亲随跟在他俩身后。

"仲贤兄,进了这门,范某就当你是自己人了啊!"

"范公啊,你这真是太客气了。弟这趟来乃公务,两手空空,也没备件上门礼啊!"梁适比范仲淹小了十一岁,故谦逊地以"弟"自称。

"你这脾气,范某早就知道,不会让你为难的。啊,棠儿,来来来,见过梁大人。"

"这是……"

"张棠儿。拙荆去世后,她便帮着操劳一些家务。我赴江淮安抚灾情那年,她跟着她母亲到我范家,也有多年了。我正琢磨给她找个好人家给嫁了。"

张棠儿呆了呆,慌忙垂下头,向梁适施了礼。

梁适微微一笑,向张棠儿抱拳道:"辛苦娘子了。"

张棠儿一时间慌得手足无措。

范仲淹见状,连忙对梁适说道:"来来来,先烤烤火,暖和暖和。棠儿,你快去叫纯祐来拜见梁大人,然后上壶茶来,顺便带金辂和两位太尉去厢房歇息。"

张棠儿答应一声,匆匆下去了。

范仲淹这边便拉着梁适的手,在东边隔着双层木茶几的两张松木椅子上坐了下来。

梁适这时才注意到前堂的陈设极为简单。在前堂的正中,靠着北壁摆了一张黑漆长条翘头木条案。条案上摆着香炉。条案前摆着一张八仙桌,两边放着两张椅子。北壁上挂着一幅山水图。前堂东西两边,各摆了两张松木椅子和茶几,南面屋门两边各摆了一个花几,两个花几上各摆着一盆万年青。前堂正中,烧着一个炭炉子。

除此之外，前堂内几无其他物。他一边观察前堂的陈设，一边解开大氅，轻轻拍去雪花。

"今日真是冷啊，若不是范公这大氅，弟方才可要挨冻了啊。"

"这雪啊，下得紧，瞧这样子，今天停不了。仲贤兄，这大氅便赠予你，回京的路上也用得上。"

"这倒不必啊，其实弟的大氅都在行李箱中搁着呢，待会儿回驿站，便取出来就是。这不是来得匆忙，想不到天突然下雪了。"梁适说着将大氅折叠了一下，轻轻放在茶几上。

"哈哈，仲贤兄，你若不要这大氅，回驿站路上不还要受冻吗？收下吧。别客气。"

梁适见范仲淹这么说便一笑，说道："那便恭敬不如从命，真是谢谢范公了。"

这时，范纯祐被张棠儿喊来，见过了梁适。梁适见范纯祐一表人才，好好夸赞了一番。范仲淹让纯祐退下后，便将话头引向了正题。

"仲贤兄，韩帅、庞帅和王帅那边都去过了？"

"去过了。秦州、渭州的压力都很大，延州那边稍微好一些。这也多亏范公之前选出六将，严加训练，又得狄青、种世衡等干才，方使延州一带颇为稳固啊！"

"庞帅才干卓绝，有他守延州，元昊贼子在鄜延路便掀不起什么风浪。我也是担心韩帅、王帅那两路。"

"庆州这边怎样？"

"也有很多难处。之前元昊攻麟、府，陷丰州，陛下还下诏令庆州发兵支援，可是环庆前往麟、府路途遥远，即便赶去，哪里来得及啊？而且，我也担心，元昊攻麟、府可能还有一个意图，就是想诱朝廷将主力从各州移往河东,而元昊真正想要攻击的,可能还是秦凤路、泾原路。另外,麟、府近契丹,我朝往河东增兵,就必然引发契丹的警惕。元昊说不定也想借机挑拨我朝与契丹的关系。所以,我也上奏朝廷,申明理由,环庆路不能发大兵前往麟、府,于是朝廷下令庆州发兵入界牵制。不过,即便是泾原、环庆路发兵入贼界牵制,实际上也无大用,且仓促入界,所获甚小,损失却甚大。更有些将佐,为了邀功,不听号令,盲目提兵入贼界,空折人马。环州都监郝绪就是一例。这也有范某未能节制的责任。然而朝廷入界之督在前,欲节制将佐,亦徒然无名啊。"

"范公担心元昊攻打河东,却意在秦凤、泾原,故反对环庆发兵轻易入贼界,思虑甚周啊!"

这时,张棠儿沏好热茶端了上来。梁适便停了话头,静静看着张棠儿放下茶水又退了下去。范仲淹也微笑着瞧着张棠儿。

张棠儿退下后,范仲淹把目光转向梁适,继续说道:"是啊。你想,从天都山至渭州,骑兵南下,若无阻碍,一日便可至渭州;继续南下,便可取陇州、凤翔,然后东取长安;一旦攻下凤翔,便可谋取天下。这恐怕便是元昊、张元的野心吧。"

"按照范公的说法,元昊不会满足缘边侵略?"

"是。元昊的野心不小,再加上一个妄图一统天下的张元,其野心恐怕进一步膨胀了。"

"此话怎讲?"

"张元这个人,不能小觑。他因科举失利,心怀怨恨,以为怀才不遇,方才叛离。据说,他离宋之前曾在项羽庙哭拜祖宗。这说明,他心里是有祖宗的。他去投奔元昊,不过是想证明自己的才能,让天下看看大宋朝辜负了他。故,张元的野心,不只是助元昊侵略我大宋边疆，他心底一定是想谋取天下，从而开创一个天下一统的王朝，由此，西夏便不是西夏了，而会成为继承正统的新王朝。所谓成者为王，败者为寇，这恐怕就是张元打的如意算盘。"

"嗯，经范公这么一点，弟真是茅塞顿开！那么，范公认为下一步应该如何对付元昊贼子呢？"

"我确实对如何攻、如何守有一些新的看法，正想说给仲贤兄听一听。"

"范公请说，弟洗耳恭听。"

于是，范仲淹首先谈了对田况、王尧臣、张亢等人上奏的看法，又将自己对于攻、守的看法细细说给梁适听，并希望梁适能够将自己的看法向皇帝禀报。梁适听完范仲淹的议论，建议范仲淹将方才谈的攻、守之策写成状文作为附奏，等他回京后一定面圣上奏。范仲淹当即应允。

"王师屡战屡败，当然是因战术不得法，但范某细思之，也有更深之因。"

"哦？"

"要说这文武之道，各有不同。但澶渊之盟以来，我大宋忘战日久，内外武帅不复言方略，只有管文法钱谷的官吏奔走州郡，以克民进身为事业，王朝上下不复有四方之志。所以啊，一旦戎狄叛乱，需要征讨之时，朝廷缺少能用的将帅。想我太祖太宗之时，名将名帅济济一堂，可是如今，能威震四方的武帅几乎没有啊！朝廷用韩帅与范某，那当然是朝廷看重文职，然而，不论韩帅还是范某，都不是上马能战之武将。若用儒帅儒将无功，圣上或一怒之下移师于武人，却又可能忌惮武人专权，再造五代衰乱之象，外患未平，又起内乱。"

803

"范公所言极是，只是，又有何对策呢？"

"范某想向吕相与两府大臣建议，鄜延、环庆二帅，一路用文帅，一路用武帅，泾原、秦凤二帅也可以用这个办法。如此文武之道协和相济，何惧边患！"

"可是，范公啊，若新帅难动，此议恐怕就是空论啊！"梁适微微摇了摇头。

范仲淹笑道："这个好办，若是新帅难动，范某愿意让出一路帅职，以待武帅。范某只领安抚旧名，与武帅协力治边。"

"范公大义。不过，此事还是从长计议吧。"

"仲贤兄，回头我给吕相写封信，你帮我呈给吕相可否？"

"这……好吧好吧！"梁适知范仲淹的脾气，见他坚持要给吕夷简写信建言，也只好答应。

两人畅谈许久，转眼到了午时。

"仲贤兄，等用完午膳，我再送你去驿站。休要与我推辞！"

"也好。范公，我倒是正有一些贴心话，想同你说说。"梁适说着，神秘地微微一笑。

"好好好，既如此，边吃边说。"范仲淹说着站起身走到前堂门口喊道，"棠儿，棠儿，让厨娘端上饭菜来吧。今日梁大人在，添一壶酒来。也赶紧给金辂和两位太尉端上饭菜啊！"张棠儿在厢房那边远远答应了。

不一会儿，张棠儿和厨娘一块儿将饭菜和米酒端到了八仙桌上。范仲淹和梁适分别在东西两边坐下。

"仲贤兄刚才神神秘秘的，究竟想说什么呢？"范仲淹给梁适敬了一杯酒后问道。

"范公，弟冒昧问一句，这张棠儿究竟是何身世啊？"

范仲淹一愣，旋即将收留曹氏母女以及曹氏去世的经过说了一番。

"唉，也是可怜人啊。这么小便没了家，娘又走了，在这世上就是孤苦伶仃的咯。"梁适叹道。

"是啊。说来，我与她也是同病相怜，范某的双亲也早已不在了。"

"范公，你说要给张棠儿找个好人家嫁了，目下就有个好人家啊！"

"真的？那快快说来！是何方人氏？现家在何处？"

梁适一笑道："近在眼前。"

范仲淹一愣。

梁适不待范仲淹开口问，接着道："我说的便是范公啊！"

"开什么玩笑！"

"我可不是开玩笑。范公恐怕是身在此山中，云深不自知。范公身边的人，恐怕也不好点破。范公，你难道就没有发现，张棠儿看你的眼神，都是爱慕吗？"

"棠儿在我身边多年，不过是把范某当成家主罢了。"

"我看范公是糊涂了，竟然连这个也看不出来。"

"老弟，你别拿这事同为兄开玩笑了。即便她对范某有意，范某垂垂老矣，若让她嫁我，岂非误了她青春？须得给她找个好人家才是。"

"范公啊，你听我说。棠儿没了爹娘，在这世上孤苦伶仃，你让她嫁人，她这般身世，又能入得何等门户？不是弟势利，这世道，她即便嫁了人，多半在乡野偏巷度过余生，真的不若跟着贤者过得美满。棠儿既然对范公你有意，范公为何不成全她？况且，李夫人也已过世多年，续弦也是自然之事。莫非范公是顾及自己的脸面，不愿意接受棠儿的一番情谊？"

听梁适这么说，范仲淹一脸苦笑，道："这……范某怎会因顾及自己脸面而不接受人家的情谊？只是……我还担心，纯祐、纯仁他们接受不了，他们都是像对姐姐一般对待棠儿啊！"

"托词，托词，休要扯上几个孩子啊！"梁适笑道。

"仲贤兄，此话且搁下，不说了不说了。"

"不行啊，今日非说不可，弟怕范公身边人不敢说啊！这样吧，范公，你将棠儿喊过来，我来问她。她若愿意，我梁适便当你们的证婚人。"

这时，前堂外忽然有人哈哈大笑道："希文兄要成婚啊，太好了，太好了！"

范仲淹与梁适抬头一看，却见周德宝正跨进门槛。原来，周德宝早些年游历山东东平时便结识了梁适，且当时相谈甚欢，成了忘年交。这次他听说梁适来了，便急急赶来。周德宝孑然一身，常年寄住范仲淹家中修行，已经相当于范家人，知州府邸门口的卫士自然与周德宝熟悉，也便不通报就让他进来了。没有想到的是，他一到前堂门口，恰好听到了梁适的话。

"梁兄弟，可还记得贫道？"

"这……原来是德宝道长啊。别来无恙，别来无恙啊！"梁适乍见周德宝愣了愣，但是很快便认出了他，不禁又惊又喜。

"贫道好着呢！好着呢！"周德宝开怀大笑。

"德宝兄，一起坐下吧，一起吃点儿。"

"好啊好啊！不过，希文兄，你别把话岔开了。你要娶棠儿，老道我一百个赞同。这棠儿便像我闺女一般。她嫁给你，老道便当她的娘家人出席婚礼！这话儿，贫道早就想说了，便是怕范公顾及脸面，不好开口。如今，还是梁兄弟厉害。可不，要不梁兄弟的官当得大呢，就是了不起！哈哈哈——"

"范公，你看吧，弟可说中了吧！"

"棠儿……棠儿……快快过来。"周德宝不等范仲淹说话，便大声喊张棠儿来。

张棠儿不知何事，听得周德宝喊她，便匆匆跑了过来。

"棠儿啊，这位梁大人有话问你。"周德宝眯着眼，笑着说道。

"棠儿拜见梁大人！"

"免礼免礼。张棠儿啊，本官有句话问你，你不可说谎；若是说谎，本官可是要拿你问罪的。"

张棠儿不知何事，愣了愣，现出紧张的神色。但她看梁适一脸微笑，才知梁适后半句乃是玩笑话，当即便道："小女子不敢说谎。"

"好！本官问你，你可是对范公有爱慕之心？"

"啊……"张棠儿顿时被梁适的问话惊到了，一时间慌得深深埋下了头。

"是还是不是？"

张棠儿不敢说是，只是低着头，满脸绯红。

"不愿说'不是'，那就是'是'了。范公，你看见了。棠儿，我再问你，若是本官做主，将你嫁给范公做续弦，你可愿意？"

这下张棠儿身子一颤，仰起脸看一眼梁适，又看向范仲淹，眼中已然都是泪水。她颤声道："小女子不敢奢望，但求能够一辈子服侍范大人。"

范仲淹见张棠儿眼中含泪，不禁心中一痛。

梁适将张棠儿的复杂情绪都看在眼里，对范仲淹说道："范公，棠儿心迹已明。"

"范公！"周德宝此时也急急地在旁边喊了一声。

"好！棠儿，只要你愿意，范某就委屈你了！"

"不，棠儿决不能做范大人的夫人！那样可怎对得起夫人？"

张棠儿这个回答，可把梁适吓了一跳。不过，梁适反应极快，旋即一笑道："范公，你现在可知棠儿的心意了？她可真是个让梁某敬佩的女子。范公啊，棠儿的意思是，愿意以妾之名归范家！如此，你也好向纯祐他们几个交代啊。棠儿，你可是这个意思？"

张棠儿听梁适这么说，再次满脸通红地低下了头。

下午，范仲淹同范纯祐说了续弦之事。他本担心纯祐反对，不料纯祐竟然欣然接受，只是笑着道："爹爹，纯祐以后还叫她棠姐，可以吧？"

当晚，梁适作为证婚人，周德宝作为张棠儿的娘家人，为范仲淹和张棠儿举行了一个简单朴素的成婚仪式。

随后数日，梁适由范仲淹陪同，在庆州巡察了一番后便告辞回京。梁适辞别时，范仲淹将这几日写就的《上攻守二策状》交给梁适。梁适细细读毕，连声赞叹，妥妥收好，答应一定见圣面奏。

《上攻守二策状》曰：

> 臣某言：臣窃观西事以来，每议攻守，未见适中。或曰必行进讨，以期平定。臣谓诸路进讨，则兵分将寡，气不完盛。绝漠风沙，迷失南北，馈运辎重，动有钞掠。贼之巢穴，复阻河外，非有奇将，不能远袭。至若寇常并兵来扰一路，每有朝旨令入界牵制，其如将帅方略非有素定，茫然轻进，不知所图，但求虚弱之处，以剽窃为

功，既不能大振兵威，故不能少分贼势，此进讨牵制之无效也。或曰宜用守御，来则御之，去则勿逐。臣观今之守边，多非土兵，不乐久戍，又无营田，必烦远馈。久戍则军情危殆，远馈则民力将竭。岁月绵久，恐生他患，此守御之未利也。臣荷国重寄，曾无寸劳，夙夜营营，冀有所补，而才识迂昧，终无发明。今采于边人，而成末议，固不敢望其必行。在朝廷以众论参之，择其可否，如无所取，乞赐寝罢。今具下项攻守之议，依圣旨指挥，交付梁适赍回赴阙者。

议攻

臣谓进讨未利，则又何攻？臣窃见延安之西，庆州之东有贼界百余里侵入汉地，中有金汤、白豹、后桥三寨，阻延庆二州经过道路，使兵势不接，策应迂远。自来虽曾攻取，无招降之意，据守之谋，汉兵才回，边患如旧。臣谓西贼更有大举，朝廷必令牵制，则可攻之地其在于此。可用步兵三万、骑兵五千。鄜延路步兵一万二千、骑兵三千。泾原路步兵九千、骑兵一千。环庆自选马步一万八千，军外蕃兵更可得七八千人。军行入界，当先布号令，生降者赏，杀降者斩；得精强者赏，害老幼妇人者斩。拒者并兵以戮之，服者厚利以安之。遁者勿追，疑有质也。居者勿迁，俾安土也。乃大为城寨，以据其地。如旧城已险，因而增修。非守地，则别择要害之处，以钱召带甲之兵、熟户强壮，兼其土役。昨奉朝旨，令修缘边城寨。臣以民方稿事，将系官闲杂钱，并劝令近上人户，以顾夫钱，散与助功兵士充食钱。其带甲兵士翕然情愿，诸寨并已毕功。俟城寨坚完，当留土兵以守之。方诸旧寨，必倍其数。使范全、赵明以按抚之。范全今为骐骥副使、庆州北都巡检。赵明今为东头供奉官、柔远寨蕃部巡检使。必严其戒曰：贼大至，则明斥候，召援兵，金汤东去德靖寨四十里，西去东谷寨八十里，西南去柔远八十里。白豹西去柔远五十里，南至庆州一百五十里。坚壁清野以困之；小至，则扼险设伏以待之；居常高估入中及置营田以助之。如此则可分彼贼势，振此兵威，通得延庆两路军马，易于应援。所用主兵官员，使勇决身先者居其前，王信、狄青、刘拯、刘贻孙、张建侯、范全。可用策应者居其次，任守信、王逵、王遇、张宗武、谭嘉震、王文恩、王文。使臣中可当一队者参于前后，张信、王进、张忠、郭逵、张怀忠。有心力干事者营立城寨。周美、张璨、刘兼济、李纬、张继勋、杨麟。

臣观后汉段纪明以骑五千、步万人、车三千辆、钱五十四亿，三冬二夏，大破诸羌。又观唐马燧造战车，行则载甲兵，止则为营陈，或塞险以遏奔冲。臣以此路山坡，大车难进，当用小车二千辆、银绢钱二十万，以赏有功将吏及归降蕃部，并就籴刍粟，亦稍足用。其环州之西，镇戎之东，复有葫芦泉一带蕃部，与明珠、灭藏相接，阻环州、镇戎径过道路。明珠、灭藏之居，北接贼疆，多怀观望。又延州南安去故绥州四十里，在银夏川口。今延州兵马东渡黄河，北入岚石，却西渡黄河，倒来麟府策应。盖以故绥州一带，贼界阻断经过道路。已上三处，内麟府一路，臣不曾到彼，乞下本处访问及画图，即可见山川道路次第。如此取下一处，城寨平定，则更图一处，为据守之策。比之朝去暮还，此稍为便稳。臣谨议。

议守

臣观西戎居绝漠之外，长河之北，倚远恃险，未易可取。建官置兵，不用禄食。每举众犯边，一毫之物皆出其下，风集云散，未尝聚养。中国则不然，远戍之兵，久而不代，负星霜之苦，怀乡国之望。又日给廪食，月给库缗，春冬之衣银鞋，馈输满道，千里不绝。国用民力，日以屈乏，军情愁怨，须务姑息。此中原积兵之忧，异于狄夷也。臣谓戎虏纵降，塞垣镇守，当务经远。古岂无谋臣？观汉赵充国兴屯田，大获地利，遂破先零。魏武于征伐之中，分带甲之士随宜垦辟，故下不甚劳，大功克举，数年之中，所在积粟，仓廪皆满。唐置屯田，天宝八年，河西收二十六万石，陇西收四十四万石。孙武曰："分建诸侯，以其利而利之，使食其土之毛，实役其人氓之力。"故赋税无转徙之劳，徭役无怨旷之叹。臣昨在延州见知青涧城种世衡，言欲于本处渐兴田利，今闻僅获万石。臣观今之边寨，皆可使弓手、土兵以守之，因置营田，据亩定课。兵获余羡，中籴于官。人乐其勤，公收其利，则转输之患久可息矣。且使其兵徙家塞下，重田利，习地势，顾父母妻子共坚其守，比之东兵不乐田利，不习地势，复无怀恋者，功相远矣。少田处许蕃部进纳荒田，以迁资酬奖，或量给价直。傥朝廷许行此道，则委臣举择官员，约古之义，酌今之宜，行于边陲，庶几守愈久而备愈充，虽戎狄时为边患，不能困我中国。此臣所以言假土兵、弓手之力，以置屯田为守之利也。

然臣观前汉高帝之盛，中有萧张决胜千里，下有百战之师，以四十万众困于平城，乃约匈奴和亲。至高后文景，代代如之，不绝其好。匈奴屡变，往往犯塞，杀戮吏民，不胜其酷。至于书问傲慢，下视中国，而人主以生民之故，屈己含容，不为之动。孝文即位，将军陈武请议征讨，以一封疆。孝文曰："兵，凶器也，难克所愿，动亦耗病，谓百姓远方何？今匈奴内侵，军吏无功，边民父子荷兵日久，朕动心痛伤，何日忘之？未能消距，愿且坚兵设候，结和通使，休宁北陲，为功多矣！且无议兵。"故百姓无内外之徭，得息肩于田亩，天下富实，鸡鸣犬吠，烟火万里，可谓和乐者乎！司马迁以文帝能和乐天下，协于大乐，故著于律书，为后代法。臣谓国家用攻，则宜取其近，而兵势不危；用守，则必图其久，而民力不匮。然后取文帝和乐之德，无孝武哀痛之悔，而天下幸甚！天下幸甚！臣谨议。[1]

之后，范仲淹又附了一篇奏文。文云：

臣近奉朝旨，令多方擘画，牵缀西贼，不令往河东作过。臣因塞外时寒，且令将佐于边上张势，续为延州已出兵打金汤寨，计会本路同进。本路将佐，恐贼界并力御敌。延州军马，所以须至入界内。环州都监郝绪，于安塞入界，输折人马。由臣不能节制，甘俟典宪。然理有利害，不敢不言。臣窃见西事以来，每遇贼马并来一路

---

[1]《范仲淹全集》之《范文正公文集卷第七·上攻守二策状》。

作过，则朝廷指挥诸路入界牵制贼势，所获甚微，所损颇大。只如山外事宜，诸处入界牵制，内庆州折却使臣、军员、兵士一千余人，衣甲器械不少。今来河东事宜，诸处亦擘画入界牵制，内环庆又折却使臣、军员、兵士四百五十余人，器械未知数目。缘军阵出入，前后左右，须籍得力将佐。分在诸路，每出军阵，前后左右强弱不副，遂致误事。臣自庆州已睹朝廷两度差除中使督促，令擘画入界牵制。臣虽称未利，其如邻道出兵，递相计会，诸将上畏朝旨，不敢不进，亦有将佐贪侥幸之功，惟务劫掠，朝去暮还，十度得功，不补一败，徒费恩赏，边事何涯！望朝廷深察，更不差中使督促诸路轻易入界。臣已附梁适上奏，如贼马大入，须至令牵制，必于邻道抽选得力将帅军马，聚攻一处，庶少败事。仍起寨城，据其要害，如此牵制，或可成功。如贼不至大入，则各务静守，养勇持重，以待寇至。臣之愚见，不出此谋，更自朝廷详酌。[1]

在托梁适带去附奏之文的同时，范仲淹还交给梁适一封信。这封信是范仲淹专门写给宰相吕夷简的，梁适答应一定将信带到。范仲淹给吕夷简的信是这样写的：

十一月四日，具官范某，谨东望再拜上书于昭文仆射相公阁下：窃以文武之道一，而文武之用异。然则经天地，定祸乱，同归于治者也。《传》曰："天下安，注意相；

---

[1]《续资治通鉴长编》卷一百三十四庆历元年十一月条。

813

天下危，注意将。"斯则将相之设，文武之殊久矣。后世多故，中外不恬，二道相高，二权相轧，至有大将军而居三司之上，盖时不得已也。五代衰乱，专上武力，诸侯握兵，外重内轻，血肉生灵，王室如缀，此武之弊也。皇朝罢节侯，署文吏，以大救其弊，立太平之基。既而四夷咸宾，忘战日久，内外武帅，无复以方略为言，唯文法钱谷之吏，驰骋于郡国，以克民进身为事业，不复有四方之志，一旦戎狄叛常，爰及征讨，朝廷渴用将帅，大患乏人，此文之弊也。

前则刘平陷没，范资政去官，次则韩琦与某贰于元帅，不能成绩，以罪失职。复以夏、陈分处二道，期于平定。近以师老罢去，而更张之。三委文帅，一无武功，得不为和门之笑且议耶？今归之四路，复皆用儒，彼谓相辅大臣朋奖文吏，他日四路之中一不任事，则岂止于笑，当尤而怒之。用儒无功，势必移于武帅。彼或专而失谋，又败国事。况急而用之，必骄且怨，重权厚赏不足厌其心。外寇未平，而萌内患，此前代之可鉴。故裴度淮西之行，不落韩洪都统，盖为此也。

某不避近名之嫌，有表陈让，愿相公与两府大臣因而图之。如鄜延、环庆二帅，一路以文，一路以武。泾原、秦凤二帅亦如之。使诸将帅高者得色，下者增气。如寡策略，则择俊乂为之参佐，仍使鄜延、环庆二路如旧通其军政，泾原、秦凤亦如旧制，则谋可相济，兵可相援矣。今王仲宝是环庆部署，兼管鄜延兵马；许怀德是鄜延部署，兼管环庆兵马。泾原、秦凤副都部署，于今亦然。唯新命都部署，则未有处分，固不烦更改诏敕，唯续降宣旨以兼之，乃旧制也。既文武参用，二路兼资，均其事任，同其休戚，足以息今日之谤议，平他时之骄怨，使文武之道协和为一，何忧乎边患矣？

某复虑朝廷以逐路部署为经略、招讨之贰，谓之参用。则此使权杂伍于下，不足为重，仅之虚设。或以文换武，谓之参用，则前日换者，人皆以儒视之。或以新帅难动，则某愿避此路，以待武帅，请主外计，仍领安抚旧名，亦足救生民之困弊，复可按边陲之利病，咸得闻于朝廷，不为轻矣。

区区之意，附记注梁学士达于台听。愁道途雨雪之阻，故复拜此，不任恳切忧惶之至。不宣，某再拜。[1]

---

[1] 《范仲淹全集》之《范文正公文集卷第十一·上吕相公书（又十一月四日）》。

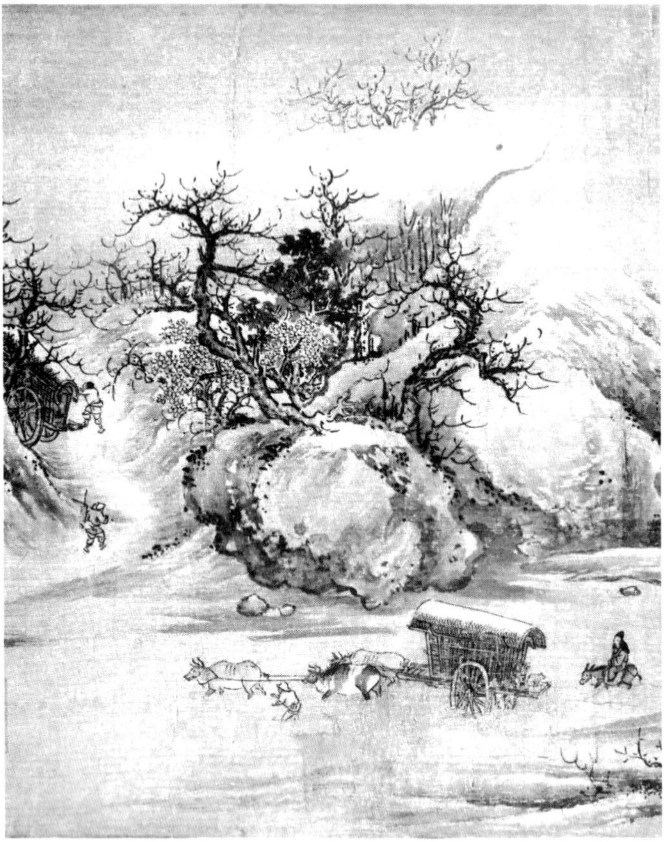

第三十二章
风雪马岭镇

1

梁适将范仲淹的附奏转呈朝廷后,朝廷对于攻守之议,并未给出明确的诏令。

到了庆历二年(1042年)春正月,陕西各路都部署司接到一道诏令,赵祯令陕西缘边四路,各置经略安抚、招讨等使,自今各路部署、钤辖以上,可以与都部署司同议军事,各路都监以下,并听都部署等节制,违者以军法论处。这显然是因范仲淹的上奏,朝廷有意加强了各路武将的议事权。朝廷同时根据范仲淹的另一奏书,同意今后机密文字不广泛下发,而只下发给经略招讨司,由经略招讨司酌情裁议,以免泄露机密。

没过几日,赵祯再次下诏。这份诏书说,将帅累经挫败,若是近期出击,即便侥幸获胜攻克城寨,也烦于守备,不如权且勤于训练,严加捍御,远设探候,寻找合适的时机或等西夏前来出击再出兵，这样可以养锐持久。赵祯让范仲淹深体此意，严加捍御，观衅而动，与邻路互相应援，协心毕力；如有要事，可以直接密奏。这份诏书实际在大思路上肯定了范仲淹的建议。

于是，范仲淹再次上奏，进一步阐明自己的对敌之策。奏曰：

> 国家太平日久，而一旦西贼背德，凌犯边鄙，公卿大夫争进计策，而未能副陛下忧边之心。且议攻者谓守则示弱，议守者谓攻必速祸，是二议卒不能合也。臣前至延安，初请复诸寨，为守御之备；次则幸其休兵，辄遣一介示招纳之意。朝廷以群言之异，未垂采纳。今臣领庆州，日夜思之，乃知攻有利害，守有安危。何则？盖攻其远者则害必至，攻其近者则利必随；守以土兵则安，守以东兵则危。臣谓攻远而害者，如诸路深入，则将无宿谋，士无素勇。或风沙失道，或雨雪弥旬。进则困大河绝漠之限，退则有乘危扼险之忧。臣谓攻近而利者，在延安、庆阳之间，有金汤、白豹之阻，本皆汉寨，没为贼境，隔延、庆兵马之援，为蕃汉交易之市，奸商往来，物皆丛聚，此诚要害之地。如别路入寇，数百里外应援不及，则当远为牵制，金汤、白豹等寨可乘虚取之，因险设阵，布车横堑，不与驰突，择其要地作为城垒，则我无不利之虞。至于合水、华池、凤川、平戎、柔远、德靖六寨兵甲粮斛，可就屯泊，固非守备之烦也。又环州定边寨、镇戎军干兴寨相望八十余里，二寨之间有葫芦泉，今属贼界，为义渠、朝那二郡之交，其南有明珠、灭藏之族，若进兵据葫芦泉为军壁，北断贼路，则二族自安，宜无异志。又朝那之西，

秦亭城之东，有水洛城，亦为之限。今策应之兵由仪、陇二州十驿始至，如进修水洛，断贼入秦亭之路，其利甚大，非徒通四路之势，因以张三军之威也。臣谓守以土兵则安者，以其习山川道路之利，怀父母妻子之恋，无久戍之苦，无数易之弊。谓守以东兵则危者，盖费厚则困于财，戍久则聚其怨，财困则难用，民力日穷，士心日离，他变之生，出于不测。臣所谓攻宜取其近而兵势不危，守宜图其久而民力不匮。招纳之策，可行于其间。

今奉诏宜令严加捍御，观衅而动，与邻道协心而共图之。又睹赦文，谓彼无骚动则我不侵掠。臣恐贼寇一隅，远在数百里外，应援不及，须为牵制之策，以沮贼气。至时诸路重兵，岂能安坐。如无素定之画，又无行营之备，恐当牵制之时，茫然无措，虽见利而莫敢进，虽观衅而莫敢动，寇至愈盛，边患愈深，叛亡之人，日助贼算，不可不大为之谋也。愿朝廷于守策之外，更备攻术，彼寇其西，我图其东，彼寇其东，我图其西，宁有备而不行，岂当行而无备也！所谓备者，必先得密旨，许抽将帅，便宜从事，并先降空名宣头之类，恐可行之日，奏请不及。臣前曾遣人入界，通往来之问，或更有人至，不可不答，如朝廷先降密旨，令往复议论，岁年之间，当有成事。若谓边将之耻未雪，而不欲俯就，臣恐诸路更有不支，其耻益大。贼或潜结诸蕃，并势合谋，则御之必难。且自古兵马精劲，西戎之所长也，金帛丰富，中国之所有也。礼义不可化，干戈不可取，则当任其所有，胜其所长，此霸王之术也。臣前知越州，每岁纳税绢十二万，和买绢二十万，一郡之入，余三十万，傥以啖戎，是费一郡之入，而息天下之弊也。[1]

赵祯接到上奏，与两府大臣商议后，下诏令陕西诸路经略招讨司参议并上奏各自的看法。

在范仲淹的一再请求之下，朝廷也允许范仲淹出庆阳城去环庆各处巡边。

正月以来，朝廷根据韩琦的建议出台了专门的制度，允许陕西、河东诸路部署每人可设置亲兵一百五十人，钤辖可以设亲兵百人，都监、招讨等可以设置亲兵七十人，每个亲兵增加月俸钱二百文；但同时明文规定，如果随主将出师临敌，主将阵亡，亲兵一并问斩。这一制度是为了激励并督促亲兵与主将同生共死。这之前，陕西诸路帅臣将佐并非没有自己的亲兵，但都未明文规定亲兵的战时责任，因韩琦的建议始成定规。

2

范仲淹要去巡边，但并不想带上所有亲兵，毕竟这只是巡边而不是出战。庆历二年正月末，范仲淹拟只带范纯祐、赵圭南、周德宝、李金辂、原郭京等人自庆阳出发巡边。

"我习惯了浪迹江湖，让我整日坐在官署看地图与牒文，实在不合吾意。"原郭京听说范仲淹要巡边，便自告奋勇一同前往。范仲淹知原郭京多年行走西北，见多识广，且武艺高强，便欣然答

---

[1] 《续资治通鉴长编》卷一百三十四庆历二年春正月条。

应了。

出于安全考虑,范仲淹在周德宝的建议下,最终还是挑了六名亲兵一路护卫。

这一日,天降大雪,范仲淹一行经过环庆路的马岭镇。快到马岭镇地界时,原郭京似乎陷入一种若有所思的状态,还不时左顾右盼,警惕地留神周围的一切动静。

"马岭镇地处属羌之地,有党项人,有唃厮啰人,还有从西南边来的吐蕃人。我等须得小心才是。"原郭京一脸紧张地提醒诸人。

众人进了马岭镇,见镇中房屋破败、人烟稀少,漫天的大雪更增添了一分荒凉的气氛。风雪越来越大,可是何处有躲避风雪之地呢?

范仲淹见一个穿着破棉袄的汉子正挑着两捆柴薪,埋头在雪中蹒跚而行,便令李金辂将那汉子请过来问话。

"老乡,这附近可有躲避风雪之地?"范仲淹问道。

那挑柴的汉子见范仲淹相貌不凡,又有不少亲随,不禁有些紧张,愣了一会儿,方才哆哆嗦嗦开口道:"前面半里地有个夫子庙,倒是个躲避风雪的去处。"

"夫子庙?"

"是啊!不过近些年战事频频,夫子庙都快破败荒废了。"

"你这挑着柴是去哪里呢?"

"这不,今日有个小集市,小人正赶去卖柴火呢。"

"你看这样行不,你带我等去夫子庙,你挑的这担柴,我都买下了,可成?"

那汉子听说范仲淹一下子要买下所有的干柴,自然高兴地咧开了嘴:"那当然好!当然好!各位官爷,那便随着小人往前走吧。"

说罢，乐颠颠地挑起干柴往前走。

众人跟着那汉子，冒雪行了一程，果然见不远处的茫茫大雪中，出现了一座歇山顶的建筑。

"夫子庙就在前面了！"卖柴的汉子喊道。

"好，老乡，你帮着把柴挑到夫子庙里去，我想把这柴火捐给那夫子庙。"

"好咧！"

众人将近夫子庙门口的时候，对面缓缓走过来一个人。那人身上裹着黑色的破旧氆氇，头戴一顶白毡帽，在风雪中缩着脖子，不时抬眼看向范仲淹一行。

原郭京策马挨近范仲淹，低声说道："范大人，咱们得小心了。"

"怎么了？"

"范大人，别扭头看。"

"你究竟发现了什么？"

"我已经第三次看到同一个人了，第一次是出庆阳城不久时，第二次是在快到马岭镇时，当时我就有些怀疑了。现在，这个人正从那边走来。范大人，别扭头，他现在正慢慢过来。同一个人，第三次遇到，绝非偶然。我怀疑他是……"

"间谍？"

"是，我怀疑那人是西夏的间谍，或者是刺客。"

范仲淹轻声说道："别急，先不声张，见机行事。"

原郭京会意，微微点点头。

众人在夫子庙前下了马，在门前的拴马桩上将马儿拴好了。范仲淹令几个亲兵在门口守卫，原郭京自告奋勇留在门外警戒。范仲淹知其心意，点头应允，叮嘱他如有情况随时进夫子庙禀报。说完，他带着周德宝、范纯祐、赵圭南、李金辂等人跟着那卖柴的汉子进了庙门。

庙门里面，左手边坐着一个看门人，是个衣着单薄的老头儿，下巴上一团花白的胡茬子，此时他正蜷缩身子，跺着脚，见范仲淹一行人进来，抬起一双惊诧的眼睛发愣。

"老丈，我等遇到大风雪，想在此暂避，不知可否进去？"范仲淹向看门人微微欠身，抱了抱拳，和颜悦色地问道。

"大官人进去便是。"

"这夫子庙可有主事的？"

"平日便只有老儿我在此看门。这几年贼军几番侵掠，当官的都跑了，戍兵也不屯在这，这夫子庙便日渐荒废了。之前的长官在镇上委任了一个主事，令他与老儿我看好夫子庙。主事不常来，今日也未在。几位大官人想要躲避风雪，进去便是了。"

"原来如此。老丈，这里是两担柴火，我想捐给夫子庙。"

"哎哟，那敢情好！"看门人听范仲淹这么说，慌忙站起来施礼感谢。

"你看这柴火停哪里合适？"

"那就放去柴房吧。大官人，你们进去便是。小哥儿，那就劳你随我来。"

"等等。"范仲淹吩咐李金辂取出柴火钱，交给了那卖柴人。卖柴汉子乐颠颠地谢了，便随着看门人将柴火挑去柴房。范仲淹自带着诸人往夫子庙内行去。

绕过照壁，是夫子庙的内院。院子东西两边的两庑，各有九间房。正对着大门，坐落在高台上的是大成殿。大成殿前有一个铁铸的鼎状香炉，此时巨大的香炉冷清地立在风雪中，其中并没有一炷

823

香火。院子里，东西两边各有两株高大的柏树。院子的地面，此时已经积满了白雪。

范仲淹低头看着被白雪覆盖的地面，又抬头看看风雪中显得有些破败的大成殿，默然无语，陷入了沉思。过了片刻，他抬起脚，轻轻踏入白雪中，慢慢朝大成殿方向走去。行到院中时，他扭头看见两棵柏树之间立着一块碑。迟疑了一下，他便折向东边，慢慢走到那块碑前。范纯祐、周德宝等人亦跟随在他身后走到了石碑前。

石碑上刻了字。范仲淹俯身细读石碑上的字，一边读，一边抬手轻抚着碑文。

"真是巧啊，真是巧啊！"范仲淹连连叹道。

"怎么了，爹爹？"

"纯祐，你过来看，这夫子庙原来是故兵马监押张蕴所修啊！"

"可是爹爹之前见过的那位抵御契丹入侵的张公？"范纯祐肃然问道。

"正是他啊！"

周德宝、范纯祐和李金辂一听，亦肃然起敬。

故兵马监押张蕴究竟有何故事？原来，咸平二年冬，契丹以举国之兵南下，一直打到淄川。张蕴当时任兵马监押，负责淄川的防卫。当时，黄河以南的州郡没有多少朝廷的军队，契丹军在淄川附近大肆杀戮。淄川刺史想同城中富户一起弃城而逃，张蕴按剑怒道："若此时弃城而去，城中之民必然乱成一团，贼兵未到，吾民已残！若刺史敢逃，我便杀了刺史以警众人！"在张蕴的制止下，刺史等不敢乱动。张蕴随后带领民众登城死守。数日后，契丹军退去。城中百姓无不感泣，但是张蕴却并未得到朝廷的赏赐。后来，张蕴便被调往陕西，与西夏作战。张蕴有两个儿子，长子叫张揆。

这个张揆与范仲淹同年。范仲淹年幼时在淄川，便同张揆熟识，很早便知道了张蕴守淄川的故事。范仲淹没有想到，多年后，自己竟然会在马岭镇这个地方看到张蕴修建的夫子庙，故而感慨万千，唏嘘不已。

这时范仲淹又绕到碑后，见碑阴并未刻一个字，心下一动，扭头对赵圭南说道："圭南，你去大门外帮衬一下郭京，我打算在这里为此碑撰写阴文。若有状况，你们随时来报。"

赵圭南会意，踏雪飞奔而去。

范仲淹令李金辂找来看门人，请看门人打开一间厢房，又让范纯祐取出行囊中的笔墨纸砚和铜笔洗。李金辂从挂在腰间的竹筒中倒了一点水在砚台里。看门人见状，讨了铜笔洗，去厨房里舀了两勺水装满后，小心翼翼地捧了回来。范纯祐自己动手，为父亲磨好了墨。

范仲淹此时已经酝酿好了文字，提笔蘸墨，挥毫疾书，不久便写成一篇碑阴文。

其文云：

> 庆历二年春正月，予领环庆之帅，出按边部，过马岭镇。四望族落，皆镇之属羌，而戍城之中有夫子庙貌。观其记石，乃故兵马监押、殿直、赠某官张公蕴之所建也。已而思之，昔咸平二年冬，契丹以举国之众入高阳关，纵横大掠，至于河，乘冰之坚，侵于淄齐。时河南州郡，未尝治城，且无战卒，四郊之民驱戮向尽，城中大惧。公方为淄州兵马监押，与刺史议其事，刺史暨官属州人，咸欲弃城，奔于南山。公按剑作色曰："奈何去城隍，委府库？

大众一溃,更相剿夺,彼狄未至,吾民已残矣。刺史果出,我当杀之以徇!"由是众无敢动。公乃呼民登城,夙夜以守,数日狄退,而州人相贺曰:"向非张公英识独断,则我辈父母妻子鱼肉于人矣。"朝廷赏不及公,人咸嗟咨。

公生二子:长曰揆,今为度支员外郎、直史馆、荆王府记室参军;次曰掞,今为秘书丞,通判京兆府事。并以文学节行,自树风采,搢绅先生称之。议者谓公有阴德于人,宜其有后焉。

予幼居淄川郡,又与记室为同年生,稔闻公之事。及观马岭之迹,虽极塞穷垒,犹复立圣人之祠以尚风教,乃知张公信道有素,固能训子义方,昌厥世而大其门。盖未可量也,岂止阴德之助哉?故书之。[1]

碑阴文写就,周德宝在一边看了不由鼓掌喝彩,连连赞道:"好文,好文!"

这时,原郭京奔了进来。

范仲淹微微一惊,抬头问道:"怎么了?"

"范大人进庙后,那人鬼鬼祟祟从夫子庙门口经过,在不远处停下后,一直逡巡,仿佛在等人的样子。我便装作没有看到。我同圭南兄说了,他也觉得那人甚是可疑。方才,那人突然往东北方向去了。范大人,追还是不追?"

范仲淹略一沉吟,道:"你跟着那人,但不要让他发觉。如果那人是元昊派来的间谍,跟着他便能寻到他的上线,咱争取揪出条大

---

[1] 《范仲淹全集》之《范文正公文集卷第十六·书环州马岭镇夫子庙碑阴》。

鱼来。你叫上圭南一起去，也好有个照应，若有情况急报，又走不开，便让圭南赶回来报告。快去吧！"

原郭京应喏，身形一动，便已经消失在门外。

"东北方向，那边有柔远寨、马铺、白豹寨，继续往东北，便是金汤寨。"范仲淹轻声地喃喃自语。

"爹爹，原参军发现什么了？"

范仲淹见纯祐发问，当下便将原郭京之前看到神秘人的情况简单说了说。范纯祐、周德宝和李金辂听了，无不感到吃惊。

"柔远寨现在王师手中，白豹寨、金汤寨原在我汉家，如今又被西夏人占了。这两寨阻断我延州、庆州的联系，西夏人从任何一路入侵，因白豹、金汤之隔，相互救援便被阻断。马铺正好位于延州、庆州之间，与白豹、金汤都不过四十里。若是我们能够占据马铺，便建立了可接应延州、庆州的据点。纯祐，你把舆图拿出来。"

范纯祐依言从行囊中取出地图，在桌上铺开了。

范仲淹用手笃笃地敲了敲舆图，说道："看，这里，马铺，若是拿下这里，西边是柔远寨，西北是白豹，东北是金汤……"

"若真能占据马铺，一定能够有效扼制白豹寨和金汤寨！"周德宝笑道。

"纯祐，德宝道长，待风雪稍小，我们便出发，回庆阳！"

"回庆阳？"范纯祐有些吃惊。

"对，先回庆阳。要回庆阳带人去马铺筑城！之前给朝廷上奏时，爹爹便有在延州、庆州之间寻找新据点的打算。方才终于下定决心，这个地点，应该在马铺。"

"范公，马铺现今可没有官兵，那里可是贼兵出没之地啊。"李金辂插口说道。

"这正是需要在马铺建城的原因。"

"爹爹，若是等会儿原参军和圭南还不回怎么办？"

范仲淹略一沉吟，说道："纯祐，这样吧，爹爹给你一个任务，待会儿等风雪稍小，若是原参军和圭南还未回，你带几个亲兵先回庆阳，着人准备修城材料与器具。我在此等原参军和圭南，随后回庆阳与你会合。"

"是！"

"金辂，你去将看门人请来，我与他交代一点事情。"

"遵命！"

过了会儿，李金辂带着看门人来到厢房。范仲淹早就让纯祐备好了二十两银子，这时见看门人来了，便让纯祐将银子和写好的碑阴文一并递给看门人。这二十两银子，是范仲淹自己的俸禄存下来的。

那看门的老人一辈子也没见过大锭的银两，吓得不敢伸手。

李金辂说道："老丈，你且收下这些银子。你眼前这位啊，乃是庆州知州范仲淹大人。"

那老人一听，吓得慌忙跪在地上。

范仲淹不等老人磕头，俯身一把将他扶起，说道："老丈，起来起来。你瞧，范某还要托你办点事呢。这二十两银子啊，也是有用途的。二十两银子，你从中取出五两留着补贴家用。另外十五两银子，却需要尽数用到该用之处。范某请你去请一位手艺好的石匠，将这篇碑阴文好好刻在石碑上。张公在世时，保国安民，舍生忘死，乃是范某向来敬重的。范某写这篇碑阴文，便是为了彰显张公的业绩，以此激励后人。另外啊，范某看着大成殿前也没有一点香火，你便用剩下的银子买一些香火，不时给上上香。"

老人听范仲淹这么说，方敢伸手接下那二十两银子，然后硬是要给范仲淹磕头谢恩，又被范仲淹拦住了。

"老丈，范某再请你帮个忙。你瞧，我们这一行人都已饥肠辘辘了，我们想借庙里的锅灶用一下，干粮我等倒是自己带了，便是开火热一热，做锅热汤饼。不知方便否？"

看门老人笑道："好说好说！大人在此开火用膳，那是夫子庙的荣光。"

"那便好。我看今日这冰天雪地，恐怕也买不到新鲜的菜蔬吧？"

"附近倒是有一家咸菜铺子。"

"好啊，纯祐，另给老丈些铜钱，到门口找个亲兵陪他去买点咸菜回来。"

"是，爹爹！"

于是范纯祐随着看门老人去了。

到了午后，风雪不仅没有变小，反而越来越大。

正当范仲淹犹豫着是否让纯祐冒雪先回庆阳时，原郭京赶回来了。他的脸冻得红彤彤的，满头满脸都是雪粉。

"还没吃吧？赶紧趁热吃点儿。金辂，给郭京端碗热汤饼来。"范仲淹一边帮着原郭京拍打身上的雪，一边喊李金辂去端吃的来。

李金辂端了热汤饼上来，原郭京一边吃，一边给众人讲述之前的经历。

"我与圭南兄循着那人留在雪地里的脚印，往东北方向追出十几里地，才跟上了那人。那时，风雪变得更大了。我俩远远跟着那人到了一个几乎废弃的小村庄。虽然是午时，那村里却只有一两处炊烟。那人进了一家农舍。没过多久，便见数骑从远处踏雪而来。雪下得紧。当时，我们藏在了农舍外的一个大柴垛子后面。看那几个骑马人的打扮，都是蕃部的人。那人估计听到马蹄声，便从农舍中出来迎接。几个人进了屋后，我与圭南兄便摸到屋后面去，蹲在屋子的后墙下偷听。他们说的话，我几乎都听不明白。圭南兄倒是懂得。原来，那几个都是之前约好了在这里碰头的。这便解释了那人之前为何跟踪我等，随后又不得已离开了——今日午时应该就是他们碰头的时间。从那人说的话看，他之前确实在跟踪我们。不过，他还不知道大人的真实身份，只是几个卫兵猜到大人一定是庆州官府中人，根本没有想到大人便是经略使。那人建议同伙一起来劫持大人，然后带到西贼那边去邀功。他的同伙里面有个人看起来是头儿。那头儿问了那人一些情况，便不赞同那人的意见。那头儿说，一来人手不够，如果来劫持大人，万一交了手，不一定能够成功。另外，那头儿说，更紧要的是，他们刚刚接到西夏人给的新任务，要他们尽快在白豹寨、金汤寨东南方向，找一处可以作为新据点的地方。西夏人正打算派小股人马探路，以为大军前来建立新据点，进一步切断延安与庆州的道路。那头儿说，他们看中了马铺，须得尽快赶往西夏人那边报告。"

"马铺？"范纯祐惊了一下，看了父亲一眼，却见父亲面色平静，似乎并未感到惊讶。

"是的，说的就是马铺那个地方。我一听此事，心知关系重大，便打算同圭南兄赶回来报告。不过圭南兄说，这是追踪元昊间谍的好机会，跟着这几个人，便可以获得更多情报，并可尾随他们发现贼军的踪迹。他坚持要继续追踪那几个人，而让我回来报告。我一想他说得没错，便与他约好，我先回马岭镇来报告，然后再赶回去找他。事情便是这样。范大人，你看现在怎么办？"

范仲淹听原郭京这么说，微微点头道："你未来之前，我们刚说到马铺这个地方。如此说来，咱们就不能不尽快应对了。我们会立刻赶回庆阳，派纯祐先带上修城材料与器具，赶往马铺筑城。随后，我将亲自带兵往马铺，以防敌军来袭。照你这么说，夏军一定会来进攻的。郭京，你一会儿赶紧回去跟上圭南，两个人也好有个照应。不要急于求成，见机行事即可。我回庆阳后，便派斥候去支援你们。若有情报，随时让斥候回来禀报即可。记住，你俩一定要小心，必要时赶紧前往马铺与纯祐会合。"

"是，大人！"

"郭京，范某可是有劳你这个钦命参军了。"

"范大人，我本是个浪迹江湖的人，真让我坐在大帐里当参谋，那可真要憋死我了。我这参军便是个江湖参军，如此正合我意！"原郭京说着，哈哈大笑起来。

范仲淹亦笑道："其实啊，王师之中，倒确实缺你这样的江湖参军！"

当下，原郭京带上了一包干粮，告辞而去。

范仲淹等亦不敢多耽搁，收拾了行装，辞别夫子庙的看门老人，冒着大风雪，匆匆往庆阳方向赶去。

城制

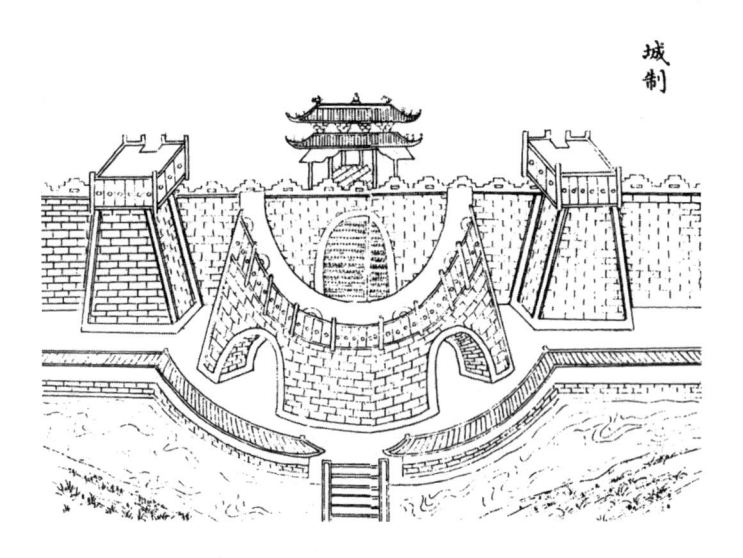

第三十三章
大顺城

1

裨将赵明和范纯祐已经带着一队人马，拉着筑城需要的各色材料和器具先行赶往马铺。范仲淹在派纯祐离开后，突然感到心底有些空落落的。虽然纯祐已经成年了，这却是第一次独立去干件大事，范仲淹岂能不担心？但是，除了这担心之外，范仲淹突然也意识到，他是多么希望纯仁、纯礼两个孩子也能在身边啊。"我也没能在他们身边多陪陪他们。我啊，也老了啊！纯礼他们在京城妻兄家中，可还好吗？"范仲淹挂念起两个远离自己的孩子，心里不觉感到无比酸楚。

西夏人的偷袭随时可能发生，范仲淹容不得自己的思绪徘徊在多愁善感之中。纯祐离开后的次日，他便开始集结人马。同时，他派出十多名斥候，前往金汤寨、白豹寨刺探西夏军情，并责令斥候们随时报告西夏军的动向。他准备只要西夏军一有异动，便发兵迎战。

不过，庆阳的防御任务很重，虽然城内与附近驻兵共达三万，但是范仲淹却不打算集结三万大军齐去马铺。"既然原郭京带回的情报是小股西夏军可能探路，暂时就没有必要集结大军应对。"范仲淹这般考虑。这次，他准备先集结数千步骑随时前往马铺，以抵御可能随时前来偷袭马铺的西夏军，而主力则在庆阳加强了战备，随时听令而动，作为后盾。在他看来，在马铺筑城，已经成为对抗西夏入侵的战略性布局。他决不许自己在这个地方出现失误。

天公不作美，范纯祐赶去马铺后的半个多月里，接连下了多场大雪。天寒地冻的日子里，除了做筑城前的简单准备工作外，主体工程基本无法开展，率先前往马铺的士卒们也开始有怨言。范纯祐心知如此发展下去，必然影响筑城，于是赶紧写了信，派人送到庆阳，说明了遇到的困境。范仲淹斟酌再三，选派有工程经验的裨将张去惑赶往马铺帮纯祐主持筑城工事。

十多天后，两名斥候从白豹寨附近返回，禀报说已经与原郭京、赵圭南接上头，并且带回了西夏军出现异动的消息。范仲淹知事不宜迟，当即提兵数千，向马铺急进。发兵前，他同时给在延州的庞籍和正在保安军附近的狄青写了信。给庞籍发牒文是请他派狄青从保安发兵牵制金汤寨、白豹寨的西夏军；给狄青写信，是让他随时做好准备，待庞籍一下令，便迅速出兵攻击金汤寨。

范仲淹带兵行至半程，正扎营修葺，突然李金辂来报，有一个自称张载的年轻人在大营外求见。范仲淹一听，便赶紧让李金辂将张载带到中军大帐来。

不一会儿，李金辂带了张载进来。那张载见了范仲淹便跪下行拜首礼:"范大人,别来无恙!"

范仲淹扶起张载,笑道:"张载老弟啊,范某不是让你回乡读书吗?怎的又来了,这才过了两年吧?"原来,大约两年前,张载就拜访过初到陕西的范仲淹,请求随军作战。范仲淹觉得这个年轻人是个读书的人才,便劝他回乡读书去了。

"是,范大人,张载哪能忘了大人的嘱咐呢?这不,我背上的行囊里还背着大人赠予的《中庸》呢。"

"那怎的又来找我了?"

"范大人,自从听说大人调任庆州,我便想着赶来拜见,也想借机请大人帮我解解惑。我赶到庆阳时,才知大人提大军赶往马铺,于是我便策马急追,总算是追上了。"

"好了,好了,既来之,则安之,老弟且坐下说话吧。不过啊,一会儿大军就要开拔了,范某可不能与你说太久。"

"范大人,不急,这次就让我追随大人去马铺吧!"

"怎么,还想带兵打仗?"

张载脸一红,说道:"大人,不瞒你说,晚生这心底,还真是放不下带兵打仗的念头,有着为万世开太平的志向。只是……只是我人微言轻,所以感到甚为困惑。两年前,大人劝我读书后而为,倒是给了我很大的启发。只是,好水川之败后,我这心里啊,便一直有困惑。若是不能先有太平,这读书又有何用呢!"

范仲淹轻轻叹了口气,说道:"是啊!没有太平,天下学子便无法安心读书了。范某还是那句话,儒家自有名教之任,兵家自有兵家之事。你现在好好读书,将来方能为国出力。匹夫之勇不是不重要,但是若千万人都只知逞匹夫之勇,庙堂上没有心怀天下、运筹帷幄的文武大臣,这万千人的军队,岂非成了匹夫乌合之众,那又如何能打赢仗呢！"

"这个道理我懂，只是我这心里，便是不甘心。况且，随着读书愈来愈深入，心里的困惑便也越来越多，故想着早日见到范大人，当面请教呢。"

"虚心学习，乃是好事。不过，现在形势危急，范某还是劝你早日回乡去。"

张载见范仲淹这么说，当下再次跪下磕头，请求范仲淹此次去马铺带上自己。他为自己的请求振振有词地辩解了一番，范仲淹一方面惊诧于张载的辩才精进，一方面也被他缠得没办法，最后只好点头答应了。

"好吧好吧，你便跟在范某身边，当个临时的书记吧，范某少不了让你抄抄写写。不过，这可不算是正式差职哦！"

张载一听大喜，当场叩谢。

2

积雪还没完全化去。马铺的山上，很多地方还覆盖着厚厚的白雪。

城池正在依山而建。在范纯祐和张去惑的共同督促下，筑城工程终于快速往前推进了。范仲淹率部到来，又为筑城的工匠与士卒们注入了一股新的精神气儿。

范仲淹将军队驻扎在城外列阵，在城北的后桥川口，更是特意安排了两百名弩手，在后桥川两边的山头上，也都安排了一支伏兵。如果西夏军想从金汤寨攻击马铺，后桥川将是必经之地。但是，如果西夏军还从白豹寨派兵攻击马铺，那将会从西北方向前来，那条路更为平坦，更有利于骑兵突击。西夏军会从哪个方向派兵前来攻击呢？会两边同时出击吗？金汤寨方面已经发现了西夏军异动，可是白豹寨那边却没有消息。原郭京、赵圭南现在也暂时没有音讯。范仲淹决定将余下的数百精兵列在城下，面对东北方向扎下了大营。

在范仲淹的大营背后，马铺城寨的工程如火如荼地进行着。在大营的前方，准确说是东北方向，范仲淹令人抓紧开挖旱沟和大大小小的陷马坑。旱沟里，都倒插上了尖桩。在陷马坑之外，范仲淹又令人撒下一大片铁蒺藜。

大营扎下的第三天，一个斥候为范仲淹送来原郭京和赵圭南发现的情报。这份情报封在一个蜡丸中。范仲淹打开蜡丸，里面有一张折起的小纸条，上面用蝇头小楷写了二十来个名字。这些名字后面，还有几句简短附文，说明名单中的人乃是暗通西夏之人。附文另告知，元昊已经下令，金汤寨、白豹寨同时出兵袭击马铺。

范仲淹细看名字，皆是庆阳四周各蕃部的人，其中不少竟然还是蕃部首领，不禁皱起了眉头。难道现在就把这些人都给抓起来？目下大战在即，如果在蕃部抓人，庆州一带的蕃部便可能发生叛乱。沉思许久，他坐下来写了一封上奏，请求朝廷将种世衡从清涧城调来庆州协助自己治理蕃部。

三月初一的那天清晨，从金汤寨和白豹寨两边奔袭而来的西夏军几乎同时向马铺迫近。

"不要让筑城工事停下来！"范仲淹向纯祐交代后，便带着赵明赶往大营备战。在张载的一再请求下，范仲淹也让他跟了去。

到庆州后，范仲淹还来不及像在延州那样进行将领的选拔和士卒的训练。所以，对于即将展开的战斗，范仲淹只能倚赖赵明、张去惑等少数几个将领。张去惑已经被范仲淹派往后桥川口指挥伏军。李金辂也被范仲淹临时安排率军在北面战线准备迎敌。

马铺山山顶的烽烟首先点燃了，青黑色的狼烟直直地往灰白色的天空中升去。

中军大阵前，范仲淹骑着一匹枣红马，头戴顶部飘着红缨的铁盔，身穿铠甲，外披一件绿色战袍，神色肃然地凝视着狼烟。周德宝骑了一匹白马，在范仲淹左侧。在周德宝的左侧，是年轻的张载。张载身上，穿着范仲淹临时找来的一副明光精钢甲，精神振奋，倒也是一副威风凛凛的军校模样。全副披挂的赵明，则在范仲淹的右侧。

"范公，贼军迫近山口了。"周德宝轻声说道。

范仲淹点点头，说道："就看山口的伏击能否成功了。"

过了片刻，隐隐从东边远远传来马蹄声。范仲淹知道，东边的敌军也在迫近了。

大约辰时，从后桥川口方向奔来一骑。骑马赶来的是一名军校。

"报——"那军校在马背上远远便高喊起来。

到了范仲淹近前，那军校翻身下马，跪报道："禀报大帅，近千名西夏骑兵陆续在川口集结，但没有进入川口。张将军特让属下请示大帅，我军目下该如何应对？"

范仲淹眯了一下眼睛，旋即说道："回去告诉张将军，暂且按兵不动。敌人不入山口，伏兵就不动。看这架势，敌军会选择从东边先进攻。让张将军令山口东北翼的伏兵，准备好转向策应东边阵线。山口西北翼的伏兵，继续埋伏。快去吧。"

"是！"那军校应喏，上马疾驰而去。

看样子，贼军这次学聪明了，不轻易进包围圈。也不知郭京和圭南现在在何处，莫不是出了什么事情？范仲淹心里暗暗着急。

不出范仲淹所料，东边的西夏军用骑兵发动了第一次冲锋。范仲淹即刻下令，东线阵前用床子弩阻击敌人骑兵。范仲淹亲自带着赵明、周德宝和张载等策马赶到东线阵前督战。

两百张床子弩分为两拨，已经开始了交替发射。冲在前头的西夏骑兵虽然都穿着冷锻铁甲，但是依然无法挡住势大力沉的床子弩。数十名西夏骑兵在距离宋军阵地七百步左右就被床子弩射杀，不过，依然有一部分躲过床子弩的西夏骑兵，纵马继续前冲。当他们进入撒满铁蒺藜的区域后，一时间人仰马翻。这时，宋军弓箭手便立刻射出一波飞箭，将冲入铁蒺藜区的西夏骑兵又射杀了一批。

从东边攻来的这支西夏骑兵源源不断地往前冲来。宋军的床子弩操作起来甚是费时费力，范仲淹见几轮发射后，大批西夏骑兵已经冲到七百步内，便下令将床子弩全部撤下，转移到北面战线去，同时急令弓箭手万箭齐发，一时压制住了西夏军的骑兵冲锋。

但是，真正令西夏骑兵受到重创的是成片的陷马坑和宋军阵前深深的旱沟。那些西夏骑兵以为躲过了弓弩的攒射后便可杀入宋军阵地，不料等待他们的却是另外一波沉重的打击。这些西夏骑兵在陷马坑区域，人仰马翻，乱成一片，前面倒了，后面的躲避不及，跟着便发生了连环的碰撞和跌落。

宋军阵前，受伤的战马的嘶鸣和西夏军伤员的哀号顿时响成一片。没有什么比战场上成片成片的哀号更令人感到恐怖的了，即便是占了上风的宋军，也被眼前的惨状震惊了。

范仲淹望着阵地，听着西夏军的惨叫与哀号声响成一片，脸色渐渐变得沉重。他抓着马缰绳的手紧紧地攥着，仿佛已经僵硬了。

元昊啊，你为何要侵略我中原之地呢？难道仅仅是为了活着吗？我大宋待你不薄，为何还要发动战争，牺牲我大宋与你西夏千千万万战士和百姓的性命呢？人，难道不应该相互怜悯，相互扶持吗？

东边阵线，西夏军因为骑兵遭遇重大伤亡，不得不停止了进攻。

"你看到了吗？听到了吗？"范仲淹沉声对身旁的张载说，声音透着悲凉。

"敌人被打退了！敌人鸣金收兵了！"

"是的。可是，除了敌人退了，你还看到了什么，还听到了什么？"

张载一愣。放眼看去，阵前到处是战马的尸体、战士的尸体，到处有受伤的战马、受伤的战士。随着宋军这边的欢呼声渐渐淡去，西夏士卒的惨叫声、哀号声，现在听起来越来越刺耳，越来越恐怖。张载的心此刻开始重重颤抖起来，眼中也慢慢泛出了泪花，在对西夏人的愤怒中，也渐渐生出了一股巨大的悲悯。这一瞬间，他明白了范仲淹话里的含义。

"兵者，死生之地，存亡之道，不可不察。孙子诚不欺也！"张载重重地叹了一口气。

"张载兄弟，你现在明白了吧，为何我之前让你回乡好好读《中庸》。战争，除非万不得已，就不应该发生。若天下之人皆明《中庸》之道，或许可以免除很多不该发生的战争！可是，如何让天下人明道呢？那得需要读书之人去做。在武力与强权面前，世人或许说读书无用。可是，世人不知，正是读书明道，才存活了无数人的性命。读书人要做的事，便是为天下人立心，为天下人立命啊！"

张载听了范仲淹这一番话，一时间发起愣来，思想的大海翻滚起了波浪。

范仲淹扭头看到张载一副魂不守舍的样子,知道他已经心有所悟,当下便不再多言。

3

由于东边的西夏军暂时停止了进攻,范仲淹便又赶回北边阵线坐镇。

快到中午时分,从后桥川山口外的西夏军阵营中突然奔出两骑。前面一匹马上载着两人,其中一人被横放在马鞍前,另一人身披冷锻铁甲,头上却包着宋人的青布扎巾,手中横着一柄大刀。后面一骑,骑士也穿着冷锻铁甲,头上也包着宋人的青布扎巾,手中持一杆铁枪。两骑后面,是追赶的十余骑西夏骑兵,但是,这些西夏骑兵追出数十步,便勒住了战马并不往前了。

那两骑进入后桥川后,纵马往宋军阵营飞驰。后桥川山口的伏兵见进入埋伏地段的只有两骑,而且两个骑士都戴着宋人头巾,一时间困惑不已。指挥伏兵的将领当即制止士兵们采取攻击行动,任那两骑往中军阵营方向飞驰而去。

宋军中军将士见两骑飞驰而来,亦无不感到诧异。

"不要射击!"范仲淹心中一动,大声喝令。

不一会儿,那两骑奔近阵前。此时,范仲淹已经认出两个骑士正是原郭京和赵圭南。

"放两骑进来!"范仲淹下令。

阵前的宋军士卒迅速闪开一条路,将原郭京和赵圭南放了进来。

原郭京策马奔到范仲淹马前,将横在马鞍上的那人拎起来往地上一丢,便翻身下马拜见范仲淹。赵圭南跟着到来,也下马前来拜见。地上那人只穿着白色的棉布衣裤,看上去像是睡衣,身上并未披甲,被原郭京扔在地上后痛得哇哇直叫。

"范帅,我们抓了个西夏大将!"原郭京笑道。

"你和圭南可好?"

"劳范帅挂念,我和圭南这不回来了嘛!"

"好!那回头再细说经历。这人是谁?"

"他……圭南兄,你来说说吧。"

"范帅,此人乃元昊得力助手野利遇乞帐下五虎将之一野利贺兰。"

"你们怎么擒住他的?"

"范帅,你瞧我和原参军这身铁甲。我们在他的营中潜伏了很久,昨日,野利贺兰率军从金汤寨向马铺方向进军,我俩便也随着西夏军于昨日夜晚进至后桥川口北面。但是,野利贺兰根据之前与白豹寨那边达成的计划,要等东边西夏军得手后,再进入后桥川口向马铺发动进攻。"

"难怪此前北面的西夏军在后桥川口前止步不进,这野利贺兰也是够狡猾的。"周德宝在一边说道。

"可不是嘛!我和原参军担心万一东面西夏军进攻得手,野利贺兰再发动进攻,于我军不利,当下便决定劫持野利贺兰闯营而出。我们也料到范帅可能已经在后桥川设下埋伏,即便他的部下发兵追击,也不至于让野利贺兰部占据主动。况且,主将在我们手里,他的部下也不敢轻举妄动。我与原参军在半夜下手,在野利贺兰酣睡之际将他劫持。方才贼兵没有冒险追来,看来他们早就担心后桥川口会有伏兵。范帅，你看现在该如何是好？"

"圭南，你先将野利贺兰扶起来。"

赵圭南听了，愣了一下，很不情愿地俯下身子将野利贺兰从地上拽了起来。

"野利贺兰，你可懂得汉话？"范仲淹喝问道。

野利贺兰站起来，昂着头，口中只是嘟嘟囔囔叫骂着。

范仲淹也不怒，耐着性子说道："野利贺兰，我乃大宋庆州经略使范仲淹，你若有什么话讲，现在便可讲来。"

"哼，没什么可说的，要杀便杀，休要多言！"野利贺兰抻着脖子，红着脸大吼道。

"原来你会说汉话。范某敬你是个勇士，不想杀你。"

野利贺兰一听不杀他，便拿眼睛瞥了瞥范仲淹。

范仲淹微微一笑，继续说道："野利将军，范某打算放你回去。"

范仲淹此话一出，不仅野利贺兰感到吃惊，连原郭京、赵圭南等都不觉大吃一惊。

"野利将军，你看看那边，此战你们已经失败了。如果这仗继续打下去，你们的牺牲会越来越大。我大宋疆土万里，你们侵入的陕西，不过是缘边一小部分，你们以为打赢几场仗，就能彻底打赢我大宋吗？范某要你回去，告诉元昊，趁早归顺朝廷。双方都息了兵戈，百姓安居乐业，岂不是好？"

野利贺兰耷拉下眼皮，一言不发。

正在这时，一个军校前来报告。

"报！西边西夏军已经开始缓缓往白豹寨方向撤去！"

范仲淹听了，心下稍稍松了一口气，说道："再探！一定要弄清楚西夏军撤退动向。"

那名军校应喏后策马疾驰而去。

"野利将军,你也听到了。你们在东面的进攻已经失败了,正在撤退。"

野利贺兰的脑袋此时已经垂了下去。

"考虑好了吗?"范仲淹追问道。

"好,我愿意回去带话!"野利贺兰终于抬起头说道。

"如此甚好!原参军,你来替野利将军松绑,给他一匹马。"

原郭京略一迟疑,旋即走上前替野利贺兰松了绑,顺手将自己劫来的那匹战马的缰绳递了过去。

"圭南,你将身上的盔甲卸下给他。"范仲淹说道。

赵圭南会意,立即卸下身上的冷锻甲。

野利贺兰感激地瞥看了范仲淹一眼,飞快披上冷锻甲,默然不语地从原郭京手中接过缰绳,翻身上马。他在马上向范仲淹深深一拜,口中呼喝一声,策马离开宋军大阵,往后桥川山口方向奔去。

半个时辰后,后桥川山口伏兵来报,北面的西夏军已经向金汤寨方向撤去。又过了片刻,东边阵地那名军校又来报说,狄青将军率领的援军已经到达东边西夏军的东侧翼。

范仲淹听了报告,笑道:"东边西夏军撤去,恐怕正是担心被我军与狄青将军两边夹击啊!张载兄弟,你替我起草一牒文,请狄青将军率部于原地扎营,不要追击西夏军。待其回到白豹寨,再撤回保安军。"

"是,范帅!"张载听了范仲淹的命令,立刻翻身下马,到早就备好的桌案前去写军中令牒。

不一会儿,张载将写好的牒文呈给范仲淹。范仲淹看后,微微一笑,将牒文交给那个军校,令他尽快派人送往狄青大军驻地。

"好啊！经此一战，马铺算是保住了。等到新城建成，鄜延路、环庆路的防线必将进一步稳固，元昊和那个张元应该知难而退了。"

范仲淹旋即下令大军原地驻扎，守好阵地，自己带着赵明、张载、周德宝等同归来的原郭京、赵圭南两人一起返回正在筑造中的新城。

4

数日后，依马铺山筑造的新城建成了。

范仲淹在范纯祐、赵明等人陪同下，登上了新城的城楼。从城楼上往北面看去，可以看到后桥川边阡陌纵横的田野，后桥川仿佛一条银色的缎子在田野中舒展。后桥川两边，灰黄色的大山往东西两边延绵而去。

"多么好的田野，多么好的山川啊！大伙儿看看，那片田野，好好耕作，可以养活很多人啊！应当就近迁来贫困无依的百姓，或入城居住，或依城而耕作，此城选兵为备，则贼军必不敢轻至。"范仲淹抬手指向后桥川两边的田野。

"爹爹，新城建成了，该叫什么名字呢？"

"这给城取名字，还是让朝廷来定！"范仲淹笑道。

随后，范仲淹在城楼上乘兴写了一份奏书，恳请赵祯皇帝为新城取名。这份奏书被火速送往了京城。数日后，赵祯下诏，赐新城城名为"大顺城"。

这一日，范仲淹在城中摆完庆功宴后，将张载请到了自己的书房。

"张载兄弟啊，新城建成了，也有了名字，你该回乡了，我也该回庆阳了！不过，在你回乡之前，范某想请你为大顺城写篇记文，不知兄弟可乐意？"范仲淹问张载。

"晚辈荣幸之至！"张载笑道。

酝酿一番后，张载提笔疾书，成就一篇记文，呈给范仲淹。范仲淹看完后，微微一笑，提笔删改起来。

"范帅，那如何埋伏、如何利用陷马坑、铁蒺藜重挫贼军的句子，你怎的都给删了？"张载看完范仲淹的修改稿，甚是不解。

范仲淹笑道："张载兄弟，你可知我为何请你写此记文？"

"为了记下这建城之盛举，难道不是吗？"

"这是其一。不过，范某更关切的，乃是借此文振作士气！"

"那为何删去那些文字呢？"

"张载兄弟的雄文，真是写得甚好，此文一出，必被争相传诵。可是，你可曾想过，此文也必被西夏人读到，若是将埋伏之法写得如此之细，岂非给敌人提了个醒吗？盛举要记，士气需振，但不可让敌人得利！"

张载一听，不禁大为感佩，旋即依照范仲淹的意思，又删改一番，写定记文。

文云：

  兵久不用，文张武纵，天警我宋，羌蠢而动。恃地之疆，谓兵之众，傲侮中原，如抚而弄。天子曰："嘻！是不可舍。养奸纵残，何以令下！"讲谟于朝，讲士于野，锉刑斧诛，选付能者。

  皇皇范侯，开府于庆，北方之师，坐立以听。公曰："彼羌，地武兵劲，我士未练，宜勿与竞，当避其疆，徐以计胜。吾视塞口,有田其中,贼骑未迹,卯横午纵。余欲连壁,以御其冲,保兵储粮,以俟其穷。"将吏掾曹,军师卒走,交口同辞,乐赞公命。

月良日吉,将奋其旅,出卒于营,出器于府,出币于帑,出粮于庾。公曰:"戒哉!无败我举!汝砺汝戈,汝錾汝斧,汝干汝诛,汝勤汝与!"既戒既言,遂及城所,索木箕土,编绳奋杵。

胡虏之来,百千其至,自朝及辰,众积我倍。公曰:"无哗!是亦何害!彼奸我乘,及我未备,势虽不敌,吾有以恃。"爰募疆弩,其众累百,依城而阵,以坚以格。戒曰:"谨之,无以力!去则勿追,往终我役。"

贼之逼城,伤死无数,谟不我加,因溃而去。公曰:"可矣,我功汝全;无怠无遽,城之惟坚。"劳不累日,池陴以完,深矣如泉,高焉如山,百万雄师,莫可以前。公曰:"济矣,吾议其旋。"择士以守,择民而迁,书劳赏才,以饫以筵。图到而止,荐闻于天。天子曰:"嗟!我嘉汝贤。"锡号大顺,因名其川。于金于汤,保之万年。[1]

庆历二年三月二十七日,范仲淹带范纯祐等人从大顺城返回庆阳。一行人出了大顺城城门,顺着山道往庆阳方向行去。路边的山坡上,春花刚刚开始绽放。范仲淹望着山坡上零星的野花,回想起大顺城下的战斗,不禁心潮澎湃,当即在马背上口吟一诗,诗云:

---

1 《张载集之轶存·庆州大顺城记》。

847

三月二十七，羌山始见花。

将军了边事，春老未还家。[1]

张载在范仲淹返回庆阳的道中，辞别范仲淹回乡去了。

后来，张载不忘范仲淹的教诲，终于成为一代大儒，并有名言闻于后世，其中一句云："为天地立心，为生民立命，为往圣继绝学，为万世开太平。"

"你看看。"范仲淹将原郭京、赵圭南写的那张名单递给了种世衡。种世衡受朝廷之命，刚刚调至庆州，来助范仲淹治理蕃部。

种世衡看了名单，脸色大变："范帅的意思是？"

"我尚未决定如何处置他们，想先听听你的意见。"

种世衡皱起眉头，沉默了片刻，说道："此前元昊南下，蕃部不少人可能为了活命，迫于元昊淫威，才为元昊所用。以我与蕃部打交道的经验看，蕃部之人亦有许多长处。其人多热忱坦率，一旦与人交心，必赤诚相待，竟至于舍命为友的亦不为奇。记得之前在鄜延路时，有一次我与蕃部某酋长约好某日某时相见共商抗敌之策。不巧，到了那日，天降大雪。那场雪下得甚紧，竟将入山的路给封了。我开始有些犹豫，后来还是决定顶着风雪，冒险探路入山。那酋长没有想到我会冒着大雪赴约，甚是感动。自此，那酋长便发誓效忠朝廷，也与我成了知心朋友。那元昊以淫威利诱使蕃部之人，被其所用之人未必诚心臣服。若朝廷能够以诚相待，信之用之，必可深获其心。"

---

[1] 《范仲淹全集》之《范文正公文集卷第六·城大顺回道中作》。

范仲淹听了，沉吟片刻，说道："嗯。这名单上的人，涉及多个蕃部，如果现在按名单收捕，庆阳四周的蕃部必然人心大乱。你说得甚是在理，我亦有类似的看法。我想这样处置此事，你且听听是否可行。"

当下，范仲淹对种世衡说出了自己处置此事的办法。种世衡听了连连点头，说道："如此甚好！如此甚好！"

"好，既如此，便这般办理。"范仲淹笑道。

数日后的一个夜晚，庆州经略安抚使司以庆祝大顺城建成为名，宴请在庆阳的将校、官吏及周围各蕃部首领。张去惑、范纯祐、周德宝、原郭京、赵圭南等人尽在席上。赵明遵范仲淹之命留守大顺城，故并未赴宴。李金辂自手按大刀，护卫在范仲淹身侧。

酒过三巡后，种世衡从座位上立起身，振声说道："诸位请安静，范帅有几句话，要当众与各族酋长说一说。"

种世衡到庆州不久消息就传开了，鄜延、环庆一带的蕃部素闻其名，对其甚是敬重。宴席开始时，范仲淹已经当众引介了种世衡，故此时种世衡一说话，席间诸蕃部首领一时都安静下来，肃然无声。

酒席的中间，篝火熊熊燃烧着。

范仲淹缓缓起身，从怀中取出一张折叠的纸条，从容说道："范某这里有一张纸条，纸条上有二十来个名字，都是各个部族的人。根据谍报，这些人都与元昊反贼有来往。"

此言一出，举座哗然。不少蕃部酋长一时间变了脸色。

这时，范仲淹离开座位，手中举着那张纸条，缓缓朝酒席中间空地上的那堆篝火走去。

诸蕃部的人一时惊疑不定，盯着范仲淹，等着他继续说下去。

酒席四周一百五十名范仲淹的亲兵担心有变，都不禁攥紧了刀枪。

篝火在夜色中吐出红色的火舌，映红了许多人的脸。

范仲淹走到篝火近旁，突然手一松，任那张纸条晃晃悠悠落入篝火中。熊熊的烈焰中，一朵小小的火花一绽，那张写着名单的纸条顿时化为灰烬。

酒席间，传出了几声轻呼。

"诸位酋长都看到了，现在名单已经烧了，这世上再也没有这个名单。范某知道，此前元昊反贼重兵南侵，各部之中，有不少人为了亲人族人的安危，冒险背着朝廷为元昊办事。今日，范某不想追究此事，只要诸部能够效忠朝廷，范某就永远信任各位。各位回去也务必约束部下，阐明朝廷之诚意，传达范某之诚心。诸位酋长应该明白，元昊为野心所驱，挑起战争，犯上作乱，屠戮无辜，其行大违天道，迟早必然败亡。诸位酋长，范某唯愿同各位酋长歃血为盟，共克反贼。诸位酋长，愿不愿意？"

席间一片死寂。

突然，有个酋长立起来大声说道："愿意！我愿意唯龙图老子马首是瞻！"他这一声大喊，顿时喝醒了其他人。一时间，蕃部酋长纷纷起立，说道："愿意！愿意！愿意同龙图老子歃血为盟，共克反贼！"

范仲淹大喜，连连说道："好！好！"

当下，范仲淹、种世衡等与蕃部各酋长在篝火旁歃血为盟，共商大计对抗元昊。